I0665850

aspettami

a BLEEDING STARS novel

A.L. JACKSON

Copyright © 2018 A.L. Jackson Books Inc.
First Edition

All rights reserved. Except as permitted under the U.S. Copyright Act
of 1976, no part of this publication may be reproduced, distributed,
transmitted in any form or by any means, or stored in a database or
retrieval system, without prior permission of the publisher. Please
protect this art form by not pirating.

A.L. Jackson
www.aljacksonauthor.com
Cover Design by RBA Designs
Photo by Wander Aguiar Photography
Editing by AW Editing and Story Girl Editing
Formatting by Mesquite Business Services
Translation by Paola Ciccarelli

The characters and events in this book are fictitious. Names, characters, places, and plots are a product of the author's imagination. Any
similarity to real persons, living or dead, is coincidental and not in-
tended by the author.

Print ISBN: 978-1-946420-32-9
eBook ISBN: 978-1-946420-22-0

aspettami

Bleeding Stars

Un sasso nell' oceano
Annego in te
Come un fulmine a ciel sereno
Aspettami
Resta
Per sempre al tuo fianco

Prologo

QUATTRO ANNI PRIMA

«Shh...» sussurrò tra i miei capelli mentre mi attirava maggiormente a sé, scacciando via la persistente paura provocata dall'incubo. L'ansia residua creò un velo di sudore sulla mia pelle e cercai di trattenere i singhiozzi. Di tenerli nascosti e silenziosi.

Eppure lui li aveva sentiti.

Con il braccio avvolto intorno alla mia schiena, mi trasse contro la sicurezza del suo corpo e con l'altro sollevò un piccolo cerchio sopra le nostre teste.

I miei occhi cercarono di adattarsi all'oscurità per distinguere il cerchio ricoperto di pelle scamosciata marrone da cui pendevano perline e piume colorate e al cui centro era tessuta un'intricata ragnatela.

Fissai l'oggetto mentre oscillava, rapita da quel movimento, dalla sua voce calma che mormorava vicino al mio orecchio.

«Shh...» ripeté, tempestandomi la tempia di teneri baci. «Non devi aver paura. Questo... questo custodirà tutti i tuoi sogni. Non hanno alcun potere su di te. Non possono farti del male.»

1

Il dolore mi serrò il cuore, e affondai le dita nella sua maglietta, stringendola tra i pugni.

Era ciò che tenevo sepolto dentro di me ad avere tutto il potere. Ma quando ero con lui, in qualche modo esso perdeva parte della sua forza.

Sfregò il naso contro la curva del mio orecchio, sussurrando parole rassicuranti.

«Puoi fidarti di me, Edie. Fidati di me. Qualunque cosa sia, lo capisco. Lo capisco.» La sua voce divenne ancora più profonda. «Confidati con me.»

Fidarmi.

Mi fidavo di lui.

Mi fidavo di questo ragazzo spezzato.

Perciò sussurrai il mio segreto.

Lo offrii a lui.

Affinché lo custodisse.

Affinché lo proteggesse.

Fino al giorno in cui non lo schiacciò con le sue mani.

1

AUSTIN

*U*na luce gialla e opaca splendeva dall'alto. Strizzando gli occhi, cercai di combattere l'ondata di panico che mi fece battere il cuore più velocemente mentre leggevo le parole di mio fratello maggiore scribacchiate sulla lettera.

Tre anni, Austin. Sono passati tre anni. Ti ho dedicato la mia vita, e poi ti ho dato lo spazio che mi hai chiesto. Ora ho bisogno di te. È arrivato il momento.

Avevo letto la sua lettera così tante volte da averla praticamente memorizzata. Tuttavia, non sapevo se avessi la forza di fare ciò che mi chiedeva.

«Sei pronto?»

Sussultai al suono improvviso della voce alle mie spalle, tirai un respiro profondo per ricompormi, piegai velocemente la lettera e me la infilai nella tasca posteriore dei pantaloni.

«Sì» risposi. Mi voltai e trovai Damian in piedi sulla soglia del camerino che in realtà non era altro che un semplice sgabuzzino.

3

Ma come si dice? A caval donato non si guarda in bocca. Damian fece un largo sorriso. «Bene. Perché è un maledetto manicomio là fuori stasera.»

Un senso di agitazione mi percorse il corpo.

Manicomio.

Sembrava assurdo che una parte di me avesse sempre bramato di essere sullo stesso palco di mio fratello Sebastian e della sua band, i *Sunder.* Di far parte di quella vita. Di dar origine al thrash hard rock per i fan che lo adoravano, dando loro una valvola si sfogo e una voce.

Ma sapevo che non sarei mai potuto realmente appartenere a quel mondo, o prendere il suo posto.

Ero stato sciocco... stupido ad aver anche solo contemplato l'idea di far parte di qualcosa di così grande. Di così *importante.*

Dio sapeva che non ne ero affatto degno.

Ciononostante, non potevo cancellare il bisogno che mi attanagliava le viscere e che anelava quel forte brivido di cui non avrei mai avuto abbastanza.

Era meglio di qualsiasi droga o vizio: l'innato bisogno di suonare e la scarica di adrenalina che provavo quando cedevo a quell'impulso.

Perciò mi ero accontentato di esibirmi in piccoli locali dove mi sentivo al sicuro, lontano dalle luci della ribalta e dalla gloria che permeavano il mondo di mio fratello.

Ma più a lungo suonavo qui, più la folla sembrava crescere ogni settimana.

«Amico... non fare quella faccia spaventata. Un pubblico numeroso è una cosa positiva. Ti rendi conto che lo scopo di esibirsi è quello di attirare la folla, vero?»

Sbuffai in segno di risposta.

Il suo sorriso si allargò, poi appoggiò le mani su entrambi i lati del telaio della porta, ondeggiando avanti e indietro sui talloni con atteggiamento disinvolto. «Cory sta finendo di suonare la sua ultima canzone, dopodiché tocca a te.»

Suonare al *Lighthouse* non era poi così male. Mi faceva guadagnare abbastanza soldi da riuscire a tirare avanti, dal momento che non avevo più intenzione di accettare soldi da mio fratello.

Avevo smesso di permettergli di prendersi cura di me l'istante in cui me n'ero andato tre anni fa.

Ma il motivo principale per cui mi esibivo qui era il brivido che provavo quando salivo sul piccolo palcoscenico. Il senso di libertà che trovavo nelle canzoni che suonavo.

E ad essere del tutto onesto, forse... forse parte del nome di questo locale mi ricordava lei: un faro che illumina acque torbide e pericolose, traendo in salvo i dispersi dalla tempesta.

«D'accordo. Prendo il mio strumento e vengo.»

Mi diressi verso la vecchia chitarra acustica situata nella sua custodia foderata in feltro bordeaux e con cautela la tirai fuori. Provai un senso di sollievo quando avvolsi le mani intorno al legno ruvido e consunto.

Me l'aveva regalata Sebastian, o Baz come tutti lo chiamavano, per il mio quindicesimo compleanno. Mi aveva detto che la musica mi scorreva nel sangue. Che ci univa, in qualche modo. E non importava quanto fottutamente lontano sarei fuggito da quella realtà, sapevo che aveva ragione.

Che io e lui eravamo legati, in un modo o nell'altro.

Proprio come io ero legato al mare.

Damian fece un cenno verso di me col mento. «Vieni sabato?»

Gli rivolsi un cipiglio in segno di risposta.

«E dai, amico. Smettila di fare il dannato guastafeste. Potresti almeno venire con me stavolta. Lo so che non sono le Hawaii, ma le onde qui sono altrettanto sensazionali. L'acqua è fottutamente gelata ma puoi sopportarlo.»

Una risatina priva di umorismo mi sfuggì dalle labbra. «Cosa ti fa pensare che sia cambiato qualcosa? Te l'ho già detto, non sono interessato.»

Lui scosse la testa. «Non ha alcun senso. Hai percorso la costa su e giù, senza mai allontanarti dall'oceano perché ti rifiuti di andare altrove, eppure sarei pronto a scommettere che non hai nemmeno affondato la punta del piede nell'acqua. Neppure una volta. Hai paura o cosa?» domandò in tono provocatorio e con un sorrisetto furbo, come se le sue parole potessero farmi cambiare idea.

Paura.

Quella parola non si avvicinava neanche lontanamente a descrivere ciò che provavo al pensiero di tuffarmi nell'oceano, il disorientante tormento che mi avrebbe attratto e respinto per sempre.

Scrollai le spalle come se non mi importasse quando in realtà importava più di ogni altra cosa. Come se non avesse appena grattato una ferita così profonda che non sarebbe mai guarita.

«Semplicemente, non sono interessato.»

Mi tenni sul più vago possibile, rifiutandomi di intavolare una conversazione a cuore aperto con Damian Rodriguez. Non perché non mi fidassi di lui. Ma perché non c'era una sola anima al mondo che potesse realmente comprendere. Che avrebbe capito perché sentissi il bisogno irrefrenabile di stare vicino all'oceano, legato ad esso come un prigioniero.

E allo stesso tempo, bannato da esso come un naufrago.

L'unica *anima* in grado di farlo era scomparsa.

Il senso di colpa minacciò di travolgermi come un'oscura tempesta inviata per inghiottirmi e divorarmi.

Serrando la mascella, lo ricacciai indietro.

Da quando avevo lasciato Los Angeles, ero diventato piuttosto bravo a soffocarlo.

A fingere di non essere consumato dai ricordi di ciò che avevo fatto. Da ciò che avevo distrutto. Da ogni fottuto errore che avevo commesso nella mia vita.

Dio solo sapeva che erano così tanti da averne perso il conto.

Si potrebbe pensare che avessi imparato dai miei sbagli. Che avessi trovato un modo per smettere di rovinare tutte le cose buone che mi venivano date.

Quel posto vuoto nel mio petto pulsò dolorosamente.

Mi chiesi quanti buchi potessero essere scavati nel tuo spirito, nel tuo cuore, prima che non rimanesse più alcun pezzo a tenerti in piedi.

Damian borbottò, il suono privo di frustrazione ma al contrario carico di spensieratezza.

Come se non avesse una sola preoccupazione al mondo.

Per fortuna lo trovavo un tipo estremamente simpatico, altrimenti il suo atteggiamento menefreghista mi avrebbe fatto uscire fuori di testa.

«Sul serio, amico, è un bene che quell'espressione cupa ti doni così tanto, altrimenti saresti senza speranza. Cavolo, scommetto che è soltanto una recita. Ovunque andiamo, le ragazze ti si gettano addosso. Penso che tu abbia perfezionato l'atteggiamento da uomo alto, oscuro e misterioso. Fra un po' comincerò a chiederti consigli.»

Mi sforzai di rivolgergli un sorriso canzonatorio. «Ehi, non posso farci nulla se le fanciulle mi adorano.»

«È davvero ingiusto. Tu te ne stai seduto con le mani in mano, senza dire una parola, e le donne cominciano ad orbitare intorno a te come se fossi il sole del cazzo. Mentre io mi faccio un culo così per attirare l'attenzione di una sola.»

Trattenni uno sbuffo.

Più che altro un buco nero.

Ma vabbé.

Solo perché ero un tipo solitario non significava che non mi piacesse un po' di *compagnia* di tanto in tanto.

Avevo eliminato molti vizi dalla mia vita, ma quello era uno a cui non intendevo rinunciare.

Avevo imparato a mie spese che, alla lunga, attaccarsi a qualcuno ti si ritorceva contro.

Oppure eri tu stesso a distruggere quei legami, a schiacciare quei frammenti di gioia perché incapace di tenerli al sicuro.

Di tenere *lei* al sicuro.

Perché eri un fallimento e tutte le tue buone intenzioni andavano a rotoli.

Così andavi avanti con la tua vita fingendo di non soffrire, di non sentire la sua mancanza, di non desiderare di poter tornare indietro a quando tutto era cominciato. Per mettere le cose a posto. Consapevole, per tutto il tempo, che manderesti di nuovo tutto a puttane comunque.

Damian batté le nocche contro il muro. «Fammi un favore, facci un pensierino per sabato, ok? Ti trasformerai in un vampiro o in qualcosa di altrettanto spaventoso se continui a passare tutto il tuo tempo in questa bettola sera dopo sera.»

Cominciò ad avviarsi lungo il corridoio, poi si fermò e fece di nuovo capolino oltre la soglia del camerino. «Ah, bello, quasi dimenticavo di dirtelo. C'è un posto libero per esibirti al locale di mio cugino a San Francisco il mese prossimo. Il quattordici agosto. È un posto da sballo e pagano bene. Ci stai?»

Feci del mio meglio per non sussultare alla sua domanda. Per ignorare il modo in cui la lettera ripiegata nella tasca posteriore dei miei jeans sembrasse improvvisamente pesare una tonnellata.

Tre anni.

Erano passai tre anni da quando avevo visto il viso di mio fratello. Tre anni da quando avevo visto i ragazzi della band.

Erano cambiate molte cose nelle loro vite da quando me n'ero andato.

E Dio, anch'io volevo essere diverso, ma ero rimasto quasi lo stesso. Cioè, era stato questo lo scopo del mio viaggio.

Trovare me stesso.

Diventare una persona migliore.

Una persona più forte.

Ma anche se esteriormente ero cambiato, continuavano ad esserci tanti momenti in cui mi sentivo uguale a quel bambino di otto anni nascosto e rannicchiato sulla spiaggia.

Quello era stato il giorno in cui la mia anima era stata lacerata in due.

Lo stesso giorno in cui Sebastian aveva mentito per me per la prima volta.

Il giorno in cui si era fatto avanti per prendersi cura di me perché sapeva che non ce l'avrei fatta altrimenti.

Nessuno poteva capire quanto dannatamente desiderassi aiutarlo nel modo in cui aveva bisogno che facessi.

Ma non ero sicuro di avere qualcosa da offrirgli senza che alla fine ci rimettessimo entrambi.

«Non so» replicai.

Damian scosse la testa. «Hanno bisogno di una risposta, amico. Non possono tenerti il posto per sempre.»

«Potrebbe saltare fuori qualcosa.»

«Potrebbe saltare fuori qualcosa?» ripeté lui in tono interrogativo, poi si fece serio e a bassa voce disse: «Sai che non puoi continuare a farlo per sempre.»

«Fare cosa?»

«Fuggire.»

Corrugai la fronte. «Non sto fuggendo.»

«Ne sei sicuro?»

«Che mi dici di te?» ribattei. «Sei tu quello che ha fatto le valigie su due piedi e si è messo in viaggio con un completo sconosciuto. Avrei potuto essere un serial killer, per quel che ne sapevi.»

Da quando avevo lasciato Los Angeles tre anni prima, avevo percorso in lungo e in largo le rive dell'Oceano Pacifico. Mentre esploravo la costa settentrionale di Washington, avevo suonato un paio di volte in un piccolo locale nella città natale di Damian. Eravamo diventati subito amici, e quando avevo impacchettato la mia roba per dirigermi a sud, aveva fatto anche lui i bagagli, insistendo di venire con me.

Damian sorrise. «No... sarai anche un morboso figlio di puttana, ma riconoscerei un killer se ne vedessi uno.» Inarcò le sopracciglia e agitò le dita davanti al viso. «Ho il senso di ragno di Spiderman.»

Ma era proprio quello il punto. Non mi conosceva davvero. Non mi conosceva affatto.

«Inoltre» continuò, «anche se ti faccio da compagno di viaggio, non significa che non sappia esattamente dove io sia diretto.»

«E dove sarebbe di preciso?»

Allargò le braccia. «In un posto fighissimo. Un luogo che non sia una città piccola e senza prospettive. Lo saprò appena ci arriverò.»

Se solo fosse stato così facile.

Uno scroscio di applausi echeggiò attraverso le pareti. Damian mi rivolse un gesto col mento. «Porta il culo là fuori prima che Craig inizi a chiedersi se il suo artista principale sia sparito di nuovo. Ah, e dovresti assolutamente sbarazzarti della felpa, amico. Le ragazze vogliono vedere cosa si nasconde sotto il cappuccio.»

Mi trattenni dall'alzare gli occhi al cielo mentre mi sfilavo il pesante indumento che indossavo come un mantello, combattendo contro l'ondata di disagio che provai nel farlo. Nascondermi dietro di esso era dannatamente più semplice. «Ok, ok, arrivo.»

Mi misi la chitarra a tracolla e seguii Damian lungo il buio corridoio. Un corridoio molto simile a quelli in cui ero cresciuto, dove avevo vissuto ai margini della band di mio fratello, perso nella musica, nell'atmosfera e nella baldoria che governavano i nostri mondi.

Nei disastri che causavamo.

Nei continui problemi in cui ci cacciavamo.

Adesso, il tipo di musica che suonavo e i luoghi in cui mi esibivo erano agli antipodi rispetto a quel mondo, una distanza impalpabile, eppure mi sentivo legato ad esso ugualmente.

Attratto e respinto.

Suppongo che avessi dovuto sapere che non mi sarei mai allontanato del tutto.

La sala principale del locale era immersa nella penombra. Il pub di lusso a Santa Cruz, California, era allestito con tavoli rotondi situati nell'open space davanti al palco che occupava il lato destro della stanza e il cui perimetro era circondato da divanetti e da un lungo bancone di legno posizionato sul lato sinistro. L'intera parete posteriore era di vetro e i pannelli a fisarmonica, attualmente spalancati, davano sul patio che si affacciava sul mare.

Era calata la notte, e fili di lucine scintillanti pendevano dal tetto reticolare, estendendosi fin dentro il locale. Lo spazio era gremito di gente, un insieme di sagome scure sedute sotto le false stelle che adornavano il soffitto del pub.

Il frastuono di voci si acquietò quando salii sul palco e mi posizionai su un piccolo sgabello. Mi sistemai la chitarra in grembo e avvicinai il microfono alla mia bocca.

Il mio cuore prese a battere velocemente e il mio spirito si gonfiò. Fui travolto da una schiacciante ondata di paura, rimpianto e una sorta di straziante gioia.

Quel guazzabuglio di emozioni mi fece quasi girare la testa.

Perché in verità non ero qui per nessuna delle persone che riempivano il locale.

Ero qui perché, proprio come ogni sera, questo era il posto in cui sentivo quel pezzo frammentato dentro di me allungare le sue dita, alla ricerca di tutto ciò che era andato perduto. Di quel pezzo di me che non avrei potuto riavere mai più.

Eppure, avrei trascorso il resto della mia vita ad inseguirlo.

Il mio orecchio si sintonizzò sul suono delle onde che si infrangevano sulla spiaggia in lontananza.

Chiudendo gli occhi, strimpellai un accordo silenzioso e sommesso e premetti la bocca contro il microfono. Con un sospiro, lasciai fluire le parole liberamente, lasciando che la mia voce riempisse i confini del tranquillo locale.

Che si diffondesse nell'oscurità.

Quando cantavo... mi sentivo sempre così incredibilmente solo.

Proprio come meritavo.

Perché questo tributo notturno non era altro che una penitenza.

Una fottuta punizione.

Un'espiazione che non avrei mai ottenuto.

Tuttavia, nonostante normalmente il mio spirito fosse distaccato, sospeso in un luogo lontano, stasera mi sentivo coi piedi piantati per terra.

Avvolto in una calma frenesia.

Legato a una pace violenta.

La mia pelle fu percorsa dai brividi e la mia gola si strinse quando fui colpito, onda dopo onda, da un'intensità che non riuscivo a scuotermi di dosso.

Qualcosa di profondo, potente e irraggiungibile.

Cantai a fatica le strofe della canzone. Parole estremamente private, eppure irreprensibili ad un orecchio innocente.

Solitamente trovavo conforto in questo.

Non ero altro che uno sconosciuto che cantava la sua banale canzone. Una canzone che personalmente non avrebbe mai dimenticato.

Non avrebbe *mai potuto* dimenticare.

Ma stasera mi sentivo esposto.

Scardinato e smantellato.

Un brivido di consapevolezza si insinuò nel mio subconscio. Si fece denso e spesso, come se fossi stato investito da una corrente di energia che martellò nelle mie orecchie e fece pulsare intensamente il mio cuore.

Incapace di combattere oltre quella sensazione, spalancai gli occhi, facendo del mio meglio per continuare a suonare la *sua* canzone.

E non importava che la sala fosse immersa in un'oscura foschia, i volti degli astanti persi nell'ombra e i corpi avvolti nel mistero.

Era inconfondibile: l'orrore e il dolore sul suo viso mentre mi guardava dal punto in cui si era fermata bruscamente accanto a uno degli alti tavoli rotondi.

Si strinse forte lo stomaco.

Come se potesse proteggersi dal mio assalto.

Dalla mia presenza.

Sembrava che fosse sia un tormento che un segno del destino.

La mia gola si serrò del tutto e la canzone terminò bruscamente.

Lei emise un respiro torturato che io inspirai.

I suoi occhi celesti luccicarono nella luce fioca.

Edie.

2

EDIE

Sai cosa si prova a stare in piedi sul precipizio della vita?

In bilico sull'orlo del presente?

Istintivamente sai di essere a un passo da una caduta libera.

E poi d'un tratto stai precipitando verso il basso.

In rotta di collisione col tuo passato.

Anche se hai fatto tutto ciò che era in tuo potere per lasciartelo alle spalle.

Stando dannatamente attenta a non percorrere le stesse strade disseminate di errori, rimpianti e dolori insopportabili.

Eppure, quelle strade te le ritrovi davanti.

E ti riportano indietro, faccia a faccia con quel passato che faresti di tutto pur di dimenticare.

Costringendoti ad affrontare tutto ciò che hai sempre desiderato e l'unica cosa che non potrai mai avere.

Sopraffatta da un'ondata di debolezza, le mie gambe tremarono e vacillarono mentre restavo in bilico su quel ciglio acuminato e scosceso.

Poi il mondo crollò sotto i miei piedi.

Portai di scatto la mano sullo schienale della sedia per evitare di cadere.

Per evitare di precipitare con la stessa velocità e violenza di come avevo fatto ingenuamente in passato.

Solo che stavolta sapevo in prima persona quanto male avrebbe fatto quando avrei raggiunto il fondo.

Le note della sua chitarra permeavano l'aria soffocante.

Ma era la sua voce... quell'indimenticabile voce a riversarsi su di me proprio come una volta.

Infondendomi un senso di conforto, gioia e dolorosa speranza.

Eppure, allo stesso tempo, sembrava così diversa.

Più profonda.

Più cupa.

Più roca.

Una voce che aveva il potere di rallentare i miei movimenti. Come se ogni cosa fosse stata messa in pausa, ed io fossi rimasta bloccata in un tempo e uno spazio che non si muovevano.

Uno spazio che conteneva solo lui, me e la straziante canzone che suonava.

«Edie.» Jed riuscì a scuotermi a malapena dalla mia trance, dalla *sua* voce, dalla *sua* canzone e dal ritmo martellante che *lui* aveva scatenato nel mio cuore e nelle mie orecchie. Jed si piegò in avanti sullo sgabello, cercando di entrare nel mio campo visivo. «Edie, che succede? Sembra che tu abbia visto un fantasma. Non ti senti bene?»

Scoppiai quasi a ridere.

Perché Jed aveva ragione.

Dovevo trovarmi di fronte a un'apparizione.

Il ragazzo era circondato da un alone di luce, le sue melodiche parole un'ossessionante armonia che mi avvolgeva in spirali di languido conforto.

Proprio come avevano sempre fatto.

Calmandomi e, allo stesso tempo, imprigionandomi nella sua trappola.

Non vedevo quel ragazzo spezzato sin dalla notte in cui aveva distrutto il fragile pezzo di me che gli avevo donato.

Solo che Austin Stone non era più un ragazzo.

Un desiderio che non avevo il diritto di provare divampò nel mio ventre e pulsò nelle mie vene.

Come il fuoco del peccato.

Proibito e folle.

Da adolescente, Austin era stato alto e allampanato.

Come se non vedesse l'ora di diventare adulto.

E Dio, sembrava quasi crudele il modo in cui era cresciuto. Quasi fosse stato mandato qui col solo scopo di far vacillare il mio buon senso e la mia determinazione.

Lo smilzo ragazzo che aveva torreggiato su di me doveva essersi allungato di almeno altri cinque centimetri. I suoi capelli castano chiaro erano ancora corti sui lati e sulla nuca e più lunghi in cima. Proprio come in passato, il loro aspetto scompigliato suggeriva che se li fosse strattonati con fare frustrato per gran parte della giornata.

Ma era il modo in cui le sue spalle larghe riempivano e tendevano la t-shirt attillata che indossava a non lasciare dubbi sul fatto che fosse diventato un uomo.

Il modo in cui il suo ampio petto si espandeva ad ogni respiro.

La sensuale piega delle sue labbra carnose e la curva spigolosa della sua mascella.

Il modo in cui quelle grosse, forti mani stringevano la sua chitarra.

Per non parlare dell'intricato inchiostro che ora ricopriva la pelle scoperta delle sue braccia.

La sua potente presenza si abbatté su di me come un'oscura tempesta.

Nefasta. Sinistra. Minacciosa.

La stanza vorticò di nuovo. O forse era la mia testa.

Erano passati quattro anni.

Quattro anni trascorsi a nascondermi, in balia del dolore e del rimpianto.

Ed ora eccolo lì, a pochi metri di distanza, l'unico ragazzo che avessi mai amato.

«Edie... maledizione... mi stai spaventando. Dimmi che diavolo succede.»

Improvvisamente, Jed fu al mio fianco, pronto a scacciare via qualsiasi minaccia. A prendersi cura di me come aveva fatto da quando ero arrivata in questa città.

Ma non importava.

L'unica cosa che vedevo era *lui*.

Mi resi conto dell'istante in cui mi percepì. Fu come se avessi aperto i suoi occhi con la sola forza della mia presenza. Quegli occhi intensi e poetici che non si capiva se fossero verdi o grigi.

Per un brevissimo istante, si spalancarono per lo shock, dopodiché quel momento passò e la consapevolezza prese il sopravvento.

Nonostante la distanza, vidi il grigio tempestoso dei suoi occhi gridare un migliaio di segreti e celare un milione di rimorsi.

Il mio petto si serrò dolorosamente. Per il desiderio, l'odio e l'orrore.

Com'era possibile che mi facesse ancora sentire in questo modo?

Afferrandomi lo stomaco, feci goffamente un passo indietro.

Lontano da quel precipizio.

Nello stesso istante, la sua canzone terminò bruscamente.

«Edie.» Potei udire il mio nome sfuggire dalle sue labbra in un sussurro, un'eco che riverberò dagli altoparlanti.

Un mormorio confuso echeggiò nel locale quando Austin si alzò in piedi, facendo stridere lo sgabello sul pavimento.

Quello era il mio segnale.

Dovevo uscire da lì.

Proteggermi nell'unico modo che conoscevo.

Mi voltai e corsi via.

Perché fuggire era la cosa che sapevo fare meglio.

Mi feci largo a spintoni tra i gruppi di persone che affollavano gli alti tavoli rotondi ai piedi del palco e fuggii fuori attraverso la vetrata a fisarmonica.

L'aria fredda della sera mi investì il viso appena raggiunsi le assi in legno del patio e boccheggiai, ignorando gli sguardi di coloro che cercavano di godersi la quiete mentre si rilassavano intorno ai tavoli appartati situati all'esterno.

Catenarie di lampadine pendevano dal pergolato del patio che si affacciava sull'oceano.

L'oceano.

Un dolore che provavo unicamente per questo ragazzo mi colpì con forza, con la stessa veemenza con cui la consapevolezza si abbatté su di me: quelle vecchie ferite a cui non riusciva a dar voce erano ancora palesemente evidenti.

Dio. Avevo desiderato così disperatamente cancellarle. Riempire quel buco vuoto scavato dentro di lui, inserirmi come un balsamo nello stesso modo in cui lui aveva cercato di guarire me.

Ma questo prima che facesse dietrofront e mi sbattesse in faccia tutta la mia sofferenza.

Sopra di me, i fili di luci scintillavano e danzavano, come se fossero un tutt'uno con le stelle le luccicavano nel cielo.

Mi sentivo così piccola sotto di esse.

Esposta.

«Edie.»

La disperazione nella sua voce mi investì come dardi infuocati. Sussultai e corsi più velocemente. Girai intorno al patio e raggiunsi la passerella che conduceva al parcheggio all'ingresso.

Non sapevo dove fossi diretta.

Lontano.

Semplicemente *lontano*.

«Aspetta.»

La sua angosciata richiesta mi colpì da dietro.

Aspetta.

Oh Dio.

Inspirai bruscamente, cercando di trattenere le lacrime che potevo sentire formarsi nei miei occhi. Di contrastare il senso di impotenza che si impadronì di me mentre lottavo per raggiungere quell'inafferrabile salvezza.

Avrei dovuto saperlo. Avrei dovuto sapere che un giorno il passato mi avrebbe raggiunta.

«Edie... ti prego... aspetta.»

Afferrai la ringhiera come se potesse spingermi in avanti. Al contrario, i miei passi vacillarono e rallentarono. Continuai a dargli le spalle, respirando affannosamente mentre la sua travolgente presenza incombeva dietro di me.

«Ti prego.» Stavolta fu un sussurro. Una supplica sincera.

Lentamente, mi voltai.

Attratta.

Austin era sempre stato la mia debolezza.

Era in piedi in fondo alla passerella, appena oltre il bagliore delle luci, il corpo immerso nell'ombra.

Ancora più maestoso di quanto avessi immaginato quando l'avevo visto sul palco.

Così estraneo.

Così familiare.

Provai una fitta al cuore. Perché stavo fissando il ragazzo che era stato il mio migliore amico. L'unica persona che avevo creduto potesse comprendermi pienamente. Una che non mi avrebbe giudicato o fatto soffrire più di quanto non stessi già soffrendo.

Era stato la mia salvezza.

Il mio porto sicuro.

Finché non mi aveva trascinata di nuovo all'inferno.

«Perché sei qui?» La mia voce si spezzò. «C-c-come... come mi hai trovata?»

Lui scosse la testa e fece un singolo passo in avanti, uscendo dall'ombra e fermandosi sotto il bagliore dell'unica lampada affissa alla parete esterna che illuminava la via.

Era stupendo.

Di una bellezza minacciosa, intrisa di mistero e dolore, dai lineamenti affilati e muscoli scolpiti.

Quasi caddi in ginocchio di fronte al suo splendore.

Austin serrò i pugni lungo i fianchi. «Credi nel destino, Edie?» domandò in tono teso e duro.

Quell'antico dolore che avevo soffocato per così tanto tempo esplose. Venne fuori sotto forma di un grido maniacale. Sbigottito. Colmo di incredulità. «Dopo tutto quello che è successo... questa è la domanda che mi fai?»

«Edie... Io...»

«Hai la vaga idea di quanto male tu mi abbia fatto?» lo interruppi, serrando i pugni e facendo un passo in avanti. «Del danno che hai causato? Le tue sono state parole sconsiderate, Austin. Così dannatamente sconsiderate, buttate lì senza pensare minimamente alle ripercussioni, senza alcuna considerazione per gli effetti che avrebbero avuto su di me. Per il modo in cui avrebbero cambiato la mia vita. Me l'avevi *promesso*.» Corrugai la fronte in un'espressione accusatoria. «E ora hai il coraggio di startene lì e chiedermi se credo nel destino?»

Deglutii rumorosamente e scossi la testa. «Per me puoi andare dritto all'inferno, Austin Stone.»

Quando avevo quattordici anni, mi ero ripromessa che non avrei mai più ceduto il controllo a nessuno. Non mi sarei più ritrovata in una situazione in cui ero impotente. Inerme. Non avrei mai più permesso a me stessa di rimanere senza *scelta*.

Ma Austin Stone aveva abbassato le mie difese finché non mi ero arresa completamente a lui.

Mi ero fidata di lui.

Austin rise, ma non c'era alcun umorismo in quel suono. «Dai, Edie. Puoi fare meglio di così. Sai bene che l'inferno è esattamente il luogo in cui mi trovo da sempre, e sappiamo entrambi che merito molto peggio. E hai ragione... quelle parole sono state avventate, ma sai che non sono state sconsiderate. Non potevi aspettarti che rimanessi lì senza fare niente. Non con *lui*. Non con quello che stava dicendo. Che stava insinuando. *Non potevo*» terminò con enfasi.

Avevo la sensazione che ogni cellula del mio corpo venisse schiacciata. Strizzata così forte che era impossibile evitare che tutto implodesse. «E poiché tu hai perso la calma, io ho perso tutto. Te. La mia casa. Il mio futuro.»

Strinse le sue grandi mani a pugno. «Lo so. Ho... fatto un casino, Edie. Ti avevo avvertita che rovino sempre tutto.»

Ma quello che omise di dire era che mi aveva *promesso* che non avrebbe fatto casini con me.

Non sapevo dire se fossi sollevata o terrorizzata quando improvvisamente Jed svoltò l'angolo, con sua sorella Blaire alle calcagna.

Conoscendola, aveva cercato di trattenerlo, di darmi quel po' di tempo di cui avevo chiaramente bisogno.

«Edie» disse Jed in tono sollevato quando mi vide. Si fermò di botto a pochi passi di distanza da Austin.

Come se fosse inciampato sui propri piedi appena era entrato in contatto con la fremente intensità che ci circondava.

Una impasse.

Una guerra.

Con Austin lì in piedi sapevo che sarebbe andata a finire esattamente così.

«Che diavolo succede qui?» domandò Jed con voce minacciosa. Lanciò uno sguardo torvo alla nuca di Austin, poi spostò i suoi occhi preoccupati su di me, prima di riportarli su Austin con espressione dura.

Blaire lo strattonò per un braccio. «Jed... ti avevo detto di darle un minuto. A volte devi lasciare che le persone risolvano i loro problemi da sole.»

Jed grugnì e si scrollò di dosso la mano di sua sorella, rifiutandosi di muoversi.

Austin girò la testa per guardarsi alle spalle. Di profilo, i lineamenti duri e bellissimi del suo viso risaltavano ancora di più. La sua bocca si piegò in un ghigno amaro. «Non preoccuparti, amico. Va tutto bene. Sto solo salutando una vecchia amica. Dico bene, Edie?»

Un'aura di ostilità montò fra di loro.

Viva e furiosa.

Jed era un uomo robusto, corpulento e muscoloso. Una folta barba copriva gran parte del suo viso, e i suoi capelli castani erano tagliati corti sui lati e più lunghi in cima.

Se avessi mai immaginato lui e Austin in uno scontro corpo a corpo, avrei puntato tutti i miei soldi su Jed.

Adesso non ne ero più così sicura.

Jed sollevò il mento, come se per il momento avesse deciso di farsi da parte, poi si voltò verso di me e in tono dolce disse: «Stai bene, Edie?»

Annuii. «Sì, sto bene.»

Bugia. Bugia. Bugia.

Ero scossa fin nel profondo.

«Voglio solo andare a casa» dissi in un sussurro disperato.

Desiderando disperatamente di fuggire.

Desiderando disperatamente di nascondermi.

Perché non sapevo come affrontare tutto *questo*.

Tutti i ricordi che avevamo creato, il dolore che mi aveva inflitto, la speranza che aveva schiacciato, l'amore che non si era mai affievolito, erano di fronte a me ora, riflessi nelle profondità di quegli occhi tumultuosi che avevano sempre visto fin troppo.

Jed superò Austin e si diresse verso di me. «D'accordo, andiamo via da qui.»

Quando Blaire passò accanto ad Austin, gli lanciò un'occhiata indagatrice, prima di riportare l'attenzione su di me. Una miriade di domande attraversarono il suo viso.

Domande a cui non sapevo se avessi la forza di rispondere.

Avvolgendomi un braccio intorno alle spalle, Jed mi voltò e mi attirò contro il suo fianco, spezzando l'incantesimo che Austin aveva lanciato su di me.

Proteggendomi e schermandomi.

Cominciò a condurmi via, lungo le assi di legno e verso la sua auto situata nel parcheggio.

Ad ogni passo che facevamo, potevo percepire lo sguardo intenso di Austin. Quella bruciante intensità a cui non ero certa sarei mai riuscita a sfuggire.

Dolore e odio.

Tuttavia, non sapevo dire verso chi fosse diretto quell'odio.

Se fosse diretto a lui o a me o al resto del mondo che aveva minacciato di succhiarci via la voglia di vivere.

Il mondo che avremmo dovuto affrontare insieme.

Proprio mentre stavamo per svoltare l'angolo, mi fermai, perché non potevo farne a meno, e mi girai a guardare l'uomo immobile che mi fissava a sua volta.

Un'emozione violenta e tormentata attanagliava la sua espressione, con la stessa forza con cui teneva serrati i pugni.

Come se fossi io quella ad infliggere dolore.

Soffocai la tristezza che crebbe come un ciclone, vorticando e risvegliando quel tenero sentimento che desiderava che quel dolce, comprensivo ragazzo mi stringesse tra le braccia e cantasse nel mio orecchio.

Pericoloso.

Scavai dentro di me alla ricerca del rifugio che proteggeva il mio cuore. Del sottile mantello che indossavo e che mi impediva a malapena di cadere a pezzi. Mi costrinsi a pronunciare le parole che sapevo lo avrebbero allontanato, nonostante fossero una bugia. «E per la cronaca... no, Austin, non credo affatto nel destino.»

3

AUSTIN

*F*iglio di puttana.

Presi a pugni il sacco da boxe. Colpo dopo colpo. La mia pelle era madida di sudore e il cuore mi batteva selvaggiamente nel petto.

Damian reggeva il sacco dall'altra parte, respingendo il mio assalto.

Mi avventai su di esso con tutta la forza di cui ero capace. Picchiando e picchiando. Come se potessi eliminare tutta la frustrazione – tutta la confusione – che mi attorcigliava le viscere.

«Ehi, ehi, amico, non so che diavolo ti pigli, ma per tua informazione... stai per farmi un culo così nonostante il sacco da boxe, il che non è affatto lo scopo di questo esercizio. Questo è uno sport senza contatto, il che significa che dovrei essere al sicuro qua dietro. Se non ti conoscessi bene, penserei che tu sia incazzato con me. Ma dal momento che sono la persona che preferisci di più al mondo, sappiamo entrambi che non è così.»

Mi limitai a grugnire.

Sbam. Sbam. Sbam.

I miei pugni fasciati sbatterono contro il sacco in vinile. Okay.

Forse stavo immaginando di colpire la faccia di quel grosso e massiccio figlio di puttana sin dall'inizio dell'allenamento. Fatemi pure causa. Mi avventai su di esso con più ferocia.

Damian lo spinse verso di me con forza. «Hai finito?»

Assestai un ultimo potente colpo, prima di barcollare all'indietro, ansimando come un maledetto cane. «Sì» dissi, mentre mi strappavo le fasce dai polsi.

Cominciai a camminare avanti e indietro per il garage che era stato trasformato in una palestra improvvisata, tirando respiri profondi nei miei polmoni affaticati.

Damian avanzò verso il centro della stanza con quel sorrisetto astuto di chi sapeva fin troppo. «Provo a sbilanciarmi e dico che il pessimo umore che hai da due giorni ha qualcosa a che fare con quella ragazza per cui hai rovinato il tuo spettacolo al *Lighthouse* martedì sera. E a proposito, Craig non è affatto contento. Adesso sei in prova. Ha detto che se fai un'altra cazzata, sei fuori.»

Come se me ne fregasse qualcosa.

Gli rivolsi un cipiglio. «Fare cazzate sembra essere il mio forte, no?»

«Fa' come ti pare, amico. Usala pure come scusa del cazzo. *Non puoi farne a meno.* È corretto?»

«Assolutamente sì.»

Lui scosse la testa. «Dio, quando vuoi sai essere un vero stronzo. Ti rendi conto che prendertela con me non cambierà nulla?»

Abbassai la testa e mi portai le mani sui fianchi, cercando di reprimere le stupide emozioni che stavano facendo del loro meglio per salire a galla.

Perché Damian aveva ragione.

Niente di tutto questo aveva a che fare con lui.

Mandavo ogni cosa a puttane da solo.

La sua voce si fece cauta. «Sei pronto a dirmi chi è?»

Deglutii, nel tentativo di mandare giù il nodo che improvvisamente mi serrava la gola. Come se il rimorso stesse aumentando, diventando sempre più grande e pressante. Mi domandai quanto tempo mancasse prima che fosse esploso.

«Una vecchia amica.»

Definirla unicamente in quel modo sembrava un altro maledetto tradimento.

Perché era stata *tutto* per me.

Ma tradire era la cosa che mi riusciva meglio.

«Un'amica?» ripeté Damian, incredulo. «Non mi è parso affatto così» disse in tono accusatorio, le sue parole simili a freccette che mi inchiodavano al muro.

Mi voltai verso di lui e allargai le braccia in segno di resa. «D'accordo. Vuoi sapere chi è? È una persona *importante*. Qualcuno che ho *ferito*. Due sere fa è stata la prima volta che l'ho vista dopo anni.»

Da quando aveva impacchettato le sue cose ed era fuggita. La stessa sera in cui avevo preso il segreto che mi aveva offerto come un dono e l'avevo gettato via come se non valesse nulla.

Avrei dovuto proteggerlo.

Proteggere lei.

Invece, non avevo fatto altro che lasciare che venisse calpestata, rivelando ciò che *lui* non avrebbe mai dovuto sapere.

Era colpa mia.

Lo sapevo. Non avrei dovuto perdere la testa come avevo fatto.

E nel suo stato di panico non c'era stato nulla che potessi dire per farla restare.

Non posso credere che tu mi abbia fatto questo. Mi fidavo ciecamente di te. Stanne fuori. Sta' fuori dalla mia vita e dai miei affari perché non posso fidarmi di te. Non rendere le cose più difficili di quanto tu non abbia già fatto.

Mi aveva lasciato con queste parole pronunciate a fatica tra i singhiozzi, gli occhi colmi di orrore e il viso rigato di lacrime.

Poi era svanita nella notte. I giorni erano diventati settimane, e le settimane si erano trasformate in mesi.

Col passare degli anni, avevo capito di averla persa per sempre. Ero stato così dannatamente imprudente. Avevo preso quel fragile legame e l'avevo sbatacchiato. Tanto stupido da pensare che quando sarebbe caduto non si sarebbe rotto.

Le sue parole d'addio vorticarono nella mia mente.

Stanne fuori.

Fui travolto da un senso di disagio e da un improvviso attacco di nausea.

Forse avrei dovuto essere pentito, provare rimorso per aver ignorato la sua ultima supplica. Per aver ficcato il naso più a fondo nei suoi affari di quanto le avrei mai permesso di scoprire.

Ma non potevo.

Non riuscivo a provare alcun rimorso per averla fatta pagare a quel *bastardo*.

Ovviamente, Edie non aveva la minima idea che fossi stato io.

Che fossi io il responsabile.

Saperlo l'avrebbe solo fatta soffrire di più. Era una ragazza troppo buona e gentile per capire che a volte la cosa giusta da fare era considerata sbagliata dalla maggior parte della gente.

Come diceva il vecchio detto: *occhio per occhio, dente per dente.*

L'unica cosa che rimpiangevo era di non aver potuto fargliela scontare a vita.

Dio solo sapeva che quel bastardo l'aveva praticamente *rovinata.*

Damian spostò il peso da un piede all'altro a disagio, girando intorno all'argomento in maniera esitante. Quasi stesse cercando di arrivare al nocciolo della questione senza dirlo ad alta voce, immaginando che mi avrebbe fatto uscire di matto.

Il ragazzo era intelligente.

Dio solo sapeva che ero a un passo dal perdere la testa.

«È davvero carina, eh?»

Una risatina confusa rimbombò nel mio petto.

Carina.

Quell'aggettivo non si avvicinava neanche lontanamente a descriverla.

Era assolutamente splendida.

Sembrava fosse stata creata apposta per me. La copia esatta di ogni mia fantasia.

Ma era ciò che aveva dentro che mi scombussolava fin nel profondo.

La sua generosità e la sua bontà.

Edie era l'unica persona ad emanare una luce abbastanza forte da trascinarmi fuori dall'oscurità. L'unica ad avere il potere di tirarmi fuori dalle acque nere in cui annegavo, sul punto di soccombere.

Proprio dove meritavo di stare.

Ma lei... lei mi aveva dato una boccata di ossigeno.

Una tregua dall'interminabile tempesta.

Mi passai nervosamente una mano tra i capelli. Cazzo. Il solo ricordo di lei a pochi passi da me due sere prima, rischiò di farmi indurire l'uccello, il che avrebbe dovuto essere un campanello d'allarme sufficiente.

Eccomi di nuovo qui, a desiderare di poter oltrepassare tutte quelle linee che mi era proibito attraversare.

Morendo dalla voglia di assaggiare, toccare e prendere.

Mi si contorse lo stomaco ripensando al suo aspetto quando l'avevo vista martedì sera.

Al modo in cui riusciva ancora a scombussolarmi.

L'uccello mi si era indurito mentre tutti i pezzi ruvidi, fragili e spezzati dentro di me avevano desiderato addolcirsi.

Sciogliersi al cospetto della sua dolcezza e purezza.

Mi prudevano le mani dalla voglia di affondare le dita in quelle onde setose, ora più lunghe di prima, in quella massa di capelli così biondi da sembrare quasi bianchi.

Mi venne l'acquolina in bocca al pensiero di avere un altro assaggio di quelle morbide labbra perennemente piegate in un broncio seducente.

Suppongo che non avrei dovuto essere sorpreso quando quello stronzo si era intromesso tra di noi come una sorta di glorioso salvatore. Rivendicando i suoi diritti. Prendendo ciò che avrebbe dovuto essere mio.

Ma ero io lo sciocco. Quello tanto stupido da averla lasciata andare.

La gelosia aveva avuto la meglio su di me la prima volta. Non intendevo permetterle di vincere una seconda volta.

Tuttavia, ciò non significava che non mi avesse fatto un male cane guardarlo stringerla tra le braccia per confortarla.

Lui la capiva nel modo in cui la capivo io?

Lei gli aveva aperto il suo cuore?

Lui sapeva il suo segreto?

Quel pensiero mi rese nervoso, e provai l'impulso di strapparmi tutti i capelli dalla testa, la mia mente masochista ossessionata dall'idea che un altro uomo la toccasse.

Dio, ero uno stronzo egoista.

Lo ero da tutta la vita, dannazione.

Prendevo ciò che c'era di buono e lo schiacciavo tra le mani.

Merda.

Non volevo continuare ad essere un fallimento.

Ma sembrava impossibile correggere tutti i miei torti.

Perché il disastro che avevo causato si era allargato con un effetto devastante.

Rovinando tante vite.

Avrei rimpianto per sempre di aver rovinato la vita di Edie e distrutto l'ultimo frammento buono presente nella mia.

«Coraggio, amico. Va' a parlarle» disse Damian, facendo spallucce come se la soluzione fosse semplice.

Sbuffai. «Parlarle? Mi ha fatto capire chiaramente che non vuole vedermi, figuriamoci parlarmi. Inoltre, non ho il suo numero di telefono quindi non posso nemmeno chiamarla.»

Damian si grattò dietro l'orecchio col dito indice e spostò lo sguardo sul pavimento, come faceva sempre quando si sentiva in colpa. Infine, riportò gli occhi su di me. «Sai che Deak la conosce, vero?»

Mi pietrificai, poi un cipiglio mi corrugò il viso quando metabolizzai le sue parole. «In che senso Deak la conosce?»

Deak era il proprietario di questa casa. Tre mesi prima, io e Damian eravamo venuti a Santa Cruz con l'intenzione di essere solo di passaggio, di non trattenerci più a lungo di un paio di settimane, come facevamo sempre. Ma la sera in cui mi ero esibito per la prima volta al *Lighthouse*, lui e Deak avevano intavolato una conversazione. Non avevano impiegato molto a capire che erano entrambi appassionati del mare e del surf. Deak era cresciuto cavalcando le grandi onde dell'Australia mentre Damian aveva sfidato le acque gelide della costa di Washington.

Quella sera, Deak ci aveva invitato a stare da lui. Aveva detto che era da un po' che cercava di affittare un paio di stanze nella casa che aveva ereditato dai suoi nonni. Viveva qui da solo da due anni, sin da quando si era trasferito negli Stati Uniti.

Gli avevo detto che non ci saremmo trattenuti a lungo, perché non avevo intenzione di legarmi a un unico luogo.

Non quando non avevo idea di quale fosse il mio posto o dove fossi diretto.

Eppure, eravamo qui già da tre mesi.

La casa era arroccata su una scogliera che dominava l'oceano. Notte dopo notte, il suono delle onde mi riempiva le orecchie, richiamandomi a sé e spingendomi via contemporaneamente. Qui la *sua* presenza era forte e profonda, come ogni volta che ero vicino al mare.

Era la ragione principale per cui non mi allontanavo mai troppo dalla costa.

Avevo creduto che fosse l'unico motivo per cui mi sentivo incredibilmente legato a questo posto.

Ma suppongo che fossi stato attirato qui per una ragione che non capivo.

Non fino ad ora.

Non prima di rincontrare *lei*.

E cazzo se non sembrava un segno del destino.

Corrugando le sopracciglia, Damian piegò la testa di lato e cominciò a spiegare. «Hai presente quel ragazzo? Quello che sembravi sul punto di fare a pezzi?»

Annuii con un cenno secco del capo.

Come se potessi dimenticarlo.

«È il proprietario del negozio di surf dove Deak dà una

mano qualche volta. Si chiama Jed. A quanto pare, anche la tua amica lavora lì. Sta dietro alla cassa. Vive con lui e sua sorella in una casetta a un paio di chilometri da qui. Apparentemente, Jed ha detto a Deak che si è spaventata quando ha visto un ragazzo che suonava al *Lighthouse*. Deak ha fatto due più due e stamattina mi ha chiesto se sapessi come conosci Edie Evans. Ha detto che è una ragazza dolce che non ha bisogno di altri problemi.»

La rabbia mi ribollì nelle vene.

Vivevano insieme.

Condividevano anche lo stesso letto?

Mi voltai e mi sfregai la nuca con una mano, massaggiando i muscoli tesi. Non sapevo se avessi la forza di elaborare che cosa significasse quel fatto.

Forse il destino era dannatamente in ritardo.

«Non ti ho mai visto così agitato, amico. Lei è diversa da tutte le altre?» chiese Damian.

Sapevo che cosa intendeva. Voleva sapere se volevo soltanto inzuppare il biscotto. Se lei era come le ragazze con cui me la spassavo di città in città.

Desiderando che qualcuno o qualcosa riempisse il vuoto dentro di me.

Pur sapendo che era impossibile.

Ma almeno per alcuni brevi momenti di frenesia sessuale potevo dimenticare.

Tuttavia, con Edie non si era mai trattato di quello. Anche se alla fine era stato proprio questo a rovinare tutto.

Il mio bisogno di lei era cresciuto fino al punto che non ero più riuscito né a vedere né a pensare chiaramente. E a causa di questo, avevo distrutto completamente ciò che avevamo.

«Sì, amico. Lei è diversa.»

Così diversa, perfetta e giusta.

Troppo perfetta per me.

Ma ciò non significava che non la bramassi con ogni parte incasinata di me.

Damian emise un sospiro. «Da quanto ho intuito, ci sono parecchie cose di cui devi farti perdonare.»

Il senso di colpa, pesante e soffocante, mi attanagliò la coscienza. Sollevai lo sguardo verso il soffitto. «Ho commesso più errori di quanti riuscirò mai a farmi perdonare» mi costrinsi a confessare con voce roca.

C'erano alcuni errori a cui non si poteva rimediare.

Damian pensava che fossi un bravo ragazzo.

Si sbagliava.

«Allora è meglio che tu ti dia una mossa, amico mio, perché startene qui comportandoti come un vero stronzo non ti farà guadagnare punti.»

La fragile voce di Edie echeggiò nella mia mente, carezzandomi come era solita fare al buio, mentre le sue mani stringevano la mia maglietta in una sorta di supplica.

Quando sono con te, non fa più così male.

La speranza luccicò in quel luogo buio e oscuro.

In quel posto che solo la sua luce poteva raggiungere.

Avevo commesso così tanti errori che non sarei mai riuscito a redimermi.

Ma forse... solo forse... da questo avrei potuto scagionarmi.

4

AUSTIN ~ DICIASSETTE ANNI

Mi girai e rigirai nel letto. Scalciai via le coperte dal mio corpo e fissai il soffitto della mia stanza buia.

Mi sentivo oppresso e schiacciato, la mia pelle era madida di sudore e il mio cuore batteva maledettamente troppo forte.

Un terrore strisciante mi avvinghiò lo stomaco quando le mie orecchie udirono i sommessi singhiozzi che filtravano dalla stanza accanto attraverso la parete.

Paura e sofferenza.

Le percepivo. Le *riconoscevo*.

Nonostante il suono fosse attutito dal suo cuscino.

Dalle mura e dalla distanza.

Le *riconoscevo*.

Scesi dal letto e mi strinsi i capelli tra le mani mentre camminavo avanti e indietro per la stanza, continuando ad ascoltare.

Che diavolo dovevo fare?

Si trattava della ragazza che era stata troppo timida perfino per guardarmi quando stamattina si era fermata sulla soglia d'ingresso, mentre suo fratello sorrideva come uno sciocco al suo fianco, fin troppo entusiasta di annunciare che la sua sorellina sarebbe rimasta con noi per l'estate mentre la band era in pausa.

Dio. Anche con la testa abbassata, doveva essere la cosa più bella che avessi mai visto.

Le ragazze andavano e venivano in continuazione in questa casa.

Sesso e peccato.

Era fottutamente facile perdersi in essi.

A nessuno sembrava importare quando allungavo la mano e prendevo la mia parte, come se fossi un contorto e incasinato membro aggregato della band.

Quelle ragazze erano sempre ben disponibili.

Contente di qualsiasi assaggio riuscissero a ottenere.

Anche se si trattava di me.

Un outsider che desiderava essere abbastanza in gamba da salire sul ring.

Ma questa ragazza mi aveva praticamente ignorato quando, per la prima volta nella mia vita, mi era sembrato che i miei occhi fossero aperti e potessi finalmente vedere.

Perché le avevo sentite, cazzo. Avevo *sentito* le rapide e furtive occhiate alimentate dalla strana curiosità che nessuno di noi due era parso in grado di scuotersi di dosso.

Vero, l'avevo vista un paio di volte nel corso degli anni quando non eravamo altro che bambini.

All'epoca?

Non avevo provato nulla.

Adesso?

Provavo tutto.

Adesso c'era qualcosa di profondo che mi incitava. Che mi chiamava a sé da quella stanza.

Una stanza che era chiaramente off-limit.

Un altro singhiozzo soffocato mi colpì come un pugnale al cuore, e non riuscii a sopportare oltre. Senza rifletterci a fondo, caddi in ginocchio e frugai in fondo all'armadio, assecondando la decisione avventata che il mio subconscio aveva già preso.

Tirai fuori l'oggetto che tenevo nascosto in un piccolo baule e lo strinsi nella mano, accogliendo il sollievo che mi trasmetteva. Per un breve istante, lasciai che la voce di mia nonna mi carezzasse come una canzone, proprio come il giorno in cui me l'aveva dato quando avevo otto anni.

E finsi che me lo meritassi.

Tienilo con te, tesoro mio. Ogni volta che hai paura o i sogni vengono a trovarti, stringilo forte ed esso li custodirà per te. Ti darà pace e sicurezza. Ogni volta che ne avrai bisogno, pensa a me e ricorda ciò che ti ho detto.

Nel profondo di me, sapevo che questa ragazza ne aveva bisogno.

Che se lo meritava.

Senza far rumore, uscii dalla mia stanza e percorsi lentamente il corridoio con la schiena premuta contro il muro, nascondendomi nell'ombra.

Come un malato pervertito che si aggirava furtivamente.

Una parte di me gridava che stavo facendo qualcosa di sbagliato.

Che stavo oltrepassando una linea invisibile che era stata tracciata davanti alla sua porta.

L'altra parte di me, semplicemente non se ne importava.

Girai lentamente e silenziosamente la maniglia e mi intrufolai nella buia camera degli ospiti.

La luce della luna filtrava nella stanza, facendo risplendere i suoi capelli argentati e la sua pelle simile all'alabastro.

Mi si mozzò il respiro e il mio stomaco si attorcigliò in mille nodi.

Feci un passo cauto in avanti.

Il pavimento scricchiolò e il mio spirito si agitò.

Il suo piccolo corpo si pietrificò, percependo senza dubbio la mia presenza. Teneva la schiena rivolta verso di me mentre tremava e stringeva forte la coperta che le copriva il viso.

Emanava così tanta paura che un altro frammento del mio fragile cuore si spezzò.

Sembrava impossibile che questa perfetta sconosciuta potesse suscitare in me un senso di compassione.

Ma non riuscivo a soffocare l'intrinseco bisogno di alleviare il suo dolore. Di cancellarlo.

Tutto il resto svanì e mi concentrai su un unico obbiettivo.

Le mie dita tremavano quando le passai con cautela tra i suoi capelli. Una scarica di energia mi attraversò le vene. «Shh... ci sono io con te.»

Lei ansimò al mio tocco. Probabilmente, rimanemmo entrambi sciocati dalla sua reazione, dal modo in cui il suo corpo teso si rilassò e dal sospiro sollevato che emise, come se capisse che ero lì per confortarla.

Non per farle del male.

Bastò quello per convincermi a salire sul letto dietro di lei e attirarla tra le mie braccia.

Inspirai bruscamente a quel contatto. Come se stessi tirando il primo vero respiro dal giorno in cui avevo rubato il *suo.*

Luce.

Risplendette contro l'oscurità che offuscava il mio cuore.

Dio, chi era questa ragazza?

Esitante, si girò tra le mie braccia.

I suoi occhi azzurro chiaro, selvaggi e disorientati, incrociarono i miei nella penombra.

Eppure, luccicavano come diamanti splendenti.

Ogni cosa in me tremò: il mio cuore, il mio spirito e la mia mente.

Paura e meraviglia si rifletterono tra noi, come due specchi senza fine.

Eterni.

Con la gola stretta in una morsa, l'attirai maggiormente a me, premendo teneri baci sui suoi capelli selvaggi, sulla morbida pelle della sua tempia. Sollevai il piccolo cerchio con la ragnatela intricata sopra le nostre teste e con voce flebile sussurrai: «Non devi aver paura. Questo... questo custodirà tutti i tuoi sogni. Non hanno alcun potere su di te. Non possono farti del male. Tienilo sempre con te e ti darà pace e sicurezza.»

Non potei fare a meno di sperare che avrebbe permesso pure a me di dargliene un po'.

5

EDIE

Le onde si infrangevano sulla sabbia, risuonando come un tuono sordo mentre la bassa marea si ritirava. Il familiare e ritmico ondeggiare del mare filtrava attraverso la finestra aperta della mia stanza, e le vaporose tende fluttuavano nella leggera brezza.

Pace.

È la sola cosa che aneliamo tutti: l'innato bisogno di sentirci al sicuro e protetti contro le tempeste che imperversano intorno a noi.

Eppure, era da tantissimo tempo che non mi sentivo così inquieta.

Stringendomi maggiormente la coperta al petto, mi raggomitolai in una palla tremante.

Ancora prigioniera della notte.

Dei sogni che mi avrebbero tenuta per sempre avvinghiata nella loro morsa.

Erano perennemente presenti ma, per qualche ragione, erano cambiati da quando Austin era ricomparso inaspettatamente nella mia vita. Come se gli incubi mi stessero beffeggiando con i momenti di pace che lui mi aveva donato. Con la compassione e la tenerezza che solo lui era in grado di darmi.

Era come se filamenti del suo conforto stessero allungando le loro dita sottili, agitandosi e frustando appena fuori la mia portata.

Quando mi ero svegliata, non mi ero mai sentita così sola.

Soffocai il singhiozzo che mi serrava la gola, tenendo il mio tormento segreto mentre il senso di perdita mi colpiva come una silenziosa grandinata.

Il mio cuore martellò violentemente.

Strattonato in ogni direzione.

Alla disperata ricerca di una connessione.

Dell'unica persona che mi avesse mai realmente capita.

Sapevo che non avrei dovuto farlo – che non avrei dovuto torturarmi in questo modo – ma mi districai dalle coperte aggrovigliate intorno al mio corpo e, con occhi annebbiati, mi allungai verso il comodino. Aprii l'ultimo cassetto e frugai in fondo, sapendo esattamente dove cercare dal momento che mi ritrovavo ad aggrapparmi ad esso quasi ogni notte. L'istante in cui lo presi in mano, le lacrime sgorgarono liberamente lungo il mio viso.

Incontrollate ma contenute da tutti i muri che avevo dovuto innalzare per proteggere l'unica cosa che avrebbe sempre contato di più per me.

Tirando un respiro tremante, rotolai sulla schiena e lo sollevai sopra di me, facendolo dondolare in aria come una silenziosa promessa.

Le piume danzarono nella brezza e le lucenti, colorate perline infilate nelle corde di cuoio scintillarono ai raggi del sole che filtravano dalla finestra.

Il piccolo cerchio pesava pochissimo, eppure sembrava tutto fuorché leggero.

I ricordi vorticarono nella mia mente, proprio come la ragnatela che avrebbe dovuto acchiappare i miei sogni.

Sei al sicuro. Sei al sicuro. Niente può farti del male. Non lo permetterò.

Quante volte aveva pronunciato quella promessa?

Un dolore familiare mi attanagliò le viscere. Avevo sempre saputo che non sarei mai riuscita a lasciarmelo alle spalle. Che mi avrebbe perseguitata come un fantasma. Ma non avrei mai creduto che quei fantasmi avrebbero avuto l'opportunità di raggiungermi.

Due colpi risuonarono alla porta della mia camera da letto. Per altri pochi secondi, mi aggrappai alla tristezza, ai ricordi, alla speranza che sembrava solamente un sogno, prima di nascondere l'acchiappasogni sotto al cuscino.

Feci del mio meglio per soffocare il dolore, per fingere che andasse tutto bene, come facevo sempre, e mi asciugai le lacrime che avrei finto non esistessero.

Per tanto tempo, mi era sembrata la cosa giusta da fare: mostrarmi coraggiosa e nascondermi dietro un sorriso falso. Gettarmi tutto alle spalle e dimenticare, proprio come mia madre mi aveva promesso che avrei fatto un giorno.

Dimenticare.

Ma cominciavo a chiedermi se desiderare quel distacco emotivo non mi rendesse solo una sciocca. Perché quella distanza era insormontabile. Invalicabile. Mi sentivo come una ragazzina di fronte a una vasta catena montuosa che non poteva essere attraversata.

La porta si aprì.

Blaire fece capolino oltre la soglia, rivolgendomi un ampio e innocente sorriso che celava una certa furbizia mentre entrava nella mia stanza.

Senza essere stata invitata.

Non che fossi sorpresa.

Entrare senza permesso era il suo modus operandi.

Buffo che questo me la facesse amare ancora di più.

Mi spiaccicai sul viso un sorriso luminoso che non era mai del tutto forzato quando ero in compagnia della mia migliore amica che, in qualche modo, riusciva sempre a farmi ridere e sorridere con facilità.

Teneva la sua enorme massa di capelli castani raccolta in

uno chignon disordinato in cima alla testa, e indossava una vecchia e consunta felpa con lo scollo che pendeva da una spalla, più un paio di pantaloncini così corti che sembrava non indossasse nulla.

«Ehi» la salutai. Mi schiarii la gola quando la mia voce si incrinò, facendo del mio meglio per mantenere un tono calmo e sereno nella speranza che non rivelasse nulla. Perché l'ultima cosa che volevo era che Blaire si preoccupasse. Che scavasse in quei luoghi in cui non potevo lasciarla entrare.

Mi misi seduta sul letto e incrociai le gambe.

Un'ondata di disagio mi percorse il corpo quando riconobbi il luccichio nei suoi occhi.

Blaire saltò sul letto e imitò la mia posizione. «Sputa il rospo» mi ordinò.

Incrociai le braccia sul petto, sperando di apparire spavalda quando in realtà stavo facendo di tutto per non crollare. «Non ho idea di cosa tu stia parlando.»

Lei socchiuse gli occhi. «Balle. So che mi stai nascondendo qualcosa, Edie Evans. E sai quanto io odii che mi vengano tenute nascoste le cose.»

Risi sommessamente e scossi la testa. Era da tanto tempo che mi tenevo dentro i miei segreti. «Non ho nulla da dire.»

Blaire corrugò le sopracciglia. «Lo sai che probabilmente sei la peggiore bugiarda nella storia di tutti i bugiardi?»

Piegò la testa di lato e si sporse leggermente verso di me per osservarmi, come se stesse cercando di decifrare un indovinello.

«Non sto mentendo» mormorai.

L'angolo della mia bocca tremolò. Solo un pochino.

«Ecco!» Puntò il dito indice due volte verso la mia bocca. «Proprio lì.» Agitò la mano davanti al mio viso come se stesse mostrando la sua prova. «Ti compare questo piccolo tic ogni volta che dalla tua bocca non esce la completa e assoluta verità. È piuttosto adorabile, in effetti.»

«Non è vero.»

Un altro tremolio.

«Ah!» Puntò di nuovo il dito, fin troppo felice di cogliermi in flagrante.

Mi morsi il labbro inferiore con forza.

Dio. Quando aveva cominciato a leggermi così bene?

Blaire sbuffò, cogliendo anche quello. «Dubito seriamente che questo possa aiutarti. Arrenditi e confessa. Ti conosco meglio di quanto pensi. E ciò che so è che vai in giro con un sorriso spiaccicato sul viso, fingendo di essere la persona più felice del mondo quando è ovvio che ti manchi qualcosa. Eppure, hai un bel lavoro. Vivi sulla spiaggia. Senza contare che hai un'amica *assolutamente fantastica*.»

Okay. Forse l'umiltà non era esattamente la sua dote migliore.

Continuò a parlare. «E non dimentichiamoci di Jed. Hai presente, il mio fratellone che è innamorato di te sin dall'istante in cui ti ha vista e che tu non ti fili nemmeno un po'? E considerando che quasi ogni ragazza nel raggio di duecento chilometri farebbe a botte per ottenere un pezzo di mio fratello mentre tu fai del tuo meglio per evitarlo, so per certo che c'è qualcosa che frulla in quella tua graziosa testolina» concluse, disegnando un cerchio col dito indice davanti al mio viso.

«Mi piace il mio lavoro.»

Stavolta il mio labbro non tremò. Un urrà per le piccole vittorie.

Era vero, amavo il mio lavoro.

Che importava se avevo sostanzialmente ignorato le altre palesi insinuazioni di Blaire? Quelle riguardo a suo fratello e alla mia felicità?

Quello era un argomento che non desideravo affrontare.

Quattro anni prima ero venuta a Santa Cruz.

Smarrita.

Col cuore spezzato.

Spaventata, sola e vulnerabile.

Ritrovandomi nella stessa situazione in cui mi ero ripromessa di non trovarmi mai più.

Ma almeno avevo potuto *scegliere* di andarmene. Di proteggere quel poco che ancora potevo proteggere.

Non avrei più permesso a nessuno di sottrarmi la possibilità di *scegliere*.

Jed mi aveva assunta immediatamente quando avevo visto l'insegna *"cercasi personale"* sulla porta del suo negozio. Io e Blaire eravamo diventate subito amiche, e poco dopo avevo preso in affitto la terza camera da letto dell'appartamento sulla spiaggia che fratello e sorella condividevano.

Blaire sbuffò. «Non ho detto che non ti piace il tuo lavoro. Ma sono due giorni che vai in giro con un muso così lungo da sembrare una emo. E credimi, non è un look che ti dona. Cioè, dai, non hai neppure i capelli neri.»

Ah, che sarcasmo.

Schioccò la lingua. «Ho l'impressione che quel cantante super sexy ti scombussoli parecchio.»

Feci del mio meglio per non sussultare alla sua sfacciata insinuazione.

L'espressione di Blaire si fece seria di fronte alla mia reazione e la sua voce si addolcì. «Non sei più te stessa da quando l'hai visto, Edie» disse, inarcando un sopracciglio. Non avrei saputo dire se in segno di comprensione o accusa. «O forse, ti stai finalmente comportando come te stessa perché hai trovato il tuo pezzo mancante.»

Stavolta sussultai.

Certe volte Blaire era fin troppo perspicace.

Ma era proprio quello il problema: mi mancavano così tanti pezzi che ormai ero diventata un guscio vuoto.

«E a proposito, mi piacciono parecchio i suoi tatuaggi. Lo fanno sembrare così... pericoloso.»

Non ne aveva neppure idea.

«E quelle labbra... hai visto le sue labbra?» Emise un gemito esagerato e si sventolò la mano davanti al viso come se fosse surriscaldata. «Nessun uomo dovrebbe avere labbra simili. È un'ingiustizia.»

Sì, avevo visto quelle labbra. Le avevo sentite sfiorarmi la guancia mentre cantavano per farmi addormentare. Avevo sentito la loro morbidezza mentre esploravano timidamente la mia pelle.

Scossi piano la testa. «Te l'ho detto... è solo un ragazzo che ho conosciuto a Los Angeles. Non mi aspettavo di rivederlo. Non ci siamo salutati nel migliore dei modi.»

«Eravate fidanzati?» Ebbe la faccia tosta di suonare speranzosa.

Sospirai. «No.»

Era molto più complicato di così.

«Amici?» insistette.

Rassegnata, la guardai negli occhi e deglutii il grosso nodo che avevo in gola e che minacciava di soffocarmi. Dio solo sapeva che ammettere la verità mi faceva girare la testa. «Era il mio migliore amico.»

Blaire agitò le sopracciglia. «Sembra proprio che voi due dobbiate darvi un bacetto e fare pace, quindi.»

Ugh.

Solo Blaire poteva uscirsene con una battuta simile.

Scossi la testa. «Non dovresti stare dalla parte di tuo fratello?»

Lei scrollò una spalla con noncuranza. «Oh, andiamo, Edie. Mio fratello potrà anche correrti dietro come uno sciocco innamorato, ma nessuna di noi due deve fingere che abbia qualche diritto su di te quando sappiamo tutti che non è così.»

Il senso di colpa pulsò nel mio petto, e sbattei rapidamente le palpebre. «Sono sempre stata onesta con Jed.»

Brutalmente onesta.

Pur continuando a mantenere tutti i miei segreti.

Avevo fatto di tutto per tenere Jed nella *friend zone*. Eppure, lui continuava a insistere senza fare pressioni. Convinto che un giorno mi avrebbe conquistata.

Non aveva ancora accettato il fatto che quel giorno non sarebbe mai arrivato.

Blaire indicò la porta della mia camera da letto. «Ogni notte, mio fratello dorme dall'altra parte del corridoio. Ma neppure una volta ho sorpreso uno di voi due a sgattaiolare fuori dalla stanza dell'altro. Scommetto che non hai mai fatto cose sconce con lui, vero?»

A disagio, distolsi lo sguardo e osservai il mare al di là della finestra, sapendo che mi stava solo pungolando per convincermi ad aprirmi. A dirle tutto.

Perché non era una sciocca e, anche se era diventata la mia migliore amica, era ben consapevole che non mi ero confidata completamente con lei.

Corrugai la fronte con espressione quasi offesa. «Sai che non abbiamo fatto nulla.»

Piegò la testa di lato. «E perché?» chiese in tono accusatorio.

Scavando più a fondo.

Scossi la testa e riportai gli occhi su di lei. «Te l'ho già detto. Non sono il tipo da una botta e via.»

Non più.

Non dopo quell'unica *scappatella* che era stata la mia rovina.

Poi, quando avevo cercato rifugio nella casa dei *Sunder* anni dopo, mi ero comportata di nuovo da stupida. Avevo provato a cimentarmi con l'amore. Avevo aperto il mio cuore e dato a Austin i pezzi rotti che rimanevano di me, affidandoli a lui affinché li tenesse uniti.

Sfortunatamente, l'unica cosa che era riuscito a fare era ridurre le mie macerie in minuscole particelle di polvere.

Blaire gettò le mani in aria. «Oh, ma per favore, Edie.» La sua espressione divenne seria. «So che non respingi mio fratello perché vuoi conservare la tua virtù. Altrimenti avresti già un anello al dito e il tuo per sempre felici e contenti, perché sai che mio fratello sarebbe più che contento di avere con te qualcosa di più di una semplice avventura. Quindi, tanto vale arrenderti e dirmi la verità, poiché so che quel tipo incredibilmente delizioso che suona la chitarra non è un ragazzo qualunque con cui hai litigato e chiuso.»

Mi contorsi le mani in grembo, senza dire niente.

Blaire scosse la testa, delusa. «Sei la mia migliore amica, eppure non ti *conosco* nemmeno. Non so chi sei, né da dove vieni, o perché vedere quel tizio ti ha mandato completamente in tilt. Ma quello che so è che ti stai nascondendo, e lo stai facendo sin dall'istante in cui sei arrivata qui. E nonostante tutto, ci tengo davvero a te. Ma non posso aiutarti se non so contro cosa stiamo combattendo.»

Fiducia.

Era qualcosa che non davo facilmente.

Qualcosa che non concedevo da moltissimo tempo.

Non dopo Austin.

La paura mi avvolse come un manto scuro e i brividi mi corsero lungo la spina dorsale. La ricacciai indietro e mi costrinsi a pronunciare le parole che avevo sulla punta della mia lingua asciutta, perché forse Blaire aveva ragione. Forse era giunto il momento di darle qualcosa di più di piccoli dettagli del mio passato. Dio solo sapeva che non avevo idea di come gestire questo disastro da sola. «Si chiama Austin. Austin Stone.»

Il ragazzo spezzato che era diventato tutta la mia vita. Il mio porto sicuro.

Ma avrei dovuto sapere che a volte i rottami non possono essere salvati.

Era un ragazzo distrutto che si era ritrovato coinvolto in quel genere di problemi che ti accalappiavano come un cane e ti conducevano lungo un sentiero di distruzione. Un ragazzo che si era avvelenato le vene per coprire il dolore che indossava come una seconda pelle, nel tentativo di fingere che i suoi demoni non esistessero.

Demoni oscuri e tenebrosi.

Quando l'avevo incontrato, ero già incappata nella mia rovina.

Avrei dovuto sapere che combinare le nostre sofferenze avrebbe devastato e distrutto i piccoli frammenti che ci erano rimasti.

La mia confessione venne fuori in un sussurro. «È il fratello minore di Sebastian Stone.»

La sua espressione si tinse di confusione mentre cercava di dare un senso alla mia affermazione, poi la sua bocca si spalancò. «Aspetta un attimo. Intendi dire *quel* Sebastian Stone? Il frontman dei *Sunder*?»

Con cautela, annuii.

Blaire si batté il palmo della mano sulla fronte. «Oddio. Come ho fatto a non accorgermene? Mi pareva che avesse un aspetto familiare. Cioè, è *identico* a suo fratello. E quella voce e il modo in cui suona la chitarra? Oh. Mio. Dio.»

Era la verità.

Ero rimasta un po' spiazzata dal fatto che Austin fosse cambiato a tal punto e che ora somigliasse così tanto a suo fratello maggiore. Anche se, per qualche ragione, non ero affatto sorpresa che il mio bellissimo ragazzo spezzato fosse diventato un uomo irresistibilmente meraviglioso.

Mio.

Il dolore mi investì da ogni parte.

Avrebbe dovuto essere mio.

Invece, eccomi qui.

Da sola quando non avrei dovuto esserlo.

Blaire stava sorridendo, la sua eccitazione a malapena contenuta. Come se si fosse momentaneamente dimenticata del mio tumulto interiore. «Porca vacca! È grandioso. Assolutamente fantastico. Come diavolo hai conosciuto Austin Stone? Hai incontrato anche suo fratello?» Saltellò sul materasso come una groupie fin troppo entusiasta. «Oh mio Dio, dimmi che hai conosciuto anche il resto della band.»

Fui travolta da un'ondata di disagio mentre mi preparavo a pronunciare la mia confessione nonostante il nodo che mi serrava la gola.

Mentre racimolavo il coraggio di lasciarla entrare in tutti quei luoghi che non avevo mai permesso a nessun altro di entrare.

Avevo subito così tante perdite.

Ogni singola cosa che avevo amato.

Ogni persona.

La mia famiglia, le mie speranze e i miei sogni.

Tutto a causa di un solo errore.

Un errore che avevo commesso a quattordici anni, quando mi ero comportata come un'ingenua, stupida e sciocca ragazzina.

Ash era stato solo un'altra vittima di quella fatidica notte.

Una notte che mi aveva inseguita come una frana, distruggendo tutto ciò che era importante per me sul suo cammino.

«Blaire... Ash Evans è mio fratello» confessai con voce tremula.

Lei sgranò gli occhi, scioccata e ferita. «Che cosa?»

Aprii la bocca, pronta a darle una spiegazione, quando un leggero bussare risuonò alla porta della mia camera da letto. Jed fece capolino oltre la soglia con un sorriso gentile ed esitante sul viso. «Posso entrare?»

Deglutii rumorosamente, sperando che la mia voce non si spezzasse mentre mi stampavo un sorriso sulla faccia e dicevo: «Certo.»

Lui entrò nella stanza, si avvicinò a me e mi diede un bacio innocente sulla fronte, indugiando un po' più a lungo del necessario e sfiorandomi la guancia col pollice. Mi rivolgeva sempre questi casti gesti d'affetto che celavano la speranza di avere qualcosa di più.

«Come stanno le mie ragazze stamattina?» chiese.

La tristezza mi inghiottì.

Qualsiasi ragazza sarebbe stata felice di essere definita la *ragazza di Jed*.

Ma non io.

Anche se non avrei mai potuto averlo, sarei sempre appartenuta a Austin Stone.

Penso di averlo capito nell'istante in cui l'avevo visto seduto su quel palco.

Scossi la testa impercettibilmente, respingendo la mia dannata bugia.

Perché l'avevo saputo sin dal momento in cui era scivolato nel mio letto e mi aveva sussurrato le sue parole rassicuranti. Sin da quando il suo spirito si era insinuato nella mia anima.

6

AUSTIN

Le fiamme danzavano verso il cielo che andava imbrunendosi. Il falò scoppiettava e scintillava. Il crepuscolo avvolgeva il firmamento come un'infuocata coperta rossa inframezzata da sfumature viola e blu, mentre il sole calava oltre il bordo argentato dell'oceano, le cui onde erano calme e silenziose, come se stessero cedendo il posto alla quiete della notte.

Chiudendo gli occhi, tirai un respiro profondo e lasciai che quella solita sensazione mi avvolgesse completamente. Che mi risucchiasse. Il mio spirito tremò e si agitò, come se stessi condividendo questo momento con *lui*. Come se quel legame non fosse stato reciso per sempre.

E tutto per colpa mia.

Potevo quasi sentire la sua risata cavalcare le onde.

Era diversa dalla mia.

Più spensierata. Più gentile. Innocente.

Buona.

Il mio petto si serrò e quel posto vuoto dentro di me gemette per l'agonia.

Mi dispiace così tanto, Julian. Mi dispiace tantissimo.

Il cellulare vibrò nella mia tasca, risvegliandomi dalla trance. Quando tornai al presente, notai le voci spensierate che mi circondavano.

Damian sedeva accanto a me su un pezzo di legno trasportato dal mare, ridendo e bevendo birra con Deak.

Il mio cellulare vibrò di nuovo.

Poi ancora.

Con un sospiro, lo tirai fuori.

Sapevo già chi era. Per anni, mi aveva dato lo spazio che gli avevo chiesto. Il tempo di crescere e capire le cose da solo. A quanto pareva, la sua pazienza si stava esaurendo.

Esitante, sfogliai i messaggi ricevuti.

So che non sei più un bambino. Merda... non ti vedo da tre anni. Probabilmente non ti riconoscerei nemmeno. Ma ti conosco, Austin.

E so che sei là fuori da qualche parte a biasimarti, ritenendoti responsabile quando la colpa è mia. È sempre stata mia. L'hai capito finalmente? Perché ho bisogno che tu lo capisca.

È importante per me, Austin. Torna a casa. Torna a Los Angeles. Il tuo posto è qui.

Ma era proprio questo quello che mio fratello non avrebbe mai capito.

Era colpa mia.

Non era stato Baz a spegnere il *suo* ultimo respiro.

Un peso insopportabile si abbatté su di me. Quel peso che stupidamente avevo pensato sarebbe sparito se avessi messo un po' di distanza tra me, mio fratello e i ragazzi della band.

Come se la distanza potesse colmare la voragine.

Ma avrei dovuto sapere che quell'abisso era senza fondo.

Titubai, indeciso su cosa dire. Perché volevo dargli una risposta decisa. Smetterla di comportarmi da femminuccia e assumermi le mie responsabilità.

Come al solito, scelsi la via del codardo e digitai una risposta.

Sto cercando di chiarirmi le idee. Ci sto provando, Baz. Te lo giuro.

Buffo, perché le cose sembravano più complicate ora di quanto non lo fossero mai state.

Feci per rinfilarmi il cellulare in tasca quando esso vibrò di nuovo.

Pensavo che fosse ancora mio fratello.

Invece, no.

Il mio cuore saltò un battito.

Il nervosismo mi percorse la pelle.

Era Ash.

Il bassista dei *Sunder*.

Il fratello maggiore di Edie.

Il senso di colpa minacciò di schiacciarmi, come accadeva sempre quando pensavo a lui, consapevole dei segreti che gli avevo tenuto nascosti.

Del fatto che fossi responsabile per il modo in cui Edie era fuggita.

Gli avevo mentito spudoratamente quando mi aveva chiesto informazioni, avendo probabilmente intuito che ero coinvolto più di quanto avessi lasciato intendere.

Sapeva che sua sorella era qui? Si preoccupava per lei? Di notte, si rigirava nel letto chiedendosi se stesse bene?

La band sta soffrendo, amico. Tuo fratello ha bisogno di te. Penso che sia ora che tu gli renda il favore, non credi?

Il senso di colpa divenne soffocante.

Inspirai profondamente.

«Chi è?» domandò Damian.

«Nessuno» risposi, rinfilandomi in fretta il cellulare nella tasca. Per ora, era meglio non affrontare quell'argomento con

Ash. Non ero sicuro di come comportarmi con lui in questo momento.

Non con Edie che invadeva ogni singolo pensiero della mia mente.

Per un brevissimo istante, Damian corrugò la fronte, poi scrollò le spalle e lasciò cadere l'argomento, abbandonandosi all'atmosfera serena che aleggiava nell'aria fresca della sera.

«Allora, come ci si sente ad avvicinarsi alla soglia dei trenta? Fra un po' raggiungerai la mezza età» sghignazzò Damian, sfottendo Deak seduto all'altro lato del falò.

Girando il dito nella piaga.

Come se il fatto che oggi avesse compiuto ventisette anni lo rendesse vecchio.

«Già, amico» disse Deak con quel suo forte accento australiano che non riusciva a nascondere, e che a quanto pareva non era altro che un'esca. Ovunque andassimo, appena apriva la bocca, le donne si radunavano intorno a lui.

La brunetta appiccicata al suo fianco che aveva incontrato cinque minuti prima lo dimostrava sufficientemente.

Si portò dietro le orecchie le ciocche arruffate dei suoi capelli biondo rossiccio che portava fino alle spalle. Era un surfista fino al midollo, dal corpo tonico e snello per via del tempo trascorso tra le onde e la pelle scurita dal sole. Indossava una camicia a maniche corte, un paio di pantaloncini da surf ed era a piedi scalzi.

Deak rivolse un sorrisetto a Damian da sopra l'orlo della bottiglia di birra. «Dovresti saperlo oramai. Il sottoscritto migliora con gli anni e le donne lo adorano sempre più. Alcune cose migliorano con l'età.»

Io sedevo su un altro grosso pezzo di legno che era stato trascinato su questa parte di spiaggia isolata su cui si affacciavano poche case, inclusa quella di Deak. L'amica della brunetta aveva preso posto accanto a me.

Mi lanciò un timido sorriso.

Un mese fa, ci sarei stato.

Ma non ora.

Non dopo aver rivisto Edie.

Anche se non potevo averla, la mia devozione per lei era profonda.

Stavo pensando a un modo per sbarazzarmi della ragazza quando mi bloccai.

La tensione crebbe.

Rapida, densa e soffocante.

Come un calcio dritto allo stomaco.

Una raffica di vento sferzò l'aria, alimentando le fiamme.

Il calore divampò, bruciandomi la pelle.

Tirai un respiro profondo nel tentativo di calmare i miei nervi, di mantenere il controllo quando lei mi aveva sempre fatto desiderare di perderlo.

Lentamente, mi voltai per guardarmi alle spalle, già sapendo chi avrei trovato.

«Ah... ce l'hai fatta, compare.» La voce di Deak penetrò a malapena la mia mente.

«Certo, amico. Avresti dovuto sapere che non sarei mancato per nulla al mondo.»

Clay, l'amico di Deak, avanzò rapidamente verso di noi, sollevando la sabbia e sorridendo come un idiota che non aveva la minima idea che stesse trasportando con sé la mia completa e totale rovina. Col pollice, indicò di lato. «Ho pensato di portare con me qualche amico per animare un po' la serata. È il tuo compleanno, dopotutto.»

Accanto a lui, c'era la ragazza che avevo scoperto si chiamava Blaire.

La sorella dello stronzo.

E lo *stronzo* stava camminando proprio dietro di loro.

Ma fu la ragazza al suo fianco che mi mozzò il fiato in gola.

I suoi lunghi capelli svolazzavano intorno a lei come fiamme bianche.

Luce. Luce. Luce.

Lo sapeva?

Aveva la vaga idea di cosa mi facesse?

Mi travolgeva come grossi cavalloni, risucchiandomi sott'acqua. Trascinandomi nelle profondità più buie rischiarate solo dalla sua presenza.

Come raggi di sole che trafiggevano gli abissi.

Dove lei mi confortava e crocifiggeva.

Quella ragazza era il mio tormento perfetto.

Le ombre danzavano sul suo viso spigoloso eppure morbido. I suoi zigomi, alti e definiti, si affusolavano verso la sua bocca dolce e carnosa.

Quella bocca dolcissima che morivo dalla voglia di divorare.

Il mio uccello si contrasse e le mie mani si chiusero a pugno.

Ogni parte razionale di me si agitò, alla ricerca di un minimo di autocontrollo, mentre tutte le altre parti desiderarono andare da lei.

Affondare le mani nella sua folta e morbida chioma.

Baciarla ardentemente.

Riprendersi ciò che avrebbe sempre dovuto essere mio.

Cazzo. Mi faceva perdere la testa. Mi rendeva pazzo di lussuria e delirante di devozione.

Era così dannatamente bella.

Ma ciò che mi lacerò le viscere fu il terrore che cercava di non far trapelare nella sua espressione.

Come se si fosse unita agli amici per celebrare il compleanno di Deak col solo scopo di convincersi che non aveva nulla da dimostrare.

Un milione di emozioni diverse luccicavano nei suoi occhi; vecchie ferite riaperte e un tenero affetto che avrebbe fatto di tutto per non sentire.

Occhi simili a schegge di vetro rotto che risplendevano alla luce del fuoco.

Simili a diamanti.

Trasparenti.

Ero pronto a giurare di poter vedere direttamente nella sua anima attraverso di essi.

Sembrava che il suo sguardo avido non avesse altro posto su cui posarsi perché non riusciva a distogliere gli occhi dal mio viso.

Proprio come me.

Perché Dio, questa ragazza era l'unica cosa che riuscivo a

vedere.

Jed posò una mano alla base della sua schiena.

In maniera possessiva.

Un'ondata di aggressività mi percorse il corpo. Dovetti fare appello a tutto il mio autocontrollo per obbligarmi a rimanere seduto. Per non scattare in piedi e staccare la sua mano dal corpo di Edie come tutti quei posti irrazionali e stupidi dentro di me pretendevano che facessi.

Forse era sbagliato, ma non potei fare a meno di provare un briciolo di soddisfazione quando la vidi sussultare.

Fu a malapena percettibile.

Ma credetemi.

Lo notai eccome, cazzo.

E scommetto che anche Jed lo notò.

La gelosia era una brutta bestia.

E quel mostro si stava svegliando, attanagliandomi le viscere. Incitandomi ad agire.

Il mio ginocchio rimbalzava nervosamente su e giù mentre si avvicinavano. Jed strinse la mano di Deak e gli augurò buon compleanno.

Clay e Blaire fecero lo stesso.

Poi Edie si fece avanti e abbracciò Deak, la sua voce la cosa peggiore e migliore che avessi mai udito. Era una dolce melodia che carezzava tutti quei posti dentro di me che anelavano il suo tocco.

Una voce così gentile, delicata e buona che pungolava e risvegliava tutti quei posti in me che si erano oscurati quando era uscita dalla mia vita.

Quei posti che solo lei aveva rischiarato.

Era quasi disgustosa l'intensità con cui desideravo sentire quella voce sussurrare nel mio orecchio.

L'intensità con cui volevo sentirla gridare il mio nome.

Damian mi diede un colpetto col gomito e mi lanciò un'occhiata d'intesa, un silenzioso avvertimento, mentre mi passava una birra fresca.

Mantieni la calma.

Svitai il tappo e bevvi una lunga sorsata. Il liquido freddo scivolò lungo la mia gola e si accumulò nel mio stomaco, creando un contrasto col fuoco che mi bruciava dentro.

Un fuoco bollente come le fiamme del falò che danzavano e scintillavano davanti a noi.

Edie si sedette il più lontano possibile da me.

Esattamente al lato opposto delle fiamme ruggenti.

Pensava davvero di potersi nascondere?

La osservai attraverso il fuoco che risplendeva e tremolava sulla sua pelle bianca come la neve.

Dovevo trovarmi all'inferno.

Era fottutamente straziante non poterla toccare.

Non poterle parlare.

Sapere che mi odiava e aveva tutto il diritto di farlo.

Sapere che mi desiderava comunque.

Quasi fosse una mia cara vecchia amica, Blaire si sedette accanto a me, al lato opposto della bionda di cui non sapevo neppure il nome.

Blaire mi rivolse un sorriso luminoso, scrutandomi da capo a piedi con i suoi occhi marroni.

Senza dubbio, Edie le aveva spifferato qualcosa sul nostro passato ed ora era pronta ad indagare.

Credevo che mi avrebbe odiato anche lei, soprattutto considerando che era la sorella di Jed.

«Tu devi essere il famigerato Austin Stone.»

Appoggiando gli avambracci sulle ginocchia, congiunsi le mani e abbassai la testa, inclinandola nella sua direzione. «Famigerato, eh?»

«Potrei aver sentito alcune storie su di te.»

«Tutte brutte, presumo.»

Piegò la testa di lato con espressione interrogativa, come se stesse cercando una risposta sul mio viso. «Non ne sono così sicura.»

Con fare cospiratorio, si sporse verso di me e sussurrò: «Devo ammettere che è un vero piacere conoscerti. Gli amici di Deak sono anche amici miei. È un ragazzo fantastico, eh?»

Proruppi in una risata perplessa. Questa ragazza era un po' folle. Perché era chiaro che non stesse parlando di Deak, e sinceramente ero sorpreso che non mi avesse rivolto un occhiolino furbo.

Scossi la testa, sforzandomi di stare al gioco. «È un tipo molto simpatico e socievole. Sai... ci ha messo a disposizione casa sua che si affaccia sull'oceano.»

«Queste cose succedono solo a Santa Cruz» disse. «Devi essere contento di essere venuto qui» proseguì con sarcasmo, sgranando gli occhi. «È un luogo pieno di grandiose sorprese, vero?»

Ridacchiai. «Un sacco di sorprese davvero fantastiche e inaspettate.»

Spostai l'attenzione su Edie, poi la riportai sulla sua amica, rivolgendole un sorriso eloquente.

Rendendo chiare le mie intenzioni.

Avevo ogni intenzione di riprendermi la mia ragazza.

Inspirai bruscamente quando d'un tratto quell'intensità crebbe, diventando quasi palpabile.

Viva.

Rimbalzò tra di noi. Un match di ping pong senza esclusione di colpi.

Rilanciando quel desiderio avanti e indietro.

Eravamo entrambi determinati a combatterlo.

Ansiosi di capitolare.

Attratti e respinti.

Ed io stavo decisamente cedendo all'*attrazione*.

Piegai la testa e riportai l'attenzione su Edie.

Appena i nostri occhi si incrociarono, lei distolse lo sguardo e si alzò rapidamente in piedi, barcollando, come se sulle spalle portasse un grosso peso.

«Devo andare un attimo in bagno» mormorò con un filo di voce a Deak, quasi stesse sussurrando uno sporco e oscuro segreto.

Stava fuggendo.

Perché era ciò che faceva sempre la mia ragazza.

Deak indicò verso la villetta appollaiata sulla collina e situata proprio dietro di me. «È a tua completa disposizione, bellezza. La porta sul retro è aperta. Fa' come se fossi a casa tua» le disse.

Casa.

Quella parola mi colpì nel profondo.

Era così che Edie mi aveva sempre fatto sentire.

Come a casa.

Jed sollevò lo sguardo su di lei e le toccò l'avambraccio. «Vuoi che venga con te?» Edie scosse la testa, in maniera quasi categorica. «No, non ce n'è bisogno. Torno subito.» Girò intorno al falò. Ad ogni passo che faceva, sapevo che stava combattendo per non incrociare il mio sguardo.

Potevo percepirlo.

Il tumulto.

Il tira e molla.

L'attrazione e la repulsione.

Eravamo entrambi così maledettamente spaventati da ciò in cui saremmo potuti sprofondare.

Era sempre stato così tra di noi.

Non me ne fregava minimamente di quanto fosse palesemente ovvio a tutti che la stessi fissando mentre si allontanava. Non provai neppure a nascondere il modo in cui mi voltai a guardarla, gli occhi fissi su quel dolce corpo che si trascinava sulla sabbia. Ogni centimetro di me si indurì e si tese per il desiderio. I miei muscoli si fletterono e si contrassero, come se già sapessero che stavo per cedere alla mia bramosia e mi stessero spronando ad agire. Il mio sguardo famelico la seguì mentre percorreva il vecchio sentiero che conduceva sul retro della casa.

Cazzo.

Volevo toccarla.

Assaggiare ogni centimetro del suo corpo. Esplorare ogni curva. Immergermi nell'estasi che sapevo, senza ombra di dubbio, si nascondeva sotto la paura e la diffidenza.

Indossava un paio di jeans scuri attillati lunghi fino alle caviglie che mettevano in risalto le sue lunghe, toniche gambe e che abbracciavano le curve dei suoi fianchi e del suo culo, e una sobria maglietta bianca che tuttavia aderiva alle sue perfette tette rotonde.

C'era sempre stato qualcosa in lei che rivelava sia una stoica eleganza che un'impenetrabile vulnerabilità.

Una fragile fortezza.

Ma era più resistente ora.

Gli anni avevano raschiato via parte della sua vulnerabilità.

Mettendo in mostra una forza segreta invisibile finora.

Quasi non potesse farne a meno, si voltò indietro.

A guardarmi.

A guardare dentro di me.

Avevo la sensazione che con un solo sguardo potesse raggiungere e toccare tutti quei posti che erano sempre appartenuti soltanto a lei.

Suo.

Ero suo da così tanto tempo.

Ancora non l'aveva capito? Non sapeva che sarebbe sempre appartenuta a me?

Intendevo sfruttare ogni cosa in mio potere per farglielo ricordare.

Edie sbatté rapidamente le palpebre, facendo del suo meglio per escludermi. Inciampò su una radice esposta. Riscossa dalla trance, distolse rapidamente lo sguardo e aumentò il passo, correndo su per la collina.

Il suo corpo era solo una sagoma in lontananza quando aprì la porta del patio e se la richiuse alle spalle.

Intorno al falò, le voci si alzarono di volume mentre i presenti chiacchieravano spensieratamente e festeggiavano il compleanno di Deak.

Un senso di agitazione crebbe intorno a me. Forte, feroce e implacabile.

Un'impetuosa tempesta.

I minuti scorrevano lenti come una punizione.

Jed incrociò i miei occhi, il mento sollevato in segno di sfida. In segno di avvertimento.

'Fanculo.

Scattai in piedi.

Inseguendo ciò che non avrei mai dovuto lasciare andare in

primo luogo.

Avanzai nell'oscurità.

Richiamato verso la luce.

Con un unico obbiettivo in mente.

Con un unico risultato nel cuore.

Non sapevo se Jed mi avrebbe seguito o meno.

Se fosse stato saggio, l'avrebbe fatto.

O forse aveva già accettato questa inevitabilità.

Risalii il vecchio sentiero ed entrai nella casa immersa nel silenzio. Una luce luminosa risplendeva in cucina, facendo apparire il resto della casa buio e oscuro. Girando a destra, avanzai lungo il corridoio poco illuminato che conduceva alle camere da letto, superai la mia stanza situata sulla destra e proseguii verso la mia destinazione.

Sulla sinistra, c'era il bagno degli ospiti. La porta era chiusa e un sottile spicchio di luce filtrava dal fondo.

Il mio cuore correva fuori controllo, a un milione di battiti al secondo.

Desideravo disperatamente di avere la possibilità di mettere le cose a posto.

Di cancellare il dolore che le avevo incautamente inflitto.

Di tornare a com'erano state le cose prima.

Quando tutto era più semplice eppure così maledettamente complicato.

Eravamo stati entrambi due anime spezzate.

I nostri pezzi sparpagliati un po' ovunque.

Ma era stato il nostro legame traballante che aveva tenuto insieme quei pezzi in qualche modo.

Camminai avanti e indietro nel corridoio, fuori la porta del bagno.

In attesa.

Il metallo stridette quando la chiave girò nella serratura.

Nello stesso istante, il cuore mi si bloccò in gola.

Fui travolto dal ricordo di com'ero stato ossessionato da questa ragazza. Un adolescente innamorato con le farfalle nello stomaco e il cuore colmo di speranza per la prima volta nella sua vita dal giorno in cui l'aveva distrutta con le sue stesse mani.

Avevo solo diciassette anni.

A quel punto, avevo già collezionato un'infinita quantità di errori, ed ero dolorosamente consapevole di avere ancora il resto della vita da vivere con quello schiacciante senso di colpa.

Eppure, in qualche modo Edie era riuscita ad alleviarlo.

Nello stesso modo in cui mi aveva permesso di alleviare il suo.

La porta del bagno si aprì lentamente. Un gridolino le sfuggì dalle labbra quando mi trovò lì nell'ombra. Indietreggiò per la sorpresa e, con altrettanta velocità, cercò di sgattaiolare via e fuggire.

Troppo spaventata per affrontare ciò che era proprio davanti ai nostri occhi.

«Edie, aspetta.» La mia voce era roca. Bassa e disperata.

Lei emise un suono strozzato, esitando per un millesimo di secondo, prima di scattare di nuovo in avanti.

Allungai la mano e l'afferrai per il polso.

A quel semplice tocco, una scia di fuoco si diffuse lungo il mio braccio, scuotendomi fin nel midollo.

Dannazione.

Mi ero quasi dimenticato che aveva il potere di farmi sentire in questo modo. Come se ogni volta che ci sfioravamo, quelle parti morte del mio spirito ritornassero in vita.

Edie ansimò e si fermò bruscamente, continuando a darmi le spalle e a tenere la testa abbassata. La sua schiena si sollevava e si espandeva ad ogni respiro affannoso che faceva.

Non c'era alcun dubbio: anche lei non era immune.

«Aspetta» ripetei, stavolta in tono più dolce.

Le strinsi delicatamente il polso.

Aspetta.

Potei percepire la sua resa. Il suo corpo teso si rilassò, e fui travolto dal sollievo quando si voltò a guardarmi con cautela. Le nostre mani si toccarono per un brevissimo secondo, poi quel legame si spezzò quando fece un passo barcollante all'indietro.

Rimase lì.

Chiaramente confusa.

Indecisa.

Un centinaio di emozioni diverse attraversarono il suo indimenticabile volto come un vento impetuoso.

Frustando, sferzando e incitando.

Volevo allungare la mano e calmarlo.

«Aspetta» sussurrai di nuovo. Mi chinai in avanti per portarmi all'altezza dei suoi occhi. Per avvicinarmi a lei. Perché non c'era nulla al mondo che potesse tenermi lontano.

Edie chiuse gli occhi e con voce roca disse: «Non farlo.»

«Non fare cosa?» domandai, avvicinandomi ancor di più, facendola indietreggiare verso il muro. Mi persi nel suo sole e nel suo calore, nella sua luce e in qualcosa di così dolce e inebriante che mi venne voglia di seppellire il naso nei suoi capelli.

Nella sua pelle.

Di perdermi in lei e scomparire.

Per sempre.

I suoi occhi si riempirono di lacrime. «Non fare questo» disse, sbattendo le palpebre.

«Non so di cosa tu stia parlando.» Le parole vennero fuori in un rauco mormorio.

Lei sbuffò e scosse lievemente la testa. «Lo sai, invece. Hai sempre saputo l'effetto che hai su di me. Il controllo che hai. Non fare giochetti con me, Austin.»

«A me sembra che questa sia l'unica cosa che abbiamo fatto. Sei tu quella che è fuggita, Edie, e hai portato via con te quel che restava del mio cuore quando l'hai fatto.»

«Non dire così.»

Non fare questo. Non fare quello.

Era stato il nostro fottuto mantra.

Non avvicinarti troppo.

Non dirlo ad alta voce.

Non toccare.

«Sei stato tu a farci questo.» La sua accusa sussurrata aleggiò tra di noi, rimbombando come un colpo violento nell'aria carica di tensione.

Il senso di colpa mi attanagliò la gola e mi seccò la bocca.

«Non sei rimasta abbastanza a lungo da permettermi di dirti che mi dispiaceva.»

Lei girò il viso di lato, il mento tremante, prima di racimolare la forza, il coraggio di guardarmi di nuovo. «Sai che non avrebbe comunque avuto importanza. *Dovevo* andarmene. Sapevi che non potevo restare. *Non dopo che lui l'ha scoperto.*»

La rabbia pulsò nelle mie vene, e digrignai i denti, sforzandomi di soffocare l'odio che provavo per quel bastardo.

Mi concentrai su ciò che importava e non su ciò che non potevo controllare.

Lei.

Feci un passo in avanti e Edie indietreggiò. Si appiattì contro il muro come se sperasse che si aprisse e la inghiottisse completamente.

Le sfiorai delicatamente la guancia, il mio corpo a un soffio dal suo. Una dolce tensione palpitava nell'aria, così densa che ero pronto a giurare che rallentasse i nostri movimenti. «Non ho mai voluto farti del male.»

Lei si catturò il labbro inferiore tra i denti. Un turbinio di emozioni vorticò intorno a noi. «Ma l'hai fatto.» Il dolore echeggiò nella sua triste confessione. «Mi hai fatto così tanto male.»

«Edie.»

Rimorso.

Desiderio.

Tristezza.

Si intrecciarono al suo nome come il tornado che scatenava in me.

Lei scosse la testa. «Perché sei qui, Austin? Nella mia città. Mi stavi cercando?» chiese in tono sgomento.

Quasi desiderai di poter dire di sì.

Ero piuttosto sicuro che sarebbe stata la risposta corretta.

Dio sapeva che il mio cuore l'aveva cercata.

Mi schiarii la gola. «No, Edie. Ho lasciato Los Angeles tre anni fa, e da allora ho viaggiato su e giù lungo la costa.»

Con circospezione, fece vagare lo sguardo su di me, scrutandomi. Cercando qualcosa. Impiegai solo un secondo per capire cosa stava cercando. Era come se stesse provando a vedere sotto la mia pelle per scoprire cosa stava avvelenando le mie vene. Per scoprire i miei demoni.

Quello non era un argomento che mi piaceva affrontare.

Ma era parte di me.

Chi ero.

Una parte contro cui avrei sempre combattuto.

«Sono pulito da più di tre anni, Edie» dissi con voce tesa.

La sorpresa balenò sul suo viso, seguita subito dopo da un profondo sollievo.

E poi li vidi. Intravidi i barlumi dell'amore giovanile che questa meravigliosa ragazza aveva provato per me una volta.

La sua lingua guizzò fuori e leccò il carnoso labbro inferiore della sua bocca.

Cazzo.

Volevo baciarla.

«Sono stata così in pensiero per te.» La sua voce era flebile e sommessa, come se quell'ammissione fosse il suo più grande segreto. La sua più grande insidia.

Il desiderio mi attanagliò i sensi. Stavo combattendo disperatamente per non allungare la mano e prenderla. Per non cedere e attirare il suo corpo contro il mio.

Per non stringerla tra le braccia e possederla del tutto.

Emise un sospiro gutturale, e mi crogiolai nel calore del suo respiro.

Nella sua luce incessante.

Mi avvicinai maggiormente a lei, la mia bocca a un soffio dalla sua, e con voce roca dissi: «Anch'io ero tanto preoccupato per te. Ogni giorno, ogni notte pensavo a te. Mi mancavi così fottutamente tanto da star male. Mi domandavo cosa ti fosse successo, dove fossi, se stessi bene.»

La tristezza corrugò gli angoli dei suoi occhi.

Nuotammo in un mare di dolore, le cui acque nere e pericolose ci lambivano il mento, minacciando di trascinarci sotto. La sua luce combatté contro la mia oscurità. Quella buia, oscura tempesta che stava acquistando velocità.

Edie sembrò liberarsi dalle sue grinfie, sia sollevata che addolorata di dirottare la conversazione. La sua voce assunse un tono disperato. «Ti... senti con mio fratello?»

Emettendo un profondo sospiro, annuii con riluttanza.

Merda. Pensava che questo argomento sarebbe stato più semplice?

«Sì.»

«Come sta?»

«Penso stia bene, Edie. Ma sinceramente non lo so con certezza. Come ti ho detto, sono andato via di casa tre anni fa. Mi tengo in contatto solo tramite messaggi e lettere, soprattutto con mio fratello. Ma so che sono cambiate parecchie cose. La band ha raggiunto una popolarità pazzesca.»

Lei annuì tristemente. «Deve odiarmi.»

Mi accigliai e con un grugnito dissi: «Non ti odia, Edie. Come puoi pensare una cosa simile?»

Una risata amara fuoriuscì dalla sua deliziosa bocca, il suono in netto contrasto con la dolcezza del suo volto. «Come potrebbe non odiarmi? Sono sparita senza dire nulla.»

Stavolta non mi trattenni e le afferrai il viso con entrambe le mani, costringendola a guardarmi.

Il suo calore fu come una scarica elettrica dritta al cuore.

Energia e luce.

Rimasi senza fiato.

La sua espressione si gelò per la sorpresa.

«Nessuno ti odia, Edie» dissi a denti stretti. «Certo, era dannatamente terrorizzato quando sei andata via, non sapendo cosa fosse successo.»

«Gliel'hai...»

«Detto?» Scossi la testa, esasperato, cercando di non offendermi. In fondo, meritavo la sua diffidenza. «Certo che non gliel'ho detto, Edie. Ho fatto finta di non sapere nulla quando ha preteso delle spiegazioni. Era chiaro che sapeva che doveva essere successo qualcosa di brutto per farti fuggire in quel modo, ma non ti ha biasimato.»

Forse Ash non lo sapeva, ma ero io quello da biasimare.

E anche sua madre, per essersi comportata come se capisse quando invece non ne aveva la più fottuta idea.

Ma la colpa maggiore?

Quel trofeo andava a Paul.

Bastardo figlio di puttana.

La collera divampò dentro di me.

Avrei dovuto ucciderlo.

Sacrificare tutto per cancellare quella macchia da Edie.

Liberarla definitivamente dalla paura persistente.

Adesso, l'unica cosa che potevo fare era sperare che lo stronzo stesse ancora marcendo in prigione come la feccia qual era.

Un angolo della bocca di Edie tremolò. «Detesto averlo lasciato con così tante domande. Non riesco nemmeno a immaginare cosa debba pensare.»

Scoppiò in una risata incredula. «Gli ho scritto una sola lettera, propinandogli un mucchio di ridicole scuse per essermene andata via senza lasciare traccia. Gli ho detto che dovevo trovare *me stessa*.»

«E ci sei riuscita, Edie? Hai trovato te stessa?»

Tirò un respiro profondo, mentre mi fissava con espressione confusa e la bocca socchiusa. «Mi sono solo smarrita di più» ammise con la sua dolce e pura onestà.

Questa ragazza.

Volevo strisciare dentro di lei e riempirla con la mia sicurezza.

Il silenzio si prolungò tra di noi, la quiete colma di tutte le cose non dette.

Di tutte le cose lasciate incompiute.

L'energia crebbe e si gonfiò. Tremò nell'aria caotica. Tirandoci e strattonandoci in tutte le direzioni.

Consumandoci.

Quella connessione che avevo sempre sentito unicamente con lei.

La paura attraversò i suoi lineamenti. Ero sicuro che fu in quel momento che si rese conto che nulla era cambiato.

Eravamo ancora legati.

Uniti in un modo inspiegabile.

«Sei fuggita» dissi in un roco mormorio, sfiorandole la curva spigolosa della mascella con la punta delle dita.

Perché Dio, avevo bisogno di toccarla.

La sua fronte si corrugò per l'incertezza e le sue parole vennero fuori tristi e sommesse. «Mi sembra che anche tu sia fuggito.»

«Sì. Sono fuggito.» Le strinsi il viso un po' più forte. «E non credo per un solo minuto che sia una coincidenza che ti abbia trovata.»

Edie sussultò. «Sai che è troppo tardi per noi.»

Mi avvicinai ulteriormente a lei, rifiutando di arrendermi. Avanzai finché non fu in trappola, il suo delizioso corpo schiacciato contro il muro, proprio come io morivo dalla voglia di schiacciarmi contro di lei.

Di tirare un respiro profondo nei miei polmoni saturi d'acqua. Un respiro profondo che non tiravo da quando era sparita dalla mia vita.

Un respiro pieno di qualcosa di buono. Di qualcosa di puro.

E stavolta avrei fatto di tutto per non sporcarlo.

Poggiando entrambe le mani sopra la sua testa, la imprigionai. Dovevo sapere se restava qualcosa per cui combattere. Perché non intendevo ferire questa ragazza più di quanto non avessi già fatto. Non avrei distrutto ciò che aveva trovato se quello che aveva trovato la rendeva felice e le alleggeriva il cuore.

«Lo ami?»

Il suo viso si tinse di confusione, e mi guardò smarrita.

Indicai verso la porta d'ingresso con un cenno del capo.

Quando comprese il significato della mia domanda, scosse velocemente la testa.

«Intendi Jed? Siamo solo amici» rispose.

«Non mi sembra proprio» dissi in tono incazzato e scontroso.

Non potei evitarlo. La possessività si espanse nel mio petto, premendo contro le mie costole con il folle bisogno di reclamarla.

«Non hai il diritto di pretendere delle risposte da me, Austin.»

Improvvisamente, il corridoio sembrava così maledettamente stretto. Come se le pareti e il soffitto si stessero chiudendo intorno a noi.

E io ed Edie?

Ci stavamo avvicinando sempre di più.

Non importava con quanta intensità lei cercasse di allontanarmi.

Il legame che ci univa era acuto.

Qualcosa di feroce e vivo.

Qualcosa che soggiogava, spronava e incitava.

«Hai ragione, Edie. Non ne ho il diritto, cazzo. Ma ho bisogno di sapere... ho bisogno di sapere che cosa significa lui per te.»

Lei esitò, poi distolse il suo sguardo rivelatore. «Siamo amici, Austin. Niente di più.»

Una smania irrefrenabile mi travolse i sensi. Un frenetico assalto di dardi che mi trafissero ovunque, riempiendomi di lussuria e travolgente desiderio.

Mi venne l'acquolina in bocca e mi umettai il labbro inferiore.

Volevo baciarla.

Reclamarla.

Ma in qualche modo sapevo che adesso non era il momento di insistere. Le mura dietro cui si nascondeva, costruite con i mattoni del mio tradimento, non erano mai state più alte di così.

Sarei mai stato abbastanza degno?

Abbastanza coraggioso?

Abbastanza saggio da battermi per questa ragazza?

Volevo esserlo. Volevo esserlo così maledettamente tanto da sentirne il sapore.

Non desideravo altro che essere l'uomo che volevo diventare quando avevo lasciato mio fratello.

Gli avevo detto che un giorno avrei voluto che una ragazza mi guardasse nello stesso modo in cui Shea guardava lui.

Ma non stavo parlando di una ragazza qualunque.

Stavo parlando di *questa* ragazza.

Potevo essere quell'uomo?

I dubbi mi assalirono la mente e un nodo di incertezza mi serrò la gola.

La verità era che non lo sapevo.

Deglutii rumorosamente e giunsi alla decisione di accontentarmi.

Proprio come avevo sempre fatto.

Proprio come avrei continuato a fare.

Perché avere qualsiasi parte di Edie Evans era meglio di niente.

«Mi farebbe comodo un'amica» dissi.

Sapevamo entrambi che questo non era affatto ciò che intendevo.

Non si avvicinava neanche lontanamente a ciò che volevamo.

Ma Edie ed io eravamo esperti nell'accontentarci di quello che potevamo ottenere.

Corrugò la fronte e parlò con voce aspra. «Mi sembra che tu ne abbia già molte. La bionda appiccicata al tuo fianco vicino al falò era particolarmente carina.»

Gelosia.

Era lì.

Vivida e lampante.

E ne fui contentissimo, cazzo. Trassi forza da essa.

Incapace di trattenermi, avvolsi intorno al mio dito una ciocca di quei morbidi capelli che incorniciavano il suo splendido volto, quelle onde setose che scatenavano una guerra di lussuria, avidità e profonda devozione dentro di me.

«Ho sempre avuto un debole per le bionde» mormorai a bassa voce.

«Austin...» mi ammonì in tono di avvertimento.

Non ebbe bisogno di dirlo.

Lo udii comunque.

Non farlo.

«Amici» ripetei, costringendomi ad andarci piano. A darle tempo quando volevo chiederle di darmi ogni suo istante.

Lei sbatté le palpebre e deglutì a fatica. «Come ci riesci

sempre?»

«A fare cosa?»

«A farmi sentire come se fossi dove dovrei essere.»

«Perché lo sei.»

I suoi occhi sfrecciarono in fondo al corridoio, come se non si fidasse a restare da sola con me.

Posai la bocca sulla sua testa e, in tono supplichevole, mormorai tra i suoi capelli. «Non scappare, Edie. Sei sempre stata la mia migliore amica. Il tempo e la distanza non hanno cambiato questo fatto. Nulla ci riuscirà mai.»

La sua riluttanza turbinò tra noi, la sua esitazione palpabile mentre i suoi respiri affannosi riempivano l'aria, lo spazio e il mio cuore. Premette la bocca contro di esso, contro il battito martellante che ruggiva nel mio petto. Le sue parole erano un mormorio di speranza e terrore. «Come puoi pretendere che mi fidi di nuovo di te?»

La cinsi tra le braccia, cullandola lentamente. Confortandola.

Sembrava così naturale.

Così maledettamente giusto.

Come se fossi stato creato al solo scopo di abbracciarla.

«Non lo pretendo, Edie. Ti chiedo soltanto di provarci.»

«Non so se sia cambiato qualcosa, Austin. Se sono diversa da quella ragazza rannicchiata in quella stanza buia» disse, quasi in tono di implorante avvertimento.

Ma la ragazza di cui parlava era quella di cui mi ero innamorato.

«Ti *conosco*, Edie. Penso di averlo capito ormai. Non mi spaventi.»

Era una bugia bella e buona.

Questa ragazza mi terrorizzava.

Le cose che mi faceva desiderare.

L'uomo che mi faceva desiderare di essere.

Avevo paura di perdere di nuovo ogni cosa se avessi rovinato tutto come facevo sempre.

Restammo così per molto tempo.

Ondeggiando piano e dolcemente.

Dovetti fare appello a tutto il mio autocontrollo per non protestare quando infine si liberò dal mio abbraccio. «Devo tornare dagli altri.»

Per ora, sapevo di doverla lasciare andare. «Ok.»

Lentamente, si avviò lungo il corridoio, sfiorando il muro con la punta delle dita mentre camminava, come se ciò l'aiutasse a reggersi sui piedi traballanti.

«Edie» la chiamai.

Si fermò in fondo al corridoio e si voltò a guardarmi da sopra la spalla.

«Ti aspetterò. È da una vita che ti aspetto» le dissi.

Mi fissò intensamente con i suoi occhi color acquamarina. Occhi di una profondità sconcertante.

Pieni di tristezza.

Traboccanti di speranza.

Mi rivolse un sorriso, lento e cauto. Poi si voltò e scivolò fuori dalla porta.

Tirando un respiro tremante, sollevai il viso verso il basso soffitto, come se magari nella superficie solcata e bucherellata potessi trovare la calma che rimaneva appena fuori dalla mia portata. Lottando per la pazienza che sembrava fugace e finta.

Ma le avevo detto la verità.

Avrei aspettato.

Per tutto il tempo necessario.

Mi diressi in cucina, aprii il frigo e tirai fuori una birra. Non ero sicuro di poter tornare fuori e sopportare l'atmosfera intima della festicciola che si stava svolgendo sulla spiaggia.

Non ero sicuro di poter evitare che la mia mente vorticasse o che il mio cuore battesse per quelle possibilità in cui non potevo fare a meno di sperare.

Mi voltai e inspirai bruscamente per la sorpresa, colto alla sprovvista dall'ombra di una figura solitaria in piedi al centro del soggiorno buio. Emisi un sospiro di sollievo quando mi resi conto che era Deak.

Mi passai nervosamente una mano tra i capelli. «Cazzo, amico. Mi hai spaventato a morte.»

«Ah, sì? Meglio io che Jed.»

Sbuffai e sospirai. «Cosa vorresti dire?»

«Sai benissimo cosa voglio dire. Sei nuovo da queste parti, mentre Jed vive qui da molto tempo. È un bravo ragazzo, e da quanto ho dedotto, anche lei è una brava e dolce ragazza. Nessuno dei due ha bisogno che un tipo come te piombi nelle loro vite e le incasini. Ti ho visto in azione, amico. Lei merita di meglio.»

«Siamo solo amici.»

Madornale bugia.

Ma cosa diavolo avrei dovuto dirgli? Che avevo già fatto il terzo grado a Edie e lei mi aveva giurato che non c'era nulla tra di loro?

Deak sbuffò e inarcò un sopracciglio con espressione scaltra. «Starò pure invecchiando, ma non sono cieco.»

Emisi un profondo respiro e abbassai lo sguardo sul pavimento, prima di racimolare il coraggio per guardarlo di nuovo negli occhi. «Sono successe parecchie cose tra di noi di cui tu non sei al corrente, Deak. Hai ragione. È una brava ragazza. E io non ho alcuna intenzione di farla soffrire.»

Mai più.

Ma avevo tutta l'intenzione di riconquistarla.

Mia.

7

AUSTIN ~ DICIASSETTE ANNI

«Sei matto? Ci scopriranno» disse Edie, ma il suo sorriso rivelava che questo era l'unico posto in cui voleva che fossi. Entrai in punta di piedi nella sua stanza e chiusi silenziosamente la porta dietro di me.

Una sensazione positiva mi sospinse in avanti mentre salivo sul suo letto.

Sospirai di sollievo quando posò le sue piccole mani su di me.

Perché questa ragazza... trasudava bontà. Qualcosa che sapeva di giusto.

Non importava che mi fossi intrufolato nella sua camera per buona parte delle ultime tre settimane, entrambi facendo del nostro meglio per mostrare indifferenza durante il giorno, per fingere che non ci incontrassimo di nascosto ogni sera.

Non che facessimo qualcosa di sconcio, ma dubitavo che Ash avrebbe preso molto bene il fatto che dormissi nel letto di sua sorella.

Edie accoccolò la testa sulla mia spalla, strinse la mia maglietta in una mano ed emise un sospiro contento. «Canta per me.»

Un sorriso timido affiorò sulle mie labbra e le mie parole si persero tra i suoi capelli. «Cosa vuoi che canti?»

«Qualcosa di tenero e dolce.»

Proprio come lei.

Premetti un bacio sulla sua tempia. Il suo cuore batteva forte contro il mio petto. «Non conosco nulla di dolce.»

Conoscevo solo canzoni caotiche e dal ritmo martellante. La musica e lo stile dei *Sunder* erano così radicate nella mia anima che le loro canzoni scorrevano nelle mie vene come se fossero essenziali per vivere questa mia vita vissuta a metà.

Nella penombra, Edie mi guardò con occhi colmi di fiducia. «Penso che tu sia dolce sotto tutti gli aspetti, Austin Stone.»

Stavolta fu un'ondata di affetto a scorrermi nelle vene. Qualcosa di estraneo e giusto. Un anello mancante.

Con un sospiro, avvolsi un braccio intorno alla sua testa e l'attirai maggiormente a me, questa ragazza che in qualche modo riusciva a farmi sentire intero quando invece ero così maledettamente spezzato.

Mi schiarii la gola e cominciai a cantare sommessamente *Broken* dei *Lifehouse*, la mia voce un roco sussurro. Le strofe mi colpirono profondamente mentre la stringevo tra le braccia, desiderando che potesse restare al mio fianco per sempre.

Per quanto flebili fossero, le parole sembravano trafiggere l'aria con il loro significato profondo, intenso e assoluto.

Cado a pezzi, respiro a malapena
Con un cuore spezzato che batte ancora

Le parole erano così vere per entrambi, mi resi conto mentre cantavo quella canzone per confortarla, nello stesso modo in cui il suo tocco recava sollievo a me.

Entrambi ci reggevamo in piedi per miracolo.

E nel suo nome... nel suo nome... avevo trovato un senso alla mia esistenza.

La mia voce si affievolì quando la canzone giunse al termine, la mia gola improvvisamente stretta dall'emozione.

Edie si aggrappò a me e affondò il viso nella mia maglietta, prima di reclinare la testa all'indietro e guardarmi come se fossi io la sua luce e non il contrario. I suoi occhi erano offuscati dalle lacrime. «Hai la voce più bella che abbia mai sentito.»

Il mio corpo si irrigidì, e quelle stupide speranze si accesero dentro di me di fronte alla sua ammirazione. «Non è vero.»

Non ero neanche lontanamente talentuoso come mio fratello. Come il resto dei ragazzi.

Non ero nemmeno degno di stare accanto a loro.

Mando tutto a puttane. Rovino sempre tutto.

Lei scosse leggermente la testa, lo sguardo colmo di disaccordo, esasperazione e adorazione. «Non te ne rendi conto, Austin? Di quanto sei fantastico? Di quanto talentuoso sei? Hai la minima idea di come mi faccia sentire la tua voce?»

In qualche modo, riuscii ad avvicinarla ulteriormente a me. Dio, mi faceva impazzire il fatto che volessi sia sollevarmi il cappuccio sopra la testa per potermi rannicchiare e nascondermi, sia rilassarmi completamente così che questa ragazza potesse mettermi a nudo del tutto.

«Quando sei con me, non fa più così male» sussurrò, facendo scorrere delicatamente le dita lungo il mio collo e sulle mie labbra.

Soffocai un gemito. Stavamo scavando più a fondo nell'altro di quanto avessimo mai fatto finora. Come se ogni singolo strato che ci separava stesse venendo lentamente rimosso. «Cos'è che non fa più così male?» chiesi con voce roca.

Me l'avrebbe detto finalmente? Si sarebbe fidata di me abbastanza da aprirmi il suo cuore?

L'incertezza e la paura tenevano a freno la sua lingua. Potevo sentirlo lì, bloccato alla base della sua gola, quel segreto che implorava di essere svelato.

«Tutto» sussurrò nella quiete della stanza. «Con te, non mi sento più tanto sola. E i sogni... non vengono a tormentarmi, perché so che arriverai presto.»

Mi schiarii la gola. «Neppure i miei» ammisi con voce rotta.

Forse era quello l'aspetto più spaventoso. Il fatto che lei riempisse tutti quei posti vuoti e desolati dentro di me, confor-

tandoli con il suo tocco. Quando mi era vicina, il bisogno opprimente di riempirmi le vene, di alleviare il dolore, di offusca-
re il senso di perdita, di bloccare la *sua* voce era smorzato.
Attenuato.

Come se ci pensasse lei a cancellare tutta la mia sofferenza.

«Cosa sogni?» mi chiese in tono guardingo, supplichevole.

Quei posti vuoti nella mia anima pulsarono di dolore. «Lui.
La sua risata.» Sbattei le palpebre verso il soffitto, i ricordi vividi. «Principalmente i suoi occhi. Ogni notte è come se mi stesse
guardando.»

Il sorriso di Edie era tenero, pieno di comprensione. Si sollevò su un gomito e mi fissò intensamente, poi mi carezzò il
viso. «Forse è così. Forse ti sta guardando. Sarebbe una cosa
così brutta?»

La tristezza piegò all'ingiù la mia bocca. Soffocai l'odio che
provavo per me stesso e che tenevo sigillato nei recessi del mio
spirito affaticato. Perché lei non lo sapeva. Non aveva idea che
fosse colpa mia. «Ho l'impressione che lo sia... quando mi sveglio e mi rendo conto che non è reale. Che è morto davvero.»

La compassione le corrugò la fronte. «Eri lì quando è successo?»

Il ricordo del suo corpo che si contorceva tra le mie mani
balenò nella mia mente. «Sì, ero lì.»

Edie seppellì il volto nel mio collo. «Mi dispiace così tanto.»

Dopo qualche istante, si ritrasse per guardarmi con i suoi
occhi azzurri sinceri e dolcissimi.

Simili a diamanti.

Luce. Luce. Luce.

In qualche modo, questa ragazza riusciva a strapparmi dalle
onde burrascose che mi trascinavano sotto.

Il desiderio mi investì con la forza di un camion da due
tonnellate.

Schiacciandomi mentre sbandava.

La volevo.

Volevo baciarla e toccarla.

Sprofondare dentro di lei.

Perdermi nel suo corpo, nel suo cuore e nella sua mente.

Abbracciarla.

Amarla.

Quella pazzesca energia divampò, la stessa che sfrigolava nell'aria ogni volta che questa ragazza entrava in una stanza.

Ma stasera si era trasformata in qualcosa di diverso.

Qualcosa di più.

Cazzo. Volevo di più.

Mi venne l'acquolina in bocca e posai una mano sul suo viso. Le sue labbra si schiusero e allungai il viso verso di lei.

I suoi occhi si spalancarono per la paura.

Girò la testa dall'altra parte.

Spezzando la nostra connessione.

Il suo rifiuto mi colpì duramente. Così duramente che mi riportò indietro di due anni. A quando stavo precipitando in un vortice senza fine.

Verso gli abissi più bui.

Le vene piene di veleno.

Serrai la mascella, sentendo il bisogno di fuggire. Ritrassi la mano dal suo volto ma lei la afferrò, riportandola sulla sua pelle calda e tenendola stretta. «Non lasciarmi, non lasciarmi» sussurrò ripetutamente.

I suoi occhi si riempirono di lacrime, diventando due luminose pozze d'acqua. La sua espressione era così sincera, reale e onesta. «Non... non ce la faccio, Austin. Non di nuovo. Fa troppo male. Ma se potessi stare con qualcuno, quello saresti tu. Te lo giuro, saresti tu.»

8

EDIE

*I*ssai la dolce bambina sul basso muretto che divideva la spiaggia dalla strada e le rivolsi un tenero sorriso mentre domavo i suoi selvaggi capelli castano scuro. Portando l'intera chioma da un lato, la separai in tre grandi ciocche e formai una treccia lenta.

Una lieve brezza soffiava intorno a noi, sospinta dalle onde, mentre il sole fendeva l'aria fredda per baciarci la pelle.

Le diedi un colpetto sul naso. «Ecco fatto, raggio di sole.»

Lei sollevò il viso verso di me e mi offrì un sorriso così ampio che mi scaldò nel profondo. In quel posto doloroso che cercavo così disperatamente di fingere che non esistesse. Le mancavano due denti da latte nella parte inferiore mentre due denti permanenti le stavano appena spuntando. «Sono davvero così carina? Papà mi ha detto che sono la ragazza più carina del mondo.»

Una risata affettuosa scaturì dalle mie labbra. La sollevai per le ascelle e la misi a terra. «Lo sei eccome.»

«Billy non la pensa così. Ha detto che sono brutta.»

«Chi è Billy?» domandai.

«Un compagno di scuola. Papà dice che è un bullo. Bullo Billy, è così che lo chiamo. È sempre così cattivo. È un imbroglione che mi tira continuamente i capelli.»

Con un cipiglio, la presi per mano e mi avviai lungo la strada verso le strisce pedonali. «Beh, non si comporta in modo molto carino.»

Heidi camminò saltellando al mio fianco. «No. Non è carino. Ma la maestra Montez dice che dobbiamo essere gentili, perciò sono sempre gentile, anche quando lui non lo è.»

«Brava. Però dimmelo se ti dà troppo fastidio, ok?»

Sapevo fin troppo bene che c'era una linea sottile tra una semplice presa in giro e il bullismo.

«Sì, ma prima devo dirlo al mio papà. Mi ha promesso che farà una *visitina* alla mia classe se Billy dovesse continuare a darmi fastidio. E mi piace un sacco quando papà viene a trovarmi in classe!»

Trattenni una risatina.

Non avevo dubbi che suo padre lo avrebbe fatto.

Heidi era la figlia di Kane, il capo istruttore di surf del negozio dove lavoravo. Sua mamma era scomparsa lasciando solo una semplice nota scritta su un pezzo di carta e lasciata sotto una calamita a forma di cuore attaccata al frigorifero nella quale diceva che non poteva sopportare di essere una mamma un secondo di più. Se n'era andata due settimane prima che Heidi compisse due anni.

Ciò aveva reso Kane un padre single pieno di risentimento e con un profondo amore per una bambina che non sempre sapeva come gestire.

Un dolore familiare mi trafisse l'anima.

Era qualcosa che non riuscivo proprio a capire.

Che non riuscivo a immaginare o concepire.

L'idea di abbandonare volontariamente una bambina preziosa come Heidi.

Forse era questo che ci legava così tanto.

Dal momento in cui avevo iniziato a lavorare al negozio, ogni volta che Heidi era lì, mi seguiva costantemente ovunque, chiacchierando ininterrottamente mentre mi correva dietro e mi tirava la maglietta, alla disperata ricerca dell'attenzione di una donna.

C'era qualcosa nel suo sorriso innocente che riempiva il vuoto senza fine dentro di me. Allo stesso tempo, quel vuoto si espandeva e pulsava dolorosamente nei confini della desolata caverna scavata al centro del mio petto.

Heidi aveva quasi sette anni ed era piena di vita, eccitazione e fiduciosa speranza.

Kane non aveva impiegato molto a convincermi di trascorrere i sabati pomeriggio con lei. Aveva parecchi corsi da tenere, e Blaire si occupava del negozio il sabato perciò potevo prendermi un giorno libero.

Buffo che solitamente lo trascorressi così.

«Allora, cosa vuoi fare oggi?» le chiesi mentre aspettavamo che il semaforo diventasse verde.

Heidi saltellò sulla punta dei piedi. «Voglio andare al parco e a quel ristorante che fa quelle buffe patatine con le facce, e poi voglio il gelato. Oh, e voglio andare al negozio di giocattoli perché papà mi ha dato dieci dollari. Andiamo prima lì!»

Ehm, wow.

Era un piccolo ciclone.

Ma naturalmente sorrisi, perché adoravo ogni secondo trascorso con lei.

Dopo il caos che aveva travolto il mio rifugio sicuro, radendo al suolo tutte le mura, avevo bisogno di una giornata come questa.

Una distrazione.

Uno scopo.

«D'accordo. Vediamo cosa riusciamo a fare prima che tuo padre finisca di lavorare.»

Mano nella mano, passeggiammo lungo la strada fiancheggiata da palme inframmezzate da folti alberi da ombra. Negozi di souvenir e ristorantini pittoreschi dalle grandi vetrate incorniciate di bianco creavano un arcobaleno di colori.

La stessa leggera brezza di prima soffiava anche qui, portando con sé l'odore del mare.

«Che ne dici di questo?» Mi fermai davanti a un piccolo negozio di giocattoli.

Heidi lasciò andare la mia mano e avanzò verso la vetrina, schiacciando i palmi e la fronte contro il vetro per sbirciare all'interno.

Lasciando i suoi piccoli marchi.

Qualche ditata non aveva mai fatto male a nessuno.

Mi guardò con un gran sorriso sulle labbra e gli occhi luccicanti di eccitazione. «Oh sì, sì! Hanno le bambole, Edie! Hanno le bambole!»

Le sorrisi e le carezzai il mento. «Bene, allora entriamo.»

Aprii la porta del negozio e Heidi si fiondò dentro prima di me, andando dritto verso le bambole esposte su uno scaffale.

Feci una smorfia. Mi bastò una sola occhiata per capire che non c'era una sola possibilità che potesse permettersene una.

«Edie... guarda! Guarda! Questa qua è identica a me.» Heidi saltellò al mio fianco e mi tirò per mano, indicando una bambola incredibilmente costosa con occhi e capelli del suo stesso colore per la quale qualsiasi bambina di sei anni sarebbe andata matta.

«Ehm... mi dispiace, tesoro, ma non hai abbastanza soldi per questa bambola.»

Gliela avrei volentieri comprata io, ma suo padre mi avrebbe uccisa se l'avessi fatto.

Lei mise il broncio, eppure anche quell'espressione aveva un che di dolce. «Oh cavolo. Cosa posso prendere con i soldi che ho?»

Un tenero sentimento d'affetto mi scaldò il cuore. Un'emozione che era sempre velata di tristezza. Le diedi una stretta alla mano. «Beh, che ne dici di conservarli così la prossima volta avrai più soldi da spendere?»

Nulla di male nel rifilare qualche lezione di vita ogni volta che ne avevi la possibilità.

«Ma papà me li ha dati per comprarmi un regalino.»

Ok, allora.

«Magari potresti prendere un bel vestitino per la bambola che hai già?»

Ecco fatto.

Un diversivo.

Un compromesso.

Heidi saltellò sulle punte dei piedi dipinte di rosa. «Poi possiamo andare a mangiare il gelato?»

«Dopo pranzo.» Le tirai giocosamente la treccia. «Sei d'accordo?»

«Sì!»

Più facile del previsto.

Girammo intorno allo scaffale per andare in cerca degli accessori per le bambole. Pregai silenziosamente che non fossero costosi quanto le bambole esposte all'entrata, perché a quel punto suo padre avrebbe dovuto accettare che la viziassi un po', dal momento che non avevo il coraggio di dirle di no per due volte.

Improvvisamente, mi gelai.

La terra scomparve da sotto i miei piedi.

Mi fermai bruscamente. Fu istantaneo il modo in cui rimasi affascinata dal bellissimo ragazzo in piedi in fondo al corridoio. Quell'uomo minaccioso che scuoteva le mie fragili fondamenta, come se la sua presenza creasse una potente onda d'urto che correva lungo il pavimento, provocando enormi crepe.

Si abbatté su di me.

Rubandomi il respiro, la mente e la salute mentale.

Mi prudevano le mani dalla voglia di affondare le dita in quei capelli castani disordinati. Aveva il viso girato di profilo, e la mascella pronunciata era ricoperta da un velo di barba che chiaramente non aveva avuto il tempo di radersi stamattina. L'attillata maglietta grigia che indossava metteva in mostra la vasta tela d'inchiostro che decorava le sue braccia. Un inchiostro che morivo dalla voglia di esplorare.

Rappresentava un pezzo di questo ragazzo che non riconoscevo.

Un mistero.

Un indovinello.

Ero spiazzata.

Combattuta.

Ti aspetterò per sempre.

Quanto avrei voluto che fosse la verità.

Heidi mi strattonò la mano e parlò con voce carica di impazienza. «Forza, Edie. Dobbiamo sbrigarci o il mio papà tornerà a casa e starà solo soletto e poi non avremo il tempo di andare al parco.»

La voce dolce e argentina di Heidi fece voltare Austin dalla nostra parte.

Come me, anche lui rimase scioccato nel vedermi. Il suo sguardo grigio era selvaggio e inquieto quando si posò su di me.

Potei percepire il modo in cui tutto il suo corpo si inclinò nella mia direzione.

Attratto.

Sbatté le palpebre, gli occhi oscuri e profondi.

Heidi mi trascinò in avanti, completamente ignara del modo in cui il mio asse si era spostato, alterando la direzione e centrandola su un unico uomo.

Eravamo come due magneti che vorticavano, attraendosi e respingendosi a vicenda.

Austin avanzò verso di noi con passo misurato. La sorpresa sparì dal suo volto e quelle labbra deliziose si curvarono in un delizioso sorriso.

Carico di soddisfazione e desiderio.

Un brivido mi corse lungo la spina dorsale.

Freddo come il ghiaccio e tagliente come un pugnale.

Dio, dovevo restare calma. Mantenere il *controllo*.

Si passò una mano tra i capelli mentre si avvicinava e piegò la testa di lato con un luccichio negli occhi.

Lo avrei accusato di seguirmi, se non fosse che sotto il braccio reggeva un enorme orsacchiotto marrone dorato e un gioco di fashion design per bambine.

Fui assalita dalla confusione.

Che accidenti stava facendo?

«Edie» mormorò, percorrendomi da capo a piedi con i suoi occhi caldi, come se vedermi gli recasse sollievo.

Mi mossi irrequieta, giocherellando con la ciocca di capelli che era sfuggita dalla mia treccia lenta.

«Ciao» sussurrai.

Dopo quello che era successo due sere prima, non ero sicura di come comportarmi in sua presenza, la mia debolezza per lui fin troppo evidente.

Fiducia.

Non era un segreto che non la concedessi spesso.

Ma in quel momento, la persona di cui non mi fidavo era me stessa.

Austin abbassò lo sguardo sulla bambina sorridente al mio fianco. Un cipiglio curioso gli corrugò la fronte e un piccolo sorriso spuntò sulla sua bocca.

«E tu chi sei?» le chiese, concentrando l'attenzione su di lei.

Heidi dondolò accanto a me, nascondendo leggermente il viso come se fosse stata colta da un'improvvisa ondata di timidezza. Chiaramente, anche lei non era immune al fascino di questo ragazzo.

Povera bambina.

Non potevo proprio biasimarla.

«Sono Heidi.»

Austin mi lanciò un'occhiata per avere un chiarimento.

«Kane... il papà di Heidi... lavora al negozio di surf. Il sabato gli do una mano occupandomi di sua figlia dal momento che la scuola è finita e il programma estivo è chiuso nei fine settimana.»

Il sorriso che mi rivolse era lento e cauto. Indagatore. Come se capisse e mi stesse silenziosamente chiedendo se andasse tutto bene.

Se *io* stessi bene.

Desiderai con tutta me stessa che quel luogo che custodivo per lui, che conservavo come un rifugio sicuro, non palpitasse di un familiare affetto.

Desiderai di non provare l'irrefrenabile impulso di fare un passo in avanti e seppellire il naso nella sua pelle, inspirare il suo odore come ero solita fare e confessargli che a volte faceva ancora così male che volevo crollare in ginocchio.

Soprattutto, desiderai di non sapere che lui avrebbe scacciato via parte di quel dolore se mi avesse stretta tra le sue braccia sicure.

Invece, mi spiaccicai un debole sorriso sulle labbra e strinsi la mano di Heidi, senza sapere bene chi stessi cercando di rassicurare.

Austin rivolse la sua completa attenzione su di lei e si abbassò su un ginocchio. «Ciao, bellissima. È un piacere conoscerti. Io sono Austin.»

Mi sentii scuotere dentro. Questo suo lato spensierato e sicuro di sé mi era del tutto estraneo. Di fronte a me c'era un uomo che si era liberato della sua timidezza e diffidenza.

Heidi ridacchiò e ondeggiò di nuovo sulle punte in maniera timida e carina. «Anche per me è un piacere conoscerti» disse, guardandomi da sotto le ciglia, quasi cercasse la mia approvazione.

Quando non la tirai via, Heidi allungò la mano e passò le dita nella pelliccia del morbido orsacchiotto. «Per chi è?» chiese. «È davvero enorme. È per il compleanno di qualcuno? Mi piacciono i compleanni.»

Un lieve sorriso spuntò sulle labbra di Austin, anche se aveva un che di triste, malinconico. «Intendi questo?»

Heidi annuì con enfasi.

«Quest'orsacchiotto è per mia nipote. Si chiama Kallie. In effetti, tu mi ricordi un po' lei, quando aveva la tua età. Non la vedo da parecchio tempo, perciò volevo mandarle qualcosa per farle sapere che la penso sempre.»

Nipote?

Il mio cervello cercò di elaborare cosa stava dicendo, e la domanda mi sfuggì prima che potessi fermarla. «Hai una nipote?» chiesi con voce roca.

Nella mia mente frullarono centinaia di domande.

Come? Quando? Possibile?

Austin si raddrizzò. Un senso di disagio trapelò dalla sua espressione quando vide la confusione scritta chiaramente sul mio viso, come se comprendesse che stava per affrontare un argomento particolarmente difficile per me.

Come se sapesse quanto fosse dura per me stare qui e fronteggiare il passato da cui avevo cercato di allontanarmi, troppo debole per lottare o restare. Adesso brancolavo nel buio, completamente estranea agli eventi della mia famiglia e dei miei amici che non erano diventati altro che un sogno confuso e distante.

Scosse la testa malinconicamente. «Non ti sei tenuta in contatto con nessuno, Edie?»

Proruppi in una debole risata. «Sai che non l'ho fatto.»

Dopo che me n'ero andata, avevo inviato un'unica patetica lettera ad Ash, omettendo di proposito l'indirizzo del mittente con la speranza che questo avrebbe reciso l'ultimo legame con quel passato a cui non riuscivo più a far fronte.

In effetti, avevo tagliato fuori dalla mia vita mio fratello.

I miei genitori.

I miei amici.

Il mio Austin.

Ma avevo dovuto farlo, perché tagliare i ponti con loro significava spezzare quell'ultimo legame con *lui*. Vivere nella sua stessa città era diventato insostenibile per me.

L'odio mi attanagliò lo stomaco, ma lo spinsi da parte, perché l'ultima cosa che volevo era dare a *quell'uomo* ulteriore spazio nei miei pensieri.

Mi aveva già rubato così tanto.

A causa sua avevo completamente abbandonato le persone che amavo.

Non avevo avuto il coraggio di tenermi in contatto. Avrebbe fatto troppo male guardarmi indietro e rendermi conto che non facevo più parte del loro mondo che era cresciuto fino a raggiungere livelli impensabili.

Il successo dei *Sunder* era esploso mentre io mi nascondevo in questa sicura, tranquilla e appartata città nel nord della California.

Era molto più semplice lasciarmi tutto alle spalle e fingere che *loro* non mi mancassero. Che non ci fosse questo immenso vuoto nella mia anima che mi rammentava tutto ciò che avevo perso.

Il rimpianto curvò un angolo della bocca di Austin, rivelando il dolore che provava per la sua personale perdita. Eppure era un sorriso riverente e pieno d'amore. Il desiderio che lessi nella sua espressione bastò a indebolire le mie ginocchia, la mia determinazione e la fortezza che tentavo così disperatamente di mantenere intorno al mio cuore.

Dio.

Quella sensazione disorientante prese il sopravvento su di me. Volevo sia fuggire che restare. Volevo sia aggrapparmi al dolore e al senso di tradimento che Austin aveva inciso nel mio spirito, sia cadere in ginocchio e offrirgli tutti i frammenti che mi restavano dentro.

Sarebbero sempre appartenuti a lui comunque.

Scosse la testa. «Baz si è sposato.»

«Non ci credo!» esclamai, cercando di nascondere l'emozione, nonostante le lacrime che mi pizzicavano gli occhi.

Mi sforzai di rimanere di fronte al ragazzo che mi conosceva meglio di chiunque altro e fingere che non importasse che le persone che erano state una parte importante della mia vita fossero andate avanti, maturando e cambiando.

Mentre io ero rimasta la stessa.

Bloccata.

Immobile.

Stantia.

Il suo sguardo intenso assimilò tutto, e anche a me non sfuggì la sua sofferenza o il modo in cui fece del suo meglio per nasconderla.

«Riesci a crederci? È successo poco prima che lasciassi Los Angeles. Ha incontrato un'ex cantante country che aveva già una bambina.» Scosse lievemente la testa con riverente incredulità. «Si è accasato più velocemente di quanto ci aspettassimo. Adesso hanno anche un bambino di nome Connor che ha quasi due anni.»

D'un tratto, mi si serrò la gola. Il peso che mi schiacciava il petto era quasi insopportabile. Strinsi la mano di Heidi e mi costrinsi a fare un sorriso luminoso. «È meraviglioso. Sono così felice per lui.»

«Già, anche io. Se lo merita più di chiunque altro io conosca.»

I miei occhi tracciarono i lineamenti del suo volto, osservando il modo in cui il pomo d'Adamo ballonzolò visibilmente su e giù lungo la sua gola muscolosa.

«Non l'ho neppure incontrato» ammise Austin in tono sommesso.

Cercai di evitare che la mia voce tremasse mentre mi addentravo nell'angoscia di Austin, sapendo che stavo curiosando, immergendomi in acque profonde dove non ero sicura di poter nuotare. «Perché non l'hai ancora incontrato, Austin?»

Mi aveva detto che mancava da casa da tre anni. Suppongo che non avessi realmente considerato cosa ciò significasse o cosa potrebbe essergli costato.

I demoni che lo tormentavano balenarono sul suo viso, una maschera di furia e vergogna, a testimonianza del fatto che questo bellissimo ragazzo stava ancora affondando nelle profondità della sua disperazione, dove sarebbe annegato per sempre.

Ed ero certa che era stato questo ad allontanarlo anche da quel mondo.

Questo ragazzo che mi aveva permesso di immergere le dita dei piedi nelle acque gelide del suo tormento, senza mai consentirmi di immergermi del tutto.

I suoi segreti e la sua vergogna tremendamente profondi.

«Non lo so, Edie. È... difficile.»

Un angolo della mia bocca si curvò in un sorriso malinconico. «Lo capisco. Non devi spiegarmi nulla.»

Il tempo danzò intorno a noi, minacciando di trascinarci nel passato o di spingerci nel futuro.

Perché, in fin dei conti, io e Austin eravamo sempre stati molto simili.

Mi riscossi dai miei pensieri e sbattei le palpebre per scacciare via le lacrime. «Parlami degli altri.»

Una risata incredula scaturì dalle sue labbra. Sgranò gli occhi, preparandosi chiaramente a spifferare un succulento pettegolezzo, come se magari quest'argomento potesse essere una tregua. «Senti questa... Lyrik si è sposato e sta per avere un bambino.»

Rimasi a bocca aperta. «Impossibile!»

Lyrik West era il playboy più incorreggibile e impenitente che conoscessi. Ad eccezione forse di mio fratello.

Austin annuì. «Invece sì. Riesci a crederci?»

«No, non ci riesco proprio.» Mi spiaccicai un sorriso scherzoso sulla bocca, facendo finta di niente, come se la sua risposta non avesse il potere di distruggermi definitivamente. «Non dirmi che anche Ash si è sposato.»

I suoi occhi grigi, così abili nel percepire le mie emozioni, si tinsero di comprensione e gentilezza.

Come se potessi mai nascondergli qualcosa.

«No... per quanto ne so, tuo fratello sta ancora facendo strage di cuori in ogni città che visita. Le poverette non si rendono nemmeno conto di cosa le colpisca. Quel ragazzo adora spargere l'amore ovunque, vero?»

Mi premetti giocosamente una mano sul cuore. «Certe cose non cambiano mai.»

Austin mi guardò con espressione dolce, tenera e seducente. Dio, sarebbe stato la mia rovina. «Sì, hai ragione, Edie. Certe cose non cambiano mai.»

Heidi ridacchiò, strappandomi all'incantesimo che Austin Stone aveva gettato su di me. «Devo trovare un vestito per la mia bambola... ricordi?»

Le diedi una stretta alla mano e le risposi in un roco mormorio. «Sì, tesoro, mi ricordo.» Riportai gli occhi su Austin. «Ehm... allora noi andiamo. Dobbiamo cercare qualcosa di carino per Heidi, andare a pranzo e poi prendere un gelato... Magari facciamo anche un giro al parco se abbiamo tempo. Vero, Heidi?» dissi, cercando di instillare un po' di entusiasmo nel mio tono.

«Sì, sì! Adoro il gelato e il cioccolato è il mio gusto preferito. Posso prendere il cioccolato, vero?»

«Certo che puoi» mormorai.

L'espressione di Austin cambiò. Sembrò indeciso su cosa dire. Lo capii dal modo in cui contrasse la mascella e abbassò lo sguardo sul pavimento.

La tensione crebbe nell'aria, riempiendo lo spazio tra di noi.

Questo magnetico ragazzo, che mi accecava con la sua oscurità, fece un passo in avanti. «Vieni a cena con me, Edie.»

L'apprensione mi corse nelle vene, e mi umettai le labbra secche con la lingua. «È una pessima idea.»

Solo una settimana fa, ero scappata da lui come se avessi visto un fantasma. Una nera, oscura ossessione.

Ed ora eccolo qui... a fare un ulteriore passo in avanti. Invadendo e cingendo il mio spazio.

E io glielo stavo permettendo.

Dannazione. Dannazione. Dannazione. Come poteva farmi questo?

«Perché?» ribatté lui.

Trattenni a stento uno sbuffo.

Potevo dargli mille ragioni, ma lui le conosceva già tutte.

«Sai perché, Austin. Non sono...»

Abbastanza pronta.

Abbastanza forte.

Abbastanza coraggiosa.

Voglio fidarmi di te. Ma non so se posso.

I suoi occhi si adombrarono e la sua voce si fece più profonda. «Voglio solo conoscerti di nuovo. Mi manchi.»

«Anche tu mi manchi» dissi in un tremulo sussurro.

Dio. L'avevo appena ammesso ad alta voce? Ma non avrei dovuto essere così sorpresa che questo enigmatico uomo riuscisse a strapparmi di bocca la verità senza il mio permesso.

«Dai, Edie. È solo una cena tra amici.»

Come no.

La sua espressione si fece astuta, e rivolse l'attenzione a Heidi che stava saltellando da un piede a l'altro al mio fianco. «Heidi, di' a Edie che deve venire a cena con me. Dille che mi spezzerà il cuore se rifiuta. Il mio fragile ego non può sopportarlo.»

Heidi mi guardò con occhi sgranati e inorriditi. «Non spezzargli il cuore, Edie. Non è carino. Dovremmo essere sempre gentili, ricordi?»

Mi premetti il palmo della mano sulla fronte, sopraffatta da un'ondata di calore, questo fuoco costante che ardeva nelle mie vene e che mi tirava in avanti.

Sospingendomi verso il ragazzo che era stato la mia più grande rovina.

Austin riportò lo sguardo su di me. L'intensità di prima era sparita. Svanita. Sostituita da un'espressione scaltra e da una pericolosa combinazione di arroganza e tenerezza. «Ha ragione, Edie. Dovremmo sempre essere gentili.»

Perché mi faceva sentire in questo modo?

Euforica, speranzosa ed eccitata.

E completamente, profondamente terrorizzata.

Quel solito conflitto che aveva sempre suscitato in me divampò.

«Non dovrei accettare.»

Lui fece un altro passo in avanti, avvicinandosi così tanto che riuscii a inspirare il suo odore.

Qualcosa di mascolino.

Speziato e un po' dolce.

Inebriante.

Ebbi l'impulso di seppellire il naso nel suo collo. O magari nel colletto della sua camicia.

Fui assalita dai ricordi.

Dal profumo di lenzuola pulite distese sul suo corpo muscoloso.

Dal ricordo del suo calore.

Dal senso di sicurezza che mi infondeva.

Ebbi un attacco di vertigini.

La sua voce roca mi avvolse completamente. «Dovresti assolutamente farlo, invece.»

Scossi di nuovo la testa, ma stavolta in segno di resa.

Anche Austin lo sapeva.

Si inginocchiò di fronte a Heidi e sollevò la mano a pugno verso di lei. «Missione compiuta. Formiamo un'ottima squadra, piccolina.»

Heidi batté il pugno contro il suo, emettendo una piccola esclamazione di vittoria. «Missione compiuta!» gridò.

Oddio.

A cosa avevo acconsentito?

E perché?

Austin si raddrizzò in tutta la sua altezza.

Torreggiando su di me e, allo stesso tempo, infondendomi conforto.

«Passo a prenderti alle sette» disse.

«Austin» sussurrai in tono di supplica.

Una supplica che lui ignorò completamente.

Un sorrisetto arrogante e sicuro di sé illuminò il suo viso. «Ci vediamo alle sette.»

Cominciò ad arretrare, continuando a reggere l'enorme orsacchiotto sotto al braccio, il suo sorriso così ampio mentre il mio cuore martellava fuori controllo.

Cosa stavo facendo? Cosa stavo facendo?

Questa doveva essere una delle cose più spericolate che avessi mai fatto.

Oltre a quella di essermi fidata di lui in primo luogo.

Austin rivolse a Heidi un piccolo saluto, prima di girare sui tacchi e andare via. Cominciò a girare l'angolo, poi si fermò un attimo prima di scomparire dalla vista. Si sporse all'indietro per incrociare il mio sguardo.

«Ah, e Edie?»

«Sì?»

«Farò in modo che tu non te ne penta. Non di nuovo. Non stavolta.»

Deglutii il nodo che avevo in gola. Potevo solo pregare che avesse ragione.

9

AUSTIN

«Ti va di fare una passeggiata con me?» le chiesi.

Edie si passò nervosamente i denti sul labbro inferiore, riflettendo, prima di guardarmi da sotto le ciglia e rivolgermi un timido cenno d'assenso. «Volentieri.»

Girammo e percorremmo la passerella di fronte al ristorante dove avevamo appena cenato. Avevamo mangiato in una strana e imbarazzante atmosfera, come se ci stessimo concedendo il tempo di assimilare il fatto che fossimo davvero qui.

Insieme.

La nostra conversazione era stata sia rilassata che cauta. Le nostre risate erano riecheggiate solo con storie innocue. Storie che non erano dolorose da raccontare e che non ci rammentavano i nostri fallimenti o le nostre paure.

Adesso camminavamo in silenzio, entrambi prigionieri della strana intensità che ci circondava perennemente.

Nessuno di noi sicuro di quale fosse il proprio posto.

Senza dubbio, stavamo entrambi attraversando un terreno accidentato.

Ciò non significava che tutto il mio corpo non fremesse di

desiderio nell'averla al mio fianco, così vicina che le nostre braccia si sfioravano.

Le mie dita si contrassero.

'Fanculo.

Allungai la mano e afferrai quella di Edie.

Lei sobbalzò, colta di sorpresa, e mi lanciò un rapido sguardo, prima di abbassare gli occhi e guardare con espressione leggermente stupita mentre intrecciavo le sue dita tremanti alle mie.

Il suo corpo fu percorso dai brividi dalla testa ai piedi.

Il fiato che stavo trattenendo uscì dalle mie labbra in un soffio di sollievo e il mio cuore prese a battere in maniera irregolare nel mio petto.

Come una maledetta mandria fuori controllo.

Non sapevo come avrebbe reagito al mio tocco. Se mi avrebbe respinto o se sarebbe addirittura fuggita.

Perché aveva tutto il diritto di mandarmi all'inferno. Esattamente il luogo a cui appartenevo.

Lei sembrò rifletterci su, si mordicchiò il labbro inferiore e poi cedette, accoccolandosi al mio fianco.

Dio, era così piacevole averla accanto.

Passeggiammo sul lungomare come se fossimo una coppia normale. Fili di luci scintillanti danzavano intorno a noi. Stasera, la vecchia e consunta passerella di legno era gremita di gente, e l'aria fredda che soffiava dal mare portava con sé l'accenno di una tempesta che si stava formando in lontananza.

Edie si rannicchiò maggiormente contro di me, emettendo un profondo respiro, come se l'avesse trattenuto per troppo tempo. Esso turbinò intorno a me, riempiendomi i sensi con tutta la sua dolcezza e il suo calore.

Incapace di trattenermi, lasciai andare la sua mano e avvolsi il braccio intorno alle sue spalle, stringendola forte contro il mio corpo che era a cinque secondi dal perdere il controllo.

E Edie... Edie mi attirò a sé, poggiando la mano sul mio addome.

«È piacevole stare così» confessò in tono esitante, quasi insicuro.

Premetti le labbra sulla sua testa. «È la cosa più bella del mondo.»

«Sembra pazzesco. Impossibile» sussurrò, quasi a se stessa, come se non riuscisse a credere di essere qui.

«È perfetto» ribattei.

D'un tratto, avvolse le braccia intorno alla mia vita, abbracciandomi forte. Toccandomi e scaldandomi nel profondo.

In silenzio, lasciammo la passerella e ci dirigemmo verso la spiaggia.

Come se fossimo sincronizzati.

Entrambi attratti verso la stessa destinazione.

E pregai ogni singola stella che brillava nel cielo di avere una seconda possibilità.

Di poter fare qualcosa per mettere le cose a posto dopo che le avevo fatto così tanto male.

Di poter essere degno di questa ragazza che era stata chiaramente creata per me.

Inspirando profondamente, Edie sollevò il suo splendido viso verso il cielo a cui avevo appena rivolto le mie preghiere.

Dovetti fare appello a tutto il mio autocontrollo per non affondare il viso nella curva deliziosa del suo collo sottile e sentire il battito del suo cuore che palpitava sotto la sua pelle candida.

La lussuria mi colpì dritto allo stomaco, con forza e velocità.

La desideravo così maledettamente tanto.

Ed era quello il problema.

L'avevo sempre desiderata.

Aspetta.

A quanto pareva, la pazienza non era mai stata la mia dote migliore.

Quando raggiungemmo la spiaggia, i nostri piedi affondarono nella morbida sabbia. Ci togliemmo entrambi le scarpe e le reggemmo in mano mentre arrancavamo lungo la riva, allontanandoci sempre di più, finché non raggiungemmo un'insenatura appartata e rimanemmo da soli, circondati soltanto dall'oscurità e dal cielo che si stagliava a perdita d'occhio sopra di noi.

Le onde si infrangevano contro la battigia mentre la brezza portava con sé un assurdo senso di calma e solitudine.

Un fremito della *sua* presenza mi percorse il corpo.

Come accadeva sempre quando mi avvicinavo così tanto all'oceano.

Acque torbide e pericolose che mi chiamavano a sé, risucchiandomi nelle stesse profondità in cui l'avevo condannato per l'eternità.

Edie si staccò da me e si voltò a guardare il mare, incrociando le braccia sul petto. Il maglione aderente e sottile che indossava avvolgeva il suo delizioso corpo in modo perfetto, carezzando ogni curva e mettendo in mostra una spalla delicata, mentre i jeans corti e sfilati che portava mettevano in risalto le sue lunghe e snelle gambe.

Mi sedetti a terra, affondai le dita dei piedi nella sabbia umida e avvolsi le braccia intorno alle ginocchia mentre osservavo la mia ragazza da dietro.

«È magnifico qui» disse Edie con riverenza, sollevando il suo splendido viso verso il cielo.

In lontananza, un fulmine lampeggiò tra le nuvole scure e una raffica di vento soffiò lungo l'insenatura, portando con sé una leggera nebbia.

«A volte non riesco a credere a quanto sia tranquillo qui fuori. Ti fa sentire così dannatamente piccolo.»

Pace e tormento.

Pace e tormento.

Combattei contro la stretta che mi serrava il petto.

Edie avanzò finché i suoi piedi non furono sommersi dal lento movimento della marea. Facendo un ulteriore passo in avanti, si voltò a guardarmi da sopra la spalla. «Ti va di passeggiare in acqua con me?» chiese con cautela, piegando la testa di lato per scrutarmi in volto.

«No, Edie. Non voglio» gracchiai a malapena, la gola stretta e la bocca asciutta.

I lineamenti del suo viso si contorsero di dolore e i suoi capelli biondo platino sferzarono intorno a lei, risplendendo al bagliore che la luna piena gettava sulla terra.

Firelight, luce del fuoco.

Lei distolse lo sguardo, ricomponendosi, prima di riportare gli occhi su di me con espressione carica di compassione, di incommensurabile affetto. Si chinò e passò le dita sulla cresta di una piccola onda che le bagnò i polpacci. «È qui che ti senti più vicino a lui?»

Abbassai lo sguardo a terra, sui luccicanti granelli di sabbia bianca. «Sì. Il mare mi fa sempre sentire vicino a lui» dissi con difficoltà.

Edie non disse nulla, aspettando con aria solenne che continuassi.

Mi passai nervosamente una mano tra i capelli scompigliati dal vento. «È come se non riuscissi mai ad avvicinarmi troppo... ma allo stesso tempo lui non mi permettesse di allontanarmi oltre una certa distanza.»

Il suo viso si accese di comprensione. «Ecco perché hai viaggiato lungo la costa.»

Non era una domanda.

Mi stava solo leggendo dentro.

Imparando a conoscermi di nuovo dopo gli anni che avevamo trascorso separati.

Domandandosi se fossi cambiato. Se fossi guarito o se fossi ancora perso nel dolore che mi avrebbe perseguitato per sempre.

Mi strinsi le ginocchia al petto un po' più forte. «Assurdo... perché non importa a quale oceano io giunga. Lui è sempre lì. Mi sentivo legato a lui anche vicino all'oceano Atlantico quando ero a Savannah, dove Sebastian ha incontrato sua moglie. Appena mi allontano dalla costa, mi sembra di impazzire se non ritorno subito accanto al mare.»

Una lieve risata, completamente priva di umorismo o divertimento, proruppe dalle mie labbra. «Poi mi paralizzo, cazzo, quando sono a pochi metri dalla riva. Incapace di toccare il mare perché non potrò mai toccare davvero ciò che è andato perduto per sempre.»

In quel momento, desiderai confessarle tutto. Raccontarle la verità. Farle custodire il mio segreto nello stesso modo in cui lei mi aveva permesso di custodire il suo.

Sapevo che Edie non l'avrebbe tradito.

Non l'avrebbe gettato via come se non significasse nulla come avevo fatto io.

Invece, scossi la testa disgustato. «Non sono sicuro di essere diverso dal ragazzino di quella stanza a Los Angeles.»

Ripetei la sua affermazione.

Un avvertimento.

Una supplica.

I miei occhi tracciarono le sue lunghe gambe, toniche e ben definite, le sue spalle tornite.

Il suo aspetto esteriore era diventato così forte, un po' come il mio, la giovinezza raschiata via dagli anni.

Eppure sapevo che dentro di lei albergavano ancora tutti quei pezzi rotti.

Il mio riflesso.

Edie cominciò a uscire dall'acqua, osservandomi con attenzione mentre percorreva lentamente la spiaggia nella mia direzione.

I suoi capelli creavano un alone di fiamme ruggenti intorno al suo corpo.

Sembrava una strega bianca che aveva lanciato il suo incantesimo.

Ipnotizzandomi.

Ammaliandomi.

Deglutii, nonostante il nodo che avevo in gola. Nonostante la presa che lei aveva su di me. Il mio cuore prese a battere selvaggiamente per il bisogno di affondare nel senso di conforto che mi dava.

Si fermò a pochi passi da me.

Guardandomi come se potesse leggere nella mia anima, proprio come io potevo giurare di poter leggere nella sua.

Mi sembrò di ritornare ad essere quel debole ragazzino di una volta, perché desiderai di avere la mia maledetta felpa così da potermi nascondere sotto al cappuccio e dondolare nell'ombra.

Sapevo che Edie lo sapeva.

Che lo *percepiva*.

Non conosceva nemmeno tutti i dettagli, eppure era l'unica che mi *capisse* davvero.

Cadde in ginocchio davanti a me. La sua dolce e carnosa bocca si piegò in una smorfia di compassione e confusione. «Come riesci a spezzarmi il cuore e a sanarlo allo stesso tempo?»

Sollevai la mano e la posai sulla sua guancia. «Non voglio spezzarti.»

Lei sbatté le palpebre, guardandomi con i suoi occhi acquamarina velati di lacrime. «Mi hai spezzata molto tempo fa.»

«Mi dispiace così tanto, Edie. So di aver rovinato tutto. Di aver distrutto *noi*. Negli ultimi quattro anni, mi sono svegliato ogni singolo giorno rimpiangendo ciò che ho fatto e sono andato a dormire desiderando di poter cancellare il mio errore. Ma il tuo posto è qui... con me. Lo è sempre stato.»

Destino.

Avevo la sensazione che gli stessimo girando intorno come se fosse il sole e noi fossimo in orbita.

La tristezza adombrò la sua espressione. «Un tempo lo pensavo anch'io... Sin dalla prima notte in cui ti sei intrufolato nel mio letto, ho creduto che il mio posto fosse dovunque tu fossi. Mi sembrava... giusto. Mi facevi sentire come se nessuno al mondo potesse capirmi nel modo in cui facevi tu. Come se mi vedessi.»

I suoi occhi si riempirono di lacrime, brillando come due diamanti nella notte. Inestimabili e preziosi. La sua voce si tinse di dolore. «L'ho creduto fino alla sera in cui mi hai gettata in pasto ai lupi.»

E quei lupi si erano avventati sulla preda con l'intento di distruggere.

Il rimorso si insinuò nella mia coscienza. Soffocandomi. Facendo del suo meglio per spegnere ogni barlume di speranza.

«E adesso?» le chiesi, perché ero un vero masochista.

Osservai il movimento tremulo della sua gola quando deglutì. «E adesso... sono più confusa... più combattuta... di quanto non sia mai stata in tutta la mia vita.»

Distolse lo sguardo dal mio viso, prima di riportarlo su di me e ammettere: «Quando ti ho visto su quel palco, sapevo di dover fuggire. Di dovermi allontanare da te il più possibile.»

Si umettò le labbra con la lingua, e una violenta raffica di vento si abbatté su di noi.

Frustando.

Agitando.

Fomentando.

«Invece mi sono voltata e sono tornata di corsa da te.»

Le sue parole mi trafissero come una freccia al petto. Una simile a quelle di Cupido, che mi fece palpitare il cuore come le vibrazioni di un tamburo e cancellò tutti i miei pensieri eccetto quello di farla mia.

Era inevitabile.

Inesorabile.

Perché io e Edie ci saremmo appartenuti per sempre.

Infilai le dita nei suoi lunghi capelli.

Erano così morbidi.

L'attirai più vicina a me.

La sua bocca si schiuse in un sospiro.

Che io inspirai.

Profumava d'arancia.

Di sole, innocenza e qualcosa di deliziosamente dolce.

Luce. Luce. Luce.

Inebriante.

Sbatté le palpebre, come se stesse cercando di dare un senso a tutto quanto. «Com'è possibile che tu abbia un simile effetto su di me?» mormorò a bassa voce. «Non abbiamo neppure...» Lasciò la frase in sospeso, però il significato di ciò che voleva dire aleggiò nell'aria come una tentazione.

Ma Edie si sbagliava di grosso.

Era lei ad avermi incantato.

Ad avermi stregato con un bellissimo incantesimo.

Avvicinai la bocca al suo orecchio e sussurrai: «Solo perché non abbiamo mai fatto sesso, non significa che non fossimo amanti.»

Edie ansimò e arretrò leggermente, carezzandomi con il suo sguardo caldo ed eccitato.

Dio, non potevo trattenermi un secondo di più.

Mi sporsi in avanti, avvicinandomi maggiormente.

Lei fece lo stesso.

Il cuore mi batteva all'impazzata.

All'ultimo secondo, la paura prese il sopravvento su di lei e i suoi occhi si spalancarono. Abbassò il mento, pur continuando a piegarsi in avanti.

Le mie labbra si posarono sulla sua fronte.

Indugiai lì.

Inspirando il suo odore.

La sua dolcezza e purezza.

Rifiutando di sentirmi deluso.

Si accasciò contro di me e mi permise di stringerla tra le braccia.

Restammo così per quelli che sembrarono minuti o ore.

Alla fine, sussurrai tra i suoi capelli: «Lo senti, Edie Evans?»

«Cosa?» mormorò lei con la faccia premuta contro il mio petto, come se stesse parlando direttamente al mio cuore.

«Me.»

10

AUSTIN ~ DICIASSETTE ANNI

*R*otolammo sul letto. Edie trattenne una sonora risata, ma le sue risatine riecheggiarono comunque nell'atmosfera rilassata.

Solleticandomi le orecchie.

La immobilizzai, bloccandole i polsi sopra la testa.

Il suo sorriso era dolce e spensierato. «Lasciami andare» ordinò sommessamente.

Giocosamente.

Il mio cuore palpitava forte e la stanza vorticava intorno a me.

La luce mi carezzava ovunque.

Scaldando tutti quei posti freddi e morti dentro di me.

Vita.

Era lì.

Per la prima volta da quando avevo otto anni, mi sentivo vivo.

Come se finalmente potessi fare un bel respiro profondo.

«Mai.»

11

AUSTIN

Riaccompagnarla a casa fu una vera tortura. Ma mi aveva detto di aver bisogno di spazio. Di tempo per pensare. Ci eravamo detti poco durante il tragitto di ritorno. Sembrava che nessuno di noi sapesse bene come comportarsi.

Avevo la sensazione che stessimo correndo troppo e, allo stesso tempo, che avessimo fatto mille passi indietro. Senza dubbio, adesso ci saremmo trovati in una situazione completamente diversa se non fosse stato per quell'unica notte di merda.

La stessa notte che mi aveva spedito in quel vortice, facendomi ricadere giù lungo quel pendio scivoloso.

La stessa notte che l'aveva strappata alla sua famiglia.

A suo fratello. Alla sua casa.

Adesso stava lentamente recuperando quel precario senso di conforto, trovandolo nelle persone che aveva incontrato lungo la via.

Non biasimavo né lei né loro.

La colpa era unicamente mia.

Ovviamente, ciò non mi impedì di provare un dolore simile

alla lama smussata di un coltello che trafigge la carne quando aprì la porta dell'abitazione che ora chiamava casa.

Si fermò un istante sul portico per lanciarmi un ultimo sguardo, stagliandosi davanti all'ingresso come un'ombra perfetta nella notte, prima di aprire la porta e scomparire all'interno.

Con un sospiro, mi costrinsi ad avviare l'auto che avevo preso in prestito da Deak e andare via.

A casa.

Tra i confini del mio rifugio improvvisato, dove rimanevo comunque completamente solo.

Ma stasera?

Stasera il richiamo del mare era più forte del solito.

Mi sentivo sia perso che ritrovato.

Corsi nella mia stanza e frugai nel cassetto del comodino, poi uscii lentamente dalla porta sul retro e percorsi il vecchio sentiero. Giunto alla spiaggia, mi tolsi le scarpe e affondai i piedi nella sabbia morbida, umida e fredda.

In lontananza, la tempesta acquistava potenza. Avvicinandosi sempre più.

Scariche di fulmini lampeggiavano tra le nubi temporalesche.

Il vento soffiava forte.

Un basso e profondo ululato.

Avanzai verso l'oceano, poi mi accasciai sulla sabbia a due metri dalla riva.

Non abbastanza vicino da toccarlo, mai così lontano da separarmene del tutto.

Proprio come avevo detto a Edie.

L'oscurità mi inghiottiva completamente, eccetto che per le luci provenienti dalla casa alle mie spalle e per le bianche creste delle onde spumeggianti, a malapena visibili, che si infrangevano sulla spiaggia.

Mi strinsi forte al petto la sbrindellata scimmietta verde e affondai il naso nella sua logora pelliccia.

Mi passai una mano tra le ciocche più lunghe dei miei capelli che si agitavano al vento con la stessa veemenza con cui il cuore mi martellava nel petto.

Solo il suono del mare e la scimmietta di peluche mi tenevano compagnia.

Mi sentivo completamente e irrimediabilmente solo.

Tranne che per la *sua* presenza.

«Sapevi che sarebbe tornata da me?» sussurrai nel vento sferzante.

Il dolore mi attanagliò la gola. «È sbagliato amare qualcuno quando *tu* non ne avrai mai la possibilità, fratello? Quando sono stato io a toglierti *quella* possibilità?»

L'oceano rispose con un rombo. Un urlo addolorato. Il mio spirito pulsò di dolore e si dibatté.

Protendendosi verso di lui.

«Non posso rovinare di nuovo tutto, Julian. Non posso. Non ce la farei se dovessi rifare gli stessi sbagli. Dimmi che andrà tutto bene.»

Chiusi gli occhi e dietro le palpebre lo vidi correre lungo la sponda del mare, come se stesse in bilico su una corda. I raggi del sole illuminavano i suoi capelli castano chiaro, il colore che avevamo da piccoli, marchiandolo per sempre come un bambino di otto anni che non aveva mai avuto l'opportunità di crescere. Di maturare, adombrarsi e ricoprirsi di cicatrici.

Portavo io tutte le cicatrici.

Potevo quasi vederlo girarsi e sorridermi.

Spensieratamente.

Il dolore mi serrò in una morsa e, allo stesso tempo, mi recò conforto.

Come un'ancora di salvezza per l'aldilà.

Era quello il luogo a cui mi sentivo legato.

Forse questo mi rendeva un po' svitato.

Folle.

Probabilmente era questo il motivo per cui mi ero riempito le vene di qualsiasi cosa per nascondere il dolore.

Il mio cellulare vibrò.

Era un messaggio di Sebastian.

Torna a casa, fratello. È questo il tuo posto.

Il mio respiro divenne irregolare mentre leggevo le parole di mio fratello maggiore.

Sollevai lo sguardo verso il cielo infinito.

Cazzo. Non ero più sicuro di quale fosse il mio posto. Se sarei mai stato abbastanza degno di tornare a casa e diventare parte della loro vita senza peggiorare le cose.

Avevo qualcos'altro da offrire a parte le mie costanti cazzate che servivano solo a farli affondare?

Baz si era sempre preoccupato che alla fine sarei caduto oltre l'orlo del precipizio. Che mi sarei fatto del male in qualche modo perché mi mancava un pezzo di me stesso.

Un pezzo che non avrei più riavuto indietro.

Una sensazione sconosciuta mi serrò il petto, leggera quanto pesante.

Forse avevo sempre saputo che c'era una ragione. Un motivo per cui ero qui.

Legato e ancorato in una maniera completamente diversa.

E lo sapevo... lo sapevo.

La ragione era lei.

12

EDIE

Andare via era sempre il momento più difficile.

Mi fermai davanti alla porta di casa e lanciai un'occhiata al ragazzo seduto in auto. Il suo grande corpo era una semplice sagoma nell'ombra, ma potevo vedere il modo in cui le sue mani stringevano forte il volante mentre mi fissava da lontano.

Autocontrollo.

Potevo percepirlo come una forza palpabile mentre restava lì seduto a guardarmi, trattenendosi dal precipitarsi fuori dall'auto e inseguirmi.

Un brivido che non riuscii a trattenere corse lentamente sotto la superficie della mia pelle e i miei respiri si fecero corti e irregolari.

Gli avevo chiesto di non seguirmi.

Avevo bisogno di tempo.

Di spazio.

Di chiarezza.

Le mie viscere erano un'accozzaglia confusa, le mie emozioni una valanga di caos.

Perciò gli avevo chiesto di fermarsi.

Di *aspettare.*

Di dare alla mia testa il tempo di mettersi in pari con la direzione che il mio cuore ribelle aveva preso.

Dovevo solo assicurarmi che quell'organo ostinato sapesse in cosa si stava cacciando.

Che fosse abbastanza forte da affrontare la tempesta che era Austin Stone.

Che il mio fragile, spaccato guscio fosse abbastanza robusto da imbarcare acqua e non affondare.

Perché quando si trattava di lui, le mie decisioni erano sempre distorte.

Un fremito mi percorse il corpo quando quegli occhi potenti luccicarono alla luce dei fari di un'auto di passaggio.

Occhi puntati su di me come se fossi il bersaglio.

L'obbiettivo.

Forse persino lo scopo.

Una corrente surriscaldata correva tra di noi. Un corto circuito a pochi istanti dal prendere fuoco.

Era ancorato a me così profondamente che potevo sentirlo strattonarmi da ogni angolazione.

Eravamo due magneti in contrapposizione.

Due esche tremanti.

Una feroce guerra infuriava intorno a noi, invisibile ma intensa. Come se il filo che ci legava fosse troppo teso e sottile. Era solo questione di tempo prima che si spezzasse e noi ci scontrassimo, aggrovigliandoci a tal punto da non riuscire più a distinguere dove finiva lo spirito di uno e cominciava quello dell'altro.

Era un posto pericoloso in cui trovarsi.

Ogni tuo respiro era alimentato da un'altra persona.

Ogni battito del tuo cuore dipendeva da colui che lo reggeva tra le sue mani.

Un cuore così difficile da riparare eppure così facile da schiacciare.

Mi costrinsi a distogliere lo sguardo e ad entrare nella quiete della casa immersa nel buio. Percorsi silenziosamente il corridoio e scivolai nella mia stanza illuminata soltanto dalla luce proveniente dal bagno annesso.

Un sorriso affiorò sulle mie labbra e un nuovo senso di contentezza solleticò i margini della mia coscienza.

Posai il cellulare e la borsetta sul comodino, mi tolsi il maglione, rimanendo solo con la canottiera, e mi infilai nel letto.

Ero troppo su di giri per dormire. Troppo combattuta per prendere decisioni.

Così, invece, guardai fuori dalla finestra la tempesta nascente.

Invocandola.

Accogliendola.

Caos, tumulto e disordine.

Un fulmine illuminò il cielo. L'energia sfrigolò sulla mia pelle in uno scontro di paura e desiderio.

Dio, sapevo di essere pericolosamente vicina a cadere oltre il ciglio del precipizio, con il corpo inclinato in avanti in modo da poter scrutare nelle profondità sconosciute.

La cosa peggiore era sapere che *l'oscurità* sottostante mi avrebbe accolta, avvolgendomi tra le sue braccia.

Rimasi così per un lunghissimo tempo, finché il mio cellulare non squillò.

Il mio sorriso ebete si allargò.

Austin.

Eccitata, mi affrettai a recuperarlo dal comodino.

Mettendomi in piedi, feci scorrere il pollice sullo schermo.

Mittente sconosciuto.

Non era Austin.

Provai un lieve senso di disagio, ma lo scacciai via e cliccai sul messaggio.

I miei occhi scorsero lungo le parole.

Cercando di elaborare il loro significato.

Confusione.

Paura.

Orrore.

Quelle tre emozioni si susseguirono l'una dopo l'altra in un solo secondo.

Poi un'ondata di nausea mi colpì così forte che caddi in ginocchio sul pavimento.

Le lacrime mi offuscarono gli occhi mentre rileggevo ripetutamente il messaggio.

Scuotendo la testa.

No.

Come aveva fatto a trovarmi?

No.

Finalmente l'ho capito. Sei stata tu. Pensavi davvero che l'avresti fatta franca? Che non l'avrei mai scoperto? Che non ti avrei trovata?

Mi strinsi il cellulare al petto come se ciò potesse impedire al mio cuore di fuoriuscire dai suoi confini e sanguinare sul pavimento. La paura si mescolò a un odio così intenso da ribollire e traboccare, impregnando ogni cellula.

No.

Come mi aveva trovata?

Era assurdo che quella domanda sembrasse più importante dell'altra che turbinava nella mia mente.

Di cosa stava parlando?

Ero stata io?

Che cosa aveva scoperto?

Oddio.

Cosa voleva? Non aveva fatto già abbastanza?

Cercai di fermare i ricordi, ma non ci riuscii. Erano così vividi mentre mi trafiggevano la mente, infliggendo un'altra stoccata al mio spirito.

Il dolore era straziante.

Serrai gli occhi con forza, cercando di bloccarli, ma essi divennero solo più nitidi.

Musica heavy metal risuonava a tutto volume dall'altro lato della porta, voci assordanti e risate fragorose filtravano attraverso le pareti sottili della casa in cui non era mai stata prima d'ora.

Aveva supplicato suo fratello maggiore Ash di portarla con sé. Gli aveva rivolto un sorriso supplichevole mentre gli diceva quanto le sarebbe mancato quando lei e il resto della loro famiglia si sarebbero trasferiti in Ohio il mese successivo. Gli aveva detto che già adesso non riusciva a vederlo abbastanza spesso. Otto anni e due fratelli li separavano, e Ash era da tempo andato via di casa mentre lei avrebbe iniziato il liceo quell'anno. Adesso sarebbero stati alle estremità opposte del paese dato che il padre aveva accettato un lavoro a Cleveland.

Quando, inizialmente, Ash aveva rifiutato, lei lo aveva implorato, affermando che ormai lo conosceva a malapena.

Era la verità.

Ma ora si chiedeva se conoscesse perfino se stessa.

La paura offuscò gli angoli dei suoi occhi, e si premette maggiormente contro il muro, desiderando di poter scomparire mentre si raggomitolava in una piccola palla.

Era nuda.

Grosse ciocche dei suoi capelli aggrovigliati e arruffati erano appiccicate al suo viso bagnato di lacrime e moccio.

Un dolore sordo e pulsante la tormentava tra le cosce, e la bile le bruciava in gola, risalendo su e pizzicandole la lingua.

«Che ne dici se teniamo per noi questa festicciola?» disse lui con disinvoltura, saltellando un po' per tirarsi su i jeans strappati e lasciando la patta aperta mentre si infilava una vecchia e consunta maglietta.

«Non credo che tuo fratello la prenderebbe molto bene se scoprisse che siamo stati insieme.» Sghignazzò come se non avesse appena distrutto la sua innocenza. «Probabilmente, lo stronzo si starà scopando quella pollastrella di Casey mentre parliamo. Ma sai come funziona: fa quello che dico e non quello che faccio.»

Si passò una mano tra i sudici capelli castani, poi si grattò il mento ricoperto da un ruvido velo di barba. I suoi smorti occhi marroni luccicavano mentre sogghignava verso di lei, che cercava di farsi piccola piccola.

Si sentiva così sporca.

Usata.

Consumata dalla vergogna.

Soffocò un singhiozzo e annuì rapidamente. «Okay.»

Lui sbuffò con malignità. «Hai intenzione di startene lì seduta e comportarti come se fosse stato tremendo? Solo venti minuti fa stavi implorando la mia attenzione, e ora sei lì a frignare come se fosse stato terribile. Che bel modo per aumentare l'ego di un uomo. Scoparlo e poi piangere.»

Era la verità.

Aveva implorato la sua attenzione.

Flirtando con lui.

Desiderando di integrarsi con le ragazze presenti alla festa che erano chiaramente molto più grandi di lei. I ragazzi che trangugiavano birra e suonavano musica in quella casa fatiscente erano uomini adulti.

Ma lei aveva voluto sentire cosa si provava ad essere desiderata.

Bella.

Matura.

Ma non aveva mai avuto intenzione di spingersi fino a questo punto. Era stata troppo stupida e ingenua per rendersi conto di quale piega avrebbe preso la situazione quando l'aveva condotta nella sua stanza. Di quali fossero le sue intenzioni. Troppo inesperta e spaventata per pronunciare la parola che era rimasta bloccata nella sua gola.

No.

Avrebbe potuto dirlo.

Invece, era rimasta distesa sul letto tremando come una foglia mentre lui la spogliava e si toglieva velocemente i vestiti. Non si era nemmeno resa conto di cosa stava succedendo quando l'aveva rapidamente girata a pancia in giù e afferrata per i fianchi, mettendola a carponi.

L'aveva penetrata da dietro.

Lei aveva gridato, ed era stato allora che erano arrivate le lacrime.

Poteva biasimarlo? Se l'era cercata, dopotutto. Era stata lei a mettersi in questa situazione. A cedergli il controllo.

Sua madre l'aveva avvertita. Le aveva detto di stare attenta e di non concedersi così facilmente.

Perché ogni azione aveva sempre una conseguenza.

Causa ed effetto.

E stasera le ripercussioni erano maggiori di quanto la sua mente di quattordicenne avesse mai potuto prevedere.

Che sciocca.

Quando non gli rispose, lui scosse la testa, le lanciò un sorrisetto da sopra la spalla e se ne andò, lasciandola da sola nella sudicia stanza. Lei si alzò in piedi barcollando e fece una smorfia mentre si rivestiva, prima di sgattaiolare fuori il più silenziosamente possibile.

Si ritrovò da sola su una strada buia e desolata di quel quartiere degradato. Le dita le tremavano così tanto che riuscì a malapena a inviare un messaggio a suo fratello.

Sto tornando a casa. Non preoccuparti per me.

Perché Edie non poteva sopportare che suo fratello stesse in pensiero per lei.

Non dopo ciò che aveva fatto.

Una sola notte.

Un solo errore.

Causa ed effetto.

Ma non potevo immaginare quanto dure sarebbero state le conseguenze.

E provavo odio. Tanto odio. Tuttavia, non sapevo se odiassi lui o me stessa.

Mi sentivo disorientata.

Smarrita.

Spaventata.

Boccheggiai in cerca dell'aria che non riuscivo a trovare.

Il dolore mi attanagliava i polmoni.

Mi sembrava di annegare.

Come se stessi venendo letteralmente risucchiata sotto una nera superficie di vetro.

Dov'ero sola e impaurita.

In balia di un rimorso che non avrei mai potuto cancellare.

Le lacrime mi pizzicarono gli occhi e la pioggia cominciò a battere contro la   finestra, mentre raffiche di vento facevano tremare i vetri.

Allungai la mano verso il comodino e cercai a tentoni l'acchiappasogni.

Le mie dita si chiusero disperatamente intorno ad esso mentre venivo sopraffatta dalla tristezza.

Lo strinsi forte al petto e dondolai avanti e indietro.

Parole a malapena coerenti fuoriuscirono dalla mia bocca.

«Ti voglio bene. Ti voglio bene. Mi dispiace così tanto.»

E faceva male.

Dio, quanto faceva male. Un dolore feroce, brutale e implacabile.

Intontita, mi misi in piedi barcollando, mentre le lacrime scorrevano liberamente e velocemente sul mio viso. Con movimenti frenetici, indossai una felpa, mi infilai i calzini e le scarpe. Fuori, la pioggia aveva cominciato a cadere a dirotto e densi banchi di nebbia soffiavano sul terreno.

Tremante, corsi verso la mia auto, schiacciai il pulsante della chiave elettronica e mi fiondai sul sedile del guidatore. La mia piccola Fiat rossa si accese con un rombo appena avviai il motore. I tergicristalli presero vita, lasciando scie di chiarezza sul parabrezza, quando l'unica cosa che vedevo era la confusione intorno a me.

I fari fendettero l'oscurità che mi circondava da ogni parte, amplificando quella sensazione di soffocamento.

Tutto ciò che volevo era respirare.

Vivere.

Provare pace, serenità e comprensione.

Lui era l'unico in grado di darmele.

Mi asciugai gli occhi e cercai di concentrarmi sulla strada mentre i tergicristalli si muovevano avanti e indietro sul parabrezza appannato. Schiacciai il piede sull'acceleratore e sfrecciai nella notte, percorrendo la tortuosa strada a picco sul mare.

La tempesta infuriava intorno a me. Accecanti esplosioni di fulmini illuminavano la terra, rendendo tutto bianco per un millesimo di secondo.

Strizzai gli occhi, emettendo dei singhiozzi strozzati.

Infine, arrivai alla mia destinazione e parcheggiai davanti alla casa dormiente.

Cinque minuti.

Dopo tutti questi anni, e il mio conforto era a soli cinque minuti di distanza. La soluzione per il tumulto che provavo e a cui non sarei mai sfuggita.

Avrei dovuto sapere che sarebbe sempre stato lui.

Spensi il motore e aprii lo sportello. Uscii con passo malfermo nella tempesta che cadeva giù in una gelida pioggia torrenziale.

Il cuore mi batteva forte nel petto.

Un costante *bum, bum, bum* che mi incitava in avanti.

E ancora una volta, mi ritrovai in bilico sull'orlo del precipizio. L'unica cosa che volevo era saltare.

Un fulmine balenò nel cielo.

La mia mano tremava in maniera incontrollabile mentre la sollevavo verso la porta. Battei il pugno due volte.

Passarono pochi secondi prima che la lampada del portico si accendesse, avvolgendomi in un alone di luce.

Il chiavistello di metallo stridette e scattò quando venne rimosso.

Poi la porta si aprì, rivelando quel ragazzo di una bellezza stupefacente.

Il mio salvatore.

Le mie ginocchia vacillarono.

Quell'uomo meraviglioso mi guardò scioccato, e la sonnolenza scomparve dai suoi ombrosi occhi grigi, così profondi, cupi e perspicaci. Era a piedi scalzi, indossava un paio di jeans morbidi e sbiaditi che cingevano le sue gambe robuste e una maglietta attillata e stropicciata che aderiva al suo petto muscoloso, mentre i capelli erano completamente in disordine.

Caos e pace.

Conflitto e conforto.

Rimase senza fiato e pronunciò il mio nome in un sussurro. «Edie.»

13

AUSTIN

Il terrore mi schiacciava il petto.

Edie.

Era sulla soglia di casa mia nel cuore della notte.

Nel bel mezzo di una furiosa tempesta.

Così dannatamente spezzata.

Tormentata.

Smarrita.

La mia gola si serrò.

E in quel frangente, era venuta da me.

«Edie.» Il suo nome uscì dalla mia bocca come un'angosciosa lode.

Era bagnata fradicia, la felpa completamente inzuppata d'acqua e i capelli biondi appiccicati a quell'indimenticabile viso.

Spalancai in fretta la porta e parlai con voce incrinata dalla preoccupazione. «Edie, piccola, cosa fai lì fuori sotto la pioggia? Sei fradicia. Vieni dentro.»

Lei rabbrividì ma non si mosse, continuando a tenere le spalle accasciate in avanti e respirando affannosamente. «Mi...

mi dispiace tanto. È che... non... non posso farcela da sola. Non voglio farcela da sola.»

La violenta ondata di devozione e sollievo che mi travolse mi fece quasi cadere in ginocchio. Allungai le mani verso la mia ragazza e l'attirai dentro, tra le mie braccia. «Edie.»

Affondai il naso nei suoi capelli, tirando uno di quei respiri profondi che riuscivo a fare solo quando mi era vicina.

Ogni mia emozione si focalizzò su di lei.

Empatia, dolore e rimpianto.

«Shh...» mormorai, posandole un dolce bacio sulla testa. «Shh... non scusarti. Ti ho promesso che ci sarei sempre stato per te. Il tuo posto è qui con me.»

Un singhiozzo proruppe dalla sua gola. Premette la bocca contro il mio collo, come se volesse soffocare quel suono, nascondere ciò che l'aveva fatta correre qui.

L'angoscia impregnò ogni cellula del mio corpo e le parole fuoriuscirono liberamente dalle mie labbra mentre la sollevavo tra le braccia. «Cazzo, Edie. Piccola, non piangere. Mi uccide vederti piangere.»

Lei boccheggiò di sollievo e avvolse le sue lunghe, snelle braccia intorno al mio collo, la faccia ancora sepolta nella mia pelle mentre io continuavo a tenere la bocca tra i suoi capelli, sussurrandole parole rassicuranti.

«Andrà tutto bene. Ci sono io con te. Ci sono io.»

Ci sono io.

Si arrese completamente a me, anima e corpo.

Lasciando andare quel tormento che non l'abbandonava mai.

In quel momento, la sua debole fortezza era così fragile.

Vulnerabile.

Bisognosa.

Bisognosa di *me*.

Mi rifiutavo di deluderla ancora.

Non l'avrei fatto mai più.

La portai lungo il corridoio fino alla mia camera da letto. Solo la fioca luce che filtrava dal bagno annesso illuminava la stanza.

Edie emise un piccolo gemito quando la adagiai di traverso al centro del letto. Le lacrime continuavano a scorrere sul suo dolce, innocente viso.

Forse era perché non volevo perdere il contatto fisico.

Perché volevo restare ancorato a lei.

Sapevo che era al sicuro, lì nel mio letto. Ciononostante, posai una mano sulla sua vita mentre mettevo da parte il taccuino su cui stavo scrivendo delle strofe e poggiavo la chitarra sul pavimento contro il muro.

Poi mi voltai di nuovo verso di lei, piegando il corpo in avanti per avvicinarmi maggiormente.

«Sono bagnata» borbottò, la voce intrisa di vergogna.

«Lo so» le dissi. Arretrai un po' e le sfilai dai piedi le scarpe fradice.

«Cosa stai facendo?» chiese in tono agitato.

«Mi prendo cura di te.»

Il suo delizioso corpo fu percorso dai brividi.

Era così maledettamente seducente.

Chiuse gli occhi con forza, come se si stesse facendo forza, racimolando abbastanza coraggio per affrontare questo momento.

Il momento in cui mi avrebbe restituito un altro po' della sua fiducia.

Permettendomi di vegliare su di lei.

Di prendermi cura di lei.

Come avevo fatto un tempo.

Come avrei sempre dovuto fare.

La mia pura e intrepida ragazza.

Le tolsi i calzini.

«Non muoverti» le dissi.

Corsi in bagno e afferrai un grosso asciugamano. Uscendo, mi fermai al cassettone per prendere una t-shirt extra large.

Quando tornai in camera, lei era ancora distesa lì.

Al centro del mio letto.

Il petto che si alzava e abbassava e gli occhi sbarrati.

Il mio battito cardiaco accelerò, facendo scorrere più velocemente il sangue nelle mie vene e diffondendo un desiderio pulsante nel mio corpo.

Poggiai un ginocchio sul letto. «Vieni qui» sussurrai.

La tensione crebbe nei confini silenziosi della stanza.

Diventando intensa, profonda e acuta.

Le presi la mano per aiutarla a mettersi seduta.

Feci del mio meglio per non fremere a quel contatto.

Fuoco e ghiaccio.

Accecante.

Cazzo.

Sapevo che anche lei sentiva questa strana connessione tra di noi, perché le sue labbra carnose si schiusero in un piccolo e insicuro gemito.

Salii completamente sul letto, mettendomi in ginocchio davanti alla mia *luce*.

La osservai con attenzione mentre avvolgevo l'asciugamano intorno alle sue spalle. I suoi occhi celesti mi guardavano con la stessa cautela.

«Va tutto bene» mormorai. «Ci sono io.» Afferrai le due estremità del telo da bagno e le usai per attirarla più vicino a me. Passai delicatamente il tessuto sul suo viso, asciugandole la mascella e quelle tremanti, turgide labbra.

Queste ultime si schiusero in un respiro ansante quando le carezzai.

Dio.

Il mio uccello pulsò.

Digrignando i denti, soffocai il desiderio crescente.

Potevo farcela.

Si trattava di Edie, dopotutto.

Mi sollevai leggermente e sfregai l'asciugamano sui suoi capelli. Lei reclinò la testa all'indietro, si morse il labbro inferiore ed emise un debole gemito, guardandomi come se avesse trovato il senso della sua vita.

Questo era ciò che volevo.

Essere il senso della sua vita.

Gettai l'asciugamano sul pavimento, afferrai l'orlo della sua felpa tra le mani ed esitai, assicurandomi che capisse.

Che comprendesse che non le avrei mai fatto del male.

Mai più.

«Ci penso io a te, ok?» dissi con voce roca.

Le mi fissò sbattendo le palpebre, prima di alzare timidamente le braccia con un lieve cenno del capo.

Trattenni il fiato mentre sollevavo piano l'indumento, mettendo in mostra il suo corpo centimetro dopo centimetro. Una violenta scarica di energia sfrigolò nella stanza quando le sfilai la felpa dalla testa.

Un torrente di ciocche bianche caddero intorno a lei, baciandole le spalle sottili e bagnandole il reggiseno di pizzo bianco.

Qualcosa di simile a un terremoto scosse il mio corpo.

Era splendida, cazzo.

Un angelo in tutto e per tutto.

Era sbagliato dirglielo?

Era sbagliato che sapesse in che modo la vedevo?

Lentamente, le infilai la mia enorme maglietta e, in un roco ringhio, dissi: «Sei stupenda, Edie. La cosa più bella che abbia mai visto.»

L'avevo pensato la prima volta che l'avevo vista.

Ora ne ero sicuro.

Alle mie parole, lei inspirò bruscamente.

Con attenzione, le aggiustai la maglietta e la coprii per bene.

«Stenditi» la esortai con voce arrochita.

I suoi occhi acquamarina luccicarono di paura e timida fiducia mentre faceva ciò che le avevo chiesto.

Tremò e sussultò quando infilai le mani sotto la maglietta.

Le sbottonai i jeans e abbassai la cerniera.

Il mio cuore batteva selvaggiamente.

E potevo sentire anche il suo martellare forte, un caos tonante nel silenzio della mia stanza buia.

Le calai i jeans, rivelando le sue lunghe e toniche gambe, una distesa infinita di morbida pelle color alabastro.

Digrignai i denti e distolsi lo sguardo.

Morivo dalla voglia di toccarla.

Assaggiarla.

Esplorarla.

Farla mia in tanti modi diversi, anche se sapevo che non dovevo farlo.

Che *non potevo* farlo.

Le sue lacrime si erano arrestate.

Sostituite da un'intensità soffocante e schiacciante.

Un desiderio smanioso. Un bisogno incontrollato.

I suoi jeans si unirono alla pila di abiti sul pavimento.

Scesi dal letto e scostai indietro la trapunta. «Infilati sotto le coperte.»

Edie si mise carponi e fece come le dissi, senza nemmeno mettere in discussione la mia richiesta.

Deglutii rumorosamente di fronte all'importanza del suo gesto.

Fiducia.

Era questo ciò che mi stava dando.

Mi infilai a letto accanto a lei.

Edie scrutò il mio viso. «Non ti togli i vestiti?»

Scoppiai quasi a ridere.

Quasi.

«Penso sia meglio che li tenga addosso per il momento, ok?»

Un'improvvisa ondata di imbarazzo le colorò le guance di rosso.

«Oh, giusto... ok» farfugliò, come se non avesse la più pallida idea dell'effetto che aveva su di me.

Distolse lo sguardo.

Era così timida. Dolce. *Incantevole.*

«Dannazione, Edie.» Tirai su le coperte per coprire entrambi e portai la sua testa sul mio petto.

Proprio come ero solito fare un tempo.

Avvolsi un braccio intorno alle sue spalle e la strinsi forte a me, tirandomi leggermente su per posare una scia di baci sulla sua tempia. «Pensi di non avere più lo stesso effetto su di me? Che non mi basti guardarti per perdere il controllo? Conosco i tuoi limiti, Edie. Li rispetto. Ma devi sapere che non ho mai voluto niente... nessuno... nel modo in cui voglio te» mormorai contro la delicata pelle che pulsava con l'erratico battito del suo cuore.

Speravo che ammetterlo ad alta voce non l'avrebbe fatta fuggire via spaventata.

Edie strinse la mia maglietta nel suo piccolo pugno e si avvinghiò a me, come se potessi avere la forza di sostenerla. Di proteggerla.

Il silenzio si intensificò, e tutti quegli spazi brutti e vuoti dentro di me pulsarono dolorosamente e gemettero per il bisogno di essere riempiti.

Perché questa ragazza mi toccava in un modo che nessun altro avrebbe mai potuto fare.

«Cos'è successo?» chiesi infine in tono sommesso. Il fatto che stessi ringraziando le stelle perché era corsa da me non cancellava il suo dolore.

Il respiro le si mozzò in gola alla mia domanda.

«Paul mi ha mandato un messaggio.»

La rabbia mi investì all'istante.

L'oscurità minacciò di essere la mia rovina.

Fui travolto dal desiderio di distruggere.

Annientare.

La strinsi forte. Probabilmente *troppo* forte. A denti stretti, sibilai: «Cosa?» La paura lacerante si scontrò con l'odio bruciante che ardeva dentro di me. «Quel bastardo... dovrebbe star marcendo in prigione.»

Edie si ritrasse e mi guardò con i suoi occhi acquamarina colmi di tormento e confusione. «Prigione?»

Porca puttana.

Non lo sapeva nemmeno.

Mi costrinsi a pronunciare le parole, nonostante la bile che mi bruciava la gola. «È stato dentro per alcuni anni.»

Quattro anni, per la precisione.

La sua mano si serrò ulteriormente nella mia maglietta. «Per cosa?»

«È stato arrestato per la solita merda che annienta i tipi come noi.»

Quell'aspirante rockettaro del cazzo che cercava continuamente di entrare a far parte del mondo della musica. Mio fratello aveva più talento nella punta del suo mignolo di quanto ce ne fosse nell'intero corpo di quello stronzo. Ma questo non significava che non fosse sempre lì, in agguato, convinto che un giorno avrebbe avuto un assaggio del successo.

Ovviamente, lui e Ash erano amici, anche se non li avrei definiti propriamente amici del cuore. Mi domandavo come Ash avrebbe definito quel bastardo se avesse saputo cosa aveva fatto.

Edie sbatté le palpebre, cercando di dare un senso a ciò che non sapeva. «Droga?» chiese con voce tremante.

«Sì.»

Il senso di colpa mi serrò la gola. L'omissione non era altro che una bugia.

Ma cosa avrei dovuto fare?

Di sicuro, dirle la verità non mi avrebbe fatto guadagnare alcun punto. Né l'avrebbe aiutata. L'avrebbe soltanto ferita ulteriormente. E non potevo proteggerla se mi spingeva via.

La bile mi salì in gola, ma la ricacciai giù. «Cosa ti ha scritto?»

Sconcertata, corrugò la fronte e si mordicchiò il labbro. «Che sa quello che ho fatto. Mi ha chiesto se pensavo che non l'avrebbe mai scoperto» disse con voce disperata. «Non ho idea di cosa stesse parlando. Di come mi abbia trovata.»

Seppellì di nuovo il viso nel mio collo. «Ma sono terrorizzata al pensiero che ci sia riuscito» mormorò contro la mia pelle.

Sa ciò che Edie ha fatto?

Quella domanda vorticò nella mia mente finché il significato delle sue parole non mi piombò addosso come un ammasso di rifiuti tossici.

Credeva che fosse stata lei.

Merda.

Credeva che fosse Edie la responsabile.

Come riuscivo a incasinare sempre tutto?

Ogni mia buona intenzione andava a finire male.

Ma stavolta non l'avrei permesso.

Non di nuovo.

Premetti la bocca contro il suo orecchio e con disperazione

pronunciai tante silenziose promesse.

Non permetterò che ti faccia del male.

Ti proteggerò.

Ti terrò al sicuro.

«Cosa gli hai detto, piccola?»

Lei scosse la testa contro il mio petto. «Niente. Non gli ho risposto.»

Volevo urlare. Strapparmi i capelli dalla testa.

Invece, diedi libero sfogo alla mia amarezza. «Lo ucciderò, Edie. Lo ucciderò piuttosto che permettergli di toccarti di nuovo.»

La sentii tremare nell'udire la mia promessa. Domai in fretta la mia furia. Era venuta qui affinché la sostenessi, non per guardarmi perdere il controllo.

Come avevo fatto quella notte.

«Voglio solo che questa storia finisca. Che lui mi lasci in pace. Non capisco cosa voglia da me.»

Tutte le cazzate che segnavano le nostre vite sembravano ammucchiarsi intorno a noi, minacciando di spegnere tutta la vita e la luce dalle nostre esistenze.

«Non permetterò a nessuno di farti del male, Edie. Te lo giuro.»

Lei girò la testa e premette la bocca sul mio fianco. «Ti credo.»

Il silenzio si allungò tra di noi, impregnato di tutte le domande rimaste senza risposta.

«I tuoi sogni ti tormentano ancora?» sussurrò lei infine.

Rivangando il passato.

Riportandoci a dove tutto era cominciato.

Passai delicatamente una mano sulla sua testa, poi la posai sul suo collo.

Com'era possibile che si preoccupasse per me dopo che quello stronzo l'aveva contattata?

«Penso che mi perseguiteranno per sempre» ammisi. «E i tuoi?»

Conoscevo già la risposta. Ma volevo insinuarmi al centro del suo fragile cuore tenuto integro grazie alla sua grande forza interiore.

Edie tamburellò le dita sul mio petto in una timida melodia.

«Quasi ogni notte. Mi sveglio e mi sento così sola. Vuota.»

Scostai leggermente indietro la testa per guardarla in viso. Lei si succhiò il labbro inferiore tra i denti, cercando di trattenere le lacrime che luccicavano nei suoi occhi. Le carezzai la mascella con il pollice, incoraggiandola a continuare.

«Mi sveglio agitata. Smarrita. Desiderando disperatamente di riempire il vuoto. Di alleviare il dolore. Completamente terrorizzata di correre di nuovo il rischio di innamorarmi» ammise con un filo di voce.

Deglutì il groppo di emozione che le stringeva la gola. «Dicono che è meglio aver amato e perso che non aver amato affatto. Vorrei essere d'accordo, Austin. Vorrei crederci. Ma non sono sicura di sapere come fare.»

Vecchie insicurezze mi assalirono, mandandomi in tilt come un antico orologio. «Ce l'hai...»

Dio. Sembrava che avessi perso la capacità di parlare. Che fossi tornato a quando avevo diciassette anni, un ragazzino stupido e ingenuo. Eppure, nel profondo di me, sapevo di aver finalmente trovato ciò che mi mancava. «Ce l'hai ancora?» domandai con voce incrinata.

Un sorriso triste curvò la dolce bocca di Edie che mi rivolse un lieve cenno d'assenso.

Deglutii rumorosamente. «Mi hai pensato?»

La sua risposta fu così sommessa, così timida, che la percepii piuttosto che udirla. «Sempre. Come potrei mai dimenticarti?»

Un'ondata di affetto mi riempì il petto. La strinsi maggiormente a me mentre le offrivo la mia confessione. «Non dimenticherò mai il giorno in cui Ash ti ha portata a casa nostra... dicendo che saresti rimasta con noi per tutta l'estate mentre i *Sunder* erano in pausa dal tour.»

I *Sunder* avevano appena raggiunto il successo, e mio fratello e i ragazzi avevano comprato una villa a Hollywood Hills, trasferendosi da un tugurio a una casa di lusso a cui nessuno di noi era abituato.

Feci scorrere distrattamente le dita tra i suoi capelli mentre riflettevo ad alta voce. «Ricordavo di averti già incontrata da bambina... ma non ti vedevo da così tanto tempo. E poi d'un tratto eccoti lì, la ragazza più bella che avessi mai visto. Così timida e insicura.»

Una risata malinconica rimbombò nel mio petto. «Ed io riuscivo a malapena a guardare nella tua direzione, tanto mi sentivo perso. Ma poi quella notte ti ho sentita piangere. Ero terrorizzato, davvero. Mi guardavo intorno nella mia stanza buia, domandandomi che cazzo fare. Non avevo idea di come affrontare qualunque cosa tu stessi attraversando. Eppure, sapevo che dovevo starti accanto. Che avevi *bisogno* di me.»

Sbattei le palpebre nella penombra della camera. I nostri cuori palpitavano all'unisono, battendo a un ritmo calmo per brevi istanti in questa frenesia senza fine. «Come un folle, ho preso l'acchiappasogni senza nemmeno pensarci. È stato istintivo. La prima cosa che mi è venuta in mente.»

Edie mi carezzò l'incavo della gola con le sue morbide dita. Facendomi fremere. Calmandomi ed eccitandomi.

L'abbracciai più forte. «Me l'ha dato mia nonna, Edie. Quando avevo otto anni. Un paio di mesi dopo aver perso Julian.»

Perso.

Che stronzata.

L'angoscia mi schiacciò il petto. «A parte Baz, è stata l'unica ad accorgersi che stavo morendo dentro.»

Esattamente come mi sarei meritato.

«Era rimasta con noi per un po', e il giorno prima di tornare a casa, venne da me nel cuore della notte. Mi aveva sentito piangere. Mi mise in mano l'acchiappasogni, sussurrando come se stesse rivelando un grande segreto, dicendomi di tenerlo sempre vicino. Mi disse che mi avrebbe dato *pace e sicurezza*.»

Premetti le labbra sui suoi capelli, pregando che capisse. «Ed era proprio questo che volevo per te.»

Ovviamente, la verità era che questo era ciò che *io* avrei voluto essere per lei.

Pace e sicurezza.

Non la sua rovina.

Edie si umettò le labbra secche con la lingua e abbassò lo sguardo sul colletto della mia maglietta con cui stava giocherellando, quasi avesse bisogno di una distrazione. «È così che mi fa sentire ogni volta che lo stringo tra le mani, Austin. Quando mi sento smarrita, sola e angosciata, lo prendo e penso a te. Al conforto che mi hai dato. Alla speranza.»

Cazzo. Mi venne voglia di piangere.

Ero stato io a strappargliela via.

A schiacciarla tra le mie mani.

«Avrei dovuto essere sempre al tuo fianco, Edie. Farti sentire al sicuro. Ma non ho mai dimenticato. Non ho mai smesso di sentire la mancanza di ciò che avevamo.»

«Mi sei mancato così tanto» disse, soffocando un singhiozzo nella mia t-shirt.

La strinsi più forte, facendole promesse che speravo con tutto me stesso di avere la forza di mantenere. «Andrà tutto bene. Te lo prometto, andrà tutto bene.»

«Come?» sussurrò.

«Insieme. Ce la caveremo se restiamo insieme.»

«Quando sono arrivata qui... eri ancora sveglio?»

Scrollai una spalla. «Non riuscivo a dormire.»

Lei fece scorrere le dita sul mio petto. Teneramente. «Perché?»

Una lieve risatina, priva di umorismo, mi sfuggì dalle labbra. «Perché ho provato un sacco di cose stasera, Edie. Stare con te, pensare a mio fratello...» Esitai, odiando questo lato di me stesso, il lato che non sapevo se sarei mai riuscito a ignorare.

Quello indegno.

Quello incasinato.

Quello che distruggeva ogni dannata cosa buona che gli veniva data.

«Ho... sentito certi bisogni.»

Edie si bloccò, poi posò il palmo della mano al centro del mio petto. Riempiendomi con la sua sconfinata fede.

Sei buono. Sei buono. Lo sento qui.

Era ciò che mi diceva sempre in quelle sere di tanti anni fa, quando pensavo che avrei ceduto all'oscurità, infondendo la sua luce nella mia anima nera mentre premeva saldamente la mano sul mio cuore erratico.

Quel posto sarebbe sempre appartenuto a lei.

Tirai un respiro tremante. «Non ho ceduto, Edie. Non posso. Non lo farò. Perciò ho pensato che comporre una canzone con la chitarra fosse il modo migliore per impiegare quell'energia che avevo in corpo.»

Un tenue sorriso, quasi meravigliato, le curvò un angolo della bocca. «Mi sono sempre chiesta se un giorno ti saresti esibito.» Riprese a carezzarmi il petto con la punta delle dita, infiammandomi come solo lei sapeva fare.

«Dio, sono rimasta così scioccata quando ti ho visto sul palco del *Lighthouse*. Ma non posso dire di essere rimasta sorpresa. Sembrava... giusto.»

«È strano... suonare. Il tipo di canzoni che scrivo e i luoghi in cui mi esibisco sono diversi da quelli dei *Sunder*. Da piccolo, avevo questa assurda idea che un giorno sarei stato su un palco accanto a mio fratello. A suonare con lui.»

Ma questa non era altro che una sciocca fantasia.

«Forse è lì che dovresti essere. Pensi che tornerai mai?»

«Intendi a Los Angeles? Forse. Per sistemare le cose con mio fratello. Per fargli sapere che sto bene e che può smetterla di preoccuparsi per me, una volta per tutte. Ma non ho intenzione di rimanere lì. Sai bene quanto me che quello non è il mio posto.»

Quel mondo non faceva per me. I soldi, la popolarità, lo stile di vita. La gente che ti guardava come se valessi *qualcosa* quando sapevi bene di non valere *niente*.

Ero piuttosto sicuro che l'unica cosa che avrei fatto sarebbe stato deludere Baz per l'ennesima volta.

Non l'avrei permesso.

Mai più.

«Ma non posso sfuggire alla musica. Per parecchio tempo, mi sono sentito un outsider nel mondo dei *Sunder*. Ho combattuto il bisogno di suonare per tantissimo tempo. Ma la musica... suppongo che sia parte della mia anima.»

«Perciò suoni in locali piccoli e tranquilli» dichiarò in tono comprensivo, privo di riprovazione.

«A volte ci accontentiamo, Edie.»

La sua voce si tinse di tristezza. «Già, a volte lo facciamo.»

La mia ammissione sembrò aggiungere altra confusione al nostro marasma.

«E tu, Edie? Tornerai mai a casa?»

Scosse la testa con veemenza. «No. Mai. Los Angeles è l'ultimo posto in cui vorrei essere. Non con Paul lì. Soprattutto ora.»

Il dolore persistente per la sua perdita bruciò come una tempesta di fuoco al centro della stanza buia.

Edie si accoccolò maggiormente contro di me e bisbigliò la sua confessione in tono bassissimo.

Colmo di vergogna.

Carico di mortificazione.

«Mi manca mio fratello. Così tanto. Parla mai... di me?»

Fu come se una valanga di rocce frastagliate si fosse accumulata alla base della mia gola. Deglutii, nonostante i loro bordi affilati come rasoi. «Come ti ho detto, sono via da casa da molto tempo. E quando ero lì, sono successe un sacco di cose, quindi non era facile per me intavolare una conversazione. Ma credo che la tua partenza l'abbia ferito. Confuso. Le poche volte che l'ho sentito menzionare il tuo nome è stato quando si chiedeva come avessi potuto andare via in quel modo.»

Non intendevo mentirle.

Non avevo sentito Ash menzionare il suo nome molto spesso. E quando l'aveva fatto, era sempre stato in modo brusco e sbrigativo.

O era lo stronzo più egocentrico del mondo, come ero certo avrebbero affermato tutte le ragazze che avevano incrociato il suo cammino, oppure pensare a sua sorella lo faceva stare troppo male.

Io avrei scommesso sulla seconda ipotesi.

«Non volevo ferirlo» sussurrò Edie in tono sconfitto.

Sbattei forte le palpebre. «Se lo sapesse, Edie... capirebbe. Ti assicuro che capirebbe.»

Ma quello era l'ostacolo più grande di tutti.

Edie non voleva che nessuno lo sapesse.

Si vergognava ed era convinta che fosse meglio così.

Perciò, era fuggita, perché era impossibile impedire al passato di venire alla luce.

La sua voce fluttuò nell'aria come morbidi nastri, avvolgendomi nel calore. «Grazie, Austin. Riesci sempre a farmi sentire meglio. L'hai sempre fatto.»

Dolce e sincera.

Innocente e pura.

Un angelo la cui unica colpa era stata quella di cedere alla tentazione per una sola notte.

Tuttavia, non sapevo come liberarla dalla vergogna.

Convincerla che non era altro che una vittima.

Si rannicchiò contro di me. Ogni suo respiro soffiò sul mio cuore e ogni sua carezza innocente bruciò la mia pelle, accendendola di desiderio.

Dio, quanto la volevo.

Ma per ora...

Per ora l'avrei semplicemente tenuta tra le mie braccia, dove sapeva che sarebbe stata al sicuro.

«Dormi, mia splendida ragazza, dormi.»

14

AUSTIN ~ DICIASSETTE ANNI

Un pianto sommesso echeggiava attraverso le pareti.

Ma stanotte... stanotte era diverso.

Il terrore mi attanagliò lo spirito e il mio corpo fu consumato dall'irrefrenabile bisogno di andare da lei e spazzare via qualunque cosa la facesse stare così male. Qualunque cosa tormentasse quegli occhi color acquamarina.

Velocemente, sgattaiolai fuori dalla mia stanza e mi intrufolai nella sua.

Ed eccola lì, col viso rivolto verso di me, rannicchiata intorno a un cuscino al centro del letto, le guance rigate di lacrime.

Ma sapevo che stavolta non si era svegliata da un incubo.

Salii sul letto dietro di lei e la cinsi tra le braccia, desiderando disperatamente di poter fare qualcosa per cancellare il suo dolore.

Eliminarlo dal suo spirito e recare sollievo alla sua anima.

Ma questa sofferenza?

Era radicata nel profondo. Incisa nel suo midollo.

Sapevo in prima persona che quel tipo di dolore non poteva

essere raschiato via così facilmente.

Sfregai il naso tra i suoi capelli e avvicinai la bocca al suo orecchio, sussurrandole parole rassicuranti. «Puoi fidarti di me, Edie. Fidati di me. Qualunque cosa sia, lo capisco. Lo capisco.» La mia voce si fece più profonda mentre l'attiravo maggiormente a me. «Confidati con me.»

Lei si irrigidì, in preda all'indecisione, prima di aggrapparsi più forte a me e supplicare con voce sommessa: «Promettimi che manterrai il mio segreto al sicuro se te lo dico. Promettimelo, Austin. Perché ho bisogno che tu lo sappia.»

«Non lo rivelerò mai» giurai senza esitazione.

Ma non mi aspettavo che il suo segreto mi avrebbe spezzato in mille pezzi mentre l'ascoltavo confidarsi in me.

Rabbia.

Non ero sicuro di averla mai provata veramente.

Non fino a quel momento.

Un senso di protezione crebbe dentro di me come un'oscura tempesta.

Una distruzione divorante che si gonfiava e aumentava a dismisura.

Trasformandosi in odio.

Quel pezzo di merda di Paul.

Non lo vedevo da circa un anno. Non da quando ci eravamo trasferiti nella nuova casa sulle colline di Hollywood. Ma lo conoscevo. Quel viscido bastardo che bighellonava sempre nel backstage come se quello fosse il suo posto, cercando di prendere ciò che non gli apparteneva. Desiderando di far parte del mondo dei *Sunder* pur non avendo assolutamente nulla da offrirgli.

Ma stavolta?

Stavolta aveva preso *troppo*.

Abbracciai il corpo tremante di Edie più forte che potei, mormorandole parole di conforto. «Ci sono io con te. Ci sono io.»

Nel mezzo di tutte quelle parole, feci una silenziosa promessa a me stesso: Paul Nagle l'avrebbe pagata cara.

15

AUSTIN

I miei occhi si spalancarono nell'oscurità che andava svanendo mentre una nuova alba si preparava a sorgere all'orizzonte.

Il mio cuore batteva come un purosangue al galoppo e ogni muscolo del mio corpo era duro.

Rigido e teso.

Un gemito libidinoso cercò di sfuggire alle mie labbra quando mi resi conto di cosa mi aveva destato dal sonno. Lo soffocai e digrignai i denti per mantenere il controllo.

Il problema era che ero disteso di schiena, con il delizioso e delicato corpo di Edie accoccolato contro il mio fianco, fin troppo vicino per rilassarmi. Teneva una gamba avvolta intorno alla mia vita e una mano stretta a pugno nella mia maglietta.

Ero accaldato, e le mutandine di raso che indossava non facevano nulla per nascondere il fatto che la sua fica fosse premuta contro il mio fianco.

Già.

Un problema bello grosso.

Gemetti, odiando me stesso un po' di più. Solo io potevo lasciare che la mia mente andasse dritto verso pensieri corrotti e depravati.

Ma la verità era che il mio uccello era più duro di una pietra.

Ebbi l'irrefrenabile impulso di sbattere la testa contro il muro.

Invece, la sbattei contro il cuscino.

Merda. Merda. Merda.

Cazzo.

Quando non funzionò, mi premetti il palmo della mano sull'occhio, sperando che la pressione potesse placare la travolgente lussuria. L'opprimente bisogno di affondare in tutta quella dolcezza e morbidezza.

Di perdermi nel corpo caldo rannicchiato al mio fianco.

Un mugolio ansimante uscì dalla sua bocca carnosa.

Ero sicuro che sarei morto.

Non c'era alcuna possibilità che potessi restare lì disteso come una specie di santo.

Perché ero soltanto un uomo.

Pregando che non la svegliassi, mi districai dal suo splendido corpo e scivolai via da sotto le coperte, tirai un respiro profondo che speravo avrebbe tenuto a bada il desiderio e andai in bagno in punta di piedi, dove mi chiusi silenziosamente la porta alle spalle.

Avevo bisogno di spazio.

Di distanza.

O magari di un fottuto muro di mattoni con lucchetti e catene.

Mi strofinai il viso con entrambe le mani, prima di scaricare parte della tensione con un sonoro sospiro.

Cosa diavolo dovevo fare?

Dio, questa ragazza mi scombussolava completamente.

La desideravo da impazzire. Ma sapevo che non era il caso di farle pressioni. Sapevo che meritava tempo e rispetto.

Il mio sguardo vagò verso destra.

Doccia.

Sì.

Doccia.

Rintanato in questa piccola stanza, con lei all'altro lato della porta, una doccia fredda era forse l'unica soluzione.

Aprii il rubinetto al massimo e mi svestii rapidamente, poi avanzai sotto il getto di acqua fredda.

«Merda» sibilai, resistendo alla pioggia di ghiaccio che scendeva dal soffione.

Tirai un brusco respiro, lo rilasciai tra i denti serrati e mi costrinsi a mettermi completamente sotto il fiotto d'acqua.

Abbassai la testa e respirai affannosamente mentre rivoli di acqua gelida scivolavano lungo le mie spalle e la mia schiena.

Ma ciò non servì affatto a ridurre il desiderio. Non mi diede alcuna calma o pace mentale.

Perché l'unica cosa a cui riuscivo a pensare era la ragazza all'altro lato della porta.

La mia ragazza.

Nel mio letto.

Con indosso soltanto le sue mutandine e la mia maglietta.

Un angelo che volevo sporcare.

L'avevo sempre voluto.

L'amore era davvero ingarbugliato.

Il mio autocontrollo andò in frantumi. Mi afferrai il membro alla base e strinsi. La mia bocca si spalancò alla pressione della mia mano intorno alla mia rigida lunghezza.

Che sciocco a credere che sarebbe stato sufficiente.

Merda.

Dio, ero un vero bastardo, ma non riuscii a resistere. Mi piegai in avanti e appoggiai l'avambraccio contro la parete sopra la mia testa per sostenermi.

L'acqua mi batteva sulla testa e sulla schiena mentre muovevo il pugno su e giù lungo il mio uccello, cercando di restare in silenzio quando tutto quello che volevo era gemere.

Affondai i denti nel mio labbro inferiore mentre immaginavo Edie distesa sotto di me.

Il mio respiro si fece corto.

Pesante e ansimante.

Immaginai i suoni che avrebbe emesso quando finalmente sarei sprofondato nel suo corpo.

Un lieve, delicato ansito.

Rallentai il movimento della mia mano, cercando di convincermi che quel suono gutturale fosse solo frutto della mia mente.

Solo un'altra parte della mia fantasia.

Finché non udii il leggero tonfo contro il muro.

Cazzo. Cazzo. Cazzo.

Chiusi gli occhi con forza, come se ciò potesse farmi scomparire.

Nascondere la depravazione delle mie azioni dopo che l'avevo confortata appena poche ore prima.

Col cuore che mi batteva a mille, mi voltai per sbirciare attraverso la piccola apertura dove la tenda della doccia non si era chiusa del tutto.

Era soltanto un piccolo spiraglio, ma sufficiente a rivelare la mia nudità. Quando guardai fuori, vidi la mia ragazza schiacciata contro la parete.

Che mi fissava di rimando.

E volevo essere inorridito, pronunciare ogni debole scusa che la mia mente riuscisse a trovare, pronto a strisciare pur di impedirle di voltarsi e scappare via di nuovo.

Perché questo era esattamente ciò che mi aspettavo che facesse.

Ma la sua espressione... la sua espressione mi colpì dritto al petto e fece precipitare le poche funzioni cerebrali che mi restavano verso sud.

Teneva una mano premuta alla base della gola, le sue rosse e carnose labbra erano socchiuse, e le pupille erano talmente dilatate che i suoi occhi cerulei sembravano quasi neri.

I respiri ansimanti che uscivano dalla sua deliziosa bocca mi investirono come un maledetto treno merci.

Il desiderio crebbe nei confini del bagno troppo piccolo.

Diventando vivo.

Edie si premette maggiormente contro il muro come se potesse aiutarla a sorreggersi sulle ginocchia indebolite. Reclinò la testa all'indietro e strinse le cosce.

Porca puttana.

Poggiai la mano contro la parete della doccia per sostenermi. «Ti avverto, Edie. Devi uscire da qui. Subito.»

«Io... io...» Balbettò ed emise un respiro tremante. «Ti ho sentito.»

«Edie» l'avvertii di nuovo a denti stretti.

«Austin... io...» disse in tono di supplica.

Se fossi stato un uomo saggio, avrei chiuso la tenda e gridatole di andare via prima che facessimo qualcosa di talmente stupido da provocare una frattura tra di noi così profonda che non saremmo mai stati in grado di superare.

Invece no.

Come uno sciocco, scostai la tenda di lato, facendo stridere gli anelli di metallo contro l'asta. La parte di me che desiderava questa ragazza da una vita mi convinse che era una buona idea ritornare a sfregarmi l'uccello.

L'acqua scorreva lungo le mie spalle e il mio petto in sottili rivoli.

«Questo è quello che hai sentito?» chiesi con voce roca, ruvida.

Lei non mi rispose.

Al contrario, fece vagare gli occhi sul mio corpo bagnato.

Con espressione famelica.

Disperata.

Tracciando le parti di me che non aveva mai visto prima.

«Edie» gemetti e, senza distogliere lo sguardo, allungai la mano per chiudere il rubinetto, prima di voltarmi completamente verso di lei nella luce dell'alba nascente.

«Sei bellissimo» sussurrò in tono quasi tormentato.

«No... tu lo sei, Edie. Sei tu che mi hai fatto questo. Mi hai sempre fatto questo effetto.»

Un mugolio eccitato fuoriuscì dalle sue labbra, e si schiacciò ulteriormente contro il muro.

Supplicando.

Uscii dalla doccia.

E avanzai verso di lei.

Percepii l'istante in cui lo vide, quando il disegno inciso sulla mia pelle divenne visibile nei deboli raggi della luce del mattino.

Un brivido le percorse il corpo come un tuono, e l'atmosfera tra di noi si fece più intensa.

Più acuta.

Il potere che ci legava crebbe.

Si amplificò.

Feci un altro passo in avanti, completamente nudo, finché non fui di fronte a lei.

Nel cuore della tempesta.

Firelight, luce del fuoco.

Edie allungò una mano tremante e fece scorrere la punta delle dita su ciò che era inciso sul mio cuore. Con riverenza e meraviglia, carezzò il punto che sarebbe sempre appartenuto a lei.

Era il primo tatuaggio che mi ero fatto.

Il mio petto era ricoperto d'inchiostro, come se i demoni dentro di me fossero stati imprigionati sulla mia pelle.

Nascosto in mezzo a quel caos c'era un acchiappasogni.

Le sue piume luminose soffiavano selvaggiamente al vento lungo il mio addome. L'intero oggetto rischiava di essere fatto a brandelli dalla furiosa tempesta che governava le nostre vite, mentre i cordoncini di pelle si aggrappavano alla base della ragnatela che teneva tutto unito.

Quel cerchio senza fine era stampato sul mio cuore.

E al centro di esso c'era un diamante.

Il mio per sempre.

Posai una mano al lato del suo collo, carezzandole la mascella con il pollice. «Hai capito ora, piccola? Cosa significhi per me?»

Le parole mi graffiarono la gola quando le pronunciai.

Ero nudo davanti a lei.

Fisicamente.

Emotivamente.

«Non avrei dovuto significare nulla.»

Premetti la sua mano sulla ragnatela incisa sul mio cuore. «Non importa. Sei qui da sempre.»

Il suo mento tremava quando sollevò la testa, incrociando il mio sguardo. «Mi fai desiderare cose che non posso avere.»

Volevo dirle che potevo darle tutto.

Che tutti i suoi limiti erano al sicuro con me. Che li avrei protetti. Che non li avrei oltrepassati finché non fosse stata pronta.

Finché non fosse stata sicura.

Invece, mi chinai in avanti e le sfiorai l'angolo della bocca con le labbra in una silenziosa promessa.

Ci penso io a te.

Lei tremò da capo a piedi.

Stavolta, pronunciai la promessa ad alta voce. «Ci penso io a te. Non ti farò mai del male.»

Quella tempesta che infuriava in lei si dibatté in preda all'indecisione. «Austin.»

Eravamo entrambi frenati dalle nostre insicurezze e spinti in avanti dal bisogno e dal desiderio.

«*Ti conosco*» le dissi sommessamente, posando baci leggeri come piume sulla curva della sua mascella, suscitandole la pelle d'oca.

Sapevo che comprendeva il significato delle mie parole.

Si rendeva conto che vedevo ancora chiaramente le sue limitazioni.

Non le avrei fatto pressioni. Non l'avrei inseguita fino a farla sentire in trappola.

Avrebbe sempre mantenuto lei il controllo finché non fosse stata pronta a cederlo a me.

Edie sollevò il mento e in tono implorante disse: «*Non farlo.*»

«Cosa?» chiesi in un roco ringhio.

«*Non* farmi soffrire. *Non* lasciarmi.»

Non fare questo.

Non fare quello.

Ma stavolta si trattava di una resa.

Le sue parole accrebbero la tensione presente nella stanza.

Infervorandoci maggiormente.

Sempre di più.

Finché entrambi non avemmo altra scelta che esplodere.

Edie gettò le braccia intorno al mio collo e io abbattei le

labbra sulle sue.

Catturando quella bocca che morivo dalla voglia di assaggiare. Era così fottutamente morbida e dolce.

Ero certo di essere ancora perso nella mia fantasia quando succhiai il suo carnoso labbro inferiore tra le mie labbra. Poi lo lasciai andare e feci lo stesso con quello superiore.

Assaporando.

Gustando.

Prendendo.

Lei reclinò la testa all'indietro e tirò fuori la lingua.

Esitante.

Almeno finché non sfiorò la mia.

Prendemmo *fuoco*.

E ci perdemmo nel piacere.

Inconsci di tutto tranne che di noi stessi.

Premette le sue mani calde contro il mio petto e, scioccandomi, si alzò in punta di piedi per approfondire il bacio.

Per chiedere qualcosa di più.

Un basso ringhio rimbombò nella mia gola, e affondai le mani nelle lunghe ciocche dei suoi capelli.

Erano così dannatamente soffici.

Le strattonai leggermente la testa all'indietro per avere un migliore accesso e la baciai con fervore.

Le nostre lingue danzarono, i nostri denti mordicchiarono e i nostri spiriti si librarono in volo.

Premetti il pene contro il suo ventre.

Lei mugolò di piacere e si accasciò tra le mie braccia quando le cedettero le ginocchia.

La schiacciai contro il muro per evitare che cadesse. Il suo corpo sembrava così fragile sotto il mio.

«Ci penso io a te» mormorai, mentre la sollevavo tra le braccia e la portavo nel santuario della mia stanza.

I deboli raggi del sole filtravano all'interno attraverso la finestra, riscaldando le pareti bianche e immergendo il letto in una luce scintillante.

La adagiai al centro del materasso e abbassai lo sguardo sulla persona che aveva cambiato ogni cosa: il mio cuore, il mio obbiettivo e tutti i contorti pensieri che dominavano la mia mente.

Lì in piedi, con le mani chiuse a pugno lungo i fianchi e i suoi occhi colmi di fiducia che osservavano ogni centimetro di me, desiderai ardentemente di essere un uomo migliore.

Avevo lasciato la casa di mio fratello sperando di trovare quell'uomo. Di trovare la forza dentro di me per diventare la persona che volevo essere.

Ero andato via sapendo, nel profondo di me, che c'era qualcuno lì fuori che aveva bisogno della mia forza. Una ragazza che aveva bisogno di qualcuno che la sostenesse.

Proprio come lei aveva sostenuto me.

Instillandomi fiducia.

Infondendomi speranza.

Potevo essere quell'uomo ora?

Potevo reggere qualcosa di così delicato senza schiacciarlo di nuovo tra le mani?

Edie si dimenò, impaziente. «Austin.... ti prego.»

Ci avrei di sicuro provato, cazzo.

Salii sul letto con movimenti cauti e controllati, posizionandomi tra le sue gambe piegate e divaricate.

Torreggiai sopra di lei e la fissai.

Era così bella.

Le posai una mano sulla guancia.

«Mi togli il fiato.»

«E tu mi rendi debole» ribatté lei.

Mi abbassai sui gomiti e lei inarcò il bacino.

I nostri corpi si incontrarono a metà strada.

L'energia che ci circondava pulsò.

Emise un sospiro tremulo quando mi sistemai sopra di lei, attento a non schiacciarla.

Mai e poi mai l'avrei fatto.

Infilai le dita tra i suoi capelli. «No, Edie. Sarò la tua forza. Il tuo coraggio. Ti sosterrò quando avrai bisogno del mio supporto. Ti reggerò quando non riuscirai a stare in piedi. E quando ti librerai in volo, sarò lì a guardarti volare. Non ti butterò mai giù né ti ostacolerò. Dimmi che ti fidi di me.»

I suoi occhi si velarono di lacrime e la sua lingua guizzò fuori per umettare le labbra. Il suo sguardo intenso balenò sulla mia bocca prima di tornare sui miei occhi. Trasparente e chiaro. «Sai che non sarei qui se non mi fidassi di te.»

Il sollievo mi rubò il respiro e la speranza non fu più soltanto un barlume. Adesso era una luce accecante. Ardente, bruciante e divorante.

Con il petto stretto dall'emozione, mi chinai per baciare la mia ragazza.

Lentamente all'inizio.

Crogiolandomi nella sensazione di stare al sole.

Edie si aggrappò alle mie spalle nude e avvolse le cosce intorno ai miei fianchi.

Ondeggiai contro di lei, facendo aderire la mia durezza alla sua morbidezza.

Lei mugolò di piacere.

E lo feci di nuovo.

Poi ancora.

Finché non fu troppo.

Eppure neanche lontanamente abbastanza.

Edie cominciò ad ansimare e a perdere il controllo quando aumentai il ritmo. Quando aumentai la pressione, baciandola più profondamente e ardentemente.

Mi guardò come se mi stesse supplicando di salvarla.

«Ti sento» farfugliò in tono disperato.

La mia anima bruciò in preda al delirio.

Spostai il peso sulle ginocchia e posai una mano accanto alla sua testa. Feci scorrere i polpastrelli sul tessuto della sua maglietta, e il mio battito cardiaco accelerò quando le sfiorai i seni dai capezzoli turgidi, prima di scivolare più in basso.

Un brivido le percorse il corpo quando passai le dita sul suo ventre, fino a lambirle le mutandine di raso.

Ansimò.

Scostai il tessuto di lato e la carezzai dolcemente. Lei mugolò in segno di incoraggiamento, e spinsi due dita nel suo sesso.

Ah, cazzo. Era così calda e stretta.

Edie boccheggiò e inarcò la schiena verso l'alto.

«Ti prego.»

Dio.

Era così fottutamente dolce.

Così bollente e bagnata.

Le sfiorai delicatamente il clitoride col pollice, muovendolo avanti e indietro mentre cominciavo a scoparla lentamente con le dita.

Tuttavia, bastò quello per farla gridare il mio nome in preda al piacere, il suo sesso che si contraeva spasmodicamente mentre cavalcava l'onda dell'orgasmo.

Provai una stretta al petto nel vedere la sua espressione, il suo dolcissimo viso perso nella beatitudine che le stavo procurando.

Sollevò i fianchi dal letto e ansimò, affondando le dita nelle mie spalle per aggrapparsi a me mentre raggiungeva il culmine del piacere.

Era splendido guardarla venire, e il mio spirito si scatenò per il bisogno di avvicinarsi ulteriormente a lei.

Gemette e si dimenò sul letto mentre tremava in preda ai postumi dell'orgasmo.

Riportai la mano con cui avevo carezzato il suo corpo sul mio uccello. Lo strinsi con esitazione, domandandomi quanto ancora Edie potesse sopportare prima che si spaventasse, ma poi cedetti perché mi stava guardando come se anch'io potessi essere la sua luce nell'oscurità.

Mi sfregai con movimenti brutali e selvaggi. I nostri volti erano così vicini che il mio naso sfiorava il suo.

La guardai negli occhi e mi ritrovai a fissare nell'eternità.

In quelle profondità infinite che conducevano direttamente nella sua anima.

La mia bocca si spalancò e ogni muscolo del mio corpo si contrasse.

Questa ragazza era la mia completa rovina.

Incandescenti fremiti di estasi mi percorsero dalla testa ai piedi, e mi irrigidii sopra di lei quando venni.

Edie posò le mani sulle mie guance, stringendomi forte il viso e mettendo a nudo le sue emozioni mentre mormorava ripetutamente: «*Ti sento, ti sento, ti sento.*»

Il piacere mi attanagliò dappertutto, e crollai in avanti annaspando in cerca d'aria. Avvolsi un braccio intorno alla sua testa e premetti il suo viso contro il mio collo.

Perché Edie Evans era la *prima.*

La prima ragazza ad aver toccato qualcosa nel profondo di me quando ero completamente morto dentro.

Un lampo di luce nell'oscurità.

L'unica a risvegliare qualcosa in me. L'unica a motivarmi.

L'unica a instillare in me quest'ardente fiamma di speranza che tremolava e incendiava le mie viscere.

Spronandomi a *rialzarmi.*

Sin dal tragico giorno in cui l'avevo ucciso, lei era stata la prima a farmi *sentire vivo.*

His words trembled with anger. "A mistake? You betrayed me."

16

AUSTIN ~ DICIASSETTE ANNI

Mi baciò. La sua bocca era timida, la sua lingua lenta.

Lasciai che fosse lei a condurre.

Lasciai che le sue dita esplorassero il mio viso con esitazione.

Lasciai che il suo respiro diventasse un tutt'uno con il mio spirito.

Lasciai che il suo corpo venisse scosso da un leggero fremito.

Lasciai che sospirasse.

Lasciai che gemesse.

Lasciai che si insinuasse lentamente ma inesorabilmente dentro di me.

17

EDIE

«Buongiorno» disse una voce roca e profonda, risvegliandomi dal sonno.

I miei occhi si schiusero e il mio cuore accelerò i battiti.

Il mio splendido ragazzo torreggiava sopra di me. Quando incrociai il suo sguardo intenso, le sue labbra sensuali si piegarono in un sorrisetto che rasentava l'adorazione.

Simile a un gioco di prestigio: impossibile, eppure completamente e totalmente affascinante.

Dorati raggi di luce filtravano nella stanza. Il calore del mattino carezzava tutto ciò che incontrava sul proprio cammino, baciando il suo viso e rischiarando l'oscurità sconfinata che mi aveva accolto.

Volevo annegare in essa.

I suoi profondi occhi grigi tracciarono il mio viso, e in qualche modo il suo sguardo impetuoso si addolcì, colmandosi di canzoni e mistero. Di segreti.

Il mio ventre fremette e il mio cuore traboccante di emozioni prese a battere in maniera irregolare.

«Buongiorno» sussurrai di rimando.

Oh, com'era facile cadere preda dell'amore.

Ma avrei dovuto sapere che più ostinatamente gli resistevo, più rapidamente sarei caduta.

Proprio come nelle sabbie mobili.

Più mi dibattevo, più a fondo sprofondavo.

E non volevo più risalire in superficie.

Feci quello che doveva essere un sorriso super sdolcinato quando un sorrisetto affiorò sulle sue carnose labbra rosse.

Dio.

Mi rendeva così felice.

«Come hai dormito?» chiese.

Emisi una risatina euforica che non riuscii a trattenere.

Meglio di quanto avessi mai dormito da anni. C'era bisogno che lo sapesse?

«Sbaglio o Edie Evans ha appena ridacchiato?» Si chinò verso di me, avvolgendomi in quell'energia che sfrigolava intorno a noi. Il suo sorriso si fece predatorio. «È un suono che non sentivo da tantissimo tempo, cavolo. Dove posso firmare per poterlo sentire ogni singolo giorno per il resto della mia vita?»

Il mio sorriso era fuori controllo.

Speranza.

Gioia.

Questo ragazzo le aveva di nuovo risvegliate dentro di me.

Inarcai un sopracciglio con fare canzonatorio. «Per il resto della tua vita, eh? Stai decisamente facendo il passo più lungo della gamba, Stone.»

Lui scosse la testa con espressione impertinente. Si sollevò su mani e ginocchia sopra di me, intrappolandomi come se non volesse lasciarmi andare mai più.

E Dio.

Mi piaceva essere completamente circondata da lui.

Austin abbassò la testa, avvicinandosi ancora di più. «Sono sempre stato un passo avanti. Stavo solo aspettando che tu mi raggiungessi.»

Arrossii. Una vampata di calore mi bruciò la pelle. Proprio come le fiamme che consumano la carta.

Mi mossi imbarazzata e il mio corpo si accese al ricordo della notte scorsa.

La notte scorsa.

Fremetti e mi morsi il labbro inferiore per nascondere la mia reazione.

Ma Austin se ne accorse comunque.

Chiaramente, aveva capito in quale direzione erano vagati i miei pensieri.

Il calore aumentò.

Amplificandosi di dieci volte.

Forse mille.

Dio, stavo bruciando.

Eccomi qui, inchiodata sotto questo bellissimo uomo. Assetata di cose che non ero sicura di poter dare. Smaniosa di immergere le mani nelle profondità di quelle acque torbide per bere un sorso dissetante.

Era sempre stato così con Austin. Sia la mia anima che il mio cuore sapevano che era lui l'uomo destinato a me. Erano i vecchi traumi che mi impedivano di allungare la mano e afferrare ciò che volevo.

Un brivido di disagio mi percorse il corpo quando i miei pensieri ritornarono al messaggio che avevo ricevuto ieri sera.

Cosa poteva mai volere da me?

Cosa poteva venirne fuori di buono?

Deglutii il groppo di ansia che avevo in gola. L'ultima cosa che volevo era rovinare questo momento. Permettere a Paul di rubarmi – di rubare a noi – più di quanto non avesse già rubato.

Ma soprattutto, non riuscivo a cancellare dalla mia mente l'intensità della reazione di Austin quando avevo menzionato il nome di Paul la scorsa notte. Non ero sicura che potesse gestire l'inutile preoccupazione per un uomo da cui, in fin dei conti, aveva soltanto voluto proteggermi.

Austin tamburellò delicatamente le dita sulla mia clavicola, poi le fece scivolare lentamente lungo l'incavo del mio collo. Sollevai il mento alla sua esplorazione e tremai sotto il suo tenero tocco.

La mia bocca si schiuse in un sospiro.

Una supplica silenziosa per avere di più.

«Meravigliosa» mormorò. Spostò le dita un po' più in alto, suscitandomi la pelle d'oca mentre tracciava la linea della mia mascella. «Sei così meravigliosa. Non riesco a vedere le cose con lucidità quando ti guardo. O forse vedo tutto chiaro finalmente.»

Mi sfuggì un piccolo gemito quando mi sfiorò le labbra con i polpastrelli.

La sua attenzione si spostò tra i miei occhi e la mia bocca, valutando la mia reazione, prima di introdurre a malapena le dita dentro.

La mia lingua le lambì per un brevissimo assaggio.

Questo ragazzo mi stava sbrindellando pezzo dopo pezzo.

Piegò la testa di lato e mi fissò intensamente. «Hai la vaga idea di quanto sia bello svegliarsi accanto a te?»

Il mio tono si tinse di riverenza. «Di sicuro, non può essere più bello di quanto sia svegliarsi accanto a te.»

«È qui che ti sbagli, Edie, perché non c'è nessun altro posto al mondo in cui vorrei essere se non qui con te. Quindi direi che questo lo classifica tra il magico e il miracoloso.»

La mia gola si serrò per l'emozione.

«Cosa c'è al di sopra del miracoloso?» domandai, scrutando il suo bellissimo viso.

Lentamente, lui scosse la testa. «Non c'è niente.»

Oh Dio.

Il suo sguardo intenso si accese di qualcosa di significativo.

Audace e potente.

L'energia tra di noi crebbe e si intensificò.

Colmandosi di trepidazione.

Desiderio.

Speranza.

Non c'era alcuna esitazione in lui quando premette le labbra contro le mie.

Questa...

Questa fu una carezza che sentii fino al centro della mia anima.

Indugiò lì, prima di approfondire il bacio, trasformandolo da dolce a famelico mentre muoveva la bocca contro la mia.

Con me.

Per me.

La sua lingua era bagnata. Sia possessiva che dolce.

Lambiva la mia con rapide, decise stoccate.

Con languide, lente carezze.

Dominandomi e reclamandomi.

Ipnotizzandomi.

Il mondo vorticò intorno a me.

Mi sentivo leggera. Sospinta verso l'alto, lontano dall'agonia della ragazza che non volevo essere.

In volo su un aereo dov'ero la donna che volevo essere per lui.

Per me.

Premetti i palmi sul suo petto, avvertendo il bisogno di sentire il battito martellante del suo cuore che pompava vita nel diamante inciso al centro.

Austin aveva ragione al cento per cento.

Svegliarsi accanto a lui si classificava tra il magico e il miracoloso.

Impossibile e perfetto.

Emise un basso ringhio contro la mia bocca, sia frustrato che giocoso, prima di sollevarsi sulle mani con riluttanza. «Per la cronaca, non riesco a credere che tu sia qui. Una settimana fa non avrei mai osato immaginarlo. E sempre per la cronaca, *mi piace*. E un sacco.»

Con dita tremanti, carezzai i lineamenti marcati del suo splendido viso. «Se potessi, non me ne andrei mai.»

Le sue labbra rosse si curvarono in un sorrisetto scherzoso, malizioso. «Allora non farlo.»

Non farlo.

Anche la mia bocca si piegò in un sorriso civettuolo. «Credo che questo possa essere l'uso corretto di quelle due paroline.»

Lui mi mordicchiò le dita quando le passai sulle sue perfette labbra imbronciate. «Credo che tu abbia ragione, Edie Evans.»

Mi sfuggì un'altra risatina, poi gli rivolsi un tenero sorriso carico d'affetto. «Non puoi immaginare quanto sia allettante l'idea di restare. Ma devo andare. Devo lavorare.»

La sua fronte si corrugò in un cipiglio. «Quando ti rivedrò?»

«Quando vuoi vedermi?»

Lui proruppe in una risata leggera e spensierata, e giocherellò con una ciocca dei miei capelli. «Beh... considerando che non voglio *smettere* di vederti, direi il prima possibile. Che ne dici di venire al *Lighthouse* stasera? A guardarmi suonare?»

La sua espressione si fece speranzosa. Come se non potesse impedire alle sue insicurezze di intrufolarsi nella sua mente. Mi sembrò di rivedere il ragazzo spezzato che conoscevo un tempo.

Il mio sguardo carezzò l'incerta speranza sul suo viso.

Era così diverso eppure sempre lo stesso.

Esitai, in cerca delle parole giuste. «Siamo...?»

Austin mi prese la mano e intrecciò le sue grandi dita alle mie, premendole contro l'acchiappasogni inciso sul suo petto.

Un marchio permanente che in qualche modo aveva *marchiato* anche me.

«Stai cercando di chiedermi se siamo un *noi*, Edie?»

La timidezza si insinuò in me, portando con sé tutte le promesse che mi ero fatta di restare da sola.

Ma non volevo essere sola.

Non quando ciò che desideravo era proprio davanti ai miei occhi.

Incerta e in qualche modo coraggiosa, mi mordicchiai il labbro. «Siamo...?»

La sua espressione divenne seria. Genuina e sincera. Terribilmente intensa. «Siamo sempre stati un *noi*, Edie. Adesso dobbiamo solo capire come tenere insieme quel *noi*.»

«Insieme?»

«Sì. Che ne dici?»

Probabilmente, avrei dovuto essere sopraffatta da vecchie paure. Aggrapparmi a un passato che non mi avrebbe mai lasciata andare.

Invece, ero sommersa dalla fiducia.

Fiducia in lui.

Austin mi capiva. Comprendeva i miei limiti, le mie barriere, le mie paure.

Mi rispettava.

Deglutii rumorosamente. «Solo... stai attento con me.»

Strillai di sorpresa quando mi capovolse con un movimento così repentino che non mi resi conto di quello che stava succedendo finché non mi ritrovai a cavalcioni sopra di lui.

Abbassai lo sguardo su questo ragazzo tanto bello da togliere il fiato che possedeva il mio cuore.

Lui mi rivolse un sorriso bellissimo e sfacciato.

Un brivido mi percorse la spina dorsale, provocandomi la pelle d'oca.

Poggiai le mani sul suo forte petto, cercando di mantenermi in equilibrio su un terreno instabile quando sapevo, senza ombra di dubbio, che non c'era alcun terreno sotto di me.

Ero caduta.

E adesso stavo nuotando tra le onde del nero più nero.

L'oscurità sul fondo mi aveva inghiottita del tutto.

Avrei dovuto sentire freddo.

Essere terrorizzata.

Invece mi sentivo al sicuro nella sicurezza delle sue braccia. Nella certezza del suo cuore e delle sue intenzioni.

Austin sollevò le mani e fece scorrere le dita tra le lunghe ciocche dei miei capelli che mi ricadevano sulle spalle, poi posò il palmo sulla mia nuca, cullandomi la testa. «Penso che dovrai essere tu a stare attenta con me.»

Gli cinsi i polsi, sentendomi libera.

Libera nel suo tocco.

Libera nella sua fiducia.

«Austin.»

Fece vagare gli occhi sul mio viso, facendomi sentire amata sotto il suo sguardo adorante.

«Edie.»

La sua espressione divenne allegra. Giocosa. Quasi vispa. Mi attirò a sé e, a un soffio dalla mia bocca, sussurrò: «Baciami prima di andare via.»

«Buffo... perché speravo proprio che lo facessi tu.»

Lui sorrise e io mi umettai le labbra con la lingua. Mi chinai in avanti, desiderosa di baciarlo.

Avvolse le braccia intorno alla mia testa, circondandomi. Facendomi sentire al sicuro.

Amata.

Il suo bacio fu lungo e lento, permeato da una punta di disperazione.

Mi sentivo sempre così quando ero con lui.

Disperata.

Ero quasi morta quando me n'ero andata.

Quando l'avevo abbandonato.

Strappando via un altro pezzo di me.

Un piccolo brivido di paura mi attraversò il corpo. Il pensiero di perderlo di nuovo era quasi impossibile da sopportare.

Non ero così sciocca da non rendermi conto che eravamo entrambi incasinati. Nient'altro che un guazzabuglio di pezzi rotti e frantumati che erano stati sparpagliati e mescolati insieme.

Potevo solo pregare che insieme saremmo riusciti a farli combaciare *stavolta*.

Con riluttanza, mi staccai da lui. Le mie labbra dovevano essere gonfie e rosse, i miei capelli un vero disastro grazie alle sue dita.

Ma non mi importava.

Non provavo né vergogna né rimorso per ciò che stavo dando a questo ragazzo: la parte di me stessa che era sempre appartenuta a lui.

«Devo davvero andare.»

Austin annuì riluttante. «D'accordo.»

Scivolai via da sotto il suo corpo.

Dopo la scorsa notte, sembrava sciocco che avessi l'impulso di abbassarmi l'orlo della maglietta sulle cosce per coprirmi pudicamente quando mi alzai in piedi.

A quanto pareva, le vecchie abitudini erano davvero dure a morire, perché feci esattamente quello mentre gli lanciavo un'occhiata da sopra la spalla, sentendo l'imbarazzo imporporarmi le guance quando lui mi rivolse un sorrisetto. La sua mente stava chiaramente rivivendo i momenti che avevamo condiviso stamattina presto.

Corsi in bagno, e il mio corpo si accaldò di nuovo quando rammentai ciò che aveva scatenato il fuoco che era divampato tra di noi ieri notte.

Rapidamente, mi diedi una rinfrescata e ritornai in camera. Gli lanciai un timido sorriso d'intesa quando lo vidi disteso di schiena al centro del letto con le lenzuola spinte di lato e un sorrisetto sulle labbra.

Il suo bellissimo corpo era completamente in bella mostra.

Fin troppo bello.

Feci del mio meglio per non fissarlo spudoratamente.

Buon Dio, mi faceva attorcigliare le budella.

Mi infilai i jeans che erano un po' rigidi dopo essersi asciugati in un mucchio sul pavimento. «A proposito, questa maglietta me la tengo» gli dissi mentre mi mettevo le scarpe.

Austin ridacchiò sommessamente e scese dal letto, indossando solo un paio di boxer attillati. Era così ridicolmente bello che dovetti sforzarmi per non fissarlo imbambolata.

«Credimi, Edie, quella maglietta sta meglio a te che a me» disse, cercando di sistemarsi i capelli arruffati con una mano.

Un'altra vampata di rossore mi colorò il viso. Abbassai la testa e mi infilai i capelli dietro le orecchie, recuperando le mie chiavi dal pavimento.

Austin mi seguì lungo il corridoio, attraverso il soggiorno e la cucina.

Giunti alla porta, mi baciò ancora una volta. «Ci vediamo stasera, bellissima.»

Sapevo di essere in un mare di guai.

Perché non vedevo l'ora che arrivasse stasera.

18

AUSTIN ~ DICIASSETTE ANNI

Dita delicate mi sfiorarono la spina dorsale.

Sussultando, mi rannicchiai maggiormente in una palla e continuai a dondolare avanti e indietro.

Dovevo rimuoverlo.

Far sparire il lancinante dolore.

Fermarlo.

Cazzo, avevo bisogno di qualcosa. Una dose. Una striscia di coca o una pillola. Qualsiasi fottuta cosa sarebbe andata bene.

«Austin... che succede?» La sua voce era così esitante. Incerta. Impaurita.

Mi strinsi i capelli tra le mani e li strattonai, dondolando ancora più forte mentre seppellivo la testa fra le ginocchia. «Va' via, Edie.»

Come cazzo faceva a sapere che ero qui? Nascosto sul tetto, illuminato soltanto dalla debole luce della luna crescente. Il mio corpo era orientato verso il mare che potevo quasi sentire, quasi assaporare, anche se era a quindici miglia di distanza.

«Austin... ti prego. Confidati con me.»

Sembrava così contorto, sottosopra, il modo in cui mi ero

153

insinuato in lei. Nel suo cuore, nella sua mente e nei suoi segreti.

E non sapevo come farla entrare nei miei. Erano troppo intensi. Troppo privati. Troppo incasinati.

Io ero troppo incasinato.

Quello era il problema.

Non potevo sopportare che lei vedesse la mia depravazione.

«Ti prego» ripeté.

Cercai di resistere, ma cedetti. Solo un pochino. «È il suo compleanno.»

Il mio compleanno.

Ma io e Sebastian non lo festeggiavamo. Era un giorno estremamente tragico da ricordare.

Eppure l'avevo appena fatto.

L'avevo detto ad alta voce.

Perché questa ragazza... questa ragazza continuava ad avvicinarsi a me. A scavare più a fondo.

Avrei dovuto essere io a consolarla, non il contrario.

Eppure eccola qui, a guardarmi con i suoi occhi che erano lo specchio della mia anima, costringendomi ad affrontare tutte le cose che non volevo vedere.

«Oh» bisbigliò in un sussurro carico di comprensione. Premette il suo dolcissimo viso contro la mia nuca e mi cinse tra le sue affettuose braccia da dietro.

«Dimmi cosa posso fare. Qualsiasi cosa» mormorò, fin troppo ansiosa di offrirmi il conforto che non meritavo.

Solo che non capiva veramente. Non sapeva cos'era successo davvero.

Non sarebbe stata qui se l'avesse saputo.

Se avesse saputo quanto disgustoso fossi.

Si potrebbe pensare che avessi imparato a quest'ora. Che avessi capito come smettere di essere uno stronzo egoista.

Invece eccomi qui, a prendere un po' di più di ciò che non avevo il diritto di prendere.

«Per favore... non lasciarmi» supplicai con voce roca carica d'urgenza. Carica di disperazione.

aspettami

Non lasciarmi mai.
Perché era da lei che traevo tutta la mia forza.

19

AUSTIN

*O*sservai Edie allontanarsi in auto.

Sorridendo come un vero cretino.

Con il cuore martellante e gonfio di gioia.

Quando scomparve alla vista, mi sfregai il viso con una mano come se potessi dissipare la nebbia di lussuria e desiderio che mi circondava, quel dolce incantesimo sotto cui mi teneva, poi tornai in casa e mi chiusi la porta alle spalle.

Rimasi senza fiato per lo shock e mi pietrificai, prima di scuotere bruscamente la testa.

«Accidenti, Deak! Che diavolo di problema hai? Ti aggiri sempre di soppiatto come se fossi un guardone. Mi hai spaventato a morte.»

Sedeva al piccolo tavolo rotondo situato dall'altra parte del bancone che separava la zona giorno dalla cucina, con una caviglia accavallata sul ginocchio e dondolando sulla sedia con una tazza di caffè sollevata a mezz'aria, il petto nudo e i capelli biondo scuro arruffati.

«Che c'è? Un uomo non è libero di gustarsi una tazza di caffè di prima mattina? Per di più, nella sua dannata casa?»

Lo disse come se si stesse semplicemente rilassando. Ma il modo in cui mi stava osservando era tutt'altro che noncurante. La paura che mi aveva fatto prendere si trasformò velocemente in inquietudine.

Inarcò un sopracciglio e piegò la testa di lato. «Anche se mi pare che tu ti sia goduto un assaggio da un altro tipo di menù stamattina.»

Già.

Suppongo che me lo sarei dovuto aspettare. Ciononostante, mi incazzai comunque.

«Non sono affari tuoi, amico.»

«No? Perché potrei giurare che io e te abbiamo avuto una conversazione proprio in questa stanza solo poche sere fa. Mi sembra di ricordare che tu mi abbia promesso che non avevi intenzione di far del male a quella ragazza.»

«È esattamente ciò che ho detto e che intendevo.»

«Allora perché l'ho appena vista sgattaiolare fuori dalla porta alle prime luci dell'alba?»

Sospirai, sperando che questo potesse placare parte dell'irritazione che mi ribolliva dentro.

Deak non aveva la minima idea di quali fossero le mie intenzioni. Per quanto ne sapeva, Edie era soltanto un'altra ragazza che mi ero portato a letto e a cui non avrei pensato mai più.

Mi passai una mano sulla testa, avviandomi in cucina. «Ti ho anche detto che ci sono dei trascorsi tra di noi di cui tu non sei al corrente.»

«Davvero, compare? E che tipo di trascorsi sarebbero?»

Sembrava una vita intera di trascorsi.

Un'eternità.

Afferrai una tazza dall'armadietto, mi versai il caffè e scrollai una spalla con nonchalance. «È la mia ragazza.»

Semplice.

Eppure così fottutamente complicato da farmi girare la testa.

Ma Deak non aveva bisogno di saperlo.

Quest'ultimo proruppe in una risatina incredula e si piegò in avanti. «Ah, è così?»

«Sì, amico, è così.»

D'un tratto, Damian comparve in cucina sfregandosi una mano sul viso, apparentemente irritato quanto me. «Che cazzo, coglioni! Non avete mai sentito parlare della regola "rispetta il tuo coinquilino"? Stavo facendo il sogno più bello che avessi mai fatto e all'improvviso *siamo* stati interrotti da due voci che hanno *rovinato* l'atmosfera. Non è carino. Non è affatto carino.»

Mescolai un cucchiaino di panna nel caffè e gli lanciai un sorrisetto. «Sono contento che tu riesca a fare un po' di sesso almeno nei tuoi sogni, amico mio.»

«Ehi... prendo quel che passa il convento. E credimi, questo era *parecchio.*»

Sollevò entrambe le mani, coi palmi in fuori e le dita distese come se fossero muffole.

Zampe sporche, senza dubbio.

Bevendo un sorso di caffè, soffocai una risata. «Sei senza speranza, Dam.»

«No, amico. Il sottoscritto non ha nulla se non la speranza. Mi sto solo esercitando.»

Sembrava che avesse dodici anni e non ventiquattro. Ma non c'era un briciolo di vergogna nella sua ammissione e nel suo ampio sorriso. Con la stessa rapidità con cui era comparso, il suo scontroso malumore era svanito. Si versò una tazza di caffè e mi diede una pacca sulla schiena. «Qual è il programma di oggi?»

Deak puntò un dito verso di me. «Il nostro amico qui mi stava giusto raccontando della sua ragazza, vero, Austin?»

Damian aggrottò le sopracciglia, guardandomi con la coda dell'occhio. «Quale ragazza?»

Lo stronzo sapeva *bene* quale.

Quella che mi faceva impazzire di desiderio. Quella che mi aveva avviluppato così tanto nella sua rete da non farmi capire più niente. Ieri notte mi aveva finalmente *liberato.*

«Edie.»

«Ah, *quella* ragazza.»

Visto? Damian aveva capito tutto.

Deak?

Non tanto.

Perché mi guardava come se stesse immaginando me e lui sul ring, a darcele di santa ragione.

«Lavoro con lei da due anni» mi disse. «Te l'ho detto, è una brava ragazza. Non ha bisogno che tu te la spassi con lei come sei solito fare. E sono piuttosto sicuro che Jed si sia prenotato prima di te. La sta aspettando da parecchio tempo.»

Beh, io *l'aspettavo* da più tempo.

«Per come la vedo io, sei in cerca di guai» continuò Deak.

Guai.

Già.

Quella ragazza era un marasma, il perfetto tipo di caos.

Dolce come il peccato.

Tenera come la neve.

Firelight.

Sospirando, mi costrinsi a mantenere la calma e a non inveire contro il mio amico. «Jed non ha alcun diritto di *prenotazione*. Edie è una donna, non un fottuto giocattolo.»

Deak sorrise. «Bene, bene, bene... guarda chi si sta scaldando per una *ragazza*. Non avrei mai pensato che sarebbe arrivato questo giorno.» Si rilassò contro lo schienale della sedia come se la questione fosse stata sistemata. «Buon per te, amico. Meglio a te che a me. Ma attento a quello che fai, perché la considero un'amica, e non esiterò a prenderti a calci in culo se la tratti male. Scommetto che anche Jed non esiterà a farlo.»

«Non sarà necessario.»

Era una promessa che avrei mantenuto ad ogni costo, cazzo.

20

EDIE

Stasera il *Lighthouse* era pieno. Una cacofonia di voci gareggiava per farsi udire al di sopra della musica che risuonava dagli altoparlanti e che faceva da tappabuchi tra la band che aveva suonato prima, una che ci eravamo perse, e Austin che avrebbe suonato tra quindici minuti.

Era colpa di Blaire se avevamo fatto tardi.

Un'ansiosa eccitazione mi percorreva il corpo.

Non vedevo l'ora di vederlo di nuovo con la sua chitarra.

Su un palcoscenico.

Il luogo a cui apparteneva.

Blaire si alzò in punta di piedi e allungò il collo per vedere al di là della folla radunata nel locale. «Cavolo» gemette. «Non penso che troveremo un posto dove sederci.»

Mi guardai intorno alla ricerca di un angolino da cui poter avere una vista priva di ostacoli su ciò che volevo vedere, o piuttosto *chi* volevo vedere. «Cerchiamo solo di... avvicinarci il più possibile al palco.»

«D'accordo. Ma prima ordiniamo qualcosa da bere.»

Mi prese per mano e mi trascinò dietro di sé, facendosi largo tra i gruppi di persone accalcate l'una all'altra, sgomitando senza alcun rimorso verso il bar.

Strillai quando improvvisamente una mano si chiuse intorno al mio gomito.

Con abbastanza forza da strattonarmi all'indietro.

Voltai la testa di scatto. Avevo ancora i nervi a fior di pelle dopo il messaggio che avevo ricevuto ieri sera, e stavo lottando con tutta me stessa per non permettere a Paul di avere di nuovo una presa su di me.

Il respiro brusco che avevo tirato venne fuori in un patetico sospiro sognante. Sembravo una scolaretta con una terribile cotta che non riusciva a farsi passare.

Chi poteva biasimarmi?

I profondi occhi di Austin brillavano al bagliore delle luci appese al soffitto. Sembrava che fossimo stati messi in pausa, entrambi immobili a fissarci mentre attorno a noi il locale fremeva di attività.

Dio. Il suo viso era così affascinante che sentii le farfalle nello stomaco.

Delicatissimamente, fece scorrere la mano con cui mi aveva afferrato il gomito verso il basso, finché non intrecciò le dita alle mie. Attirandomi più vicina a sé. Sfiorandomi le nocche con la bocca.

Oddio.

Il mio cuore si sciolse.

Era davvero strano sentirmi così euforica e leggera.

Ma era così che questo ragazzo mi aveva sempre fatta sentire.

Un po' bisognosa e tanto forte.

Mi scombussolava completamente.

Mostrandomi ciò che attendeva di essere rivelato dentro di me.

Rammentandomi che, nonostante i miei errori, c'era ancora speranza.

Suppongo che il problema fosse che non avevo mai capito che cosa comportava quella speranza, che cosa poteva offrire e cosa significava, prima che il tempo per me e Austin si fosse esaurito.

Questo mi aveva lasciata incerta sulla possibilità di poter trovare quella speranza da sola.

In verità, ero sempre stata consapevole che era lì. In agguato dietro le ombre che continuavano a farmi temere il buio. Adesso, avevo l'impressione di trovarmici proprio davanti, con le braccia aperte per accogliere ogni possibilità. E nel contempo, ero in ginocchio pregando che non fossi una sciocca a cedere così facilmente.

Mi chiesi se ognuna di quelle emozioni fosse evidente nella mia espressione, perché Austin mi rivolse un lieve sorriso triste e mi attirò contro il suo delizioso corpo così grande e caldo.

«Non farlo» bisbigliò a bassa voce, la bocca a un soffio dal mio orecchio.

Sarei scoppiata a ridere se non avessi avuto il viso sepolto nel suo collo, dove il suo battito cardiaco era regolare e forte.

«Non fare cosa?» Avrei dovuto essere sorpresa che la mia risposta mormorata venne fuori in tono civettuolo?

«Non farti prendere dal panico» disse, e potei sentire le sue labbra piegarsi in un sorrisetto contro la mia testa.

«Ahem.»

Sussultammo e ci voltammo entrambi verso Blaire, in piedi accanto a noi con le mani sui fianchi.

«Ciaooo» disse, agitando la mano davanti al viso. «Ti sei dimenticata della tua migliore amica? Non piantarmi in asso per un ragazzo, Edie.»

Austin avvolse un braccio intorno alle mie spalle e mi attirò a sé, poi voltò entrambi verso di lei. «Scusa, Blaire, ma dovrai condividere. Io e Edie siamo *miglior amici* da tanto, tantissimo tempo.»

Blaire scosse la testa. «Ah, ma fra voi è del *tutto diverso*, giusto?»

Lui inclinò la testa di lato. «Beh, lo spero proprio.»

Blaire sbatté le palpebre e piegò le labbra in un sorriso malizioso, come se stesse per dare la stoccata finale. «Ne sei sicuro, musicista? Perché la maggior parte dei ragazzi che conosco lo considererebbe un bonus. Se ti va, io ci sto.»

Spalancai la bocca, scioccata. «Blaire!» Le diedi uno schiaffo sul braccio. «Come sei volgare. Che ti prende?»

Lei fece spallucce. «Che c'è? Lo sto solo mettendo alla prova. È mio dovere in qualità di tua *migliore amica*. Sai, devo assicurarmi che il tuo nuovo super sexy fidanzato non sia solo un altro farabutto.»

Austin ridacchiò e si passò una mano tra i capelli, lanciandomi un'occhiata sbieca. «Ricordami di stare attento a lei» disse. Spostò il suo sguardo divertito tra me e Blaire. «Sono abbastanza sicuro che questa qui mi tenderà ogni tipo di trappola.»

Stupii di nuovo me stessa, perché mi sollevai in punta di piedi e posai un rapido bacio sulla sua morbida bocca.

Mi resi conto che quella era la prima volta che lo baciavo di mia iniziativa. Che allungavo la mano e prendevo ciò che volevo, sicura della mia decisione.

Cambiamento.

Il cambiamento era una cosa buona.

«Basta che tu non cada in una di esse e te la caverai.»

Austin fece scorrere le dita dalla mia tempia fino al mento, sollevandolo lentamente. «Non me lo sognerei mai.»

«Ok, ok, dateci un taglio, voi due. Avete un sacco di tempo per pomiciare più tardi.» Blaire lo cacciò via con un gesto delle mani. «Dobbiamo prendere da bere e magari trovare un posto dove sistemarci prima che tu ti esibisca tra... oh... due minuti.»

«In effetti, è per questo che sono venuto a cercarvi. Vi ho tenuto un posto. Deak e Damian sono seduti vicino al palco.»

La bocca di Blaire si allargò in un grosso sorriso simile a quello di Stregatto quando guardò nella mia direzione. Ovviamente, le sue parole erano indirizzate a me anche se stava parlando con lui. «Oh, Austin Stone, credo che tu sia un ragazzo da non lasciarsi scappare.»

Non avrei potuto essere più d'accordo.

Austin ci condusse a un tavolo rotondo vicino al palco, nascosto dagli alti tavoli da cui l'avevo visto la scorsa settimana.

Pazzesco, perché sembrava una vita fa.

Damian era già in piedi, scrutando la folla con espressione ansiosa mentre ci avvicinavamo. Il suo viso si tinse di sollievo appena ci vide. «Austin, eccoti qui, amico. Hai trenta secondi per salire sul palco, e sei già così in cima alla lista nera di Craig che sono certo verrai cancellato completamente se mandi tutto all'aria anche stasera, non so se mi spiego.»

Sorrisi, pronta a spingere via Austin, a dirgli di andare, quando il cellulare vibrò nella mia mano. D'istinto, lo sollevai e guardai lo schermo che risultava estremamente luminoso contro le luci soffuse del locale.

Inspirai bruscamente, inorridita, e mi infilai velocemente il cellulare nella tasca posteriore della gonna, come se potessi nascondere la crudeltà della notifica che era comparsa nella parte superiore dello schermo. Abbastanza breve da essere letta. Abbastanza chiara da essere compresa. Anche se proveniva di nuovo da quel numero sconosciuto.

Brutta stronza. Sei in debito con me. In grosso debito. Me la pagherai.

Austin si irrigidì al mio fianco. Trasudava una rabbia feroce. Una brutale ostilità e una violenta paura. Tutte quelle emozioni si mescolarono alle mie.

Dilagando rapidamente.

Crescendo sempre di più.

Trascinandomi sempre più a fondo.

«Edie.» Austin pronunciò il mio nome come se fosse in preda al dolore.

La mia voce tremava tanto violentemente quanto le mie mani. «Vai. Non puoi fare tardi.»

«Non posso, Edie... Non posso.»

Il tormento contorse la sua espressione, rivelando il conflitto che provava per il modo in cui aveva voluto proteggermi quando, invece, mi aveva solo fatto del male. Quando aveva avuto le mani troppo legate e la lingua troppo sciolta.

Il segreto che aveva involontariamente rivelato e che mi aveva fatta fuggire via.

Afferrai il suo viso angustiato. «Sono qui. Ti aspetto qui.»

Emise un gemito carico d'angoscia e abbassò la voce così

che solo io potessi udirla. «Come posso lasciarti? Voglio prendermi cura di te, Edie. Combattere per te.»

Il volto di Damian si corrugò per la confusione. «Muoviti, amico» disse, tirando Austin per un braccio. «Non puoi mandare a puttane un altro spettacolo. Sei troppo in gamba per farlo.»

«Non può farmi del male qui, Austin. Vai. Il tuo posto è lassù» dissi. Se solo ci avesse creduto. Se solo si fosse reso conto che meritava molto di più. Se solo avesse riconosciuto il talento che vedevo quando lo guardavo.

«Sarò qui ad aspettarti.»

Esitò.

«Te lo prometto.»

Le sue parole era attutite quando le pronunciò tra i miei capelli. «Ce la faremo, Edie. Noi due, insieme. Non permetterò che quel bastardo ci separi stavolta.»

Con riluttanza, Austin si staccò da me e mi lanciò un'occhiata intensa da sopra la spalla mentre Damian lo conduceva al lato del palco.

Mi accasciai su una sedia, sopraffatta dalle emozioni. Un brivido di paura mi corse lungo le vene mentre la promessa di Austin impregnava ogni cellula del mio corpo, ogni fibra, di fiducia e speranza.

«Che diavolo è successo?» sussurrò Blaire nel mio orecchio.

Scossi la testa. «Niente.»

Lei mi lanciò un'occhiataccia preoccupata, dandomi tacitamente della bugiarda, poi si rilassò contro lo schienale quando la folla si animò appena Austin salì i tre gradini che conducevano al piccolo palco. Deak era seduto accanto a lei dall'altra parte, e Damian si accomodò sulla sedia libera accanto all'amico.

Austin avanzò sul palcoscenico. Era così maestoso e tenebroso, così complesso.

Un enigma.

Si sistemò sullo sgabello vicino al microfono e si portò la chitarra in grembo mentre il tecnico delle luci puntava il riflettore su di lui, illuminandolo di un bagliore etereo.

Era bellissimo.

Devastante.

Ammaliante.

«A quanto pare, hai incontrato il mio amico Austin» disse Deak, bevendo un sorso di birra e guardandomi da sopra il bordo del boccale.

Non mi voltai verso di lui, mi limitai ad annuire in maniera assente e a fissare dritto davanti a me.

Incantata.

«Lo conosco da tutta la vita.»

Deak annuì con un lieve cenno del capo. Elaborando le mie parole. Traendo le sue conclusioni. «Sembri diversa, Edie.»

Austin strimpellò la sua chitarra e il mio cuore prese a battere selvaggiamente dentro i confini del mio petto.

Come se avesse una connessione diretta con me e mi avesse colpito con una scarica di quella solita energia che scoppiettava tra noi.

In maniera assordante.

Poi liberò la sua voce... quella magnifica, ipnotica voce.

Un'angosciosa serenità mi avvolse.

Ma stasera era ancora più intensa di quanto non fosse stata la sera in cui mi ero imbattuta in lui in questo locale per la prima volta.

Era come se stesse cercando di parlarmi attraverso la musica, le cui note mi trasmettevano sollievo, gioia e disperazione.

Conflitto e conforto.

Eppure, nonostante tutto, non provavo paura.

«Mi *sento* diversa» mormorai, senza sapere bene se mi stessi rivolgendo a Deak o a me stessa.

Ma era la verità.

Mi sentivo diversa.

Mi sentivo coraggiosa.

Come se volessi allungare la mano e afferrare la vita.

Quella vita che non avevo avuto il coraggio di vivere. Troppo spaventata di perderla.

Austin suonò le sue canzoni.

Ognuna di esse sembrava un tutt'uno con il mare. Lo stesso mare che ondeggiava dolcemente fuori le porte del *Lighthouse* che erano spalancate per accogliere l'aria fresca della sera che soffiava dentro con la brezza.

Fondendosi con i testi delle canzoni che erano così cupe. Così profonde.

Colme di un significato che dubitavo qualcuno potesse capire eccetto Austin stesso.

Ma io lo sentivo.

Lo *percepivo*.

Lo comprendevo.

Quel ragazzo spezzato che si nascondeva sotto quell'uomo eccezionale e intimidatorio era così trasparente per me.

E stavo male per lui.

Per noi.

Volevo stringerlo tra le braccia e alleviare il suo dolore, con la stessa intensità con cui sapevo lui cercava di tenerlo a bada.

Di fingere che non avesse più alcuna presa su di lui.

Ma potevo vedere la verità chiaramente in quei barlumi di vulnerabilità. Nelle profondità dei suoi occhi tempestosi.

Austin passò da una canzone all'altra senza interruzioni. Sapientemente. Con abbastanza talento da riempire milioni di sale e dare pace a un milione di cuori.

Un'ondata di affetto e desiderio mi inondarono il petto. Dio, quanto volevo che si rendesse conto dell'immenso dono che gli era stato dato. Era chiaro che lo considerava come una sorta di maledizione.

Ma suppongo che scappiamo sempre dalle cose che ci spaventano di più.

Austin concluse un'altra canzone, ma non si lanciò subito in quella successiva come aveva fatto durante tutta l'esibizione, in una fluida transizione che cuciva insieme le sue canzoni come una trapunta confortevole.

Invece, si fermò, visibilmente indeciso. Pensavo che avrebbe chiuso qui la serata, ringraziando i presenti per essere venuti e scendendo dal palco.

Titubante e a disagio, si sfregò una mano sul mento forte e ben definito.

Poi sembrò prendere una decisione, sospirò e parlò al microfono. «Ho scritto questa canzone molto tempo fa, durante uno dei momenti più difficili di tutta la mia vita. Non l'ho mai suonata per nessuno se non per me stesso, perché era privata. Riguardava me e una ragazza a cui avevo fatto un terribile torto. Non avevo alcun modo di raggiungerla se non attraverso quella canzone. Speravo che in qualche modo avrebbe capito, che l'avrebbe *sentita* attraverso il tempo e lo spazio, anche se non c'era alcuna possibilità che udisse le mie parole.»

I suoi occhi vagarono sulla folla finché non si puntarono su di me.

Rimasi senza fiato sotto il suo sguardo intenso.

Era sia schietto che riservato.

Una perfetta, sconcertante contraddizione.

Impenetrabilmente duro e atrocemente tenero.

Vulnerabile e audace.

«E stasera... voglio che lei lo sappia.»

Inspirai bruscamente. Potevo sentire lo sguardo di tutti quelli seduti intorno al tavolo puntati su di me, curiosi di vedere la mia reazione, le loro menti e i loro occhi colmi di domande.

Ma l'unica cosa che vedevo era lui.

Eravamo legati.

Uniti.

Non dire una parola
Vieni dentro
Dormi mentre io ti stringo tra le braccia
Non avvicinarti troppo
Non conosco altro che
Promesse infrante e ossa spezzate
Pezzi che non combaciano affatto

Il tono della sua voce mutò, e gli accordi divennero più intensi quando raggiunse il ritornello. Ero rapita dal suo splendido volto, dalle sue labbra così piene e dalla sua voce così suadente e perfettamente intonata.

In sintonia con la mia anima.

In piedi su una montagna
Sommerso dal mare
Perso da qualche parte nel mezzo
Condannato all'oscurità
Tutto il mio mondo era in bianco e nero
Finché non l'ho guardato
Attraverso gli occhi di Firelight

Avevo la sensazione di galleggiare fra le onde, di andare alla deriva insieme a lui verso il fondale del mare più buio.

Persa.

Ritrovata.

La sua voce roca cambiò di nuovo e si fece più profonda mentre intonava un'altra strofa.

Volevo essere migliore
Avrei dato la vita per te
Ma non ero altro che una statua ridotta in macerie
Le mie buone intenzioni sono andate a finire male
Ancor prima di nascere
Baby, sei stata il miglior segreto
Che non sono riuscito a mantenere

In piedi su una montagna
Sommerso dal mare
Perso da qualche parte nel mezzo
Condannato all'oscurità
Tutto il mio mondo era in bianco e nero
Finché non l'ho guardato
Attraverso gli occhi di Firelight

Con gli occhi chiusi, Austin mosse la mano sui tasti della chitarra con gesti rapidi e precisi mentre disseminava la sua bellezza su quel palco. Riversandola su di noi. Riempiendo tutti i posti vuoti del mio cuore.

Posso continuare a guardarlo
Attraverso gli occhi di Firelight?
Dimmi che posso
Lascia che lo veda
Lascia che lo veda
Attraverso gli occhi di Firelight
Attraverso gli occhi di Firelight

Blaire mi tirò su dalla sedia quando improvvisamente Austin si alzò e lasciò il palco.

«Oh mio Dio! È stato incredibile. Sul serio, forse la cosa più eccitante che abbia mai visto in vita mia. Davvero, Edie. Quel ragazzo è favoloso. Se prima pensavo che non avessi alcuna possibilità... adesso sei spacciata, amica mia» farneticò Blaire mentre io cercavo di ritrovare l'equilibrio.

Un'ondata di vertigini mi fece girare la testa e sbattei le palpebre.

Sbalordita.

Spiazzata.

Completamente sopraffatta.

In genere, quelli che suonavano al *Lighthouse* erano lì come plus. Un complemento alla scenografica vista sull'oceano. Un intrattenimento per le persone che mangiavano, chiacchieravano e bevevano mentre si godevano la vista mozzafiato.

Mozzafiato.

L'esibizione di Austin era stata esattamente questo.

E il mio respiro non era l'unico ad essere stato rubato da questo ipnotico ragazzo. L'intera sala era rimasta incantata, rapita dalla sua voce e dalla sua canzone che si insinuavano lentamente ma inesorabilmente nell'animo umano.

Una calma devastazione.

Una silenziosa, furiosa tempesta del tutto imprevista fino alla sua manifestazione.

Che devastava ogni cosa sul suo cammino. Mettendoti completamente a nudo.

Non mi ero mai sentita così esposta.

Adesso, gli astanti facevano a gara per avvicinarsi a lui.

aspettami

Quando Austin uscì alla destra del palco, lo circondarono come se fosse una specie di celebrità. Come se volessero sfiorare la fama.

Un irrefrenabile impulso palpitò dentro di me, incitandomi ad andare da lui.

Sapevo che le persone che lo circondavano erano un'attenzione indesiderata.

Potevo *percepire* il suo disagio.

I residui dello stress causato da un altro messaggio di Paul che aveva letto prima di salire sul palco si mischiavano con il suo bisogno di rimanere nell'ombra nonostante il suo talento lo costringesse a uscire allo scoperto.

Aveva sempre creduto di non avere nulla da offrire, convinto che il suo talento non fosse nient'altro che una punizione.

Eppure, in qualche modo, era riuscito a donarmi tutto.

Mi feci strada verso di lui, sgomitando come una fangirl che non riusciva ad avvicinarsi abbastanza.

Damian era accanto a lui, posizionato in modo tale da stargli quasi davanti, sorridendo e parlando con il gruppetto di ragazze che gareggiavano per attirare l'attenzione di Austin. Stava chiaramente agendo da barriera.

Non era una grande folla.

Non in un posto come questo.

Ma era impossibile non notare il tormento inciso sul volto di Austin.

Perché le sue canzoni non erano per loro.

Soprattutto l'ultima.

Era per *me*.

Proprio come questo ragazzo era destinato a me.

Spinsi da parte una brunetta con una spallata.

Lei mi lanciò un'occhiataccia.

Ma non provai un briciolo di rimorso.

Perché sapevo... *sentivo* quanto disperatamente Austin avesse bisogno di me.

Attraverso un varco nella folla, i suoi occhi profondi incrociarono i miei. Impenetrabili e traslucidi.

Avanzai verso di lui.

Attratta.

L'energia sfrigolò nell'aria.

Così intensa da essere quasi soffocante.

Crebbe e crebbe, finché non fummo entrambi travolti dall'onda.

L'istante in cui fui abbastanza vicina, lui allungò la mano e mi attirò a sé attraverso il cerchio di ammiratrici.

Mi guardò come se fossi l'unica persona presente nella stanza. Mi circondò il viso con le sue grandi, forti mani e mi sollevò verso di sé.

Mi baciò lì in mezzo davanti a tutti.

Come se fossi il centro del suo mondo.

E sapevo, senza ombra di dubbio, che questo ragazzo era l'occhio del ciclone.

L'occhio del *mio* ciclone.

Proruppe in un sospiro carico di sollievo e si ritrasse a malapena per sussurrare la sua supplica. «Edie... non so come farcela senza di te. Non voglio nemmeno provarci. Non andartene. Non lasciarmi. *Non lasciarmi mai.*»

21

AUSTIN ~ DICIASSETTE ANNI

Le mie mani vagarono sul suo corpo, desiderando qualcosa di più.

«Mi stai uccidendo» mormorai contro la sua nuca, col naso nei suoi capelli e i palmi sul suo ventre.

L'attirai maggiormente contro il mio petto.

Il mio uccello si inturgidì.

Diventando così duro da rendermi quasi cieco.

Questo desiderio represso mi stava facendo impazzire.

Edie si inarcò all'indietro, strofinando il suo delizioso culetto contro il mio pisello, alleviando parte del dolore.

«Austin» sussurrò con voce confusa ed eccitata, eppure carica di terrore.

«Non ti farò del male. Mai» le giurai all'orecchio.

La feci rotolare sulla schiena e strisciai sopra di lei, imprigionandola sotto di me.

Il suo viso era soltanto una sagoma nella penombra della stanza buia, la notte così profonda e scura che riuscivamo a malapena a vedere.

Le presi la mano e me la premetti sulla guancia. La mia voce era roca di desiderio. «Lo senti, Edie?»

«Cosa?» ansimò.

«Me» bisbigliai contro le sue labbra.

Lei inspirò bruscamente, facendomi perdere la testa quando mi cercò nel buio della notte con gesti quasi frenetici.

Mi carezzò con mani, lingua e bocca.

In un'esplorazione a cui non ero sicuro saremmo sopravvissuti.

Entrambi desideravamo di più.

Molto di più.

Ma eravamo frenati dalle barriere che si profilavano minacciose davanti a noi.

Una linea netta da non oltrepassare mai.

Le sue mani calde si posarono sul mio petto.

Vagando ed esplorando.

Con un gemito, feci lo stesso con lei, carezzandola con i palmi e tastandola con le dita.

Edie ansimò vogliosa.

Agitò la testa sul cuscino e serrò la mano intorno al mio uccello mentre io affondavo le dita nel calore del suo corpo.

Questa ragazza era la fiamma più luminosa che risplendeva nel profondo della mia anima annerita.

Il suo sguardo fiducioso si intrecciò al mio, e mossi le dita più velocemente.

Più forte.

Edie venne.

Si morse il labbro inferiore per soffocare le grida di piacere. «Sì. Ti sento.»

Il mio corpo era sovreccitato, i boxer troppo stretti, la sua mano non abbastanza. «Voglio essere dentro di te. Ti prego... Edie... ti prego.»

Tutto il suo corpo si pietrificò, tranne le sue unghie che si conficcarono nelle mie spalle mentre mi sfregavo contro di lei come un fottuto pervertito.

«*Aspetta*» supplicò sommessamente. D'un tratto, le lacrime cominciarono a scorrere dagli angoli dei suoi occhi, riversandosi nei suoi capelli.

L'odio che provavo per quel bastardo che l'aveva toccata avvampò come una torcia dentro di me, bruciandomi la pelle.

Servì solo ad aumentare l'odio che avrei sempre nutrito per me stesso.

Prosciugandomi la vita.

Mi costrinsi a staccarmi da lei e ricaddi di schiena sul letto. Strinsi una mano intorno alla base del mio membro come se ciò potesse placare il desiderio e mi coprii gli occhi con l'altro avambraccio.

«Mi dispiace tanto.» Le parole uscirono come un gemito dalla sua dolce, dolcissima bocca.

E cazzo, in quel momento desiderai morire.

Rapidamente, mi voltai verso di lei in modo che fossimo entrambi distesi su un fianco l'uno di fronte all'altra. Due estranei eccetto che nell'ombra.

Passai le dita tra i suoi capelli. «No, non dire così. Non dirlo mai. Non è colpa tua. Non intendevo farti pressioni. Sono io quello dispiaciuto.»

La vidi sbattere le palpebre, i suoi occhi azzurri che risplendevano come diamanti e acqua nella notte.

«Ti amo, Austin.»

Ogni cosa intorno a me tremò.

L'energia si fece più densa.

Fottutamente troppo densa.

Il mio petto si serrò.

La mia mente vorticò di fronte alla vastità di ciò che sentivo per questa ragazza. Trovavo impossibile che provasse un tale sentimento per me.

Presi il suo bellissimo volto tra le mani. Asciugai le lacrime sotto i suoi occhi con i pollici. «Tu sei la mia luce.»

22

AUSTIN

«*Non lasciarmi mai.*»

Probabilmente, stavo abbracciando Edie con troppa forza mentre pronunciavo quella supplica tra le ciocche setose dei suoi capelli biondi che stringevo tra le dita.

Ero in crisi.

Lo ero stato per tutta la durata dell'esibizione, cazzo.

Di solito, mi perdevo nei testi delle mie canzoni. Nelle parole che versavo per Julian. Chiedendogli perdono per una colpa che avrei pagato per sempre.

Non avevo programmato di *cantare* la sua canzone.

Ma mi ero sentito sopraffatto. Sopraffatto dalla rabbia che bruciava nelle mie vene. Una rabbia diretta a quel bastardo che aveva avuto la faccia tosta di inviarle un messaggio e pretendere da lei più di quanto non si fosse già preso. Quel violento desiderio di vendetta si era intrecciato all'eterna devozione che provavo per la mia ragazza.

Perciò le avevo cantato la sua canzone. Era una canzone che avevo scritto e suonato solo per lei durante gli anni in cui era sparita. Di solito, la suonavo tra i confini silenziosi della mia stanza. A volte, sul tetto della casa dei *Sunder* mentre osservavo la sterminata città sottostante, domandandomi dove fosse e se stesse bene.

Quelle notti solitarie erano state spese pregando che in qualche modo lei potesse percepirla... sentirla... ottenere un qualche tipo di conforto nonostante fossimo separati.

Ma sapevo cosa aveva significato suonarla questa sera. Era stata una velata supplica affinché lei mi *udisse*. Affinché capisse perché avevo fatto ciò che avevo fatto dopo che se n'era andata. Pregando, allo stesso tempo, di riuscire a trovare un modo per rimettere le cose a posto senza che lei venisse mai a scoprirlo.

Ero così stanco di rovinare continuamente ciò che di buono mi veniva dato. Stavolta, avrei fatto la cosa giusta. Avrei cancellato l'orrore che aveva contorto i suoi lineamenti quando i suoi occhi si erano posati su quel messaggio. Ovviamente, com'era tipico di lei, aveva cercato di nasconderlo il più velocemente possibile, nel tentativo di *proteggermi*.

«Sono qui. Non vado da nessuna parte» sussurrò Edie nel mio orecchio, rassicurandomi.

L'abbracciai di nuovo e mi concessi ancora un secondo per fingere che ci fossimo solo noi due, che non ci fosse nessuno intorno a noi.

Alla fine, la lasciai andare e intrecciai le mie dita alle sue. Mi voltai e parlai con alcune delle persone radunate intorno a me. La maggior parte di esse erano lì per dirmi quanto avessero apprezzato lo spettacolo e quanto si fossero commosse. Erano curiose di sapere se avessi firmato un contratto discografico o se stessi ancora aspettando la mia grande occasione.

Nessuna di loro aveva la minima idea che fossi soltanto un outsider in un mondo molto più grande di me.

Che fossi *quasi* parte della grandezza, e tuttavia un estraneo.

Ma mi costrinsi a sorridere e scambiare convenevoli, rimanendo concentrato sulla mia ragazza.

La mia forza.

Alcune delle ragazze che frequentavano questo posto nella speranza di rimorchiare qualsiasi tizio con un microfono o una chitarra o un briciolo di talento mi giravano intorno come belve affamate. Come delle patetiche groupie. In attesa del momento perfetto per colpire.

Potevano scordarselo, cazzo.

«È stata un'esibizione fantastica, amico» disse Damian dopo che si erano allontanati tutti, finalmente. Mi diede una pacca sulla schiena. «Craig sarà contento. Vuoi che ti prenda una birra?»

«Sì, grazie. Mi ci vuole proprio.»

Blaire spuntò dal nulla, sorridendo e piegando la testa con fare civettuolo. «E per me niente?»

Damian si voltò nella sua direzione, come se fosse sorpreso che lei gli stesse rivolgendo la parola. «Oh... scusa... posso portarti qualcosa?»

Blaire si avvicinò a lui e lo prese a braccetto. «Vengo con te.»

Ridacchiai sotto i baffi.

L'imbecille non vedeva mai ciò che aveva proprio sotto il naso.

Sollevò il mento verso Edie. «E tu?»

«Ehm... magari una birra» disse in tono quasi interrogativo.

Era così dannatamente carina.

«D'accordo» rispose Damian, scomparendo tra la folla insieme a Blaire.

Mi girai verso Edie e la baciai teneramente. «Grazie per essere qui.»

«Dove altro dovrei essere?»

Mi avvicinai ulteriormente a lei e la cinsi in un abbraccio, avviluppandola quasi completamente con il mio corpo. «Da nessuna parte se non con me» affermai.

Edie giocherellò con il primo bottone della mia camicia e mi guardò da sotto le ciglia. «Sei stato grandioso, Austin. Davvero fantastico. Spero che tu te ne renda conto. Hai emozionato tutti i presenti. Le tue canzoni... sono magnifiche.»

Deglutii il groppo suscitato dai suoi complimenti. Desideravo accettarli e, contemporaneamente, il mio spirito li rigettava. «Canto perché devo, Edie. Niente di più.»

Lei annuì come se la mia affermazione la rattristasse.

Blaire e Damian si fecero di nuovo largo tra la folla. Quest'ultimo sollevò in aria le birre che reggeva in mano. «È ora di festeggiare, babbei.»

«Ah, davvero? E cosa festeggiamo?»

«Beh, naturalmente me. Sono il manager migliore che tu possa mai avere. Credevo che fosse ovvio.»

Scoppiai a ridere. «D'accordo, allora. Non vorremmo mai che il tuo talento non venisse riconosciuto, giusto?»

«Diavolo, no. Sarebbe un vero sacrilegio» disse, spalancando gli occhi come se non riuscisse nemmeno a immaginarlo.

Edie mi lanciò una dolcissima occhiata che mi scaldò come i caldi raggi del sole estivo, intrecciando le sue dita altrettanto calde alle mie. «Sei pronto?»

Sì.

Ero pronto.

Tre ore dopo, uscimmo nella tarda notte di Santa Cruz mentre le luci del *Lighthouse* si spegnevano dietro di noi. Un leggero vento gelido soffiava nell'aria e una sottile nebbia aleggiava per le strade. In lontananza, si poteva udire il suono del mare che si infrangeva sulla costa.

Mi sistemai meglio il borsone sulla spalla e ressi la custodia della chitarra con l'altra mano.

Lanciai uno sguardo alla ragazza che camminava al mio fianco.

Sembrava un miracolo che fosse lì.

Sollevò il viso verso i grossi nuvoloni che si stagliavano in cielo. «È bellissimo stasera.»

Sorrisi. «È uggioso.»

Lei mi lanciò un sorrisetto ironico. «Non c'è bisogno sempre del sole perché il tempo sia bello.»

Il mio sguardo bramoso la percorse da capo a piedi.

Dovevo dissentire.

Pienamente.

Questa splendida ragazza con indosso una svolazzante gonna bianca, un'aderente camicetta blu, un paio di stivaletti e gli ondulati capelli che fluttuavano al vento era *il mio sole*.

«No?» chiesi.

«No.» Allargò le braccia in fuori, i palmi rivolti verso l'alto. «C'è bellezza in tutte le cose. Nella notte più buia e nel giorno più luminoso. Nella neve e nel sole.» La sua voce si fece più profonda. «Talvolta, la più grande bellezza risiede nelle tempeste più oscure.»

Emisi un sospiro e mi chinai in avanti per posarle un bacio sulla testa. «Edie.»

Era una dichiarazione.

Per questa ragazza che mi capiva come nessun altro avrebbe mai potuto.

I nostri passi echeggiavano nell'aria mentre percorrevamo le strade deserte fino al mio pick-up parcheggiato accanto al marciapiede. Considerando l'ora tarda, era l'unica auto nei dintorni. «Questa è mia.»

Ieri sera, per il nostro appuntamento *galante*, avevo preso in prestito l'auto di Deak, pensando che un impianto d'aria condizionata che funzionasse davvero sarebbe stato gradito.

Un sorriso illuminò il viso di Edie. «È tua?» chiese in tono canzonatorio.

«Che c'è? Non ti piace Bessie?»

Passò le dita sulla fiancata esterna del pianale. «Oh, mi piace Bessie. Penso che sia perfetta per te.»

Bessie era una vecchia signora dal corpo ammaccato e arrugginito dal mare. Quando avevo lasciato Los Angeles, avevo racimolato abbastanza soldi sapendo che se volevo girovagare per il Paese avevo bisogno di un mezzo di trasporto. Credevo che non mi avrebbe portato lontano, eppure, in qualche modo, mi aveva portato esattamente dove dovevo essere.

Issai la custodia della chitarra e la sistemai sul pianale. «È stata tremendamente buona con me, questo è sicuro.»

Mi voltai e premetti Edie contro la fiancata di metallo. Abbassai la testa e le sfiorai la mascella con le labbra. «Non sembra un granché, ma mi ha condotto da te.»

Edie era tutta sorrisi mentre mi fissava da sotto le ciglia. «Allora direi che Bessie è la mia nuova migliore amica.»

La lussuria mi stritolò le viscere e gemetti, perché *questa ragazza* mi faceva impazzire. «Andiamo via da qui» dissi.

«E dove andiamo?»

«A prendere un gelato?» Sembrava una proposta abbastanza innocua.

Lei finse di essere scioccata. «Vuoi mangiare un gelato in una notte così uggiosa?»

Una risata rimbombò nel mio petto. «Beh... suppongo che sia una splendida notte, dopotutto.»

Inserii la chiave nella serratura dal lato del passeggero, aprii la portiera cigolante e aiutai Edie a salire dentro, dopodiché girai intorno al muso del pick-up. Lei si allungò di lato e sbloccò lo sportello del guidatore proprio quando giunsi lì. Le rivolsi un ampio sorriso mentre salivo e gettavo il borsone sul sedile centrale.

C'era qualcosa di assolutamente normale in quella situazione. Sembravamo una coppia qualsiasi che non aveva bisogno di nascondersi o fingere.

Due persone che non si vergognavano.

Era... bello.

Giusto.

Girai la chiave nel blocchetto di accensione e il grosso motore prese vita con un rombo. Dieci minuti più tardi, stavamo entrando nella gelateria drive-in aperta ventiquattr'ore su ventiquattro.

«Un cono alla vaniglia per me» disse Edie, mentre io ordinai un cono alla vaniglia affogato nel cioccolato.

«Ecco a te, piccola.»

Un rossore le imporporò le guance al mio vezzeggiativo, ma si limitò a rivolgermi uno di quei sorrisi che mi scombussolavano mentre accettava il gelato.

Leccò il cono di lato e gemette lievemente.

Buon Dio.

Piegai la testa e le lanciai un sorrisetto con un sopracciglio inarcato mentre acceleravo.

Okay, forse avevo in mente un secondo fine quando avevo suggerito di prendere un gelato. Ma accidenti, ricordavo l'unica volta in cui l'avevamo condiviso insieme a letto, quando ero sgattaiolato al piano di sotto nel cuore della notte per prendere una vaschetta dal freezer e due cucchiai.

Ricordavo ancora i piccoli suoni che aveva emesso.

Il gusto delizioso che le era rimasto sulla lingua.

Chi poteva biasimarmi se volevo ripetere quell'esperienza?

Percorremmo la breve distanza fino a casa sua. Leggere goccioline di pioggia cominciarono a picchiettare contro il parabrezza mentre guidavamo in un confortevole silenzio, rilassandoci e godendoci il gelato. La compagnia. Il *cambiamento* e l'*opportunità*.

Una che non pensavo avrei mai avuto.

Parcheggiai sotto un grosso albero di fronte al suo cortile e spensi il motore. Il silenzio discese intorno a noi. La piccola casa che Edie condivideva con Blaire e Jed era immersa nel sonno. Una leggera nebbia avvolgeva il cielo e il pick-up, la luce soffusa della luna che faceva capolino tra le nubi grigie e pesanti l'unica fonte di illuminazione.

Pace.

Restammo seduti lì, a leccare i nostri gelati, a guardarci a vicenda.

Lei ridacchiò.

Un sorriso mi spuntò sulla bocca. «Che c'è?»

Allungò la mano verso il mio viso. «Hai qualcosina proprio... qui» disse, rimuovendo una goccia di cioccolato dal mio mento e sollevando il dito tra noi.

Mi sporsi in avanti e lo catturai nella mia bocca.

Cioccolato e ragazza.

Fottutamente delizioso.

«Mmm.»

Edie proruppe in una risata spensierata e tirò indietro la mano. «Attento, Stone. Potrei iniziare a pensare che le tue intenzioni non fossero solo quelle di compiacermi con il gelato più buono del mondo.»

Oh sì.

Avevo ogni genere di *intenzioni*.

Rimase lì a sorridermi nella grande cabina del pick-up, senza nemmeno accorgersi che il suo gelato si stava sciogliendo, macchiandole la maglietta. «Oh, cacchio!»

Mise una mano a coppa sotto la vaniglia che si stava sciogliendo più velocemente di quanto si fosse aspettata, leccando in fretta il resto e ridendo per tutto il tempo. «Oddio, guardami, sono un completo disastro.»

Pensava forse che avrei smesso di guardarla?

Mandai giù il resto del mio cono in un sol boccone e aprii il borsone. «Aspetta un attimo... dovrei avere qualcosa qui dentro con cui puoi pulirti.»

Frugai all'interno finché non trovai una maglietta pulita e piegata in fondo a tutto. La estrassi e mi si mozzò il respiro quando vidi ciò che trascinai fuori insieme ad essa.

La scimmietta verde cadde sul sedile su un fianco, il corpo lacero e sporco, un braccio appeso a malapena a un filo, la faccia bianca perennemente sorridente.

Il maledetto peluche che il mio gemello aveva portato con sé ovunque. L'unica cosa che ci aveva differenziati. La sua coperta di Linus.

Adesso la portavo con me ovunque andassi. Non ero ancora sicuro se fosse un conforto per me o per lui.

Edie aggrottò la fronte quando vide la scimmietta, poi la sua espressione si accese di consapevolezza e i suoi occhi si posarono su di me per osservare la mia reazione.

Non l'aveva mai vista prima.

Certo che no.

Baz l'aveva conservata per tutti quegli anni, fino al giorno in cui avevo lasciato Los Angeles, quando ero andato a cercarla e l'avevo trovata nella sua stanza.

Edie prese la maglietta e, con movimenti lenti, si pulì la camicetta sporca di gelato e le mani.

Lanciandomi di tanto in tanto un'occhiata.

Soppesando.

Valutando.

Comprendendo.

Mise la maglietta da parte e allungò le dita verso il peluche, sfiorando il morbido tessuto come se lo stesse accarezzando. «Era di Julian?»

Un dolore brutale e bruciante mi trafisse il petto nell'udire il nome di mio fratello fuoriuscire dalla sua bocca con una punta di adorazione nella voce.

Serrai gli occhi con la stessa forza con cui serrai il pugno contro la mia gamba, cercando di tenere a bada le emozioni.

«Non riesco a immaginare quanto sia difficile per te» mormorò mentre continuava a carezzare la scimmietta e a lanciarmi rapide occhiate. «Non posso immaginare quanto debba mancarti.»

Potevo quasi sentire il mio pomo d'Adamo rimanere incastrato nella rete di angoscia che mi ostruiva la gola. Intrappolato nei ricordi. Nella tristezza. Per una volta nella vita, volevo liberarmene.

Ma non sapevo come fare, cazzo.

Digrignai i denti e guardai fuori dal parabrezza che adesso era coperto di nebbia e condensa.

Avvolgendoci ed estraniandoci dal resto del mondo.

Dandomi l'illusione che fossimo di nuovo nel santuario della sua stanza a Los Angeles.

Mi ritrovai a parlare ancora prima di rendermi conto di ciò che stavo per dire. «Non è che mi manca semplicemente, Edie. Lui è una *parte* mancante di me. E vivere senza quel pezzo mi fa sentire come se annegassi continuamente. Come se non riuscissi mai a tirare un respiro profondo. Come se il mio cuore non battesse correttamente.»

Edie continuò a carezzare la scimmietta.

Dandomi tempo.

Incoraggiandomi silenziosamente.

La mia voce divenne malinconica mentre la mia mente tornava indietro nel tempo. «Ricordo che odiavo avere un gemello.»

Risi, ma il suono era carico di tormento.

«Odiavo che tutti ci confondessero, che scambiassero sempre i nostri nomi. Odiavo che avessimo gli stessi abiti, gli stessi occhi, le stesse fottute cose. Odiavo che ci paragonassero ad ogni occasione. Odiavo che lui fosse sempre *migliore* di me. Soprattutto, odiavo avere la sensazione di non riuscire a fare una sola dannata cosa senza di lui. Quando non ero con lui mi sentivo sempre nervoso, come se avessi dimenticato qualcosa. Come se fossi *vuoto*.»

La mia voce si ruppe sull'ultima parola.

Perché quello era un vuoto che non sarebbe mai andato via.

Un vuoto vasto e immenso.

Mi voltai verso Edie. I suoi occhi acquamarina erano bagnati di lacrime. L'oceano più limpido e il mare più profondo. Scosse la testa. «Forse il vuoto serve come promemoria. Magari è un dono, così che non dimentichiamo mai. Così che non dobbiamo davvero vivere senza di loro.»

Il dolore mi attanagliò il petto. Dolore per lei. Dolore per me. Mi stritolò così forte che credetti le mie costole si sarebbero spezzate.

Perché la sua voce si era fatta così sommessa. Piena di nostalgia. Sapevo che anche lei era persa nel proprio vuoto.

Che si aggrappava al senso di perdita come se potesse essere una buona cosa.

Rifiutandosi di lasciarlo andare.

Allungai la mano e la posai sulla sua guancia. «Sei così coraggiosa.»

Lei scosse la testa. «No. Sono stata così debole.»

Cercai di mantenere la voce calma, perché ogni parte di me voleva attaccare e fare a pezzi quel bastardo che l'aveva fatta sentire in quel modo. «È stata colpa sua, Edie. È lui l'unico responsabile. Non tu.»

«Ti sbagli. Non gli ho nemmeno detto di no.»

La rabbia incendiò le mie terminazioni nervose. «Era un uomo, Edie. Un fottuto *uomo*, e tu avevi solo quattordici anni. Lui...»

«Non dirlo» mi implorò, interrompendomi. «Ti prego, Austin, non dirlo. Non voglio neppure nominarlo.»

Cambiò posizione, piegando una gamba sotto di sé in modo da voltarsi completamente verso di me. Mi prese una mano tra le sue e se la portò contro il petto. «Non voglio permettergli di rubarci più di quanto non abbia già fatto.»

Dio, quanto avrei voluto che fosse così semplice.

Di tutte le cose che mi sarei lasciato volentieri alle spalle, quello stronzo era al primo posto.

Eppure eccolo di nuovo qui tra noi.

«Se dovesse mandarti un altro messaggio, devi dirmelo, piccola. Niente segreti. Intesi?»

Lei annuì e si avvicinò a me. «Non gli permetterò di portarti di nuovo via da me.»

Un senso di disagio mi investì come un vento di burrasca.

Sapevo, con tutto me stesso, che questo dipendeva da me.

Che se avevamo una possibilità di farcela, toccava a me *aggiustare* le cose. Perché ero stato io ad incasinarle in primo luogo.

Un sorriso affiorò sulla sua bocca e l'atmosfera cupa svanì quando si alzò sulle ginocchia, riempiendo la cabina con la sua travolgente presenza. Si sporse oltre il borsone per raggiungermi, e il movimento fece ricadere i suoi capelli tutt'intorno a lei.

Sollevai il viso e accolsi il suo timido bacio.

Le sue labbra erano così morbide.

Così calde.

Così dolci.

Vaniglia e sole.

A tentoni, rinfilai la scimmietta nel borsone e lo spinsi a terra per fare più spazio. Intrecciai le dita nei suoi capelli e l'attirai più vicina a me, finché non si mise a cavalcioni sul mio grembo.

Grazie a Dio per i grossi pick-up.

Le mie mani vagarono su e giù per la sua schiena mentre la baciavo lentamente.

A lungo.

A fondo.

Quando cominciò a dondolare, la avvicinai maggiormente a

me, facendola sfregare contro il mio uccello.

«Oh» mugolò sorpresa, come se non avesse idea di come il mio corpo reagisse a lei.

Si ritrasse leggermente e mi guardò con un sorriso mesto sul viso. «Guardaci, siamo qui a pomiciare in un pick-up come due adolescenti.»

Tracciò le mie labbra con la punta delle dita e incrociò brevemente i miei occhi. La sua espressione canzonatoria si fece seria e intensa. Si umettò le labbra con la lingua e fece scivolare le dita lungo l'incavo del mio collo. «Ma ho la sensazione che sia qui... proprio qui... dove ci siamo interrotti. Dove il nostro tempo ci è stato rubato.»

Sollevò lo sguardo su di me, timida e insicura, catturandosi il labbro inferiore tra i denti. «Ed eccomi qui, ancora impacciata come una volta.»

Cinsi il suo viso fiducioso tra le mani. «Sei perfetta, Edie. Ogni ragazza che abbia mai toccato avrebbe dovuto essere te.»

Il rammarico attraversò per un attimo la sua espressione, prima di essere scacciato via dal desiderio che riempiva l'abitacolo.

E che montava sempre più.

Riprese a muoversi sopra di me, guardandomi mentre io fissavo lei.

L'energia tra di noi crebbe e aumentò, quel potere che ci teneva soggiogati.

I finestrini si appannarono.

I nostri cuori presero a battere forte.

E i nostri respiri si fecero affannosi.

«Sei così bella, mia dolcissima ragazza.»

Edie emise un lento sospiro e si aggrappò alle mie spalle mentre ondeggiava contro di me, rendendo il mio uccello ancora più duro e voglioso.

Stai attento con me.

Lo sarei sempre stato, perciò l'afferrai delicatamente per i fianchi e lasciai che fosse lei a stabilire il ritmo.

Si sollevò sulle ginocchia e premette le sue tette perfette contro il mio petto mentre mi cavalcava, i nostri vestiti che ci separavano.

Eppure, non mi ero mai sentito più vicino di così a qualcuno.

Mi baciò così profondamente che ero certo toccò la mia anima.

Il mondo vorticò intorno a me.

Cambiai posizione, in modo da poggiare la schiena contro lo sportello e la testa contro il finestrino, e distesi le gambe sul lungo sedile.

Con le ginocchia ai lati dei miei fianchi, Edie arretrò fino a sfiorare il tettuccio con la testa e posò le mani sul mio viso.

Carezzando.

Memorizzando.

Lasciò una scia di fuoco sulla mia pelle mentre faceva scivolare i palmi lungo il mio collo e sul mio petto, premendoli sul punto che sarebbe sempre appartenuto a lei, perché era marchiata sul mio cuore.

Sei buono.

Sei buono.

Lo sento qui.

La sentii sussurrare quelle parole cariche di convinzione come se le avesse pronunciate ad alta voce, proprio come potevo sentire il suo corpo tremare mentre cominciava ad armeggiare con la patta dei miei jeans.

La mia mano si chiuse intorno al suo polso. «Piccola... cosa stai facendo?»

«Voglio toccarti.»

Il mio uccello sussultò.

Pienamente d'accordo.

Deglutii rumorosamente, tenendo a bada la lussuria. «Non devi dimostrarmi nulla.»

Le sue parole vennero fuori ansimanti. «Non mi hai mai fatto sentire in quel modo. Mai. Lascia che ti tocchi. Che ti assaggi.»

Oh, cazzo.

Emisi un respiro tremulo, sollevando leggermente i fianchi così che questa coraggiosa ragazza potesse tirarmi giù i jeans.

Il mio uccello balzò fuori.

Edie ansimò lievemente e si mordicchiò il labbro inferiore con aria incerta mentre fissava il mio membro, duro e sull'attenti.

Poi spostò l'attenzione sul mio viso. Qualcosa di audace e coraggioso riempì i suoi occhi. Lussuria e desiderio.

Avvolse le sue piccole mani intorno alla base del mio uccello.

Erano così delicate.

Così piacevoli.

Reclinai la testa all'indietro e gemetti il suo nome.

Cazzo.

Lentamente, aumentò la stretta, facendo scivolare la mano verso l'alto e carezzando la punta pulsante come se sapesse esattamente cosa fare. Ma continuava a guardarmi in cerca di incoraggiamento, chiedendomi silenziosamente se lo stesse facendo nel modo giusto.

Poggiai una mano sul suo dolcissimo viso, strofinandole le labbra con il pollice. «Non ho mai provato nulla di così bello.»

Ma poi Edie abbassò la testa, appiattì la lingua sulla punta e la fece roteare intorno al glande.

Sobbalzai.

E cambiai subito idea. Perché questo era ancora meglio.

Edie mi sfregò e mi succhiò forte con movimenti sincronizzati. Infondendo piacere. Infondendo fiducia.

Sollevò lo sguardo su di me e l'intensità nei suoi occhi quasi mi distrusse.

L'autentico stupore.

L'estasi.

Il desiderio.

Il rimpianto e il rimorso.

Soprattutto, la speranza che luccicava intorno a lei come un alone di luce bianca.

Ero prigioniero del suo incantesimo.

Il mio stomaco fece una capriola e un formicolio si formò alla base della mia spina dorsale.

«Edie, piccola, sto per venire. Cazzo, è così bello. Così bello» mormorai mentre lei continuava quel perfetto assalto di lingua, bocca e mani.

Ma Edie...

Edie mi succhiò ancora più a fondo.

Mugolando di piacere mentre cominciava a dimenarsi e a serrare le cosce.

E non riuscii a resistere oltre.

«Edie» gemetti, afferrandole i capelli e sollevando i fianchi dal sedile mentre mi prendeva più profondamente che poteva, tenendomi nella stretta salda della sua bocca mentre venivo.

Fottutamente sublime.

Quando si staccò da me, la fissai col petto ansante e gli occhi soffusi di piacere.

Lei mi stava guardando con espressione un tantino sbalordita.

Mi misi seduto e le carezzai le labbra gonfie con il pollice, perché non potevo farne a meno. «Stai bene?»

Lei fece un sorriso timido e annuì. «Molto, molto bene.»

E sapevo che intendeva dire di più, che si sentiva orgogliosa e coraggiosa.

Oltre a quello?

Era accaldata.

Eccitata.

Bagnata e vogliosa.

Le lanciai un sorrisetto predatorio e pieno di promesse.

Perché, dannazione, questa ragazza mi aveva appena fatto perdere la testa.

Mi rinfilai il membro nei jeans, mi sollevai su un ginocchio e avanzai nella sua direzione. Lei arretrò e appoggiò la schiena contro lo sportello mentre mi avvicinavo, costringendola a mettersi nella stessa posizione in cui mi aveva messo poco prima.

Tranne che per le gambe.

Che spalancai.

Divaricandola per me.

La gonna le si arricciò intorno alla vita, mettendo in mostra le mutandine bianche che coprivano il suo delizioso sesso.

Edie gemette e si mosse nervosamente in preda al desiderio.

Arretrai leggermente e feci vagare le mani lungo la morbidissima pelle del suo interno coscia. «Sei così bella, Edie. Lo sai? Sai che ogni notte negli ultimi quattro anni non ho sognato altro che questo? Di toccarti come non ho mai potuto fare. Di amarti come avrei dovuto.»

Un mormorio ansioso e incoerente uscì dalla sua bocca.

Afferrai i bordi dei suoi slip e lei sollevò i fianchi per permettermi di sfilarglieli lentamente, i miei movimenti un po' goffi nello spazio ristretto.

Ma ne valeva assolutamente la pena.

Quando vidi la sua fica glabra, non potei fare a meno di passare le dita lungo la sua fessura.

Con gesti lenti e pieni di cautela, separai le pieghe intime del suo sesso.

Senza mai distogliere lo sguardo.

Un gemito mi sfuggì dalla bocca quando vidi che era bagnata e deliziosamente calda.

Squisita.

Edie divaricò ulteriormente le gambe.

E pronunciò il mio nome in un sospiro di piacere.

Posai un leggero bacio sul suo interno coscia, poggiando le mani sulle sue ginocchia per tenerla aperta mentre sussurravo contro la sua pelle setosa. «Non vedo l'ora di assaggiarti.»

Lei inarcò la schiena quando leccai le sue labbra intime. «Oddio.»

La mia testa vorticò in preda a un attacco di vertigini.

Ero completamente consumato da lei. Dal suo sapore, dalla sua fiducia e dal suo tocco.

Per quanto tempo li avevo desiderati disperatamente? Quante fantasie si erano susseguite nella mia mente?

Ma la realtà era sempre molto meglio della fantasia.

Perché questa ragazza era davvero spettacolare.

I suoi mugolii di piacere mi riempivano le orecchie e la sua fiducia mi riempiva lo spirito.

Leccai la pelle delicata del suo sesso, esplorando e memorizzando. Cambiai direzione e le lambii il clitoride con la lingua.

Lei mi afferrò i capelli e li strattonò.

Succhiai e spinsi due dita nella sua stretta fessura.

Le pareti intime del suo sesso si serrarono intorno a me.

La scopai con le dita, carezzando quel punto dolcissimo con movimenti sicuri e delicati della lingua mentre con l'altra mano stringevo il suo culo seducente.

Il suo corpo si tese e si inarcò verso l'alto mentre l'energia si intensificava sempre di più.

I piccoli mugolii eccitati che stava emettendo mi trafiggevano il petto, perché tutto il suo piacere dipendeva dalle mie mani. Quelle mani che ero arrivato ad odiare.

Quelle che avevano causato così tanta distruzione.

E cazzo... tutto ciò che volevo... tutto ciò che volevo era aggrapparmi a qualcosa di buono. Esserne l'artefice.

E poi, d'un tratto, Edie esplose di piacere mentre la tenevo nel palmo delle mie mani.

Andando in frantumi.

Strinse i pugni nei miei capelli e cercò di soffocare il grido che proruppe dalla sua gola mentre l'orgasmo la teneva in ostaggio.

L'intensità crebbe e divampò, rimbalzando nei confini dello spazio ristretto.

Il suo sesso si serrò intorno alle mie dita sepolte profondamente in lei.

Ansimava quando attirai il suo corpo ancora inarcato sul mio grembo e la baciai con fervore.

Un tempo avevo creduto che questa ragazza fosse un'altra punizione. Perderla era stato quasi impossibile da sopportare. Mi aveva fatto precipitare in un abisso così profondo che non avrei mai potuto prevedere.

Facendomi toccare il fondo.

Edie gemette il mio nome e ricambiò il mio bacio.

Con la bocca a un soffio dalle sue labbra, cantai le parole con voce roca e sommessa tra le pareti dell'abitacolo. «Tutto il mio mondo era in bianco e nero... Finché non l'ho guardato attraverso gli occhi di Firelight. Lascia che lo veda attraverso gli occhi di Firelight.»

Edie si schiacciò contro di me, stringendomi forte.

Avvolsi le braccia intorno alla sua vita e seppellii il viso contro il battito martellante nel suo petto. «Con te tutto è diverso, Edie. Tutto.»

Restammo in quel modo per lunghissimo tempo. Abbracciandoci come avremmo sempre dovuto fare. Poi Edie posò delicatamente le labbra sulla mia testa, sulla mia tempia, sulla mia bocca. «Insieme» disse.

Emisi una risatina sollevata, dandole un'altra stretta. Poi la aiutai a rimettersi le mutandine e le carezzai il viso.

I finestrini erano appannati e l'aria all'interno del pick-up umida.

«Sarà meglio che ti accompagni dentro.»

«Già» concordò lei.

Balzai giù dal veicolo, girai intorno al cofano e l'aiutai a scendere. Ci tenemmo per mano mentre l'accompagnavo alla porta.

Lei esitò, lanciandomi un'occhiata, e la baciai dolcemente. «Ci vediamo domani.»

«Promesso?» Mi rivolse un sorriso timido. «Sembra quasi... un sogno.»

La tirai verso di me e mormorai contro la sua bocca. «Tu sei il mio sogno.» Le diedi un bacetto prima di mordicchiarle le labbra per alleggerire l'atmosfera. «Ci vediamo domani. Promesso.»

«Ok» disse, entrando in casa.

Mi infilai le mani in tasca e ondeggiai sui talloni mentre aspettavo di udire lo scatto della serratura, poi attesi un po' più a lungo perché a quanto pareva non riuscivo ad allontanarmi.

Infine, con un lieve sorriso sulle labbra, mi voltai e tornai verso il pick-up. Spalancai la portiera e mi pietrificai.

Un brivido mi corse lungo la spina dorsale quando percepii la presenza che si stava avvicinando a me da dietro. Era una presenza decisamente poco piacevole.

Lentamente, mi voltai.

Quel grosso, robusto figlio di puttana era lì in piedi con i pugni serrati, simile a un toro inferocito pronto a caricare.

E a quanto pareva, io ero vestito di rosso.

Raddrizzai la schiena.

Sapevo di poterlo battere perché *sapevo* esattamente per cosa stavo combattendo.

Scosse bruscamente la testa con espressione incredula e accigliata. «Non pensi che lei meriti qualcosa di meglio di una sveltina in uno squallido pick-up di merda?»

Questo tizio non aveva la minima idea di cosa meritasse Edie.

Non aveva idea che meritasse assolutamente tutto.

Tutto ciò che c'era di buono al mondo.

E sarei stato io a darglielo.

Usai un tono di voce che speravo fosse pacato, sapendo fin troppo bene che era venato di astio. Non riuscivo proprio a contenerlo. «Non sai di cosa stai parlando, amico. Forse la domanda più giusta sarebbe che diavolo ci fai tu qui, nascosto nell'ombra a spiarci come una specie di pervertito?»

Lui sussultò.

Esatto, stronzo. Comportamento per nulla corretto.

Scosse la testa. «Sai che non è quello che stavo facendo. Ho sentito quel catorcio parcheggiare qua fuori circa quaranta minuti fa. Pensi che non sapessi cosa stava succedendo?»

«So per certo che non sai cosa stava succedendo. Ma anche se lo sapessi, non sono affari tuoi, quindi ti suggerisco di farti da parte e darti una cazzo di calmata. Edie non deve rendere conto a te.»

E di sicuro nemmeno io.

Lui si strattonò i capelli. «L'ho aspettata. Ho aspettato per *anni* che fosse pronta, cazzo. E tu piombi qui come se nulla fosse e me la soffi da sotto il naso.»

Corrugai la fronte e feci un passo avanti, piegando la testa di lato. «Ti ha mai detto, anche una sola volta, di *aspettarla*? Ti ha mai dato modo di credere che tra voi due ci fosse più di quanto avessi immaginato nella tua testa?»

«La tratterei bene» rispose con impeto.

«Non è quello che ho chiesto.»

Lui rimase in silenzio, guardandomi senza dire una parola

nel bagliore argenteo della luna. Perché sapevamo entrambi che lei non l'aveva fatto.

Mi sfregai una mano sul viso. Cazzo, era un amico di Edie e volevo avventarmi su di lui. Pestarlo di botte per il solo fatto che sapevo dov'erano stati i suoi pensieri.

Nel corpo e nella testa di Edie.

Ma sapevo molto bene che al cuore non si poteva comandare. «Mi dispiace, Jed. Mi dispiace che tu stia soffrendo. Mi dispiace che ti faccia star male vederla con me. Ma non vado da nessuna parte. Finché Edie mi vuole... è qui che starò.»

«Falle del male, stronzo... falle del male... e te la farò pagare» sibilò furioso.

Emisi uno sbuffo dal naso e balzai sul pick-up. Mi sporsi in fuori per afferrare la maniglia interiore, tenendo l'attenzione fissa su Jed. «Spero sinceramente che tu lo faccia.»

Perché preferivo morire piuttosto che ferire di nuovo Edie.

23

EDIE

*H*eidi sedeva sul bancone accanto a me, dondolando i piedi. Chiusi il cassetto del vecchio registratore di cassa con un clic. «Ecco, tutto fatto» dissi.

«Tutto fatto!» ripeté Heidi, rivolgendomi uno di quei sorrisi sbiechi che mettevano in mostra i suoi due denti mancanti.

L'affetto che provavo per lei mi fece battere più forte il cuore.

«Grazie mille per avermi aiutata» dissi, arruffandole i capelli.

«Lavorare al negozio mi piace un sacco» rispose con la sua tenera pronuncia blesa.

«Beh, è un'ottima cosa, perché anche a me piace un sacco quando lavori qui con me.»

Il suo viso si illuminò alle mie parole. La sollevai per le ascelle e la misi a terra, dopodiché lanciai un'occhiata all'orologio.

«Tra poco tuo padre dovrebbe finire di lavorare. Perché non corri nell'ufficio sul retro a raccogliere le tue cose?»

Stamattina, era piombata qui alle prime luci dell'alba con lo zaino pieno di libri da colorare e di bambole di carta. In qualche modo, aveva convinto suo padre che per lei era molto più importante aiutarmi al negozio di quanto un giorno di scuola estiva avrebbe mai potuto essere.

Perciò eccola qui.

A tenermi compagnia.

Ad aiutarmi a tenere la mente concentrata sul presente invece di riportarla alla notte scorsa. A quell'eccezionale ragazzo che mi faceva sentire così libera.

Considerando che aveva dovuto riscuotermi continuamente dai miei sogni ad occhi aperti, la mia capacità di concentrazione era pessima, a quanto pareva.

La porta sbatté alle sue spalle quando scomparve nel retro, proprio nello stesso momento in cui il campanello della porta principale tintinnò. Tutti i ragazzi più Blaire entrarono nel negozio, trascinandosi dietro l'attrezzatura da surf delle lezioni di oggi.

Clay mi lanciò uno dei suoi enormi sorrisi. «Ehilà, bellezza. Vedo che hai difeso il forte per tutto il giorno. È ancora in piedi. Direi che oggi è stato un successo.»

Clay era probabilmente la persona più positiva in cui ci si poteva imbattere. Non era neppure il tipo da bicchiere mezzo pieno. Il suo era sempre traboccante.

«Sì. Nessuna grave catastrofe a parte una bottiglia di latte versato, quindi la definirei una vittoria.»

Kane si passò una mano tra i capelli castano scuro, trattenendo un sorriso. «E scommetto che quel latte versato ha qualcosa a che fare con un piccolo ciclone che si è aggirato qui oggi.»

Prima che avessi il tempo di rispondere, Heidi tornò di

corsa nel negozio, le braccia alzate sopra la testa mentre si precipitava verso suo padre. «Papà!»

Lui la sollevò in aria e l'abbracciò forte. «Ecco l'amore della mia vita» disse.

Dio, quanto adorava quella bambina.

Provai una fitta al petto, ma non riuscii a distogliere lo sguardo mentre la tempestava di baci.

Heidi si dimenò tra le braccia del padre. «Bleah... Papà! Sei ancora tutto bagnato.»

Lui sbuffò scherzosamente. «Beh, indosso ancora la muta subacquea, quindi non dovresti sorprenderti se ti bagni tutta.»

Heidi scoppiò a ridere quando le fece il solletico, perdendosi entrambi nel loro piccolo mondo.

Jed mi lanciò un'occhiata obliqua e antipatica quando mi passò accanto, seguendo Deak fino alla parete in fondo dove misero a posto le tavole da surf a noleggio.

Cos'era quello sguardo?

Blaire venne dietro al bancone dove mi trovavo io. Emise un sonoro sospiro mentre iniziava a dimenarsi per sfilarsi di dosso la muta. Chiaramente in difficoltà. «Giuro, mi spezzerò il collo uno di questi giorni cercando di uscire da questa cosa.»

Ridacchiai. «Hai bisogno di un po' di aiuto?»

Lei sgranò gli occhi con fare spiritoso, tenendosi in equilibrio su un piede solo. «Ah, ho bisogno di *molto* aiuto. Ma penso di potermela cavare da sola stavolta.»

Inciampò mentre se la sfilava da una gamba. «Ok, forse non posso cavarmela da sola nemmeno stavolta.»

Quando finalmente riuscì a liberarsi, sollevò la muta nera da surf come un trofeo. «Vittoria! Credo di essermi guadagnata un margarita.»

«Non essere troppo orgogliosa di te stessa, Blaire» disse Clay. «Per te anche *tirare un respiro* ti vale un margarita.»

Clay adorava punzecchiarla. I due si prendevano continuamente in giro.

Blaire si portò una mano sul fianco. «Parla quello che stamattina si è presentato al lavoro ancora ubriaco. Per di più, di *mercoledì*.»

«Ehi, da dove diavolo credi che venga il nome *Martedì di Baldoria*?» disse lui con un grosso sorriso impenitente.

«Ehm... da te?» rispose Blaire, sorridendo a sua volta, raccogliendo le sue cose e andando ad aiutare Clay e Kane con i giubbotti di salvataggio.

Deak si unì a loro, e si diressero tutti sul retro dov'erano conservati, con Heidi che li seguiva a ruota chiacchierando senza sosta.

Jed rimase indietro, e sapevo che lo fece di proposito, perché normalmente sarebbe stato il primo a mettere via tutta l'attrezzatura.

La tensione riempì la stanza.

Cercai di tenere l'attenzione sulle scartoffie di fine giornata, perché non ero sicura di poter affrontare il giudizio di Jed in quel momento. Ma non potei continuare ad ignorarlo quando improvvisamente fu proprio dietro di me.

«Cosa stai facendo, Edie?»

«Mi occupo delle scartoffie?» risposi in tono interrogativo, perché sapevo fin troppo bene che quella non era la risposta che cercava.

Lui sbuffò. «Sai che non è quello che ti sto chiedendo. Voglio sapere cosa stai *combinando*. Una settimana fa, sei scappata *impaurita* da questo stronzo, come se avessi visto un dannato fantasma. Poi una mattina mi sveglio e scopro che non sei nemmeno tornata a casa, e quella stessa sera ti vedo nel suo pick-up nel cuore della notte come se fossi una puttana da quattro soldi.»

Fu come se mi avesse schiaffeggiata.

Mi voltai di scatto e l'affrontai. «Cosa hai detto?»

Jed si passò una mano tra i capelli, frustrato. «Merda. Mi dispiace. Non avrei dovuto dirlo. Ma cazzo, Edie... Ti meriti molto meglio di così. Io ti tratterei come una regina.»

Sussultai, il significato implicito delle sue parole chiarissimo.

Tutto il mio corpo rabbrividì perché la sola idea di concedermi completamente a un uomo mi riempiva ancora di paura.

«Ci stavi spiando?» lo accusai con voce carica di imbarazzo.

«Non ti stavo spiando, Edie. Ero *preoccupato* per te. C'è una grossa differenza, cazzo, e lo sai. Da quando ti conosco, sei sempre tornata a casa la sera. Non sei mai uscita né hai mai flirtato con nessuno. E io... io...» Scosse bruscamente la testa e abbassò lo sguardo a terra. «Merda.»

La tristezza si fece lentamente strada in me. Quest'uomo era sempre stato gentile con me, e sapevo che stava soffrendo. Che si era illuso che un giorno io e lui saremmo diventati una coppia.

«Stavo *aspettando* lui.»

La verità di quell'affermazione mi colpì dritto al petto.

Il viso di Jed fu attraversato dal dolore e il suo tono si fece quasi implorante. «Ma ti ha spezzato il cuore.»

Jed non conosceva la mia storia. Certo che no. Ma sapevo che aveva fatto le sue supposizioni sulla mia vita passata di cui non sapeva nulla.

Non potevo biasimarlo.

Non avevo mai permesso a nessuno di avvicinarsi a me.

Solo a Austin.

Solo a Austin.

«È vero» ammisi sommessamente. «Ma penso che anch'io abbia spezzato il suo.»

Deglutii il groppo di rammarico che provavo nel ferire Jed. Perché gli volevo bene. Davvero. Gli volevo bene come a un fratello.

«Ti sarò per sempre grata per tutto quello che hai fatto per me.» Alzai le mani, indicando il negozio come prova della sua generosità. «Per avermi accolta e dato un lavoro.» Abbassai la voce per dare enfasi. «Per la tua amicizia.»

Sbattei le palpebre e provai una stretta al petto mentre ammettevo: «Ma il mio cuore... è sempre appartenuto a lui.»

Tutti i pezzi rotti.

Austin era colui che li teneva uniti.

Nello stesso modo in cui io tenevo uniti i suoi.

«Non smetterò di combattere per te, Edie. Non posso.»

Feci una smorfia di dolore e mi premetti le mani sul petto. «Jed... devi smetterla di combattere per qualcosa che non c'è. Un giorno ti renderai conto... che sei destinato a qualcun'altra. È là fuori. Te l'assicuro.»

Cominciò a scuotere la testa per smentire le mie parole quando gli altri ritornarono in negozio.

Deak batté le mani. «Direi che per oggi basta così.»

«Basta!» gridò Heidi, saltellando qua e là.

Blaire girò intorno al bancone e si sedette su di esso, il viso rivolto verso di me. «Basta» mimò con la bocca.

Ridacchiai, cercando di lasciare andare il disagio che mi scorreva dentro, odiando di aver involontariamente ferito Jed. Sapendo che gli ci sarebbe voluto del tempo per accettare che avevo ragione.

Venti minuti dopo, uscimmo tutti fuori nelle prime luci del crepuscolo e chiusi a chiave la porta del negozio dietro di me.

«A chi va di bere una birra?» domandò Deak, voltandosi per camminare all'indietro e sorridendoci.

«A me» rispose Clay.

«Ovvio» disse Blaire, senza perdere l'occasione di punzecchiarlo.

Clay inarcò le sopracciglia. «Tu non vieni?»

«Ehm... margarita, ricordi?»

«Giusto.»

«Anch'io ci sto» disse Jed.

Kane posò una mano sulla testa di sua figlia. «Io ho un appuntamento galante con la ragazza più carina di Santa Cruz. Sono costretto a rifiutare.»

Heidi gli rivolse un sorriso smagliante come se stesse guardando il suo eroe.

L'emozione mi contorse le viscere ed ero sul punto di dire che avrei trovato un passaggio per tornare a casa dal momento che ero venuta al lavoro con Blaire e Jed, quando il mio sguardo vagò verso sinistra.

Come attratto.

Dio.

Questo ragazzo.

Austin era appoggiato contro la fiancata del suo pickup. La vista del veicolo mi imporporò le guance e le ginocchia mi si indebolirono al ricordo di come mi aveva fatta sentire.

Con lui, avevo la sensazione di poter volare.

Un sorrisetto spuntò sulle sue labbra carnose, facendomi fremere. Probabilmente, la mia voce era debole quanto le mie ginocchia quando dissi a Blaire: «Ehm... penso di aver trovato un passaggio.»

«Ci scommetto.» Mi fece l'occhiolino e raggiunse Clay, Deak e suo fratello mentre i miei piedi mi conducevano nella direzione opposta.

Guardai a destra e a sinistra, prima di attraversare la strada e precipitarmi verso di lui. Mi schiacciai contro il suo petto, sollevandomi in punta di piedi e rubandogli un altro di quei baci che finora non ero mai stata abbastanza coraggiosa da rubare.

Paradiso.

Ecco cos'era. La sua bocca sulla mia, le sue mani che mi attiravano a sé, il suo respiro sul mio viso.

«Visto? Ho mantenuto la promessa» mormorò contro le mie labbra.

Mi sfuggì una risatina e strinsi le mani nella sua camicia. «Promettimi che ti vedrò ogni giorno per il resto della mia vita» dissi, cercando di mantenere un tono di voce giocoso e di non far trapelare la disperata speranza che sbocciò dentro di me.

L'espressione di Austin si addolcì. Mi carezzò la testa con una mano, poi mi avvolse il viso nel palmo. «Vedrò che cosa posso fare per accontentarti.»

Le farfalle presero a svolazzare nel mio stomaco. Non avrei potuto fermarle neanche se avessi voluto.

Austin piegò la testa di lato. Era così bello che mi rubava il fiato dai polmoni. «Penso che mi piacerebbe vederti ogni giorno per il resto della mia vita» disse.

Intrecciò le sue dita alle mie e, senza ulteriori parole, ci incamminammo come attratti verso la spiaggia dove mi tolsi le scarpe. Austin mi lasciò andare la mano e rimase fermo a guardarmi mentre affondavo le dita dei piedi nell'acqua fredda. Le dolci onde fluttuarono verso la riva, bagnandomi appena sopra le caviglie.

Proprio come avevano fatto la volta scorsa.

Il mio invito era lo stesso.

Che questo ragazzo parlasse di ciò che aveva perso.

Il vento soffiava dal mare, sferzandomi i capelli attorno al viso.

Mi avvolsi le braccia intorno al petto e osservai il sole cominciare a scendere, la calma così grande contro il costante caos che si muoveva intorno a noi.

Lanciai uno sguardo a Austin oltre la mia spalla. La sua intensità era assoluta e severa. Vasta e profonda. Raggi di luce incandescente si riversavano su di lui, gettando sfumature rosse e dorate sui lineamenti definiti del suo bellissimo volto.

Rendendolo un tutt'uno col crepuscolo.

Una tempesta infuriava nella sua espressione, nelle sue mani chiuse a pugno, nei suoi respiri affannati, anche se cercava di tenerli sotto controllo.

I suoi demoni lottavano per essere portati alla luce che stava lasciando il posto all'oscurità.

Feci un altro passo nell'oceano e mi voltai verso di lui.

L'occhio del mio ciclone.

Lo fissai mentre la marea si abbatteva contro i miei polpacci. Silenziosamente, racimolai tutta la fiducia che nutrivo dentro di me e la riversai su di lui.

Pregando che potesse *sentirla*.

Austin serrò la mascella e fece un passo indietro.

Allontanandosi.

Rifiutando il mio invito.

Tenendosi stretto al dolore e aggrappandosi ad ogni rimorso.

Questo bellissimo, spezzato ragazzo era perso per un altro giorno ancora.

Tre settimane passarono così. Solo io e Austin. Trascorremmo il tempo rinnovando la fiducia che era stata danneggiata. Ritrovando la speranza che avevamo perso. Infondendoci a vicenda la fede che avevamo l'uno nell'altra.

Lui cercava di spingersi oltre i miei limiti. E io cercavo di spingermi oltre i suoi.

«Aspetta» sussurravo ogni volta, chiedendogli più tempo. Anche se sapevamo entrambi che un giorno le nostre mura si sarebbero sgretolate.

24

AUSTIN

Edie mugolò di piacere per il boccone di lasagna che aveva in bocca.

Era fatta in casa.

Solo il meglio per la mia ragazza.

«Oh mio Dio... niente dovrebbe avere un sapore così delizioso.»

Le lanciai un sorrisetto malizioso. Sedeva di fronte a me al piccolo tavolo di casa mia.

La sua fronte si corrugò e i suoi occhi si socchiusero. «Stai facendo pensieri impuri, Austin Stone?»

Feci spallucce. «Probabile.»

«Direi più che probabile» replicò, dandomi un colpetto allo stivale con la punta della scarpa sotto il tavolo.

Aveva colto nel segno.

«Sei seduta a meno di un metro da me... emettendo suoni del genere. Cosa pensavi che avrei pensato?» dissi in tono canzonatorio misto a un pizzico di serietà.

Assoluta serietà.

Perché era di Edie Evans che si trattava. La ragazza che mi

206

faceva perdere la testa ogni volta che entrava nella mia stessa stanza. Rubandomi un altro po' il respiro. Diventando la mia aria.

Un rossore le colorò le guance. Ma la sua dolce innocenza era sempre lì, sotto la giocosa serenità che sembrava emergere sempre più spesso con il passare dei giorni.

«Mi piace quando pensi a me» disse a bassa voce.

Gemetti e mi sporsi in avanti. Fissai il suo splendido viso attraverso il bagliore delle candele disposte al centro del tavolo. «Non *quando*, Edie. Penso a te tutto il tempo. Ogni secondo di ogni minuto di ogni giorno. Non so come *smettere* di pensare a te.»

Non lo volevo neanche.

Lei mi guardò nello stesso modo in cui mi guardava da tre settimane. Come se magari vedesse l'uomo che volevo trovare quando avevo lasciato la casa di mio fratello. L'uomo che volevo essere.

Più o meno, come Shea guardava Baz.

Come se dessi un senso alla sua vita.

Come se fossi la sua vita.

E io volevo essere abbastanza forte da starle accanto. Da proteggerla.

«Non smettere mai» disse in un sussurro.

Misi giù la forchetta e spinsi indietro la sedia. «Vieni qui.»

Il desiderio mi travolse quando si alzò in piedi, così luminosa tra le ombre, una presenza così pura e buona nell'oscurità.

Si accoccolò sul mio grembo e avvolse le sue braccia sottili intorno al mio collo, emettendo un sospiro carico di gioia e contentezza contro la mia gola.

Lussuria e devozione mi attanagliarono lo stomaco. Affondai il naso nei suoi capelli. «Non smetterò mai. Non l'ho mai fatto. Anche in tutti gli anni che siamo stati separati non ho fatto altro che pensare a te.»

Lei mi guardò da sotto le sopracciglia. Le parole che pronunciò erano ansimanti e mi colpirono dritto al petto. «Non dovremmo sprecare altro tempo.»

Sorrisi lentamente, il cuore che mi batteva a mille. «No, piccola, non dovremmo assolutamente.»

Restammo seduti così per un po', godendoci la pace. Avevo praticamente minacciato Damian e Deak di morte se stasera fossero tornati a casa prima di mezzanotte.

Serata romantica e tutto il resto.

Sembrava assurdo che stessimo facendo queste semplici, normali attività di coppia.

Spettacolare.

Le diedi una pacca sulla coscia. «Tirati su. Lavo velocemente i piatti e poi possiamo andare in spiaggia. Ho preso una bottiglia di vino.»

«Sai esattamente come corteggiare una ragazza, vero, Austin Stone? Prepari la cena, lavi i piatti, compri il vino. Cosa potrei chiedere di più?»

Tutto in lei era provocante, dalle battute maliziose che fuoriuscivano dalle sue labbra alle curve perfette del suo corpo, dai pantaloncini cortissimi che mettevano in mostra le sue lunghissime gambe alla canottiera attillata che indossava.

Ma era la dolce tenerezza in quelle sue pozze d'acqua ad ammaliarmi.

«Potrebbe esserci qualcuno di davvero importante su cui voglio fare colpo.»

Lei ridacchiò. Dio, adoravo quel suono. Adoravo farla sentire in quel modo.

Felice.

«Davvero?»

Le infilai una ciocca di capelli dietro l'orecchio. «Sì, davvero.»

Edie scese dal mio grembo e mi aiutò a mettermi in piedi. «Coraggio... ti aiuto così finiamo prima.»

«Qualcuno è un po' impaziente.»

«Mmm... hai detto vino, giusto?»

Gettai la testa all'indietro e scoppiai in una risata, prima di raccogliere i piatti. «Giusto.»

Ci dirigemmo in cucina, sciacquammo i piatti e li sistemammo nella lavastoviglie. Lavorammo piacevolmente fianco a fianco.

Il mio cellulare, situato sul bancone, squillò.

Lanciai un'occhiata allo schermo.

Il terrore strisciò sotto la mia pelle e il mio cuore mancò un battito.

Baz.

Non chiamava mai.

E intendevo proprio mai.

La nostra corrispondenza negli ultimi tre anni era avvenuta unicamente attraverso messaggi e lettere.

Mi si serrò la gola e deglutii con difficoltà mentre la chiamata veniva trasferita alla segreteria telefonica.

«Chi era?» chiese Edie, sciacquando un piatto.

Non ebbi neppure il tempo di rispondere prima che il cellulare squillasse di nuovo.

Lo sguardo di Edie si posò sul mio telefono e subito dopo balenò sul mio viso. Sollevò a malapena il mento, incoraggiandomi silenziosamente come faceva sempre. «Dovresti rispondere.»

Dovevo?

Feci un passo indietro. Insicuro. Odiando la paura che mi attanagliava i sensi. Che mi faceva sentire piccolo e inutile. Come quell'inetto ragazzino che aveva sempre e solo peggiorato le cose per suo fratello.

Ricacciai indietro la paura e presi il cellulare con lo stomaco in subbuglio. Lo fissai per qualche secondo prima di accettare la chiamata e portarmelo all'orecchio. Stavo già camminando verso la porta scorrevole sul retro quando pronunciai il suo nome. «Baz.»

La mia voce uscì strozzata.

Perché non lo sentivo da tantissimo tempo e non avevo idea del perché mi stesse chiamando ora.

«Austin.» La sua voce era roca quanto la mia. Una bassa risata vibrò attraverso la linea, sbigottita e incredula. «Dio... la tua voce sembra diversa.»

L'aria fresca della sera si scontrò con la mia pelle calda quando uscii sul portico di legno che dominava la spiaggia sottostante.

Il vento soffiava tra gli alberi e il mare ululava alle ombre della notte.

Pace e caos.

«È passato molto tempo» dissi. Stavo schiacciando il telefonino contro il mio orecchio come se potessi spezzare la tensione tra di noi quando, improvvisamente, percepii la sua esitazione ed agitazione attraverso la linea.

Fui travolto dalla preoccupazione.

«Cosa succede?» chiesi, cercando di usare un tono disinvolto, come se questa fosse una normale fottuta conversazione in una normale fottuta giornata.

Che pio desiderio del cazzo.

«Ho bisogno che torni a casa, fratello. A Los Angeles.»

Un fiotto di saliva mi inondò la bocca e mi bruciò lo stomaco quando lo ingoiai. Fissai l'oscuro orizzonte. Il buio senza fine. L'abisso più nero.

L'oceano gemette, per sempre prigioniero della sua irrequietezza.

Si agitò dentro di me, risvegliando un vecchio, inesorabile dolore.

«Te l'ho detto che non sono ancora pronto. Va... va tutto bene?»

Sembrava una domanda così banale.

«È quello che continui a dire, Austin. Che non sei pronto. Ma questo mi fa solo capire che sei ancora là fuori a biasimarti, e che non hai ancora compreso la verità di quello che è successo.»

Fu come se mi avesse preso a calci. Quell'impalpabile presenza aleggiò nell'aria. «Quando mi permetterai di assumermi la responsabilità di ciò che ho fatto? Quando, Baz? Me ne sono andato proprio per questo motivo. Perché ti sei sempre accollato il biasimo al posto mio.»

«Non è stata colpa tua.»

Sbuffai. «Suvvia, fratello. Non sono più un bambino. Non devi continuare a proteggermi, e puoi smetterla di provare a convincermi che non sono io il colpevole.»

«Se questo è ciò che vuoi, allora va bene. Accettalo, fratellino. Addossati la maledetta colpa quando so che appartiene a me, e poi torna a casa. Il luogo a cui appartieni. Ho bisogno di te, Austin. Non posso continuare in questo modo. Ho bisogno che tu prenda il posto che ti spetta.»

«Che cazzo stai dicendo?»

«Sai esattamente che cosa sto dicendo. Non mentirmi dicendomi che non l'hai sempre desiderato. Che non l'hai sempre *sentito*.»

L'ansia mi fece formicolare la pelle. «Quello non è il mio posto. Sai che non canto per gli altri.»

La tristezza si allungò tra di noi come un fragile, sottile elastico. Non importava quante miglia ci separassero. Era lì, tesa tra di noi.

«Davvero? Allora dimmi quando inizierai a cantare per te. È giunto il momento, Austin. È ora.»

La porta a vetri si aprì dietro di me, inondandomi di luce. Lentamente, si richiuse. Una travolgente sensazione di pace mi circondò, infondendomi conforto e serenità. Edie avvolse le braccia intorno a me da dietro e seppellì il viso tra le mie scapole. L'energia sfrigolò nell'aria.

Afferrai le sue mani poggiate sul mio stomaco, stringendola forte a me.

«Pensaci» disse Sebastian.

Respinsi il fremito di trepidazione che vibrò nel mio spirito.

«Non sono ciò che stai cercando.»

Non mi sarei messo in quella posizione. L'ultima cosa che volevo era deludere di nuovo mio fratello. Deludere i ragazzi. Non ero sicuro di poter essere ciò di cui i *Sunder* avevano bisogno.

Qualcuno in grado di capeggiare. Sostenere e guidare.

«Austin...» ritentò Baz.

«Ne parliamo la prossima volta, ok?»

Lui sospirò. «Ok, ma presto.»

«D'accordo.»

Sapevo che a breve avrei dovuto prendere una decisione. Dovevo tornare a casa e sistemare le cose una volta per tutte. Dimostrare a Baz che me la sarei cavata da solo così che sarebbe potuto andare avanti con la sua vita.

Per il bene della sua famiglia.

Baz riattaccò e la linea cadde.

Il vento si sollevò intorno a noi, portando con sé il silenzio, l'ondeggiare del mare e il soffio dei nostri respiri gli unici suoni che infrangevano la quiete.

Edie mi abbracciò più forte, quasi volesse comunicarmi che non mi avrebbe mai lasciato andare. «Va tutto bene?»

Stava indagando, spronandomi a lasciarla entrare i quei luoghi in cui mi ero sempre rifiutato di lasciarla entrare. Le avevo sempre e solo offerto piccoli frammenti senza opprimerla con la brutale realtà.

«Sì.»

«Vuole che torni a casa?»

«Sì.»

Edie emise un respiro tremulo da cui trapelò la paura che cercava inutilmente di contenere. «Gli manchi.»

La mia voce era ruvida quando parlai. «Non lo dice chiaramente... ma so cosa vuole, Edie. Conosco mio fratello dannatamente bene, e quando ama, ama con tutto se stesso. E ama la sua famiglia. Senza dubbio, Shea e i bambini sono diventati più importanti della band. Non lo biasimo. Nemmeno un po'. Ma so che mi vede lì sul palco, a prendere il suo posto.»

«È lì che ti vedi anche tu?»

«Sai che non è così.»

«Perché?» Mi strinse più forte, le sue parole simili a una carezza. «Sei così talentuoso, Austin. Sei destinato a grandi, grandi cose.»

Tirai un respiro profondo, inspirando il caos che si agitava nell'oceano.

Le catene che mi legavano ad esso si serrarono maggiormente intorno al mio spirito.

«Cantare fa parte della mia punizione.»

I secondi passarono, carichi di domande.

«Non capisco» sussurrò infine Edie.

Strinsi le sue mani tra le mie, premendole contro il marchio sul mio cuore. Il posto che sarebbe sempre appartenuto a lei.

«Tu sei *l'unica* che capisce davvero, Edie.»

Lentamente, mi voltai verso di lei. Le luci provenienti dall'interno della casa illuminavano la sua figura, immergendola in un alone bianco e luccicante. Allungò la mano e mi sfiorò la mascella con la punta delle dita, trasmettendomi la sua fiducia e scrutandomi con i suoi occhi perspicaci.

Comprendendo tutto pur non sapendo nulla. E non riuscii a tenermelo dentro un secondo di più. Non riuscii reggere oltre le mura che la tenevano fuori.

«Sono stato io, Edie. È stata colpa mia.»

La confessione sgorgò dal profondo di me. Così sommessa eppure potente quanto un boato sonico.

Edie si pietrificò. La confusione balenò nel suo sguardo, poi la sua dolce bocca si curvò verso il basso.

Con compassione.

Con amore.

Questa ragazza mi leggeva fin dentro l'anima.

Il dolore mi investì quando i ricordi presero a scorrere davanti ai miei occhi, e tutto si riversò fuori.

Zampillò e straripò.

Finendo dritto nelle sue mani e nel suo cuore puro dove sapevo che l'avrebbe tenuto per sempre al sicuro.

Julian camminava lungo la sponda del mare, come se stesse in bilico su una corda, il corpo che oscillava di qua e di là mentre saltellava sulle scie di schiuma bianca lasciate dalla marea che si ritirava.

«Guarda, Austin!» gridò Julian.

Austin lo seguiva a pochi passi di distanza, saltellando anche lui su quelle scie, facendo del suo meglio per tenere il passo. «Guarda cosa?» gridò di rimando con un largo sorriso. Austin adorava il sole. L'oceano. I giorni come questo quando erano completamente liberi.

«Questo!»

Improvvisamente, Julian si precipitò tra le onde, agitando le braccia come se stesse volando. Saltò e si tuffò a capofitto in acqua. Ondeggiò con la corrente e poi risalì a galla. La sua bocca era spalancata in una sonora risata e grossi rivoli d'acqua scorrevano lungo il suo viso.

«Visto?»

Austin rise di pancia, si mise a correre anche lui e si tuffò in mare.

Il loro fratello maggiore, situato più in là sulla spiaggia, gridò: «Non allontanatevi troppo, Austin e Julian!»

«D'accordo» promisero all'unisono.

Sempre all'unisono.

Julian rivolse a Austin un'occhiata curiosa. «Cosa sta facendo con quella ragazza?»

Austin sbuffò. «Baz è sempre con una ragazza. Parla con loro in continuazione. Papà dice che è quello che fanno gli uomini.»

Julian arricciò il naso. «Sono contento di non essere un uomo. Le ragazze fanno schifo.»

Austin scoppiò a ridere. «Un giorno lo saremo anche noi. E Baz ha detto che in futuro cambieremo idea.»

Julian scosse la testa. «Impossibile.» Poi diede una spinta a Austin con un sorriso, dando inizio all'inseguimento. «Scommetto che non riesci a prendermi!» urlò da sopra la spalla.

«Scommetto di sì, invece» rispose Austin.

Infatti ci riuscì. A malapena. E poi fu lui a scappare e Julian a rincorrerlo.

«Scommetto che non riesci a stare sott'acqua tanto quanto me» lo sfidò Austin.

«Scommetto cinque dollari che posso.»

Si strinsero la mano, accettando la sfida.

Nel punto in cui si trovavano, l'acqua era abbastanza profonda da arrivargli alla vita. Austin fece un altro passo più in là, si immerse e sollevò le dita per contare. Quando arrivò a trenta, sentì il bisogno di riprendere fiato. Cominciò a risalire a galla, ma Julian lo spinse giù per le spalle, tenendolo sotto.

Voleva gridargli che non era giusto, ma era ancora sott'acqua. Si dimenò, lottando con suo fratello come faceva sempre.

Alla fine, Julian lo lasciò andare e Austin riemerse in superficie, annaspando in cerca d'aria.

«Idiota» disse, dandogli un pugno sul braccio. «Ma penso proprio che tu mi abbia fatto vincere. Trentasette secondi.»

«Trentasette? Ti batterò di sicuro.»

Julian si diede una spinta coi piedi e si tuffò in acqua, fino a toccare il fondo dell'oceano con il sedere. Rimase sotto per più di trenta secondi, poi quaranta, e Austin capì di aver perso. *Quando Julian iniziò a risalire in superficie, Austin lo tenne giù, proprio come lui aveva fatto prima.*

Suo fratello gemello scalciò e agitò le braccia.

Austin rideva mentre Julian si dimenava.

Era quello che si meritava per averlo trattenuto giù più a lungo.

Baz si voltò nella loro direzione, e Austin gli sorrise, immaginando che avrebbe riso nel vederlo azzuffarsi con Julian. Magari sarebbe venuto a giocare con loro quando avrebbe smesso di flirtare con quella stupida ragazza.

Ma poi Julian smise di agitarsi. Il suo corpo sussultò e si contrasse sotto le mani di Austin.

Un brivido gelido percorse Austin da capo a piedi. Eppure, restò lì immobile, continuando a tenere Julian sott'acqua.

Suo fratello non si muoveva più.

La paura gli attanagliò la gola e una dolorosa sensazione lo travolse, come se gli mancasse qualcosa. Si sforzò di sollevare Julian dall'acqua, tentando di reggerlo per le ascelle.

Baz cominciò a correre. Gridando. Urlando. «No, no, no.»

Suo fratello si precipitò in mare e gli strappò Julian dalle braccia.

Vuoto.

Era così che si sentiva Austin. Gli girava la testa mentre guardava Baz trascinare Julian sulla sabbia.

Udiva delle urla tutt'intorno a sé, e allo stesso tempo un silenzio di tomba.

Vuoto.

Arrancò verso la spiaggia. Terrorizzato. Desiderando di toccare Julian. Di scuoterlo. Di dirgli di svegliarsi.

Ti prego, ti prego, svegliati.

Baz prese a premergli ripetutamente il petto, gli tappò il naso e gli soffiò in bocca, poi ricominciò a premergli il petto con movimenti frenetici e tremanti e il viso rigato di lacrime.

«Austin... che cosa hai fatto... che cosa hai fatto? Oh mio dio, che cosa hai fatto?»

Austin strisciò all'indietro su mani e piedi quando le persone circondarono Julian. Schiacciò la schiena contro una grossa roccia.

Nascondendosi. Dondolando avanti e indietro.

Vuoto.

Seppellii la faccia nel collo di Edie, bagnando la sua pelle di lacrime.

Mi sentivo eviscerato.

Vuoto.

Non piangevo da tantissimo tempo. Dio solo sapeva che avevo già versato abbastanza lacrime, per di più odiavo essere quel patetico ragazzino buono a nulla che non riusciva a stare in piedi.

Ma non c'era modo di fermarle ora.

Non quando Edie piangeva insieme a me. Per lui. Per me. Le sue calde lacrime si riversavano nei miei capelli mentre mi teneva stretto a sé come se sapesse che era la mia ancora di salvezza.

Un faro in lontananza.

Che mi traeva in salvo dalle tenebre.

Guidandomi verso casa.

Anche quando non avevo il diritto di averne una.

«Mi permisero di andarlo a trovare in ospedale. Teneva tubi e fili attaccati ovunque. Servivano a mantenerlo in vita. Ma io lo sapevo, Edie... Sapevo che era già morto, cazzo. Potevo *sentire* che l'altra metà di me era scomparsa.»

La mia voce era rauca, impregnata di tristezza. «Baz... mi prese da parte e mi scosse quando vide che non smettevo di piangere. Continuava a dirmi che non era colpa mia. Che era sua. Disse ai nostri genitori che non ci stava tenendo d'occhio e che Julian era stato risucchiato da un'onda. Si è accollato il biasimo al posto mio.»

«Mi dispiace tanto, Austin. Mi dispiace così tanto» sussurrò Edie con la sua morbida bocca contro il mio orecchio. Mi baciò le tempie, le guance, la mascella e ogni centimetro del mio viso bagnato fradicio con gesti quasi frenetici.

Non mi propinò nessuna stronzata sul fatto che non fosse colpa mia. Non mi disse che andava tutto *bene*.

Perché sapeva che non era così.

«Credo che mia mamma abbia capito la verità nell'istante in cui sono entrato nella sua camera d'ospedale.»

Il dolore mi attanagliò il cuore, stringendolo con così tanta forza che ero sicuro sarebbe scoppiato. «L'avevo persa, proprio come Julian. Ho rubato la vita di mio fratello. Di mia madre. E mio padre... si è trasformato in un mostro. Baz era l'unica persona rimastami.»

La schiena di Edie era appoggiata contro il muro e le mie braccia erano avvolte intorno alla sua vita. «Baz mi ha salvato, Edie. Mi ha tenuto in vita quando volevo morire. Non posso più essere quella persona. Quella che gli porta sempre via qualcosa. Quella che lo delude. Che lo *ferisce*. Ma non so come smettere di deludere tutti coloro a cui tengo. Tutti coloro che *amo*.»

Sospingendomi leggermente indietro, Edie posò la mano sul mio cuore, il palmo aperto e fermo. I suoi occhi acqua marina erano sgranati. Vulnerabili. Condivideva il mio dolore, comprendendomi come solo lei era in grado di fare.

«Sei buono. Sei buono. Lo sento qui» sussurrò, ripetendo le parole che mi aveva sempre detto. Trasmettendomi la sua fiducia.

La cinsi di nuovo tra le braccia. «Non volevo, Edie. Lo giuro, non volevo. Farei qualsiasi cosa per tornare indietro. Per prendere il suo posto.»

«Lo so. Lo so. Lo so» mormorò lei, tempestandomi di baci e carezzandomi per tutto il corpo, quasi volesse rimettere insieme i miei pezzi rotti.

La spinsi contro il muro e catturai la sua bocca con la mia. Questo bacio... questo bacio era pieno di tutto il tormento che entrambi avevamo sostenuto. Di ciò che avevamo messo sotto chiave. Di quello che per la prima volta le avevo confessato.

Lei gemette, e l'afferrai per i fianchi, le mie mani avide mentre strattonavo il suo corpo.

Desiderando disperatamente di avvicinarla maggiormente a me.

Desiderando disperatamente di immergermi nella sua luce.

«Edie.»

«Lo so... lo so» mi assicurò.

Aprii la porta scorrevole e, senza smettere di baciarla, la sospinsi in casa, tenendo il suo dolce, fiducioso viso tra le mie mani.

Lei avvolse le dita attorno ai miei polsi, sollevandosi verso di me mentre la facevo indietreggiare lungo il corridoio e nella mia stanza.

Non sapevo neppure come ci fossimo arrivati, ma Edie era distesa sul letto ed io torreggiavo sopra di lei, leccando l'interno della sua bocca e la sua lingua calda e vogliosa.

Mi strattonò la maglietta, interrompendo il nostro bacio solo per un brevissimo secondo per sfilarmela dalla testa.

I nostri movimenti erano smaniosi, una frenesia di mani bisognose e bocche affamate.

I nostri spiriti si agitarono e si intrecciarono. L'energia tra di noi si intensificò, diffondendosi nella stanza. Esigendo di essere saziata.

Le sfilai la maglietta e feci scivolare le mani sotto la sua schiena per sganciarle il reggiseno, mettendo in mostra le sue tette piccole e dannatamente perfette. Le presi i seni tra le mani, sfregando i pollici sui capezzoli turgidi e rosa.

Ne succhiai uno nella bocca mentre stuzzicavo l'altro con le dita.

Edie si dimenò sul letto, reclinando la testa all'indietro sul cuscino e stringendo le dita nei miei capelli.

Feci scorrere la lingua lungo la valle tra i suoi seni, leccando la deliziosa curva del suo collo e catturandole di nuovo la bocca.

Una scarica di lussuria sfrigolò nell'aria.

I nostri corpi presero a ondeggiare.

In cerca di frizione.

Di sollievo.

Entrambi ansiosi di annegare nella fiducia che provavamo l'uno per l'altra.

Mi sollevai sulle mani per guardarla in viso e lei rallentò i suoi movimenti, fissandomi con occhi fiduciosi. Non distolse lo sguardo mentre toccava il suo marchio impresso per sempre sul mio cuore.

Il mio cuore che palpitava e martellava furiosamente.

Ogni terminazione nervosa del mio corpo era viva.

In quel momento, tutte le nostre verità divennero maledettamente chiare.

Allungai la mano e la posai sulla sua mascella, carezzandole lo zigomo col pollice.

Le mie parole erano sommesse.

Enfatiche.

«Sono innamorato di te, Edie Evans. Ti amo con tutto ciò che ho. Con tutto me stesso. Ti amo da che ho memoria. Questo non cambierà mai.»

Nuove lacrime sgorgarono dai suoi occhi, bagnando il suo prezioso viso raggiante di gioia. «Ti amo, Austin. Non ho mai smesso di amarti. Sarai sempre il prossimo battito del mio cuore.»

Un respiro strozzato sfuggì dalle mie labbra alla sua confessione. Tutti quei posti vuoti dentro di me erano a tanto così dall'essere riempiti completamente.

Non sapevo dire che cosa odiassi di più: il senso di colpa per sentirmi felice o la decisione di mettere da parte quel senso di colpa e permettere a Edie di riempirmi con il suo conforto. Di inondarmi con il suo sostegno.

Le sue dita mi sfiorarono le ciglia, le labbra, il mento, e poi di nuovo quel punto che sarebbe sempre appartenuto a lei.

«Non voglio aspettare. Non più» disse.

Mi pietrificai per lo shock, prima di pronunciare il suo nome con esitazione. «Edie...»

Eravamo entrambi in bilico su quella linea, a un passo dallo sfondare quella barriera.

Un sorriso dolce e malinconico affiorò sulle sue dolci labbra. «Stai attento con me.»

25

EDIE

Austin mi guardava attraverso le ombre della sua stanza.

Probabilmente, una parte di me aveva sempre saputo il suo segreto. Una parte che comprendeva la devastazione che un singolo errore poteva causare. Un errore che non si poteva più cancellare, non importava quanto ardentemente desiderassimo di non averlo mai fatto. Nonostante fossimo disposti a rinunciare a tutto pur di tornare indietro e mettere le cose a posto.

I suoi occhi grigi come la pietra mi fissavano profondamente. In essi, potevo vedere un amore così intenso da risplendere attraverso la tempesta.

Annullando l'oscurità. Sconfiggendo la paura.

Non avevo più timore, e mi rifiutavo di continuare a restare incatenata.

«Mi fido di te.»

Per qualche istante, Austin scrutò il mio viso, poi deglutì rumorosamente. Il mio sguardo seguì il movimento del suo pomo d'Adamo. Sapevo che quello fu il momento in cui accettò ciò che stavo dicendo. Ciò che gli stavo offrendo.

Gli stavo dando l'ultimo pezzo rotto di me.

La radice di ogni mia paura.

Ogni mio rimpianto.

Un solo errore.

Questo è tutto ciò che serve perché ogni cosa vada a rotoli.

Dopo stasera, sapevo che Austin non sarebbe mai potuto essere un errore. L'avevo creduto una volta. Ma adesso sapevo che non era così. Sapevo che eravamo destinati a stare insieme e che lui non avrebbe mai sprecato ciò che gli stavo donando.

Ero sicura che avrebbe trattato con cura il mio dono, nello stesso modo in cui si prendeva cura di me.

Ero sicura che sarebbe stato *attento*. Perché sapeva che non potevo ripetere assolutamente *quell'esperienza*. Sapeva che non potevo rischiare di rivivere quel tipo di perdita che per molti anni avevo creduto non sarei mai riuscita a superare.

Non avrei potuto sopportarlo di nuovo.

Austin mi scostò i capelli dal viso e mi rivolse un sorriso adorante, l'espressione carica d'affetto. «Sei il mio mondo.»

Si chinò in avanti, le mani ancora premute sul letto ai lati della mia testa. Mi baciò piano e a fondo, con una intensità così devastante da farmi venir voglia di piangere.

Affondai le dita nelle sue spalle forti, sentendo i muscoli contrarsi sotto il mio tocco mentre mi eclissava con il suo bellissimo corpo, avvolgendomi nella sua perfetta oscurità.

Le sue labbra si muovevano sopra le mie, succhiando e carezzando, mentre le nostre lingue si perdevano in una lenta danza.

La stanza vorticò e il mio corpo si accese di desiderio.

Austin si sollevò sulle ginocchia, il viso in risalto nella penombra. Irresistibile. Mozzafiato.

Il mio corpo si inarcò verso l'alto, implorando istintivamente il suo tocco.

Lentamente, slacciò i bottoni dei miei pantaloncini, osservando la mia reazione. Il suono della zip che veniva abbassata echeggiò nell'aria. Il mio cuore prese a palpitare erraticamente.

Oh Dio.

Mi sentivo così nervosa.

Così viva.

Sollevai leggermente i fianchi dal materasso. Ogni parte di me tremava mentre mi sfilava lentamente i pantaloncini e le mutandine lungo le gambe.

«Non vedo l'ora di essere dentro di te. Di sentire il tuo corpo sotto il mio» sussurrò con voce roca e dolce. Poi il suo tono si fece più profondo e seducente. «Non vedo l'ora che il mio cazzo sia sepolto così profondamente in te che nessuno di noi due sa dove comincia l'uno e finisce l'altro. Non vedo l'ora di farti mia. E ti prometto che non ti lascerò più andare.»

Il piacere fu quasi impossibile da sopportare quando passò la punta delle dita tra le mie cosce, sfiorando a malapena quel posto dove morivo dalla voglia di averlo.

«Prendimi» supplicai in un mormorio gutturale.

Austin scese dal letto e si tolse il resto dei vestiti. L'energia sfrigolò nella stanza, viva e palpabile. Oscura come questo ragazzo.

L'inchiostro inciso sulla sua pelle era un'opera d'arte, proprio come il suo corpo perfetto e muscoloso.

Andò all'altro lato della stanza. La curva definita del suo sedere mi fece stringere la gola e serrare le cosce. Il desiderio vorticò come una trottola nel mio ventre.

Il suo corpo era impeccabile.

Squisito.

Creato apposta per me.

Afferrò una scatola di preservativi dal cassetto della scrivania. Poi si voltò e mi guardò con un sorriso affettuoso mentre ritornava verso di me.

Stai attento con me.

Salì sul letto, riposizionandosi tra le mie gambe tremanti e srotolò il profilattico per tutta la sua grossa lunghezza senza mai staccare gli occhi dai miei.

Il mio corpo fu scosso dai brividi.

«Stai tremando» disse, facendo scivolare i palmi lungo le mie cosce, dalle ginocchia fino ai fianchi, circondandomi la vita con le mani.

Un sorriso tremulo affiorò sulle mie labbra turgide. «Perché tu mi fai tremare.»

Austin gemette e strisciò sopra di me, imprigionandomi sotto di sé. Coprendomi e proteggendomi. Era la mia ancora di salvezza. Il mio porto sicuro.

Inarcò il bacino, facendo sfregare la punta del pene contro il mio ventre e sfiorandomi le labbra con la bocca.

La mia pelle fu percorsa dai fremiti.

«E siamo appena all'inizio di questo viaggio che non finirà mai.» Mi mordicchiò il mento, la curva della spalla, la parte superiore del seno. «Ti amerò per sempre. Toccherò il tuo corpo ogni notte. Bacerò le tue labbra ogni mattina.»

Mi innamorai di lui un altro po'.

Ogni centimetro del mio corpo era in fiamme, le mie terminazioni nervose e il mio battito cardiaco fuori controllo.

Sarebbe stato la mia rovina.

La mia caotica, deliziosa fine.

Questo ragazzo che mi aveva finalmente permesso di entrare nella parte più profonda della sua anima.

Ed io lo stavo facendo entrare nella mia.

«Fa' l'amore con me. Per favore.»

Austin cambiò posizione ed io emisi un sospiro d'apprensione mentre il mio corpo tremava di desiderio represso e vecchie paure che ero più che pronta a lasciare andare.

Si afferrò il membro alla base e si posizionò contro il mio sesso, facendo scorrere la punta lungo la mia fessura.

Valutando la mia reazione. Stuzzicandomi.

«Sì» gemetti con un filo di voce, inarcando i fianchi e conficcando le dita nelle sue spalle in una sorta di supplica.

Austin si spinse in me. Neanche di un centimetro. Ma abbastanza da scuotere le mie fondamenta. Abbastanza da inviare una scarica di emozioni lungo i miei sensi.

Il mio cuore martellava e le mie orecchie ruggivano.

Ogni parte del mio corpo cantava il suo nome.

Amore. Amore. Amore.

Austin serrò la mascella per lo sforzo di trattenersi. «Stai bene?» chiese a denti stretti.

In risposta alla sua domanda, schiacciai il suo petto nudo contro il mio.

I nostri corpi erano lo stoppino.
Il contatto della nostra pelle il fiammifero.
Sollevai il bacino. «Prendimi.»
Lui tirò un respiro profondo e mi riempì con una lunga, possente spinta.
Fuoco.
Gridai a quella sorprendente intrusione che mi mozzò il fiato.
Mi sentivo riempita.
Così incredibilmente riempita.
Era come se questo ragazzo mi stesse toccando ovunque, possedendomi interamente.
Ero *sua*.
Mi avvolse tra le sue forti braccia, sostenendosi sui gomiti e infilando le dita nei miei capelli. Ondeggiò i fianchi, affondando in me con spinte lente e sicure.
Profonde ed esigenti.
Velate di tormento. Intrise di speranza.
Mi scopò.
Mi salvò.
Mi amò.
Procurandomi piacere.
Ancora e ancora.
Sempre di più.
I suoi respiri si fecero affannosi, e conficcai le unghie nella sua schiena quando un brivido di estasi mi corse lungo il corpo. Il piacere aumentò e vorticò dentro di me, catapultandomi in un altro universo. Dove le stelle incontravano il mare. Dove i mondi diventavano un tutt'uno.
Dove le ombre e la luce si trasformavano in colori e l'oscurità si infittiva.
Dove si perdeva la cognizione di ogni cosa eccetto la sensazione di essere un tutt'uno con qualcosa più grande di te.
Un tutt'uno con un amore che mi aveva condotto qui.
Un amore che mi risollevava dagli abissi e allo stesso tempo mi teneva sotto.
Dove annegavo nella sua oscurità e dove la sua tempesta in-

furiava selvaggiamente.

Ansimai e andai incontro ad ogni sua poderosa spinta mentre il suo ritmo si faceva più frenetico.

Annaspai in cerca dell'aria che non riuscivo a trovare.

Perché ogni respiro apparteneva a lui.

Oscurità e luce.

Vita e morte.

L'energia turbinò sempre più forte.

Una tempesta impetuosa.

Il piacere si intensificò.

Furioso.

Implacabile.

Austin ansimò e si ritrasse quasi completamente, prima di affondare di nuovo dentro di me, soddisfacendo il bisogno disperato che avevo di lui.

L'ultimo brandello di quel filo sottile si spezzò.

Andò in frantumi.

L'estasi mi investì alla velocità della luce, totale e accecante.

Austin ruggì.

Gridò il mio nome mentre sussultava e veniva scosso dagli spasmi dell'orgasmo, incrementando il mio piacere.

Mugolai mentre la beatitudine pervadeva il mio corpo, impregnando ogni cellula.

Eravamo due anime prigioniere di una tempesta senza fine.

Si accasciò sopra di me, seppellendo il viso nel mio collo e passando le dita nei miei capelli con movimenti frenetici.

«Edie, cazzo. Ti amo. Non ti farò mai del male. Qualsiasi cosa tu voglia, te la darò. È tua. *Sei la mia luce.*»

Poggiò la fronte contro la mia e un'intensa pace mi invase quando posò una mano sul mio viso mentre entrambi annaspavamo in cerca d'aria. Deglutì rumorosamente, il suo cuore che batteva selvaggiamente contro il mio petto. Premette le labbra sulle mie in un lievissimo bacio a timbro e inspirò la mia essenza.

Vita.

Chiuse gli occhi con forza e la sua voce, quasi addolorata, risuonò nella stanza. «Lo senti?»

«Cosa?»

«Me.»

Gli carezzai la fronte corrugata. «Ti ho sempre sentito.»

Austin sospirò, mi avvolse tra le braccia e mi fece rotolare insieme a lui su un fianco. Restammo sdraiati al centro del letto, aggrovigliati l'uno all'altra.

«Canta per me... come facevi un tempo» mormorai nella quiete, l'incessante senso di colpa che tormentava entrambi ridotto a un brusio di sottofondo.

La calma ci avvolse come un mantello protettivo.

Una coperta oscura.

Austin...

Questo ragazzo meravigliosamente spezzato.

Mi cantò la mia canzone.

Firelight.

E in quel momento capii che sarei sempre bruciata per lui.

26

AUSTIN

Le avvolsi il viso tra le mani.

E la baciai.

Lei era in punta di piedi.

Cercando di avvicinarsi ulteriormente.

Come faceva sempre.

Mi piaceva un casino.

Mi piaceva il fatto che sembrasse non averne mai abbastanza.

Che non riuscisse mai ad avvicinarsi troppo. Che non riuscisse mai ad andare abbastanza a fondo. Che non venisse mai *carezzata abbastanza.*

Ed io ero fin troppo entusiasta di candidarmi per quel compito.

Il mio petto era colmo di quell'emozione che mi afferrava ogni volta che mi era vicina.

Gioia.

La sentii sorridere contro la mia bocca.

Dannazione, adoravo anche questo.

«Devo andare.»

«Perché?» chiesi imbronciato. Credimi, se Edie fosse stata la tua ragazza, anche tu avresti messo il broncio.

Lei ridacchiò. «Uhm... c'è questa piccola cosa chiamata lavoro. Sai, quella che ti permette di pagare le bollette e l'affitto?»

«Esiste anche questa piccola cosa chiamata stare a letto... a fare l'amore con la mia ragazza. Tutto il giorno.»

Edie emise un gemito gutturale. «Non tentarmi.»

«Buffo, perché tu non fai altro che tentarmi» dissi con voce profonda.

«Mmm... beh, per quanto sia *tentata* di restare a letto con te tutto il giorno, devo proprio andare. Il registratore di cassa non funzionerà da solo, e non sono sicura che Heidi sia già in grado di badare al negozio da sola.»

Mi sfuggì una risatina. «Sono certo che sarebbe più che felice di provarci.»

«Oh, ci scommetto.»

Nell'ultimo mese, tra me e Edie si era creato questo piacevole rapporto. Sin dalla notte in cui le avevo finalmente permesso di abbattere il resto delle mie mura. Quando l'avevo lasciata entrare in quel posto dove non avevo mai permesso a nessun altro di entrare, e lei aveva fatto altrettanto con me.

Fiducia.

Dicono che le relazioni si basino su di essa.

Ed io stentavo ancora a credere che lei si fosse fidata di me fino a *quel punto*.

Stampai un altro bacio sulla sua dolce bocca. «D'accordo, vai. Ma farai meglio a sentire la mia mancanza mentre sei via.»

Edie mi lanciò un sorrisetto da sopra la spalla. «Sai che sentirò la tua mancanza.»

Con la spalla appoggiata al telaio della porta, osservai il suo culo perfetto ondeggiare mentre si dirigeva verso la sua auto, perché anche di quello non ne avevo mai abbastanza. Ricambiai il suo saluto quando andò via e mi voltai sorridendo come un ebete.

Sussultai spaventato e mi fermai di botto.

«Mi stai prendendo in giro, vero?»

Seduto al tavolo del soggiorno con la caviglia sollevata sul ginocchio opposto, c'era Deak. Stava leggendo il giornale e sorseggiando il caffè come se fosse stato lì per tutto il dannato tempo.

«Sei sempre così teso.»

Sgranai gli occhi. «E tu sei sempre così maledettamente inquietante.»

Lui reclinò il capo all'indietro e scoppiò a ridere. «Sono un sacco di cose, amico, ma inquietante non è una di esse.» Indicò il proprio corpo con la mano: il petto nudo, i piedi scalzi e i pantaloncini da surf, l'unico indumento che indossava. «Le donne mi adorano.»

Imitai il suo gesto e indicai me stesso. «Nel caso non l'avessi notato, non sono una donna.»

Lui mi lanciò un ghigno beffardo. «Continua pure a ripetertelo.»

Scossi la testa, trattenendo un sorriso. «Se non ti conoscessi bene, direi che vuoi essere preso a calci in culo.»

«Posso batterti in qualsiasi momento, amico.»

«Continua pure a ripetertelo, faccia d'angelo.»

«Faccia d'angelo?» sbuffò Deak con voce offesa. «Per tua informazione, ho viaggiato per le terre selvagge dell'Australia popolate da serpenti e ragni in grado di ucciderti con un solo morso sin da quando ero solo un ragazzino. Ho nuotato con gli squali. Sono un uomo con la U maiuscola. Non c'è nulla di angelico in me.»

Emisi uno sbuffo. «Scommetto che al mattino trascorri più tempo davanti allo specchio di Blaire e Edie messe insieme.»

«Ti sbagli di grosso. Mi sveglio già con quest'aspetto splendido. È una triste realtà da accettare per voialtri stronzi.»

Ridacchiando, scossi la testa e andai in cucina per versarmi una tazza di caffè, poi tornai indietro e mi sedetti sulla sedia di fronte a Deak. «Cos'hai in programma per oggi? Devi dare lezioni?»

«No. Oggi ho il giorno libero. Jed ha organizzato qualcosa per me domani» disse, sfogliando le pagine del giornale.

«Chi diavolo legge un giornale cartaceo di questi tempi, comunque?» lo punzecchiai, sollevando i piedi.

«I veri uomini.»

«Giusto» dissi, scandendo ogni sillaba. Risi sotto i baffi mentre bevevo un sorso di caffè, dondolando sulla sedia e crogiolandomi nell'atmosfera serena.

Mi rilassai in quel modo per parecchio tempo prima di percepire un cambiamento nell'aria.

Deak si irrigidì e si sedette un po' più dritto sulla sedia. Mi osservò da sopra il bordo del giornale. Un'espressione confusa attraversò il suo viso solitamente spensierato.

Si appoggiò allo schienale, inclinò la testa di lato e mi fissò intensamente.

Un senso di disagio mi percorse le terminazioni nervose. «Che c'è?»

«Non parli molto di te.»

Sbattei le palpebre. «Cosa vorresti dire?»

Lui scrollò una spalla con finta nonchalance. «Mi stavo solo chiedendo perché questo tizio ti somigli tanto e come mai abbia il tuo stesso cognome, eppure non ho mai sentito niente su di lui.»

Un brivido di apprensione mi corse lungo la spina dorsale. «Di che cazzo stai parlando?»

Ma lo sapevo già. Quando avevo lasciato Los Angeles, i *Sunder* non avevano ancora raggiunto il successo che avevano ottenuto negli ultimi due anni. Cioè, avevano già un enorme seguito e venduto un sacco di dischi, facendo il tutto esaurito ai loro concerti, ma il loro stile era troppo aggressivo, crudo e duro per attirare le masse.

Ma qualcosa era cambiato con l'ultimo album. Le cose erano esplose. Le loro facce apparivano sempre più spesso in TV e la mia bacheca Facebook era sommersa di storie su di loro. Non sapevo se fosse stata la canzone che Baz aveva inciso con Shea ad aver lanciato i *Sunder* nella stratosfera o se dipendesse dal fatto che l'ultimo album fosse strepitoso, cosa che era di sicuro.

Magnifico, in verità.

Ma qualunque fosse la ragione, i *Sunder* erano più popolari adesso di quanto non fossero mai stati prima.

Deak piegò il giornale a metà e lo fece scivolare sul tavolo verso di me.

Era aperto alla sezione di intrattenimento. In cima all'articolo c'era una grande foto in bianco e nero della band sul palco. Tuttavia, l'immagine statica riusciva a trasmettere l'intensità dello spettacolo. Accanto ad essa, c'era un primo piano di Baz che sorrideva mentre Shea lo abbracciava, la testa appoggiata sul suo petto.

Fui sopraffatto da un'ondata di emozioni. Dolore e rispetto. Amore e rimorso. E un fottio di paura.

Non potevo fare a meno di provarle tutte quando pensavo a mio fratello maggiore.

Deak puntò l'indice sulla foto, la testa piegata di lato. «Ti sembra familiare?»

Mi sfregai una mano sul viso.

No.

Non avevo mai detto a Deak chi ero. Pensava che fossi una sorta di vagabondo che si spostava di città in città suonando la sua musica, uno zingaro che non riusciva a rimanere in un unico maledetto posto. Non aveva idea della famiglia che mi ero lasciato alle spalle.

«Sì, mi sembra familiare.»

«Davvero?» insistette.

«Cosa vuoi che ti dica, Deak?»

«Mmm, non so... che ne dici di dirmi perché mi hai tenuto nascosto che tuo fratello maggiore è una rockstar? Potresti iniziare da lì.»

«Non è una cosa che vado a sbandierare ai quattro venti. E dal momento che non sapevi neppure chi fosse, che importa?»

Deak si schiarì la gola e si prese un momento per raccogliere i pensieri. «Non importa chi sia, Austin. Non me ne frega un cazzo se è famoso o meno. Penso che ormai tu mi conosca meglio di così. Semplicemente, pensavo che tu non avessi una famiglia. Che andassi in giro per il mondo cercando un posto da chiamare casa e che magari l'avessi trovato qui. E per la cronaca, conosco la band, ma non sono certo un fan sfegatato che va in cerca di foto e le posta sulla propria bacheca di Pinterest. Scusa tanto per non essermi accorto del vostro legame di parentela.»

L'ultima frase era puro sarcasmo.

Lo guardai torvo, ma lui continuò imperterrito. «Non andate d'accordo?»

«Non si tratta di questo... È solo che... il mio passato è... complicato.»

Lui rise, ma c'era qualcosa di cupo in quel suono. «Sono piuttosto sicuro che il passato sia così per la maggior parte di noi, amico. Questo non significa che devi nasconderlo.»

Sospirai rumorosamente. «Non... non ne parlo con nessuno. Non con te. Non con Damian. Perciò non c'è bisogno che tu ti offenda.»

L'unica persona di cui mi fidavo era Edie.

«D'accordo. Lo capisco. E ti rispetto.» Spinse il giornale più vicino a me. «Ma forse dovresti dare un'occhiata a questo.»

Si alzò in piedi e si avviò lungo il corridoio, lasciandomi da solo con un nauseante senso di terrore.

Feci del mio meglio per non leggere l'intestazione dell'articolo, ma era impossibile ignorare le parole. Provai una stretta al petto.

I Sunder si separano?

sun·der (sŭn'dər)
sun·dered, sun·der·ing, sun·ders
v. tr.
1. Separare in due o più pezzi o parti; recidere
2. Separare con la forza o tenere separato
3. Creare una barriera o un confine tra due o più cose

Con cautela, trascinai il giornale più vicino a me, deglutii il grosso nodo che avevo in gola e iniziai a leggere l'articolo.

Quanto ci vorrà prima che i *Sunder* tengano fede al loro nome?
La band originaria di Los Angeles lo rifà.

La scorsa settimana, i *Sunder* hanno cancellato un concerto *sold out* a Denver poche ore prima di andare in scena a causa di *un'emergenza imprevista.*

Sebastian Stone, leader e membro fondatore, è stato avvistato alcune ore più tardi mentre si precipitava in un pronto soccorso di Los Angeles.

La mattina seguente è stato annunciato che gli ultimi tre spettacoli del loro tour in Nord America sarebbero stati riprogrammati.

Una fonte anonima dice: «Baz sta facendo ciò che è giusto per lui e la sua famiglia... e questo significa essere lì per loro quando hanno bisogno di lui.»

Le cose sembrano aver preso una piega diversa per la travagliata band quando il loro brano *Forever,* featuring Shea Stone, ha raggiunto la vetta delle classifiche due anni fa. Da allora, fonti vicino alla band dicono che Stone ha distolto l'attenzione dal gruppo e si è concentrato sulla sua famiglia in crescita.

Sebastian e Shea Stone si sono sposati tre anni fa. Shea, già madre di una bambina prima che Stone entrasse nella sua vita, ha dato alla luce il loro primo figlio, Connor, due anni fa.

Il chitarrista Lyrik West ha recentemente dichiarato: «La famiglia verrà sempre al primo posto per noi. Che si tratti del nostro sostegno reciproco o delle nostre famiglie in crescita. È così che deve essere.»

West è convolato a nozze quest'anno. Lui e sua moglie aspettano il loro primo figlio che nascerà quest'inverno.

Una dichiarazione del bassista Ash Evans ha alimentato le voci contrastanti. «Siamo nati per fare musica. Semplice. Il resto? Dicerie o realtà? Non ha nessuna importanza. I *Sunder* non vanno da nessuna parte.»

I *Sunder* sopravviveranno a un'altra crisi?

O il vecchio adagio si dimostrerà vero?

Tutto ciò che sale, prima o poi deve scendere.

Torna a casa.

Torna a casa.
La supplica di Baz vorticò intorno a me.
Spingendomi e strattonandomi.
Attraendomi e respingendomi.
Non sapevo se sarei mai stato capace di farlo.

27

AUSTIN

«*H*o finito di lavorare. Che ne dici se prendo del cibo d'asporto e vengo da te? Possiamo cenare insieme e passare una bella serata. Solo noi due.»

Un sospiro pieno di gratitudine uscì dai miei polmoni mentre ascoltavo la silenziosa promessa contenuta nella proposta di Edie, il rombo della sua auto che accelerava l'unico suono in sottofondo.

Sapeva quanto difficile fosse questa giornata per me.

Certo che lo sapeva.

«Mi piacerebbe molto.»

Potevo quasi vederla sorridere. «Va bene, allora. Dammi una ventina di minuti e sarò lì da te.»

Esitai. Un silenzio carico di attesa aleggiò tra di noi, colmo di tutte le cose taciute che gridavano di essere dette. «Grazie» mormorai infine.

La sua voce si addolcì, assumendo un tono adorante e solidale. «Questo è quello che facciamo, Austin. Ci sosteniamo l'un l'altro. Ci capiamo a vicenda.»

«Già» riuscii a rispondere prima di terminare la chiamata.

Premetti le mani sul bancone della cucina e abbassai la testa. Tirai un respiro profondo nel tentativo di tenere a bada il panico.

Cazzo.

Detestavo la giornata di *oggi*. La odiavo con la stessa intensità con cui cercavo di ignorarne l'esistenza.

Deak entrò nella stanza, completamente ignaro del mio tumulto interiore. Mi diede una pacca sulla schiena. «Come va, bello? Mi ha appena telefonato Clay. Sto uscendo per andare a bere una birra con lui. Volete unirvi anche tu e Dam?»

Gli lanciai un'occhiata. «No, amico. Edie sta venendo qui, ceniamo insieme.»

La sua fronte si corrugò in un cipiglio quando vide la mia faccia. «Stai bene? Sei un po' palliduccio.»

Ingoiai il sapore amaro che avevo in bocca. «Sì, va tutto bene.»

Era una fottuta bugia.

Perché ogni volta che pensavo di essere finalmente libero, sciolto dalle catene, esse aumentavano ulteriormente la presa che avevano su di me.

Ma cosa mi aspettavo?

Ogni anno il dolore sembrava colpirmi più duramente di quello precedente.

«D'accordo. Dammi un colpo di telefono se cambi idea.»

«Senz'altro.»

La porta d'ingresso si chiuse alle spalle di Deak, lasciandomi nel silenzio.

Quest'ultimo fu interrotto dallo squillo acuto del mio cellulare.

Mi irrigidii.

È strano come a volte certe cose si sappiano e basta. Avrebbe potuto tranquillamente essere la mia ragazza. Il suono del conforto.

Ma lo sapevo.

Nel profondo di me sapevo che quel suono era il rintocco della morte.

Tirai fuori il cellulare dalla tasca e lo tenni in mano.

Baz.

Emisi un respiro tremante. Ero tentato di rifiutare la chiamata e mandarla alla segreteria telefonica, ma ero così dannatamente stanco di fuggire dai miei problemi. Risposi e mi portai il telefono all'orecchio.

«Ehi» dissi.

L'incertezza vibrò attraverso la linea. Alla fine, Baz parlò, la voce roca e incrinata. «Buon compleanno, fratellino.»

Chiusi gli occhi con forza, quasi potessi spegnere le emozioni. «Baz... non festeggiamo questo giorno. Lo sai.»

«Penso che sia ora di cominciare a farlo.»

«Dio... perché continui a farmi questo? Ti ostini a insistere. Ti ho chiesto di darmi spazio. Di darmi tempo.»

Senza dubbio, anche Baz stava affrontando i suoi demoni. Anche lui stava soffrendo. Forse, per una volta, aveva bisogno di me. Ma questo... questo era troppo. Un fardello troppo opprimente. Troppo pesante da accollarmi.

«Lo faccio perché ci tengo un sacco a te, Austin. Perché è ora che tu viva davvero. È ora che tu torni a casa. E non con il capo accasciato tra le spalle, ma a testa alta.»

«Maledizione, Baz. Mi stai chiedendo troppo.»

Oltretutto, non sapeva nulla di Edie. Del fatto che avessi trovato la *vita* in lei. E l'ultima cosa che lei voleva era ritornare nella città in cui la sua esistenza era stata stravolta.

Avevo la sensazione di essere strattonato in mille direzioni diverse.

Il mio bisogno di rimediare a tutti i casini che avevo causato a mio fratello, sapendo che anche lui era nei pasticci, legato da catene diverse dalle mie.

La mia punizione... il mio debito verso Julian.

La mia devozione per Edie che sarebbe durata per l'eternità.

Tutto questo si mescolava con le braci del fuoco che sentivo bruciare dentro di me ogni volta che ero nel backstage di un concerto dei *Sunder*. Un fuoco lento che anelava di far parte di ciò che essi erano.

«E tu non ti dai abbastanza credito. Ti sottovaluti.»

«Devo andare» gli dissi, ponendo fine alla chiamata, perché

non potevo resistere un secondo di più. Il peso di ciò che avevo fatto era troppo gravoso da sopportare.

Non oggi.

Non oggi.

Senza neppure pensarci, presi una bottiglia dalla credenza e andai nella mia stanza. Mi precipitai di nuovo in corridoio e fuori sul retro, una mano chiusa intorno al collo della bottiglia di Jack e l'altra intorno alla maledetta scimmietta.

I miei passi battevano rumorosamente mentre percorrevo il vecchio sentiero fino alla spiaggia deserta. La notte ammantava la volta celeste cosparsa di una spolverata di stelle.

Mi accasciai a terra, stendendomi sulla sabbia fredda e umida, più vicino al mare di quanto avessi mai osato avvicinarmi finora. Eppure, non abbastanza vicino da poterlo toccare. Le onde fluttuavano e si infrangevano sulla riva, fermandosi a mezzo metro da me, prima di ritornare nell'oceano.

Rivolsi lo sguardo verso l'infinita ragnatela di stelle.

Mi domandai se lui fosse lassù o in fondo al mare.

Mi strinsi la scimmietta al petto e quel vuoto dentro di me pulsò dolorosamente. «Mi dispiace tanto, Julian.» Le parole sgorgarono dal profondo della mia anima, graffiandomi la gola. Senza mettermi seduto, bevvi un sorso di Jack. Il liquido fu quasi uno shock per i miei sensi. Mi bruciò la gola e si assestò nel mio stomaco come un pugno. Un rivolo di whiskey fuoriuscì da un angolo della bocca.

Mi asciugai quella scia umida con il dorso della mano.

Mandai giù un altro sorso. Poi un altro ancora.

«Cazzo, mi dispiace tanto» mormorai, sfregandomi il viso mentre l'alcol si diffondeva nelle mie vene. Il vento ululò e quella presenza si agitò. «Mi dispiace tantissimo, cazzo.»

Il mio cuore andò quasi in tilt quando percepii la seconda presenza avvicinarsi a me. Conforto e sollievo. La sua ombra mi coprì il viso e la sua sagoma entrò nel mio campo visivo.

Reclinai la testa all'indietro e osservai Edie, in piedi sopra di me.

La mia salvatrice.

Mi rivolse un lieve sorriso velato di compassione. «Immaginavo di trovarti qui.»

Mi misi seduto e bevvi un altro sorso. «Sono prevedibile, eh?» dissi, incapace di nascondere il disgusto nel mio tono.

Edie si sedette sulla sabbia accanto a me e si portò le ginocchia al petto. Volse lo sguardo sulle oscure acque, poi su di me. «No, Austin. Penso che sia del tutto naturale. Qui è dove ti senti più vicino a lui.»

Non potei impedire alla meraviglia che provavo per questa ragazza di curvare un angolo della mia bocca. Allungai la mano e carezzai la morbida curva del suo viso. Non sapevo se fosse Edie o l'alcol ad abbattere le mie riserve, ma le parole fluirono liberamente dalle mie labbra. «Sai cosa mi spaventa di più, Edie?»

Lei si limitò a guardarmi con la testa piegata di lato. Aspettando che continuassi. Paziente e pura.

«Che quando sono con te... non fa più così male. Che quando mi sei vicina, il vuoto non è più tanto profondo.»

Lei si morse il labbro inferiore, esitando. «E pensi che sentirti in questo modo sia un disonore nei suoi confronti?»

Annuii con un lieve cenno del capo e strinsi la sua guancia nella mia mano. «Mi uccide il pensiero di provare *queste emozioni* che lui non proverà mai. Sto male per avergli strappato questa possibilità. Per avergli sottratto l'opportunità di trovare una moglie. Di avere dei figli.»

Edie si mosse a disagio, afferrò la bottiglia, se la portò alla bocca e bevve un sorso. Lentamente e con cautela, cominciò a parlare. «Ogni mattina mi sveglio desiderando di poter tornare indietro e cambiare le cose. Cancellare quell'unico errore che ha dato inizio a tutto.»

Spostò lo sguardo su di me. La sua espressione desolata mi trafisse come un coltello. Era intrisa di quel dolore che avrei fatto di tutto per cancellare. «Ma so che devo ringraziare Dio per le piccole cose. Le cose che diamo così facilmente per scontate. Le cose sciocche che mi fanno ridere. I fiori che sbocciano al mattino. I barlumi di *speranza* quando ho una giornata particolarmente difficile.»

Tirò un respiro tremante. «E poi mi è stato dato qualcosa di talmente meraviglioso che non riesco neppure a spiegarmi. Mi sei stato dato *tu*. E nel profondo di me so che... nonostante tutta la depressione e l'angoscia... ci sono grandi cose là fuori ad attenderci nei momenti di disperazione.»

«Edie» sussurrai, affondando le dita nelle sue lucenti ciocche bionde, fino a circondarle un lato della testa con la mano. L'attirai verso di me. La mia bocca si posò sulla sua.

Le sue labbra erano così dannatamente soffici.

La sua lingua così dannatamente dolce.

Luce.

La mia testa prese a vorticare e il mio stomaco si serrò. I miei pensieri erano annebbiati ma le mie intenzioni chiare. «Ho bisogno di te.»

«Sono tua» gemette mentre mi spostavo sopra di lei, facendola distendere sulla sabbia.

Fece scorrere le mani su e giù lungo il mio petto. Mi schiacciai contro il suo corpo, sentendo il battito frenetico del suo cuore.

O forse era il mio.

Che rombava come un tuono.

Baciai selvaggiamente questa ragazza che mi capiva come nessun altro era in grado di fare.

Colei creata apposta per me.

La luce nel mezzo della tempesta più nera.

Il suo cellulare trillò nella tasca posteriore dei suoi jeans. Poi suonò di nuovo.

«Scusa, adesso lo spengo» borbottò, e io mi staccai da lei quel tanto da permetterle di prenderlo. Fece scorrere il dito sullo schermo.

Sapevo che voleva nascondere il messaggio. Cercò di contenere il terrore che attraversò il suo viso, ma era chiaro come il sole.

Armeggiò col cellulare cercando di spegnerlo velocemente.

Glielo strappai di mano. «Non nascondermelo, Edie.»

Mi sedetti sulle ginocchia e cercai di mettere a fuoco le parole nonostante la vista offuscata.

Maledetta troia. Prima mi tieni segreta una cosa simile e poi mandi a puttane la mia vita?

Me la pagherai.

Rabbia.

Mi infiammò i sensi come un incendio fulmineo. Stritolai il cellulare nella mia mano.

La paura adombrò i luminosi lineamenti di Edie. «Non capisco perché continui a tormentarmi. Voglio solo che mi lasci in pace» disse agitata con voce tremante.

Mi alzai in piedi barcollando. Il mio corpo ondeggiò quando venni colto da un attacco di vertigini che mi fece girare la testa.

«Cazzo.» Mi passai nervosamente una mano sul viso. «Non gli permetterò di farti del male, Edie. Non glielo permetterò. Sistemerò tutto. Te lo prometto, sistemerò ogni cosa.»

Edie si mise goffamente in piedi. «Non tocca a te sistemare le cose, Austin.»

Mi avviai verso casa. Sbattendo le palpebre. Cercando di schiarirmi le idee. Edie era proprio dietro di me.

Quando raggiunsi il portico, camminai avanti e indietro, strattonandomi i capelli. «È colpa mia, Edie. È colpa mia.»

Non aveva idea che fosse così. Che spettasse a me dover mettere le cose a posto. Ero io a dover porre fine a tutto questo.

«No, non lo è» mi rassicurò con la sua incrollabile fede. «Lo... lo chiamerò. Parlerò con lui. Gli dirò che è finita e che deve lasciarmi in pace.»

«No. Non voglio che tu gli parli di nuovo. Che tu lo veda. Mai più.» Mi voltai di scatto e la spinsi contro il muro esterno della casa. «Non può averti, Edie. Non gli permetterò di averti» mormorai tra un bacio frenetico e l'altro.

La palpeggiai ovunque, desiderando disperatamente di avvicinarmi maggiormente a lei. «Ho bisogno di te... ho bisogno di te... ho bisogno di te» cantilenai, baciandola con più fervore.

Più a fondo.

Sentendo il bisogno di avere di più.

Con la testa che mi girava, le sbottonai bruscamente i pantaloncini, abbassandoglieli disperatamente insieme alle mutandine.

Armeggiai con la patta dei miei jeans.

Impaziente.

«Ho bisogno di te» ripetei in tono insistente.

Edie mi toccava dappertutto con mani frenetiche quanto le mie. Riempiendomi con la sua fiducia.

Ansimò quando improvvisamente la sollevai da terra e la bloccai contro il muro.

La penetrai in un unico, possessivo affondo.

«Austin.»

Il mondo si inclinò sul proprio asse, e rimasi senza fiato per il profondo sollievo che provai nell'essere dentro questa ragazza.

La scopai con forza e veemenza.

Sentendo il bisogno di cancellare tutta la merda che minacciava di intromettersi tra di noi. Sentendo il bisogno di starle più vicino. Di abbracciarla e proteggerla. Di non lasciarla mai andare.

L'orgasmo mi investì all'improvviso. Così intenso, così accecante da farmi fischiare le orecchie e urlare il suo nome.

In quel frangente, riuscivo a malapena a sentire le sue grida. Ma erano lì, abbattendosi sui miei sensi come un lento riverbero.

«Aspetta... aspetta.»

Aspetta.

Mi ritrassi di botto, sgranando gli occhi per lo shock mentre il mio corpo continuava ad essere scosso dagli spasmi e il mio sperma si riversava sul suo ventre.

Ma fu la vista del mio seme che scorreva lungo il suo interno coscia che mi riscosse dalla frenesia del momento, facendomi tornare in me.

Era come se avessi affondato una lama dritto nelle parti spezzate del suo fragile cuore.

Perché lo vidi andare in frantumi davanti ai miei occhi, quasi al rallentatore.

Si spezzò.

Si sgretolò.

Il suo viso si pietrificò per l'orrore del mio tradimento. La sua bocca e i suoi occhi si spalancarono mentre il suo corpo vacillava all'indietro.

La settimana prossima aveva un appuntamento col medico per farsi prescrivere le pillole anticoncezionali. Avevamo avuto una conversazione a cuore aperto sull'argomento. Riguardo alle sue paure e ai suoi dubbi. Era un'altra grande dimostrazione della fiducia che provava verso di me.

Che cosa ho fatto?

Cominciò a scuotere la testa in maniera incontrollata. «No... no... no.»

Freneticamente, afferrò le mutandine impigliate nei pantaloncini e cercò di sfregare via il mio seme dal suo corpo.

Di eliminare la mia macchia.

«No.»

Quella parola era così sommessa. Torturata. Un'eco di vecchie ferite che erano state riaperte.

«Edie» dissi, toccandole il braccio.

Lei sussultò, ma sapevo che non mi vedeva. «Non toccarmi.» Pronunciò la sua supplica tra le lacrime mentre si rinfilava goffamente i jeans, reggendosi al muro con una mano per evitare di cadere.

Entrò in casa con passo malfermo.

Disorientata.

Si guardò intorno. Smarrita. Barcollò verso il tavolo dove aveva lasciato i sacchetti col cibo d'asporto e afferrò le chiavi della sua auto.

Senza neppure lanciarmi uno sguardo, si precipitò fuori dalla porta d'ingresso e verso la macchina.

Le corsi dietro, supplicandola con voce agitata: «Edie, piccola, mi dispiace tanto. Fermati... ti prego, fermati. Ascoltami.»

Spalancò la portiera e si scrollò di dosso la mia mano quando cercai di afferrarla per un braccio. «Non toccarmi» mormorò di nuovo.

«Non è la stessa cosa. Non è la stessa cosa. Per favore,

ascoltami.»

Avviò il motore, inserì la marcia e cominciò a muoversi mentre ero ancora in piedi accanto allo sportello aperto.

Balzai indietro appena accelerò. La portiera si chiuse con un tonfo quando sterzò, immettendosi in strada.

«Cazzo!» gridai.

Stai attento con me.

Era l'unica cosa che mi aveva chiesto.

Dandomi invece tutto il resto.

Corsi dentro e agguantai le mie chiavi, prima di precipitarmi di nuovo fuori e avviare il pick-up. Il motore prese vita con un rombo e partii a tutto gas.

Quando giunsi a casa sua, Edie aveva già parcheggiato e stava uscendo dall'auto barcollando.

Il suo viso, che adoravo tanto, era chiazzato di rosso e bagnato di lacrime.

La porta d'ingresso si spalancò e Jed uscì fuori correndo.

Scesi dal pick-up nello stesso istante in cui Edie si gettò tra le sue braccia.

Singhiozzando.

Mi fiondai verso di lei. Gemette quando le posai una mano sul braccio. «Non toccarmi. Lasciami stare. Ti prego, lasciami stare.»

Jed la voltò in modo che non potessi raggiungerla, proteggendola come avrei dovuto fare io.

Improvvisamente, Blaire fu accanto a loro. «Edie... Oh mio Dio... Edie.» L'afferrò per le spalle e Jed la lasciò andare.

Edie seppellì il viso nel petto dell'amica, piangendo angosciosamente.

«Sono qui, tesoro» le disse Blaire, calmandola. Poi mi lanciò un'occhiataccia mentre accompagnava Edie verso la porta d'ingresso.

Feci per seguirle ma Jed mi diede un forte spintone al petto, facendomi vacillare all'indietro. Recuperai l'equilibrio poco prima di cadere a terra.

Non importava. Mi fiondai di nuovo in avanti, imperterrito.

Pronto a combattere.

A lottare per lei.

Non potevo lasciarla andare.

Non l'avrei fatto.

«Non è la stessa cosa, Edie» gridai di nuovo, implorandola. «Non è la stessa cosa. Non fare così. Ti amo. Per favore. Edie... cazzo... ti prego. Ascoltami.»

Ti amo.

Jed mi si piazzò davanti. «Ti avevo avvertito che non l'avresti passata liscia se le avessi fatto del male.»

Tutta la mia attenzione era concentrata sulla porta, sui suoni che provenivano dall'interno. Mi voltai in quella direzione. «Devo...»

Jed mi spintonò di nuovo. «L'unica cosa che devi fare è levarti dalle palle. *Ascoltala.* Ti ha detto di non toccarla. Di lasciarla in pace. Ed è esattamente quello che farai.»

Stai attento con me.

Barcollai all'indietro.

Ansimando.

Potevo sentire il mio mondo crollare intorno a me.

Non ero nemmeno capace di rispettare quella sua unica richiesta.

L'odio che provavo per me stesso pulsò nelle mie vene.

Perché ero fatto così.

Prendevo ciò che di buono mi veniva dato e lo schiacciavo tra le mani.

Mandavo sempre tutto a puttane.

Ferivo le persone a me più care.

Ma avrei liberato Edie, fosse stata l'ultima cosa che avrei fatto. L'avrei sciolta dalle catene che la tenevano ancora legata. L'avrei protetta da quel bastardo così che potesse vivere.

Per una volta.

Almeno per una volta.

Avrei fatto qualcosa di giusto.

.

28

EDIE

«**E**die... calmati... calmati.»

Blaire passò le dita tra i miei capelli, facendomi reclinare la testa all'indietro. Costringendomi a guardarla negli occhi e a vedere la sincera preoccupazione dipinta sul suo viso.

«Shh. Va tutto bene. Stai tranquilla. Cerca di calmarti, ok? Fai un respiro profondo.»

Ci provai, ma la mia gola era troppo irritata e i miei polmoni troppo stretti. Rantolai quando un altro tremore mi percorse il corpo.

«Come ha potuto?» ansimai.

Come ha potuto?

Me l'aveva promesso. Me l'aveva promesso.

Blaire mi afferrò il viso tra le mani. «Ti ha fatto del male, Edie? Devi dirmelo se ti ha fatto del male.»

«Sì...» Emisi un altro rantolo, poi scossi la testa, cercando di dare un senso a quello che era successo negli ultimi quindici minuti. «No... non in quel senso.»

Com'eravamo passati dall'euforia più grande allo sconforto più totale?

Austin.

Soffrivo tremendamente, e volevo precipitarmi di nuovo fuori dalla porta dove lui mi stava chiamando, assicurandomi che non era la stessa cosa. Volevo correre da lui.

Volevo *credergli.*

Ma non sapevo come elaborare l'accaduto. Come separare le due cose.

Perciò, piansi con il viso rivolto verso il pavimento mentre il tono brusco di Jed e la voce colma di panico di Austin rimbombavano nelle mie orecchie. Caddi in ginocchio quando sentii il suo pick-up andare via con un rombo.

«Austin.» Il suo nome proruppe dalle mie labbra in una valanga di dolore.

Blaire si inginocchiò davanti a me, scostandomi indietro i capelli arruffati. «Cos'è successo?»

Jed si fiondò dentro, trasudando aggressività e rabbia da tutti i pori. «Che cosa ti ha fatto quel figlio di puttana? Lo ucciderò, Edie. Lo giuro su Dio. Lo sapevo... lo sapevo, cazzo.»

Emisi un grido strozzato.

«Jed... smettila.» Blaire gli lanciò un'occhiata ammonitrice. «Così non sei d'aiuto.»

Passi pesanti risuonarono sul pavimento mentre Jed veniva verso di noi. I suoi stivali entrarono nel mio campo visivo. «Cosa ti ha fatto, Edie? Dimmelo.»

Blaire continuava a carezzarmi i capelli mentre quel vecchio, familiare turbamento raggiungeva la cresta e si infrangeva su di me.

Onda dopo onda.

Tutte le mie paure.

Tutte le mie insicurezze.

Le speranze rubate.

Le cose che Austin mi faceva desiderare.

Solo che i desideri e i sogni che Austin suscitava in me avevano riacceso tutte le mie paure. Mi sentivo consumata dalla perdita. Era un tipo di perdita che non credevo sarei riuscita a sopportare di nuovo.

Così ero fuggita dalla possibilità che accadesse.

Avevo issato delle mura tutt'intorno a me nella speranza che potessero proteggere il mio cuore spezzato e impedire che venisse distrutto completamente.

Questo era esattamente ciò che aveva innalzato le barriere tra me e Austin tanti anni fa. Ciò che mi aveva riempito di paura quando l'avevo rivisto qui. Ciò che aveva pervaso il suo tocco di cautela quando mi ero lentamente arresa a quello che aveva sempre ribollito tra di noi.

E tutto perché ero terrorizzata di rivivere qualcosa di così orribile.

Solo che avevo di nuovo perso ogni cosa, perché perdere Austin faceva altrettanto male.

In maniera diversa.

Eppure abbastanza da annientarmi. Da ridurre a brandelli le mie viscere.

Austin.

Avrei permesso per sempre alla paura di determinare chi ero? Chi sarei stata?

Mi accasciai a terra e mi strinsi le ginocchia al petto. Con gli occhi annebbiati dalle lacrime, guardai i miei amici. Coloro che mi avevano accolta a braccia aperte nel momento peggiore della mia vita.

«Io...» La voce mi si spezzò in gola, e strinsi maggiormente le braccia intorno alle ginocchia, come se in questo modo potessi riempire il vuoto che pulsava nel mio petto. «Quando avevo quattordici anni...»

29

EDIE~ QUATTORDICI ANNI

*E*die fece scorrere il grosso rotolo di nastro adesivo sulla parte superiore dello scatolone.

Il sudore le imperlava le tempie, scivolandole lungo il collo.

Fu travolta da un'ondata di nausea.

Un attacco di vertigini le fece girare la testa, e si sostenne allo scatolone con una mano per reggersi in equilibrio. Abbassò la testa e lottò contro la bile che le risaliva su per la gola. Combatté ancora più forte contro la consapevolezza che aleggiava appena fuori dalla sua portata.

Solleticando il suo subconscio e librandosi ai margini della sua mente.

Sei settimane prima, era tornata a casa da quella festa e si era costretta a farsi una doccia bollente. Si era sfregata la pelle finché non era diventata rossa e irritata. Finché non era più riuscita a sentire l'odore disgustoso e nauseante di sesso, uomo e della propria stupidità.

Era uscita dalla doccia con un asciugamano avvolto intorno al corpo tremante e aveva osservato il suo tormentato riflesso allo specchio.

Si era sentita così stupida e ingenua. Usata e sporca.

Mai più.

Lì in piedi, si era ripromessa che non sarebbe successo mai più. Non avrebbe più permesso a un altro uomo di usarla in quel modo. Il tocco di un uomo non sarebbe mai più stato indesiderato, né l'avrebbe riempita di paura e terrore.

Si era detta che era una lezione da ricordare, ma un atto da dimenticare.

Un solo errore.

Uno che si sarebbe lasciata alle spalle.

Adesso, goccioline di sudore le bagnavano la pelle come se fosse malata.

La nausea la investì di nuovo.

Balzò in piedi e cadde in ginocchio sul pavimento del bagno un attimo prima di spurgare la sua disperazione nel water.

«No. No. No.» Si aggrappò alla tazza e mormorò la sua supplica. «Ti prego, no.»

Edie scese dall'autobus con gambe tremanti. Si trovava di nuovo nel quartiere in cui non sarebbe più voluta tornare. Quando l'autobus ripartì, trattenne il fiato mentre un grosso pennacchio di fumo nero pervadeva l'aria torrida e stagnante.

Le farfalle presero a svolazzare nel suo stomaco.

Ma non in senso positivo.

Queste si agitavano e si dimenavano in preda alla paura.

Deglutì a fatica, chiuse le mani a pugno, si avvolse le braccia intorno al petto e si costrinse a camminare in direzione della casa da cui era sgattaiolata via nel cuore della notte otto settimane prima.

Non aveva avuto altra scelta che venire qui.

Non devi avere paura. Puoi farcela. Puoi farcela.

Quelle parole uscirono dalla sua bocca come una cantilena sussurrata mentre seguiva le indicazioni stradali, dirigendosi a nord, inoltrandosi sempre di più in quel quartiere degradato dove le case erano fatiscenti, tanto squallide quanto trasandate.

Qualcuno suonò il clacson mentre le sfrecciava accanto, gridando oscenità al vento. Lei sussultò e nascose la testa tra le spalle come se ciò potesse proteggerla dal destino ignoto che si profilava minaccioso in lontananza.

Tirò un respiro profondo per farsi forza quando si fermò davanti al cancello dell'abitazione.

Sembrava così diversa alla luce del giorno rispetto a quella notte, quando era stata poco più che una macchia indistinta.

Una bassa recinzione metallica circondava la proprietà.

All'interno, una piccola casa segnata dalle intemperie era parzialmente celata da alberi e cespugli incolti. Il cortile non curato era ricoperto di immondizia e una macchina sgangherata senza cofano si trovava davanti all'ingresso.

Puoi farcela.

Si ripeté quelle parole di incoraggiamento, senza avere la minima idea di cosa ci facesse veramente qui o quale risultato sperasse di ottenere.

Il terrore vorticò nel suo stomaco già in subbuglio quando pensò alla persona che abitava tra quelle quattro mura.

Ma era arrivata fin qui, e aveva bisogno di aiuto. Non aveva nessun altro a cui rivolgersi.

Perciò marciò con decisione lungo il vialetto, senza rallentare o fermarsi finché non batté sulla porta.

Quell'improvviso impeto di coraggio si affievolì quando la porta si spalancò.

Lui era in piedi sulla soglia, la bocca piegata in un sorrisetto lascivo e la spalla appoggiata allo stipite della porta. «Bene, bene, bene. Sembra che qualcuno sia tornato per averne ancora. Non è stato così tremendo, dopotutto, eh?»

Edie tremò e si contorse nervosamente le mani. «No... non è così...»

Quel sorrisetto si trasformò in un ghigno beffardo. «Allora che cazzo ci fai qui? Avevamo un accordo. Ho detto a tuo fratello che eri malata e te la sei svignata senza che lui scoprisse che razza di puttanella sei. Nessun danno, nessun fallo. Adesso tocca a te mantenere la tua parte dell'accordo.»

Nessun danno, nessun fallo?

Il mondo di Edie si inclinò al pensiero delle *conseguenze*.

«Ho bisogno del tuo aiuto.»

Una risata sarcastica proruppe dalla sua bocca. «E perché mai?»

«Sono incinta.»

Lui si gelò, prima di scuotere la testa. «Ed io cosa c'entro?»

Un cipiglio involontario le corrugò la fronte mentre cercava di elaborare quello che lui stava insinuando. «Io... noi...»

La sua risata si fece dura. «Le troiette come te... utilizzano sempre gli stessi maledetti stratagemmi. Fingete che vi abbiamo messo nei guai per spillarci qualche dollaro. Non credere di essere la prima a bussare alla mia porta. Quanti altri ragazzi ti sei fatta?»

«Altri ragazzi?» Edie scosse la testa. «Tu sei stato l'unico.»

Lui sbuffò verso il cielo. «Come no.»

«Te lo giuro» piagnucolò lei in tono supplichevole. «Ti prego, ho bisogno che mi aiuti.»

Lui scosse la testa disgustato e imprecò sottovoce, prima di scomparire dentro lasciando la porta spalancata.

Le si attorcigliarono le viscere mentre aspettava, e l'apprensione crebbe quando lo vide ricomparire sulla soglia.

La afferrò per il polso, le aprì la mano e le ficcò una manciata di banconote appallottolate nel palmo.

«Sono trecento dollari. Molto più di quanto vali. Ma ehi, a volte la puttana la devi pagare.»

La mente di Edie si annebbiò per la confusione mentre le sbatteva la porta in faccia.

Sollevò la mano e fissò i soldi.

Trecento dollari.

Dio.

Scosse la testa, cercando di trattenere le lacrime che stava combattendo da giorni.

Era così stupida. Solo in quel momento si rese finalmente conto di cosa lui pensava che volesse.

Serrò gli occhi con forza, come se così potesse cancellare

ogni cosa.

Poi, proprio come la ragazzina ingenua qual era, si voltò e corse via.

La pioggia picchiava contro la finestra in grosse gocce che si accumulavano e scorrevano lungo il vetro in spessi rivoli. Edie fissava il verde paesaggio al di fuori della sua nuova casa in Ohio, la mano poggiata sul ventre che aveva appena cominciato a ingrandirsi.

Il suo segreto.

La sua vita.

Un tenero sorriso affiorò sulla sua bocca, un sorriso venato di paura.

Paura che la situazione le sfuggisse completamente di mano.

Paura per il futuro.

Paura del *destino*.

Sapeva che era inevitabile. Ma scioccamente aveva pensato che sarebbe giunto più tardi.

L'esclamazione sorpresa di sua madre fece scattare la sua attenzione di lato. Sua madre si aggrappò allo stipite della porta con entrambe le mani per evitare di cadere. «Edie... tesoro... che cosa hai fatto?»

Sua mamma la strinse tra le braccia mentre singhiozzava sul pavimento, cullandola come la bambina qual era. «Va tutto bene, tesoro. È la cosa migliore. È per il tuo bene. Hai tutta la vita davanti. Un giorno mi ringrazierai. Te lo prometto, un giorno mi ringrazierai.»

«No, mamma, no.»

Sua madre le premette un bacio sulla fronte. «È così difficile vedere il futuro, Edie. Non ci rendiamo conto di quanto sia grande, di come si estenda davanti a noi, quando l'unica cosa che riusciamo a vedere è il presente. Ma io posso vedere il tuo. L'ho sempre visto, l'avvenire che ho sognato per te. Tutte le occasioni che puoi ottenere. Le cose fantastiche che puoi realizzare. La donna che puoi diventare.»

Ma Edie vedeva scorrere il futuro davanti ai suoi occhi come istantanee di ciò che poteva essere. Solo che queste immagini... Queste immagini erano così diverse da quello che sua madre avrebbe mai potuto immaginare.

Edie si raggomitolò in una palla mentre la notte l'avvolgeva completamente. Teneva le ginocchia sollevate e le braccia strette intorno al pancione.

Lei scalciò, e le lacrime scivolarono liberamente sul suo viso.

Fu sopraffatta da emozioni travolgenti.

Gioia e tristezza. Felicità e dolore.

Si abbatterono su di lei da tutti i fronti. Colpendola dal basso e sotterrandola dall'alto.

Non avrebbe dovuto amarla. Non così tanto. Ma l'amava. Dio quanto l'amava.

Edie gemette di dolore, schiacciando la testa contro il cuscino. Sollevò il viso verso il soffitto e lanciò un grido torturato mentre sua madre le stringeva la mano con la stessa forza con cui lei ricambiava la sua stretta.

«Ce l'hai quasi fatta, Edie. Ancora una spinta. Un'ultima spinta e sarà tutto finito.»

Finito.

Edie non voleva che finisse.

Voleva tenerla dentro di sé. Dove nessuno gliela avrebbe potuta portare via. Dove poteva proteggerla e amarla.

«No» gridò, scuotendo freneticamente la testa in un pianto roco e spezzato.

Ma non c'era nulla che potesse fare per contrastare l'istinto naturale di spingere.

Perciò strinse i denti e spinse.

E tutto cadde nel silenzio.

Il cuore di Edie smise di battere mentre il mondo intero si fermava.

Poi udì un gridolino acuto.

Vide un corpicino perfetto.

Il suo cuore riprese a palpitare furiosamente.

Amore. Amore. Amore.

La inghiottì, la sommerse e la travolse.

Rapidamente, Edie si mise seduta e allungò disperatamente le mani verso la bambina. «Per favore» piagnucolò.

Ed eccola lì, tra le sua braccia, avvolta in una copertina bianca e una cuffietta rosa e azzurra sulla testa.

Labbra rosse.

Palpebre gonfie.

Occhi di un intenso azzurro-grigio.

La madre di Edie abbassò lo sguardo su di loro, il viso rigato di lacrime. «È il momento.»

Edie si strinse la neonata al petto. «No... Ho cambiato idea. Ho cambiato idea.»

Sua mamma scosse la testa. «Non fare così, Edie. Ti prego, non rendere le cose più difficili di quanto non siano già.»

Un'infermiera allungò le mani verso la sua bambina, e Edie la tenne ancora più stretta.

«No... no... ho cambiato idea.»

Ma nessuno le diede ascolto. Sua figlia le venne strappata via dalle braccia.

Sua madre parlò contro la sua tempia, passandole una mano tra i capelli come se potesse calmarla e confortarla. «Un giorno mi ringrazierai. Te lo prometto, tesoro, te lo prometto. Presto dimenticherai.»

Edie guardò la porta chiudersi dietro di loro, col respiro ansimante e strozzato, i capelli arruffati e incollati al viso.

Ogni centimetro di lei doleva.

Si sentiva lacerata in mille pezzi.

Urlò.

Gridò verso il cielo.

«Aspetta. Ti prego, aspetta.»

Il vuoto echeggiò dentro di lei.

Perdita. Perdita. Perdita.

E Edie fece una promessa a se stessa.

Giurò che non sarebbe mai più rimasta senza alcuna scelta. Giurò che nessun uomo l'avrebbe più toccata.

Edie si costrinse ad alzarsi in piedi. A muoversi. A uscire di casa.

Ogni passo sembrava richiedere il massimo sforzo e ogni respiro sembrava più difficile da prendere del precedente.

Trascorreva i giorni, le settimane e i mesi a convincersi che era stata la scelta giusta. Che *lei* era al sicuro, amata e accudita come meritava.

La mente di Edie lo sapeva.

Ma non aveva idea di come convincere il suo cuore.

Faceva così *tanto* male. Un'angoscia paralizzante che sembrava non placarsi mai.

Perciò la cercava nel volto di ogni bambina che vedeva, in ogni pianto che echeggiava nell'aria, attraverso gli anni che non cancellavano né il vuoto né il dolore.

Edie si chiuse in se stessa. Blindò il suo cuore e la sua anima. Divenne stantia e apatica.

Perché non poteva lasciare che accadesse di nuovo. Non poteva rischiare di sperimentare la perdita di quel tipo di amore ancora una volta.

Mai più.

Andava avanti a fatica giorno dopo giorno mentre gli anni si susseguivano, concedendo a se stessa di piangere solo di notte.

La porta si aprì con un cigolio, lasciando entrare un piccolo spiraglio di luce soffusa nella stanza. Si irrigidì quando udì dei passi. Sussultò per la sorpresa quando dita delicate le carezzarono dolcemente i capelli. «Shh... ci sono io con te.»

E per la prima volta, non provò paura, e quando lui scivolò accanto a lei sul letto, non si sentì più così vuota.

Il ragazzo con gli occhi identici ai suoi.

Tormentati.

Perduti.

La avvolse tra le sue tenere braccia, che tremavano come il suo corpo. Edie emise un sospiro e poggiò la testa sul suo petto, dove il suo cuore batteva forte contro le costole.

Lui sollevò un acchiappasogni sopra le loro teste. «Non devi aver paura. Questo... questo custodirà tutti i tuoi sogni. Non hanno alcun potere su di te. Non possono farti del male. Tienilo sempre con te e ti darà pace e sicurezza.»

Era la prima volta che Edie la sentiva da quando aveva rinunciato alla sua bambina.

Pace.

30

AUSTIN

L'aereo atterrò a Los Angeles.

Salii sul sedile posteriore dell'auto in attesa e inviai un messaggio a mio fratello.

Sono a Los Angeles.

La sua risposta fu istantanea.

Sei qui? Perché non mi hai detto che stavi arrivando?

Digitai una risposta.

Decisione dell'ultimo minuto. Dove sei?

Il senso di colpa mi opprimeva. Sapevo che lo stavo ingannando. Che non ero qui per le ragioni che credeva lui. Ma non potevo affrontare la questione adesso e prendermi cura di Edie. E cazzo... Edie veniva prima di tutto. Se Baz avesse avuto la minima idea di quello che stava accadendo, anche lui sarebbe stato d'accordo con me.

**Alla vecchia casa dei Sunder. Riunione con la band.
Tutti i ragazzi sono qui.**

Sarò lì tra poco.

Il mio ginocchio rimbalzava su e giù a mille chilometri al
minuto. Le mie dita tamburellavano altrettanto velocemente
contro la mia coscia.

Quarantacinque minuti dopo, l'auto cominciò la salita verso
le Hills. La stretta e tortuosa strada era fiancheggiata da abita-
zioni e alberi di palma e sempreverdi che ondeggiavano nella
brezza estiva. L'infinita distesa del cielo era tinta di un grigio
sporco per via dell'intenso smog.

Un'ondata di nostalgia mi investì con forza.

La accolsi e la odiai allo stesso tempo.

Perché ad ogni secondo che passava, l'ansia mi rendeva più
nervoso. Era un'irrequieta sensazione di malessere che diventava sempre più acuta.

Tic.

Tac.

Come il lento movimento degli ingranaggi che facevano
funzionare un antico orologio.

*Sistemerò tutto, Edie. Te lo prometto. Anche se non dovessi parlarmi
mai più, sistemerò ogni cosa*, giurai silenziosamente.

Strinsi nel pugno la sbrindellata scimmietta verde che avevo
infilato nello zaino stamattina, quando ero corso qua e là per la
mia stanza afferrando cose che pensavo potessero servirmi.

Damian mi era stato alle calcagna, pretendendo di sapere
che diavolo stava succedendo e quanto a lungo sarei stato via.
Gli avevo detto che non lo sapevo per certo, ma che dovevo
tornare a casa per un po', e se per miracolo Edie fosse venuta a
cercarmi, di dirle che sarei tornato il prima possibile.

Stritolai la logora scimmietta di peluche nella mano. Magari
se l'avessi stretta abbastanza forte avrebbe gridato le risposte
alle mie abbondanti domande.

Invece riecheggiò il senso di perdita, sussurrò i lamenti di quell'estinta presenza che mi perseguitava come un fantasma.

L'auto entrò nel viale di mattoni privato. Una fila di macchine appariscenti, alcune che conoscevo altre nuove, erano allineate davanti all'enorme villa in stucco. Gran parte dell'imponente struttura era nascosta dalle lussureggianti fronde di alberi torreggianti.

Il mio nervosismo aumentò di un'altra tacca.

L'auto si fermò.

Aprii lo sportello, uscii fuori e mi misi lo zaino in spalla.

«Grazie» mormorai sottovoce all'autista.

Con i piedi che echeggiavano sul pavimento, avanzai lungo il vialetto fino alle doppie porte riccamente ornate.

Non sapevo se dovessi bussare, suonare il campanello o entrare direttamente.

Perché non avevo idea di come comportarmi.

Non sapevo a quale luogo appartenessi o quale fosse il mio posto.

Non sapevo se nell'istante in cui avrei varcato la soglia, sarei tornato ad essere il ragazzino frignone che faceva a brandelli la sua vita e quella di coloro intorno a lui senza pensarci due volte.

Irresponsabile.

Sconsiderato.

Sciocco.

Proprio come la scorsa notte.

Ma cazzo. Ero determinato a tenere insieme i pochi pezzi che avevo trovato.

Non sarei andato via da qui finché non avrei *sistemato* le cose. Finché quello stronzo di Paul non sarebbe più stato una minaccia.

Posai la mano sulla maniglia, titubante, prima di abbassarla con decisione. Il metallo stridette quando la serratura scattò.

La porta si aprì, rivelando un interno che non era altro che uno sconfinato sfoggio di lusso.

L'ingresso era ampio, aperto e alto. Sulla sinistra, un paio di doppie porte si aprivano su una cucina altrettanto lussuosa.

Sulla destra c'era un corridoio che conduceva agli studi e alla sala relax, e accanto ad esso, c'era un'ampia scalinata che portava al piano superiore che ospitava le sei camere da letto.

Fui travolto dall'emozione quando i ricordi mi investirono. Non potei impedire ai miei pensieri di vagare verso la camera proprio sopra di me.

Era dove avevo trovato Edie per la prima volta e dove lei aveva trovato me.

Al centro del pianterreno c'era un'enorme zona soggiorno che dava sulla lunga fila di portefinestre scorrevoli che si affacciavano sulla piscina e sulla sterminata città sottostante.

Il mio corpo fu scosso dai tremori.

C'era qualcosa che mi faceva sentire a casa.

Quella sensazione si mescolava con la confusione, facendomi girare la testa.

Perché ero più incerto che mai di quale fosse il mio posto.

Lo zaino mi scivolò via dalla spalla e atterrò con un tonfo sul pavimento di marmo. I miei stivali echeggiarono contro le piastrelle lucide mentre mi addentravo maggiormente in casa, e quel suono rimbombò nelle mie orecchie come il grido silenzioso della solitudine.

Sussultai quando udii dei passi pesanti battere sulle scale.

La mia attenzione scattò verso destra, dove Ash stava scendendo al pianterreno, completamente ignaro della mia presenza.

Vederlo fu come un pugno dritto allo stomaco.

Capelli biondi scompigliati, grosse e muscolose braccia tatuate, volto sorridente.

Il peso del segreto di sua sorella che portavo sulle spalle mi schiacciò come un macigno.

Trasalì quando mi vide. Afferrò il corrimano e si fermò bruscamente.

Il suo viso si tinse di sorpresa e i suoi occhi azzurri, così simili a quelli di Edie, si illuminarono. Ma il suo stupore era positivo, perché era all'oscuro di tutto. «Porca vacca, guarda un po' chi c'è. Austin Stone in carne e ossa.»

Cominciò a scuotere la testa e la sua bocca si curvò in quel sorrisetto che amava fare. «Il nostro vagabondo che torna a casa dopo anni di avventura.»

Scese un altro gradino. «Come diavolo stai?» Non attese la mia risposta, continuò a scuotere la testa e a sorridere mentre si dirigeva verso di me. «Guardati, come sei cresciuto. Per un secondo, ho pensato che fossi Baz. Da non crederci. E a rischio di sembrare una femminuccia, cosa che ovviamente non sono, mi butto e dico che le ragazze saranno contente del tuo bell'aspetto.»

Tipico di Ash fare sempre pensieri lascivi e correre continuamente dietro alle donne.

Ridacchiai. Perché, diamine, non potevo farne a meno. Era dannatamente bello rivederlo. Non mi ero reso conto di quanto mi mancasse fino a questo momento. «E io vedo che non è cambiato assolutamente nulla da queste parti.»

Lui scoppiò in una risata incredula. «Amico... è qui che ti sbagli. Quei coglioni dei miei compagni hanno perso completamente la testa. Si sono accasati con le loro donne. Hanno infilato un anello al loro dito. E stanno sfornando bambini con una velocità maggiore della mia nuova Maserati. Ormai siamo rimasti solo io e Zee a riempire queste mura e qualsiasi passatempo riusciamo a trovare per la notte.»

Ovviamente, dato che si trattava di Ash, lo disse con puro affetto e un sorriso stampato sulla faccia.

«A parte gli scherzi... ringrazio Dio che sei tornato. È il momento di riportare l'ago della bilancia a nostro favore. Sai... per coloro che non vanno in giro con una palla al piede.»

Tornato.

Il disagio mi fece formicolare la pelle.

Non ero tornato per restare.

Non potevo. Perché questo era l'ultimo posto in cui Edie avrebbe mai voluto essere. E dubitavo che Ash sarebbe stato tanto accogliente e sorridente se avesse saputo che ero stato con sua sorella nell'ultimo mese. Se avesse avuto la minima idea del motivo per cui ero tornato: aggiustare il casino che avevo combinato tanto tempo fa.

Finì di scendere le scale con disinvoltura, come se fosse il padrone del posto.

Suppongo che lo fosse, dopotutto.

Appena mi raggiunse, mi porse la mano. Io gliela strinsi e rimasi completamente sorpreso quando mi tirò a sé, abbracciandomi con forza e dandomi una pacca sulla schiena.

Parlò sommessamente al mio orecchio, e il tono scherzoso svanì dalla sua voce come nebbia. «Ehi, amico, voglio che tu sappia che sono davvero felice di vederti. Sei stato via troppo a lungo. Sei mancato a tutti noi, specialmente a tuo fratello. Ha bisogno di te. È in difficoltà, amico. Si sente in trappola.»

Le sue parole sembravano un avvertimento.

Fece un passo indietro e inclinò la testa verso le portefinestre.

Provai una stretta al cuore.

In lontananza, vidi mio fratello maggiore.

Il ragazzo che aveva sacrificato così tanto per me.

Immagino che non mi aspettassi che rivederlo mi avrebbe commosso in questo modo.

Fui travolto dalle emozioni.

Rammarico, gioia e soffocante tristezza.

Lo osservai mentre sollevava un bambino per le ascelle e lo lanciava in aria, per poi afferrarlo e tempestargli le guanciotte e il mento di baci. Tutto il viso, in verità. Il bambino ridacchiò e si accoccolò maggiormente nell'abbraccio di mio fratello.

Questo bambino che non conoscevo.

Connor Stone.

Un bambino che non avevo avuto il coraggio di incontrare perché troppo codardo.

La voce di Ash irruppe nei miei pensieri. «Va' da lui, amico. Niente lo renderà più felice che vederti qui.»

Non gli risposi. Mi limitai a muovermi in quella direzione. Avanzai lentamente, e con cautela, verso il ragazzo che non desideravo altro che rendere orgoglioso di me ma che ogni volta deludevo costantemente.

Edie balenò nella mia mente. Il modo in cui mi guardava quando era distesa sotto di me in contrasto con l'espressione stampata sul suo viso quando l'avevo annientata nuovamente.

Cazzo.

Quando avrei smesso di farlo?

Avevo la sensazione che le mie budella fossero attorcigliate intorno alla mia gola.

Aprii la porta scorrevole e uscii fuori.

Una raffica di calore, sole e città mi investì. I suoni di Hollywood mi riempirono le orecchie: l'energia vibrante, i clacson e il rombo della superstrada in lontananza.

Sebastian si bloccò e la sua schiena si irrigidì, poi si sistemò suo figlio su un fianco e si girò lentamente verso di me.

Sollievo.

Non sapevo se fosse mio o suo, cazzo. Ma era lì. Sfrecciava tra di noi su quel filo invisibile che ci legava.

Famiglia.

Sangue.

Devozione.

«Austin.» I suoi occhi vagarono su di me, squadrandomi da capo a piedi.

Rimasi lì immobile come un'offerta in sacrificio. Perché, merda, non avevo idea di cosa gli avessi fatto passare durante tutti gli anni che ero stato via.

Con cautela, fece due passi avanti.

Il mio sguardo fu attratto dal bambino incollato al suo fianco. Il suo visino era sorridente e radioso di gioia, i capelli biondo sabbia e gli occhi tipici degli Stone.

L'affetto pulsò dentro di me, avviluppandomi completamente. Cazzo, avevo voglia di piangere.

Sì, avevo visto alcune sue fotografie.

Ma non era neanche lontanamente la stessa cosa.

«È un bambino meraviglioso, Baz. Ti somiglia tantissimo» dissi con voce distintamente commossa.

Mio fratello sorrise come non l'avevo mai visto fare prima. Passò teneramente una mano sulla testa di suo figlio fino a carezzargli il mento. «Lo credi davvero?»

«Sì, fratello.»

Connor ridacchiò e la sua attenzione si spostò rapidamente altrove, come c'era d'aspettarsi da un bambino di due anni.

Dimenandosi, puntò il ditino indice verso l'ampio prato situato sul lato destro della piscina.

Se Ash era rimasto sorpreso, io restai senza parole.

La piscina, che un tempo era stata complice di ogni sorta di depravazione, adesso sfoggiava una di quelle coperture per tenere i bambini al sicuro.

Ash non stava scherzando: le cose erano cambiate.

«Palla... giù» disse il piccoletto.

«Tra un minuto, campione. Voglio prima farti conoscere una persona molto importante. Che ne dici?»

Baz lo portò nella mia direzione. Gli occhi grigi di Connor si accesero di curiosità e un sorriso timido e adorabile spuntò sul suo viso. Io riuscii solo a rivolgergliene uno tremolante. Si accoccolò contro il petto del papà e piegò la testolina di lato, fissandomi come se volesse interagire con me ma non sapesse bene come comportarsi.

Una triste malinconia mi colpì come un martello.

La profonda constatazione di ciò che mi ero mancato.

La consapevolezza del tempo che avevo perduto.

«Questo è mio fratello... tuo zio Austin. Riesci a dire il suo nome? Austin» lo blandì Baz con un tono di voce così adorante che non ero certo di averglielo mai sentito usare prima d'ora. Tranne forse con quella dolce bambina che era piombata nella sua vita e gli aveva fatto perdere la testa, una piccina irresistibile quanto sua madre.

Non c'era da stupirsi che Baz avesse capitolato l'istante in cui Shea era entrata nella sua vita.

Strinsi la manina chiusa a pugno di Connor. «Ehi, ometto. È un piacere conoscerti, finalmente.»

Lui fece un enorme sorriso, ripetendo ciò che suo padre lo aveva persuaso a dire. «*Auffin.*»

Eh, sì.

Quello fu quasi la mia rovina.

L'affetto si diffuse dentro di me, penetrando in tutti quegli angoli bui.

Era così intenso che non sapevo proprio come reagire. Un sentimento così giusto che si scontrava col comportamento orribile che avevo avuto con Edie ieri sera.

Avevo tradito la sua fiducia nel peggiore dei modi.

Avevo così tanto da espiare.

Ovviamente, ero qui per una ragione. Un obbiettivo.

Per zittire Paul.

Quel nome non avrebbe più fatto parte del vocabolario di Edie.

Ma non potevo ignorare completamente mio fratello. Né lui né le domande rimaste in sospeso tra di noi.

I propositi che aveva lasciato intendere.

Erano palesi nei suoi messaggi e nelle sue lettere. Sempre più chiari di volta in volta.

No. Non potevo accettarlo. Non potevo prendere il suo posto.

Era un'eredità troppo grande da raccogliere.

E Edie... questo era l'ultimo posto in cui desiderava essere.

Ma forse potevo cominciare a mettere le cose in chiaro con Baz mentre sistemavo il casino che avevo combinato con Edie.

Faceva fottutamente schifo che quel piano includesse continuare a ingannare Baz. Però dovevo credere che alla fine avrebbe capito le mie motivazioni.

Dopodiché, sarei tornato da Edie per implorarla di darmi un'altra occasione.

Una che non meritavo.

Ma non mi sarei arreso senza combattere.

«Esatto, ometto, sono tuo zio Austin.»

Proprio come prima, il suo interesse durò poco, e indicò di nuovo la sua palla.

«Palla... giù... Papà, giù.»

Appena Baz lo mise a terra, Connor si allontanò, sgambettando verso la palla.

Baz si girò un secondo a guardarlo. L'istante in cui mi diede la schiena, una scarica di tensione corse tra di noi, stagnando l'aria.

Poi si voltò di nuovo verso di me, guardingo. «Austin.» Il mio nome uscì dalle sue labbra in tono quasi cauto.

L'emozione mi bruciò la gola ma la ricacciai indietro, costringendomi a dire con voce strozzata: «È bello vederti, fratello.»

Lui emise uno sbuffo sbalordito e mi rivolse un sorriso colmo di incredulità. «Dio... avevo ragione. Quasi stento a riconoscerti. Tranne per il fatto che ho la sensazione di guardarmi allo specchio.»

Mi grattai la nuca a disagio. «Il tempo fa questo effetto.»

«Già. Ed è evidente che con te sia stato buono.»

Inarcai un sopracciglio, sperando di alleggerire un po' l'atmosfera. «Oh, siamo diventati presuntuosi, eh, considerando che ora sembriamo quasi due gemelli.»

Nell'istante in cui lo dissi, trasalimmo entrambi. Perché venimmo catapultati di nuovo nella brutale realtà. Desiderai potermi rimangiare quelle parole. Ma, no. Le avevo gettate fuori, allo scoperto, dove andarono in giro pavoneggiandosi, mendicando attenzione.

Desiderando disperatamente di essere riconosciute.

Rifiutando di farci dimenticare.

Come se una cosa simile fosse possibile.

«Austin» disse Baz, la voce carica di dolore.

Serrai i pugni lungo i fianchi. «Mi dispiace tanto, fratello.»

La sua fronte si corrugò. «Di cosa diavolo ti dispiace?»

«Di tutto.»

Lui scosse la testa con veemenza. «Pensi che sia deluso da te?»

Certo che lo era.

Perché non avrebbe dovuto esserlo?

«Me ne sono andato.»

Forse quello era stato il momento culminante. Perché Dio sapeva che era cominciato tutto quel fatidico giorno, quando avevo otto anni.

Quando avevo commesso il crimine peggiore.

Il peccato più grande.

Pareva che da allora non riuscissi più a smettere di farli.

Baz scosse nuovamente la testa, ma stavolta quasi in segno di rimprovero. «Pensi che non sapessi che avevi bisogno di andare via? Pensi che non rispettassi ciò che stavi facendo, Austin? Cazzo... mi sei mancato da impazzire. Mi sono preoccupato per te giorno e notte. Ma questo non significa che non ti sostenessi al cento per cento.»

Era così mio fratello: sempre a sostenermi, anche se farlo gli costava parecchio.

Spostò lo sguardo su suo figlio, prima di riportarlo su di me, passandosi una mano tra i capelli.

«Cazzo, fratellino, ho incasinato terribilmente la tua vita. Ti ho trascinato nella merda che governava il mio mondo. Eri solo un bambino, eppure ti sei ritrovato nel bel mezzo di quel caos, con ogni sorta di peccato che avveniva proprio sotto il tuo naso. Credi che non sappia che è stata colpa mia se sei rimasto coinvolto in quello schifo?»

«Sai che non è affatto vero. La colpa è unicamente mia. Sono stato io a cercare un modo per lenire il dolore. Per riempire parte di quel vuoto. Ci sarei cascato comunque... in un modo o nell'altro.»

Baz strinse le labbra in una linea sottile, chiaramente in disaccordo. «Probabilmente siamo entrambi da biasimare. Non ne ho idea, cazzo. Tutto ciò che so è che quando ti ho trovato sul pullman della band, disteso a terra a faccia in giù, nelle grinfie di quella merda...»

Il dolore pervase il suo tono. «Credevo che fossi morto. Credevo di aver perso un altro fratello. Ed era tutta colpa mia.»

Sbiancai, assalito dalle sue parole. Non mi diede il tempo di riprendere fiato. «Ma sei sopravvissuto, Austin. *Sei sopravvissuto*. Era come se ci avessero dato una seconda possibilità, e così ho perso il controllo. Ho fatto del mio meglio per tenerti isolato e al sicuro in modo che non ti potesse accadere più nulla di male.»

Scosse lievemente il capo. «Ma ora so che anche quello è stato uno sbaglio. Non stavo facendo altro che impedirti di crescere. Trattenendoti dal diventare l'uomo che avresti dovuto essere.»

Barlumi di gioia e tristezza si insinuarono nei miei sensi, prendendo piede. «L'unica cosa che hai fatto è stato prenderti cura di me, Baz. Sapevo di dovermene andare... Se volevo combinare qualcosa, diventare *qualcuno*, dovevo andare via e trovare la mia strada.»

La cosa pazzesca era che avevo trovato Edie.

L'impulso di confessargli tutto mi fece quasi perdere l'equilibrio. *Diglielo. Metti le cose in chiaro*. Ma mi trattenni. Mi rifiutavo di tradire Edie. Non avrei confessato mai più segreti che non avevo il diritto di rivelare.

L'emozione sollevò un angolo della bocca di Baz. «Adesso lo vedo. Quel ragazzo è qui, proprio davanti a me.»

Con voce roca, riuscii a chiedere: «E che tipo è?»

Perché, cazzo.

Avevo bisogno di saperlo.

«È un uomo forte. Qualcuno che sta ancora soffrendo a causa del passato. Ma che resiste. Qualcuno abbastanza coraggioso da tornare e affrontare i suoi demoni. Un uomo completamente diverso dal ragazzino spaventato che è uscito da quella porta tre anni fa. Eppure... ha lo stesso animo gentile. Lo vedo, Austin. Ed è un brav'uomo. Ho sempre saputo che era lì. In attesa del momento giusto per essere grande.»

Serrai la mascella.

Dio.

Le sue supposizioni erano sia misericordiose che crudeli.

«È questo l'uomo che vorrei essere, Baz. Ma non sono sicuro di esserlo già diventato.»

Un senso di disagio si insinuò tra di noi. Deglutii rumorosamente. «Ho visto quell'articolo, Baz. Quello sui concerti cancellati e sulla tua corsa in pronto soccorso qui in città. Ho letto i tuoi messaggi, i rumors intorno alla band. Volevi che tornassi, ed eccomi qua. Ora dimmi che cosa sta succedendo davvero.»

Baz emise un sospiro verso il cielo, scosse la testa e si infilò le mani in tasca.

«Hai sempre creduto di essere tu quello smarrito, Austin. Ma sono io quello che è andato in cerca di qualcosa per tutta la vita. Senza mai sapere bene dove volevo essere. Credo di averlo capito la prima volta che ho incontrato Shea che ero destinato a qualcosa di diverso. E non sto dicendo che sia brutto o sbagliato desiderare entrambe le cose. Ma ho la sensazione di vivere in un limbo dall'istante in cui ho trovato la mia famiglia.»

Spostò lo sguardo su suo figlio. «Siamo andati avanti e indietro negli ultimi tre anni. Dividendo il nostro tempo tra la villa che abbiamo comprato qui a Los Angeles e la vecchia casa di Shea a Savannah. Sto malissimo ogni volta che non vengono con me.»

Riportò gli occhi sulla mia espressione impietrita. «Shea ha deciso di portare i bambini qui per l'estate, così è più facile per me tornare a casa tra una città e l'altra durante il tour. Ogni volta che salgo su un aereo per partire, non voglio lasciarli.»

Scosse la testa. «Ero a Denver con la band quando improvvisamente ricevo una chiamata da Shea. Lei è calmissima. Né agitata né altro. Mi fa soltanto sapere che sta portando Kallie al pronto soccorso perché ha una febbre che non scende e voleva essere sicura che stesse bene dal momento che era il fine settimana.»

Senza togliere le mani dalle tasche, scrollò le spalle. «Sono andato nel panico, fratello. Mi sono precipitato in aeroporto senza dire niente a nessuno. Perché *non potevo* sopportare il pensiero di non essere lì con loro se avessero avuto bisogno di me. Quando sono sceso dall'aereo, ho trovato un sacco di chiamate in segreteria in cui mi chiedevano dove cazzo fossi.»

Guardò verso la città. «Ho deluso la band, Austin. È da un po' che lo faccio, ormai. Perché il mio cuore è altrove. È con Shea. Con Kallie. Con Connor. Lascerò il gruppo. In un modo o nell'altro.»

L'ansia si intrecciò al barlume di quei vecchi sogni.

Baz mi fissò intensamente. «Ti sentivo suonare ogni notte nella tua stanza, Austin. Eri così incredibilmente bravo da farmi sembrare un dilettante. So che hai continuato a suonare in tutti questi anni. Un genere diverso, ma con la stessa passione. Lo stesso cuore. La stessa anima.»

«Ti sbagli, Baz. Io... combino solo casini.»

Lui dissentì con la testa. «No. Potrebbe sembrarti così, ma non lo è. Anche tu sei in cerca di qualcosa, proprio come lo ero io. E cazzo... non fingerò di sapere dove dovresti atterrare. Ma quel che so è che non c'è nessun altro che vorrei prendesse il mio posto a parte te. È la verità. Non lo dico perché sto cercando di salvarti o darti qualcosa che non ti sei guadagnato. Se questo è ciò che desidera il tuo cuore, allora fatti avanti e prendi il mio posto. Se non è così, va bene lo stesso.»

Quel cuore?

Prese a palpitare furiosamente.

Perché quando avevo deciso di venire qui, sapevo che quella sarebbe stata l'offerta di Baz.

E c'era un'enorme parte di me che desiderava accettare. Una parte che lo desiderava da sempre.

Ma la verità era che sapevo a chi apparteneva il mio cuore. Apparteneva a Edie. Tuttavia, per ora avrei continuato a fingere.

31

AUSTIN

Sollevammo i bicchierini verso l'alto.

Eccitato, Ash spostò lo sguardo su tutti quelli seduti intorno al tavolo.

Baz, Lyrik, Zee.

Me.

«A un pozzo infinito di ispirazione e canzoni» disse con quel suo solito sorrisetto disinvolto. «Ai nostri fan. Ai nostri amici. A questa famiglia spaiata che rimarrà sempre unita. Soprattutto... a Austin, per aver finalmente preso il posto che gli spetta. Te lo meriti, amico. Bentornato a casa.»

Un'ondata di inquietudine mi attorcigliò le budella, unendosi a un travolgente senso di giustizia.

Dio. Non riuscivo ancora a dare un senso a tutto questo. Il tira e molla. Sembrava che più a lungo restassi qui, più forte diventava.

In verità era bello essere di nuovo a casa. Avevo la sensazione di aver ritrovato qualcosa che avevo perso.

Ma Edie mi mancava tremendamente. Erano passate solo tre notti da quando avevo distrutto un altro pezzo di lei. Due giorni da quando ero arrivato qui. Ma avevo trascorso ognuna di quelle notti completamente sveglio. Anelando di poterla stringere tra le braccia. Sentendomi vuoto.

Perso in quel mare nero come la pece.

Desiderando disperatamente di ritornare a riva.

Dal suo posto di fronte a me, Baz mi guardò.

Brindare prima di un concerto?

Era una delle tradizioni da cui ero stato escluso per tanto tempo. Sin da quando le cose erano precipitate e avevo cominciato a iniettarmi nelle vene della merda che era servita soltanto a incasinare ulteriormente le cose.

Sembrava che tutti noi avessimo quella propensione. Eccetto Zee. Quest'ultimo era senza dubbio il più saggio tra di noi.

Il liquido denso e scuro sciabordò oltre l'orlo del mio bicchiere quando lo feci tintinnare contro quello dei ragazzi, prima di mandarlo giù in un sorso. Scivolò lungo la mia gola e mi riscaldò lo stomaco.

«Allora, ditemi come si svolgeranno le cose.»

Lyrik si piegò in avanti, scaltro e oscuro come sempre. Si passò una mano tatuata tra i capelli ribelli e neri come i suoi occhi. «Stai al passo con le canzoni?»

Annuii. «Sì.»

Certo che lo ero. Immagino che tutti sapessero che era impossibile che avessi smesso di ascoltare i testi che scrivevano. Le canzoni che suonavano. Non importava quanta distanza ci separasse, non sarei mai potuto andare così lontano.

Era proprio come Baz mi aveva detto il giorno in cui mi aveva regalato la mia prima chitarra.

La musica batteva nel mio sangue.

Era parte di ciò che ci teneva uniti. I fili delle loro canzoni erano solo un'altra parte di quel legame.

Lyrik assentì col capo. «Allora va' là fuori. Suona. Vedi che sensazione ti dà. Poi decidi se vuoi restare. Semplice.»

Trattenni a stento una risata incredula. Perché non c'era una sola cosa semplice in tutta quella situazione.

Lyrik si rilassò contro lo schienale con sguardo intenso. «Sei disposto a tentare la sorte?»

Per il bene di mio fratello?

Per mettere le cose a posto con Edie?

«Sì, amico, sono disposto a tentare la sorte.»

Ash sbatté entrambe le mani sul tavolo. «Evviva, cazzo! Sarà epico. Il fratellino di Baz che prende il posto di suo fratello. Le ragazze andranno fuori di testa!» Allargò le braccia. «Il sottoscritto ha bisogno di un po' d'amore, ma sono sicuro che questo stronzetto mi darà del filo da torcere.»

Una risatina, mischiata col senso di colpa, scaturì dal mio petto. Era sbagliato nascondere qualcosa di così importante al fratello di Edie. Ma che altro diavolo avrei dovuto fare? «Non preoccuparti, amico. Sono tutte tue.»

Zee sgranò gli occhi. «Come se avesse bisogno di ulteriore incoraggiamento.»

Tamar e Shea, rispettivamente le mogli di Lyrik e Baz, comparvero sulla soglia.

«Toc, toc» disse Shea con un sorriso mentre faceva capolino nella stanza.

Dio. Era strano rivedere Shea dopo tutto quello che avevamo passato. In parte mi sentivo distaccato e in parte vicinissimo a lei. Per le cose sul suo passato che avevo inconsapevolmente saputo, ignaro di quanto legati fossimo. Non finché non era stato quasi troppo tardi.

Grazie al cielo, tutto quello era alle loro spalle.

Alle nostre spalle.

Adesso Baz e Shea potevano vivere in pace.

Pace.

Cazzo.

Era tutto ciò che volevo per la mia ragazza. Mi sentivo ansioso a starmene qui seduto. Desideroso di portare serenità nella sua vita. Incerto di poterci riuscire.

Tamar entrò nella stanza prima di Shea. Il suo pancione stava appena cominciando a vedersi.

Lyrik doveva essere uno degli uomini più duri e intimidatori che avessi mai incontrato. Ma ero pronto a giurare che nell'istante in cui la vide si sciolse come gelatina. «Eccoti qua» mormorò mentre Tamar si faceva strada verso di lui.

Ash si girò sulla sedia, sorridendo come il bastardo arrogante qual era. «Ahh, Tam Tam. Stavamo giusto dicendo che ho bisogno di un po' d'amore, ed eccoti qui. Vieni a darmi un bacetto.»

«Attento a come parli, amico» disse Lyrik quasi in un ringhio, ma era troppo occupato ad attirare sua moglie sul proprio grembo e baciarla in maniera oscena nel bel mezzo della stanza.

«Ehi, perché devi saltare subito alle conclusioni sbagliate? Volevo solo salutarla.»

Zee gli tirò addosso una penna. «Forse perché siamo costretti ad assistere al modo in cui ti piace *salutare* le ragazze da troppo tempo.»

Ash la schivò e fece uno dei suoi sorrisetti con le fossette. «Che ci posso fare? Non è colpa mia se sono irresistibile.»

Shea gli diede uno scappellotto quando gli passò accanto. «Aspetta e vedrai, Ash. Non dimenticarti che ho scommesso cento dollari che riempirai di bambini la tua ridicola villa a Savannah. Già mi immagino tutte quelle stanze dipinte di rosa e celeste. Ho visto un paio di stivali davvero carini che mi chiamano a gran voce» gli disse, poi mi rivolse un tenero sorriso mentre girava intorno al tavolo, dirigendosi verso mio fratello.

Ash scosse la testa come se fosse sul punto di raccontare una storia tristissima. «Credo che quegli stivali resteranno lì... finché non passeranno di moda.»

«Lo vedremo» rispose lei, avvolgendo le braccia intorno al collo di mio fratello da dietro.

Risi e appoggiai i gomiti sul tavolo.

Ero così confuso.

Perché Dio, essere qui con i ragazzi? Con Shea e Tamar? Mi sentivo come a casa.

Allo stesso tempo, il mio spirito si agitava alla ricerca dell'unica cosa che lo acquietava.

Mi senti?

Il pensiero che Edie fosse là fuori, tutta sola, mi travolse. Risucchiandomi maggiormente in quella tempesta.

Potevo sentirla montare in lontananza.

«Com'è andata la giornata?» sussurrò dolcemente Shea all'orecchio di mio fratello.

Baz mi guardò dritto negli occhi, intrappolandomi nel suo sguardo. «È stata una bella giornata. Una gran bella giornata.»

Trascorremmo le successive due ore nella solitudine del seminterrato della casa che Lyrik condivideva con la sua famiglia.

Baz mi diede una chitarra elettrica e tutti e quattro lavorammo sulla scaletta dei *Sunder* per assicurarci che fossi al passo con loro. Che potessi gestire la cosa.

Baz camminava avanti e indietro alle nostre spalle, battendo le dita sulla coscia al ritmo della musica e muovendo la testa su e giù, assumendo già la posizione di sostenitore. Dando input e consigli, suggerendo un cambio di chiave e un innalzamento di voce.

Era fottutamente bello.

Incredibilmente giusto.

Ad ogni strofa assordante che cantavo, ad ogni nota dura, caotica e impetuosa che suonavo, quel frammento amaro e furioso dentro di me urlava a squarciagola.

Sistema ogni cosa. Liberala. Per una volta, fa' qualcosa di giusto.

«Vi spiace se esco fuori per prendere un po' d'aria?» domandai.

Baz inclinò la testa verso le scale. «Prenditi tutto il tempo che ti serve.»

Misi da parte la chitarra elettrica che apparteneva a mio fratello. Una schiacciante sensazione mi colpì con la forza di una nave mercantile.

Boccheggiai e salii le scale fino al piano terra dell'enorme casa di Lyrik. I due piani superiori erano la personificazione di lusso, opulenza ed eleganza.

Eppure, c'era un che di accogliente qui. Forse era per via

dei giocattoli sparpagliati qua e là, prova della presenza di Brendon, il figlio di Lyrik. O forse dipendeva dal modo in cui Tamar correva in giro a piedi nudi. O forse dalla sua risata e da quella di Shea che risuonavano e riecheggiavano sulle piastrelle di pietra.

Forse era la gioia che riempiva le mura di questa casa.

Ed era proprio questo che volevo per Edie.

La sua gioia.

La sua libertà.

Che fosse finalmente libera da ogni stronzata.

Magari allora avrebbe finalmente capito che la decisione che non aveva mai voluto prendere era quella giusta. Magari allora sarebbe stata libera dal senso di colpa e dalla vergogna.

Libera dalla malvagità e dalla sete di vendetta di Paul.

Il biasimo ricadeva interamente su di me.

L'avrei protetta, a qualsiasi costo.

L'avrei *liberata*.

Aprii un'anta delle massicce portefinestre alte tre metri e incorniciate da legno intagliato e ornato. Uscii fuori nel torbido calore del sole del tardo pomeriggio, la Città degli Angeli che si stagliava a perdita d'occhio sotto di me.

Tirai fuori il cellulare e digitai il numero che avevo memorizzato. Quello che aveva tormentato Edie negli ultimi due mesi.

Feci lo gnorri mentre scrivevo il messaggio per il bastardo che avevo ogni intenzione di distruggere.

Ero determinato a mettere a tacere, una volta per tutte, la voce alla base dei rimpianti di Edie.

La radice di tutto.

Un solo errore.

Era tutto ciò che bastava per scatenare un cataclisma.

Ma questa era una decisione di cui non mi sarei mai pentito.

Ehi, bello, sono Austin Stone. Ho saputo che sei fuori. I Sunder suonano stasera. Al Lucky's alle 9. Dovresti fare un salto da noi. È tanto tempo che non ci vediamo. Voglio parlarti di un'opportunità con la band.

Premetti invio.

Sapendo bene che sarebbe rimasto scioccato dal mio messaggio.

Ma sapendo anche, con tutto me stesso, che il pezzo di merda avrebbe scalpitato all'idea di avere una possibilità di far parte dei *Sunder*.

Sarebbe venuto.

E finalmente mi sarei assunto le mie responsabilità.

Per Edie, mi sarei assicurato di risolvere la questione.

Una volta per tutte.

32

EDIE

Afferrai la maniglia della portiera e fissai fuori dal finestrino, combattendo il panico e la paura che volevano affondare i loro artigli nella mia pelle e ostacolarmi.

Tenermi sotto il loro giogo.

Come avevano sempre fatto.

«Stai bene?» mi chiese Blaire a bassa voce. Era seduta sul sedile posteriore, e si sporse in avanti tra i due sedili anteriori.

Scossi la testa, continuando a guardare il terminal dell'aeroporto. Una singola lacrima scivolò lungo la mia guancia. «Non lo so. So solo che... sono così stanca di lasciarmi condizionare dal passato. Così stanca di fuggire. Voglio...»

Volevo vivere.

Volevo il respiro che non riuscivo a trovare da quando le mie paure e le mie insicurezze lo avevano costretto a uscire dalla mia vita tre giorni prima.

Volevo Austin.

Dio, volevo Austin.

Quell'intensità luccicava in lontananza.

Chiamandomi a sé.

Chiedendomi per una volta... per una sola volta, di farmi avanti ed essere coraggiosa.

Mi voltai indietro e colsi il lampo di tristezza che attraversò il viso di Blaire, l'orgoglio che balenò subito dopo.

Raccontare a Blaire e Jed di *lei* era stato liberatorio, pronunciare le parole che sembravano così sporche e sbagliate.

Per tutto questo tempo avevo avuto paura del loro giudizio. Delle parole che avrebbero soltanto confermato ciò che già sapevo.

Ma Blaire... si era limitata ad abbracciarmi e cullarmi per ore, mentre Jed era rimasto seduto sul divano con le mani intrecciate tra le ginocchia, offrendomi silenziosamente il suo sostegno.

Avevo trascorso gli ultimi tre giorni a fare i conti con la matassa di emozioni che si agitavano dentro di me. Ferita da ciò che Austin aveva fatto, ma sapendo che i miei demoni non erano gli unici che dovevamo combattere.

Il mio ragazzo spezzato.

Il mio spirito volteggiò e si dimenò.

In un profluvio di intenso e travolgente desiderio.

Sapevo che aveva bisogno di me tanto disperatamente quanto io avevo bisogno di lui.

Ieri sera, avevo capitolato ed ero andata a casa sua. Ero andata sapendo che avevamo grossi problemi, ma determinata a risolverli comunque.

Disposta a combattere, finalmente.

A combattere per noi.

Era stato Damian ad aprirmi la porta, informandomi che Austin era tornato a casa e gli aveva chiesto di dirmi, nel caso fossi passata, che sarebbe ritornato presto.

Di *aspettarlo*.

Ma "presto" non era abbastanza presto.

Il terrore mi investì con forza.

Paul era a Los Angeles.

Ma fino a quando non l'avrei affrontato, sarebbe sempre stato lì nella penombra. In agguato come un'oscura minaccia.

Mi aveva derubato della mia sicurezza.

Delle mie speranze.

Mi aveva rubato anni di vita.

Non gli avrei permesso di spaventarmi un secondo di più.

Con un cenno del capo, Blaire indicò il terminal brulicante di persone. «Perderai il volo se non ti sbrighi.»

Annuii. «Ok.»

Recuperai il mio borsone da terra e aprii lo sportello, mentre Blaire scendeva dall'auto.

«Ci vediamo, Edie.» La voce di Jed era roca, incrinata dall'emozione.

«Arrivederci, Jed» dissi, non sapendo bene come lasciare le cose tra di noi. Se dire qualcosa avrebbe migliorato o peggiorato la situazione.

Cominciai a scendere dalla macchina.

Mi bloccai quando improvvisamente Jed mi afferrò per il polso. Mi voltai e incrociai lo sguardo di quest'uomo grosso e robusto, la cui espressione era tremendamente dolce. «Va', Edie. Trova la tua pace. Te la meriti. Lui è là fuori che ti aspetta. Il tuo posto è accanto a lui. Adesso lo so.»

L'aria fuoriuscì dai miei polmoni in un soffio. Gli rivolsi un sorriso triste ma colmo di tutta la riconoscenza, di tutto l'affetto che provavo per lui.

Perché era così buono.

Così giusto.

Semplicemente, non era giusto per me.

«Grazie.» Gli strinsi la mano. «Anche la tua pace è lì fuori, Jed. La troverai. Te lo prometto. Aspetta e vedrai.»

Gli angoli dei suoi occhi si corrugarono, quasi fosse in disaccordo, ma mi lasciò andare.

Fuori sul marciapiede, Blaire mi strinse in un abbraccio. «Mi mancherai.»

Cercai di trattenere le lacrime che mi inumidirono gli occhi. «Non so nemmeno quanto a lungo starò via. Potrei essere di ritorno già sul prossimo aereo.»

Lei fece un passo indietro, tenendomi per mano. Scosse la testa come se non dovesse rivedermi mai più e si asciugò una lacrima che le corse lungo la guancia.

Poi sorrise.

«No, Edie. Sappiamo tutti cos'è questo. Ed è ora che tu torni a casa.»

33

AUSTIN

Avanzammo lungo l'umido corridoio dell'auditorium accolti da pacche sulla schiena e da fragorose voci cariche di quel tipo di entusiasmo a cui era impossibile sfuggire in un luogo come questo.

Qualcosa di oscuro e vivo.

La sala concerti di Hollywood era un posto che avevo frequentato molte volte. Uno che era stato felice di ospitare i *Sunder* ancor prima che avessero successo, quando ero poco più che un ragazzino al loro seguito, che si aggirava nel backstage che si faceva complice di peccati.

Partner di crimini e trasgressioni.

Un manicomio di immoralità.

Sesso, droga e rock 'n' roll.

Tra queste mura, quel vecchio cliché si era guadagnato la sua nomea.

Ma ciò non significava che non ci fosse molto di più.

Che questo posto non pullulasse di possibilità.

Aveva ospitato i sogni di coloro a cui tenevo di più: Baz e il resto dei ragazzi che si erano fatti il culo così per sfondare.

Aprendo i concerti di chiunque li volesse. Suonando in luoghi come questo in tutto il paese mentre elemosinavano favori e tiravano a campare, finché qualcuno non aveva notato il loro talento e scommesso su di loro.

Adesso, stavano condividendo il successo con me.

Senza che avessi fatto alcuna gavetta.

E non sapevo se questo mi facesse sentire meschino o orgoglioso.

Come un mendicante che per miracolo si imbatteva in una cascata di soldi.

Per anni, avevo suonato la mia musica in piccoli locali tranquilli.

Prigioniero di quel vuoto senza fine. Incatenato al mare e alle canzoni. Sapendo, al contempo, di non poter chiedere altro che l'opportunità di onorare Julian con musica e parole.

Adesso... adesso mi sarei esibito di fronte ai fan storici dei *Sunder*. Coloro che erano lì sin dall'inizio. Avrei preso il posto di mio fratello e pregato di potergli rendere un'oncia di giustizia.

Sentendomi contemporaneamente un bastardo perché sapevo che dopo aver affrontato Paul stasera, avrei dovuto voltarmi e andare via.

Giungemmo alla fine del corridoio ed emergemmo dietro le quinte immerse nella penombra. Le pesanti tende bordeaux non facevano nulla per attutire il canto della folla che reclamava a gran voce la loro amata band.

Sunder. Sunder. Sunder.

Pulsava nell'aria densa come se fosse una sostanza viva. Una forza animata che ammaliava, incitava e suscitava questa sensazione incontenibile che mi scorreva nelle vene.

La smania.

La voglia irrefrenabile di uscire sul palco.

Quante volte l'avevo già sentita? Quando ero solo un bambino, non abbastanza coraggioso da *desiderare* di appartenere al mondo di mio fratello?

Serrai i pugni, e una grossa mano mi diede una pacca sulla schiena.

Mi voltai e mi trovai davanti Anthony Di Pietro, il manager dei *Sunder*. Un uomo che gli era stato accanto nel bene e nel male. Durante arresti, overdose e decessi. La sua presenza era legata alle battaglie e alle vittorie della band. Nemmeno una volta aveva esitato nel supportarli.

Mi guardò con occhi perspicaci, pieni di incoraggiamento. «Ce la puoi fare, Austin. Ho sempre saputo che ce l'avevi nel sangue. Adesso voglio che tu vada là fuori e domini il palco.»

L'ansia aumentò il mio nervosismo. Le mie budella erano ingarbugliate per la devozione; tutte le vecchie insicurezze e paure che sentivo erano in guerra contro lo schiacciante desiderio di onorare mio fratello, quel bisogno che vibrava nello spazio cavernoso scavato dentro di me.

Di onorare entrambi i miei fratelli, in verità.

Mi scoppiò quasi la testa quando mi resi conto che erano diventati una cosa sola.

La parte più spaventosa era il viscerale impulso di volerlo fare per me stesso.

Ma fu il divorante bisogno di doverlo fare per lei che mi fece rivolgere un secco cenno d'assenso ad Anthony.

Spostai lo sguardo di lato quando udii Ash chiamare il mio nome. Sollevò il mento e indicò il punto dove i ragazzi attendevano vicino all'ingresso laterale del palco. «Ehi, amico, è quasi ora di entrare in scena. Conosci la prassi. Andiamo.»

Da sopra la spalla, lanciai una fugace occhiata ad Anthony che si mise comodo appoggiandosi a un grande altoparlante.

I miei passi divennero inquieti mentre mi facevo strada verso i ragazzi disposti in cerchio.

Cazzo.

Cosa stavo facendo?

Ma ormai era impossibile tornare indietro. Ogni istinto mi spingeva in avanti.

Sembrava assurdo che adesso fosse mio fratello a stare ai margini, aspettando in disparte. Mi afferrò per entrambi i lati del collo e premette la fronte contro la mia. La sua voce era roca quando sussurrò: «Sei nato per questo. Non dubitarlo mai.»

Con la gola serrata per l'emozione, annuii, non avendo la forza di parlare, e mi unii al cerchio formato dai *Sunder*.

Lyrik. Ash. Zee.

E me.

Lyrik e Ash gettarono le braccia intorno alle mie spalle mentre Zee faceva lo stesso con loro. Ci stringemmo in un cerchio come se fossimo una squadra sportiva, il che era davvero ridicolo considerando che nessuno di noi era mai sceso in campo.

Eppure eccoci qua, pronti a uscire sul palco, mentre Ash ci propinava le arroganti cavolate che adorava pronunciare. Caricandoci. Alimentando la frenesia che sfrigolava sotto la nostra pelle e divampava nelle nostre viscere.

Sunder. Sunder. Sunder.

Cantava più forte la folla.

Reclamandoci con insistenza.

Una scarica di energia mi percorse la pelle, e inspirai a fondo l'aria satura di quella frenesia.

I miei polmoni erano ansanti e il mio cuore batteva a un ritmo maniacale.

«Questa sera appartiene a noi!» gridò Ash, prima di rompere il cerchio e saltellare sulla punta dei piedi.

Zee uscì a grandi passi sul palco, sollevando le bacchette sopra la testa.

Un tributo al suo defunto fratello.

Provai una fitta al cuore a quella vista, e per la prima volta mi domandai quanto fossimo simili io e Zee.

Camminai avanti e indietro.

Tre passi in una direzione, tre passi nell'altra.

Cosa stavo facendo? Cosa stavo facendo? Questo non era il mio posto.

Sunder.

La folla gridò di nuovo, e fui travolto da un'altra ondata di energia.

Ash avanzò sul palco con andatura rilassata.

Acclamazioni e urla.

Qualcosa di simile all'isteria si diffuse nell'aria.

Diventando sempre più forte.

Più contorto.

Come se comprendesse le complessità di questa serata.

Lyrik entrò in scena nel suo stile intimidatorio: lento, deciso e sicuro di sé.

Da dove mi trovavo, potevo sentire l'entusiasmo del pubblico aumentare. La sala era gremita fino all'orlo di persone che gareggiavano per avvicinarsi maggiormente al palco.

Attesi lì nell'angolo.

Serrando le mani a pugno. Provando l'impulso di afferrarmi i capelli. Desiderando, per la prima volta dopo mesi, di nascondermi dietro la sicurezza di quel dannato cappuccio.

Cazzo. Cazzo. Cazzo.

Non ero degno di prendere il posto di mio fratello.

La sua notorietà.

La sua eredità.

La mano di Baz si posò sul mio braccio e i suoi occhi mi dissero che aveva sentito ogni singola paura che mi era passata per la testa.

Non ebbe bisogno di dire nulla.

La sua espressione mi assicurava che mi sbagliavo.

Che credeva in me.

Che, dopo tutto questo tempo, vedeva solo del buono in me.

Tirai un respiro profondo per farmi coraggio.

L'aria frenetica che entrò nei miei polmoni troppo stretti amplificò soltanto il battito martellante del mio cuore.

Uscii sul palco tra grida e urla.

La folla trasalì confusa nel vedere me e non mio fratello. Lo sbigottimento si mescolò con l'abbondante eccitazione, creando un'intensità viva e palpabile.

Le luci stroboscopiche lampeggiarono.

Illuminando la ressa di corpi e volti indistinti.

Con il cuore in gola, mi misi a tracolla la chitarra elettrica di mio fratello e mi avvicinai al microfono.

Era impossibile non notare le infinite domande che baluginavano negli occhi degli astanti. Come se tutti i presenti fossero intrappolati nella soffocante trepidazione che li teneva col fiato sospeso.

Un senso di anticipazione in attesa di scattare.

L'energia si tese a dismisura.

Era inevitabile che si rompesse.

«Buonasera!» gridai, aggrappandomi all'autostima che mio fratello aveva fatto del suo meglio per instillare in me. Anche dopo tutto quello che avevo fatto, continuava a credere in me, e non intendevo deluderlo.

Strimpellai un accordo che echeggiò nella stanza.

La folla proruppe in grida e applausi.

«Le cose quassù vi sembrano un po' diverse, eh?»

Urla, per lo più d'approvazione, e qualche fischio giunsero alle mie orecchie.

E stranamente... stranamente andava bene così.

Un sorriso mi curvò la bocca. «Somiglio un pochino a mio fratello, vero?»

Altre grida. Principalmente di tipo femminile.

E quel fremito crebbe, diventando un costante bum, bum, bum.

Spronandomi in avanti.

«Vediamo se so anche suonare e cantare come lui.»

Bastò quello affinché l'eccitazione andasse fuori controllo.

Affinché l'energia scattasse.

Mi gettai a capofitto nelle note dure e potenti della canzone. La folla si scatenò ai piedi del palco. E il resto dei ragazzi... erano lì con me. Suonando con forza e decisione.

La musica.

Avevo sempre saputo che era lì, radicata nel profondo della mia anima.

E stasera fluì libera e veloce.

Feroce.

E cantai... cantai la canzone che mio fratello aveva scritto anni fa.

Prima che trovasse il modo di essere libero.

Prima che trovasse l'amore.

Mi tuffai nel testo. Nelle sensazioni. E pensai che forse per la prima volta capivo davvero il loro significato.

aspettami

Non posso toccare il tempo
Non c'è rimedio per questo vuoto
Quanto a lungo mi terrai soggiogato?
Smettila subito
Finiscimi ora

E in quel momento compresi.
Con la folla fremente di energia.
Con la canzone che si faceva strada nella mia anima.
Con la travolgente sensazione di essere un tutt'uno coi ragazzi.
Con il modo in cui si schiantò su di me con la forza di uno tsunami.
Divorante.
Opprimente.
Incontrollabile.
Compresi che desiderare di stare quassù non era un distorto senso di lealtà.
Non era un obbligo o un dovere.
Era proprio come Baz aveva detto.
Il mio posto era qui.
Ma ero disposto a rinunciarci.
A lasciare andare per sempre questa sensazione.
Perché nulla aveva valore se Edie non era al mio fianco.

34

EDIE

Sai cosa si prova a stare in piedi sul precipizio della vita?

In bilico sull'orlo del presente?

Istintivamente sai di essere a un passo da una caduta libera.

E poi d'un tratto stai precipitando verso il basso.

In rotta di collisione col tuo passato.

Anche se hai fatto tutto ciò che era in tuo potere per lasciartelo alle spalle.

Stando attenta a non percorrere le stesse strade disseminate di errori, rimpianti e dolori insopportabili.

Eppure, quelle strade te le ritrovi davanti.

E ti riportano indietro, faccia a faccia con quel passato che faresti di tutto pur di dimenticare.

Buffo come avessi fatto di tutto per evitare di affrontare il mio passato.

Non volevo essere spaventata.

Non più.

Volevo essere impavida. Piena di quel coraggio che Austin giurava di scorgere in me ogni volta che mi guardava.

Ciò non significava che non stessi tremando quando aprii la

portiera del taxi, mormorando un sommesso *grazie* e uscendo fuori nella notte di Hollywood. L'aria densa era calda contro la mia pelle già sudata.

Mi sentivo accaldata.

Inquieta.

Scesi sul marciapiede affollato.

Mi ritrovai nel bel mezzo di un andirivieni di persone, le loro voci alte e spensierate mentre si dirigevano verso qualunque luogo le avrebbe intrattenute per la notte.

E rimasi lì. Immobile. Con il cuore che mi martellava nelle orecchie mentre fissavo la pensilina in stile vintage. L'insegna, completamente illuminata, proclamava in grandi e grosse lettere nere lo spettacolo di stasera.

Sunder.

Appena ero atterrata a Los Angeles, ero andata nell'unico posto in cui sapevo di trovarlo.

Dove la nostra storia aveva avuto inizio.

Pregando che non fossimo giunti al capolinea.

La vecchia villa dei *Sunder* sulle Hills.

Quando ero giunta lì, l'avevo trovata buia.

Silenziosa.

Quasi inquietante.

O forse era stato il profondo scoraggiamento e il terrore che avevo provato al pensiero che li avessi mancati. L'ironia che, dopo tutto questo tempo, avessi finalmente trovato il coraggio di affrontare i miei demoni solo per scoprire che erano partiti per andare in tournée.

Con un briciolo di speranza, avevo controllato le date del loro tour.

Perciò eccomi qua.

In piedi davanti alle luci sfavillanti e lampeggianti.

Simili a un faro.

Il flebile battito della musica dura e assordante filtrava attraverso le spesse mura di cemento, protendendosi verso la notte.

Sunder.

La mia testa brulicava di vecchie paure e insicurezze, di

quella familiare vergogna che non volevo più portarmi addosso, così mi costrinsi ad avvicinarmi al botteghino.

Mi umettai le labbra secche con la lingua e con voce ruvida dissi: «Vorrei un biglietto, per favore.»

Una ragazza dai capelli biondo platino con mèches turchesi e un piercing ad anello al labbro si sporse verso di me. «Mi dispiace, sei arrivata con un mese di ritardo. I biglietti sono esauriti da settimane.»

Fui sopraffatta dalla disperazione. Mi aggrappai al bordo del bancone. «Per favore... devo assolutamente entrare lì dentro... mio fratello...»

Cosa potevo dire? Che mio fratello era sul palco? Che ero aggrappata alla speranza che il ragazzo di cui avevo bisogno fosse lì dentro da qualche parte, condividendo lo spettacolo con suo fratello?

Che il mio posto era con loro?

Immagino che la mia espressione fosse alquanto disperata, perché la ragazza scosse la testa e mi rivolse un sorriso ironico. «Vai pure. Ma non dire a nessuno che ti ho fatta entrare.»

Fui travolta dal sollievo. «Grazie.»

«Figurati.» Lo disse come se non significasse nulla. Non aveva idea di quanto si sbagliasse.

Oltrepassai le doppie porte ed entrai nella lobby. C'erano persone ovunque, per lo più giovani, riunite qui per perdersi nelle canzoni caotiche e aggressive in cui si rispecchiavano. Nei testi intensi ed espressivi.

Come se anche loro fossero venute qui per trovare la libertà.

Libertà.

Il mio nervosismo aumentò, il mio cuore prese a battere più forte e i miei respiri divennero sempre più ansanti mentre mi facevo largo a spallate. Ad ogni passo la mia eccitazione cresceva.

Finalmente, giunsi nella sala principale.

L'auditorium era immerso nel buio, tranne che per luci stroboscopiche che illuminavano il palco.

Sagome incandescenti.

Chitarre strimpellanti.

Mi inoltrai maggiormente nella folla in delirio.

Attratta.

Sempre di più.

La mia gola si serrò per l'emozione.

Stupore. Amore. Il mio spirito volteggiò in segno di riconoscimento.

Sbattei le palpebre.

Austin.

Sbattei di nuovo gli occhi, cercando di dare un senso a ciò che vedevo.

Austin.

Era lì.

Sul palco.

Con i *Sunder.*

Cantando.

Suonando.

Al posto di Baz.

Cosa stava succedendo?

Un'ondata di confusione si abbatté su di me, e la mia attenzione fu attirata verso la sua destra.

Verso mio fratello.

Sangue del mio sangue.

Mi mancherai quando me ne sarò andata.

Mai prima d'ora avevo percepito la vastità di quell'affermazione, pronunciata da una quattordicenne che aveva soltanto voluto stare accanto a suo fratello maggiore, desiderando disperatamente di sentirsi importante, anche solo per un momento. La stessa ragazzina che era stata fatta a pezzi e gettata via. *Mi mancava. Oddio, quanto mi mancava.*

Provai una stretta al cuore e cercai di deglutire il groppo di emozione che mi attanagliava la gola. Lottai per avvicinarmi ulteriormente al palco, facendomi largo tra volti immersi nell'ombra e corpi che si dimenavano.

Tirai un respiro profondo per farmi forza. Ma mi sembrò di

non fare altro che inspirare un altro po' di quel palpitante tu-multo. Di assorbirlo nel profondo di me. Dove si impossessò di ogni muscolo e ossa.

Richiamandomi a sé.

Attirandomi più vicino.

Sempre di più.

Qualcosa di intenso sfrigolò sulla mia pelle.

Una forza potente e incandescente.

Una furiosa tempesta che montava in lontananza.

Una scarica di energia e una sferzata di vento.

Ero fuggita così lontano da tutto questo. Ed ora eccomi qui. Dopo tutti questi anni, tornavo strisciando come un vaga-bondo demoralizzato che mendicava per un biglietto di ritorno a casa.

Austin cantava al microfono, piegando e arricciando quella sua splendida bocca. Le sue dita si muovevano con precisione sui tasti, su e giù lungo il collo della chitarra elettrica, mentre l'altra mano strimpellava un ritmo selvaggio.

Oh Dio.

Nessun ragazzo dovrebbe avere il diritto di essere così bel-lo.

Provai un senso di vertigini nell'ammirare il mio bellissimo ragazzo spezzato.

Buio.

Luce.

Caos.

E quest'incrollabile barlume di speranza.

Era magnifica.

L'eccitazione febbrile che mi scorreva dentro.

Lottai per avvicinarmi ulteriormente, insinuandomi e facen-domi largo a forza tra i corpi ammassati l'uno sull'altro che si dibattevano per ottenere la mia stessa posizione.

Più vicino. Più vicino. Più vicino.

Il mio corpo si inclinò con la vertiginosa pendenza del pa-vimento, avvicinandomi ancora e ancora.

Desideravo di più.

Ecco perché ero qui.

Finalmente ero pronta per qualcosa di più.

Ero pronta per tutto.

Le luci stroboscopiche sfavillarono, gettando luminosi fasci colorati sui lineamenti definiti del suo viso.

Su questo ragazzo che avrei dovuto sapere sarebbe sempre stato parte di me.

Lo volevo.

Volevo lui.

Volevo tutto ciò che aveva da offrire.

Rimasi lì, completamente incantata, nel bel mezzo di quella baraonda. La gente saltava, ancheggiava e urlava intorno a me, sollevando i pugni per aria, cantando a squarciagola insieme a quest'incantevole, misterioso ragazzo.

Un ragazzo che senza dubbio era sempre appartenuto lì sul palco.

Avevo visto la sua paura di stare lassù. L'avevo sentita nelle sue parole e percepita nei suoi dubbi.

Ma sapevo... sapevo che quello era il suo posto.

La gioia si accese dentro di me.

Un faro di pace e speranza nel cuore della notte più buia.

Incapace di resistere oltre, tornai indietro, sgusciando fuori dalla mischia. Suppongo che non avrei dovuto sorprendermi che il compito si rivelò più facile del mio tentativo di avvicinarmi ai piedi del palco.

Ma era esattamente lì che stavo andando.

Più vicino.

Dirigendomi verso l'eternità.

Il bisogno di raggiungerlo batteva dentro di me al ritmo della batteria di Zee.

Al ritmo frenetico delle loro canzoni.

Avanzai verso l'entrata laterale del backstage e salii due gradini, ma un grosso e corpulento buttafuori mi bloccò la strada.

Probabilmente, era il doppio di Jed.

Incrociò le massicce braccia tatuate sul petto.

«Devo andare dietro le quinte.» La mia voce era sia debole che forte.

Disperata.

Lui scoppiò a ridere. «Sì... tu e tutte le altre ragazze qui presenti, tesoro. Si entra solo su invito.»

«Per favore... Ash Evans... è mio fratello.»

Volevo anche aggiungere: *E Austin Stone è la mia vita.*

Ma mi si bloccò sulla lingua.

Il bestione scosse la testa. «Bel tentativo.» Il suo sorriso si fece quasi comprensivo. «Se vuoi, puoi aspettare qua fuori... Probabilmente tuo *fratello* verrà a perlustrare la folla in cerca di compagnia più tardi. Non si sa mai che bocconcino gli vada a genio.»

Mi si rivoltò lo stomaco e combattei contro le lacrime che mi punzecchiarono gli occhi.

Lacrime di protesta e speranza e di quest'inafferrabile libertà che mi scherniva, librandosi in lontananza.

Il futuro, che non ero stata abbastanza coraggiosa da sperare di afferrare, appena fuori dalla mia portata.

Notai un movimento alle spalle del buttafuori e i miei occhi si sforzarono di distinguere le linee e le curve, finché non riconobbi il volto familiare.

Fui travolta dal sollievo. «Anthony!» gridai.

Disperatamente, cercai di sporgere la testa oltre il bestione che si ergeva come una barricata di cemento davanti a me. «Anthony!»

Anthony di Pietro, manager dei *Sunder*, si fermò bruscamente. Fece un passo curioso all'indietro, guardandomi con le sopracciglia corrugate attraverso la nebbia di fumo e oscurità.

«Ti ricordi di me?» gli chiesi, praticamente supplicandolo.

«Edie?»

Liberazione.

«Oh mio Dio, sì, ti prego, ho bisogno di...»

Avevo bisogno di *vivere*.

Il buttafuori si stava già spostando di lato. Borbottò delle scuse e mi lasciò passare, un attimo prima che Anthony mi schiacciasse contro il calore del suo petto.

Come se fossi la sua bambina scomparsa da tempo.

Lo abbracciai forte ed emisi un singhiozzo che riverberò contro le mie costole.

Sollievo.

La sua voce era intrisa di preoccupazione. «Edie Evans. Dove diavolo sei stata? Ash... tuo fratello... sarà così sollevato di vederti. Mi ha detto che non ti sente da una vita.»

Il rimorso mi attanagliò il cuore. Sapevo che l'unica lettera che avevo spedito a mio fratello non era altro che un debole tentativo di camuffare il mio dolore. Ash doveva essersi preoccupato per me in tutti questi anni.

Sapevo che era così.

Finora non avevo avuto idea di come affrontare i miei demoni.

Ma adesso ero pronta.

«Non riesco a credere che tu sia qui» mormorò Anthony contro la mia testa.

Le lacrime mi rigarono le guance, e lui mi strinse più forte, cullandomi e calmandomi in un modo che mi fece capire che ero la benvenuta. «Ehi, va tutto bene. Sarà felice di vederti. Te l'assicuro.»

Vergogna.

Aleggiava ai margini ombrosi della mia coscienza, beffeggiandomi. Un'aura rossa e sfocata che fremeva e ardeva.

Pronta a colpire.

A trascinarmi di nuovo nelle profondità della solitudine e del nulla.

Mi rifiutavo di permetterglielo.

Anthony mi staccò delicatamente da sé, tenendomi per le braccia. «Devo correre all'ingresso per occuparmi di una cosa. Perché non vai nella zona VIP al lato del palco? I ragazzi finiranno tra meno di cinque minuti... devono cantare solo un'altra canzone.»

Tirai su col naso e annuii, passandomi la manica della maglietta sulla faccia per asciugare le lacrime. Gli rivolsi un piccolo sorriso di ringraziamento mentre un senso di libertà si diffondeva dentro di me. «Ok, grazie.»

Lui annuì e piegò la bocca in un sorriso. «Bentornata a casa, Edie.»

Quando si allontanò, avanzai lungo il corridoio immerso

nella penombra, stringendomi le braccia contro il petto.

Ogni cellula del mio corpo era attratta dal suono della voce che si levava dal palcoscenico.

Magnetica.

Seducente.

Ipnotica.

Questo ragazzo tormentato era così misterioso, così cupo, così pieno di vita.

Mi misi di lato dove potevo vederlo. Ero nascosta dietro alle ampie e pesanti tende che incorniciavano il palco e mi tenevano celata alla vista mentre guardavo il futuro che mi attendeva in lontananza.

Fremiti di desiderio e devozione mi percorsero il corpo mentre osservavo il suo viso troppo splendente.

Il suo talento straordinario.

Il suo corpo tremendamente perfetto.

Tutte le mie difese crollarono.

Austin era perso nell'atmosfera, nella musica e nelle grida dei fan.

L'emozione mi sopraffece.

Mi trascinò tra le onde di acque torbide e impenetrabili.

Profonde e buie.

Fluttuai tra di esse.

Annegai nel suo conforto.

In questo ragazzo che era il mio ossigeno.

Il mio respiro.

I miei polmoni erano colmi di lui.

Traboccanti di speranza.

Di fede.

Amore.

Volevo perdermi in quel sentimento per sempre.

L'oscurità vibrò e fiammeggiò. Ma stavolta era diversa.

Crudele.

Vile.

Mi si mozzò il fiato.

E mi pietrificai.

La consapevolezza balenò nella mia mente, facendomi rizzare i peli sulla nuca.

Brividi di paura mi percorsero la pelle.

Dardi di terrore mi trafissero ovunque.

Infilzandomi.

Torturandomi.

Cercai disperatamente di trattenere le lacrime che mi bruciavano gli occhi. Di non mostrargli che mi sentivo debole e vulnerabile. Rifiutandomi di permettergli di ferirmi ancora una volta.

Ma la mia reazione alla sua presenza era evidente, e Paul emise una risata bassa e minacciosa al mio orecchio.

Sapevo che avrei dovuto affrontarlo. Un giorno. E presto.

Ma non qui.

Non così.

I suoi respiri caldi soffiarono contro la mia guancia.

E fui travolta dai ricordi.

Il suo corpo depravato contro il mio. Il suo fiato sudicio sul mio viso.

La bile mi salì su per la gola. La nausea mi attanagliò come artigli affilati.

Un singhiozzo.

Cercai di trattenerlo. Ma sfuggì comunque.

Spezzato e acuto.

Come se il mio mantello protettivo fosse stato strappato via per rivelare la ripugnante vergogna.

La morbosa disgrazia di essere stata usata.

Il panico prese il sopravvento.

Soffocando tutte le altre emozioni.

Combatti o fuggi.

E Dio, volevo combattere.

Ma non ne avevo la forza.

Mi premetti una mano sul viso e mi voltai per scappare.

Cercai di girargli intorno. Di trovare un posto sicuro dove nascondermi. Strillai quando la sua mano rivoltante si serrò intorno al mio avambraccio, tirandomi all'indietro. «Dove credi di andare?»

Tentai di liberarmi dalla sua stretta. «Sta' lontano da me!»

Lui mi strattonò contro di sé. «Voglio scambiare due parole

con te... magari riscuotere un po' di quel che mi devi. Mi sembra un momento buono come un altro per iniziare. Che ne pensi?»

Indietreggiai ma lui mi tirò di nuovo a sé. Con forza. Barcollai in avanti e lui mi voltò in modo tale che la mia schiena fosse contro il suo petto. Le sue braccia si chiusero intorno a me come catene.

No.

Scalciai e mi dimenai.

Le mie grida erano soffocate dalla musica.

Paul rafforzò la presa.

Eravamo immersi nell'ombra.

Nascosti.

Ogni centimetro di me respingeva l'idea di essere toccata di nuovo da lui.

Le pesanti tende che circondavano il palco e le quinte poco illuminate mascheravano la nostra presenza.

Mi trascinò all'indietro finché non sbattemmo contro una porta. Paul la aprì e mi tirò all'interno.

Il piccolo stanzino era buio come la pece.

L'istante in cui fummo dentro, mi voltò e mi spinse via.

Boccheggiai e barcollai all'indietro, reggendomi a malapena in equilibrio quando inciampai su qualcosa a terra.

Lo sentii armeggiare con un interruttore.

Una lampada appesa al soffitto si accese e mi resi conto che ci trovavamo in un vecchio camerino che adesso veniva usato come ripostiglio, dove scatoloni e attrezzature varie erano disposte alla rinfusa, creando un percorso indistinto nel mezzo di quel caos.

Paul mi fissò con un ghigno stampato sul viso mentre allungava una mano alle sue spalle e chiudeva la porta a chiave.

Un moto di repulsione si agitò nel mio stomaco.

«Cosa vuoi?» domandai. Speravo che la mia voce suonasse forte, invece venne fuori debole.

Lui avanzò verso di me, braccandomi. Feci un passo incerto all'indietro. «Stammi lontano.»

Al di là delle pareti, udii Austin gridare al microfono: «Buonanotte!»

«Austin.» Il suo nome uscì dalle mie labbra senza il mio permesso.

Il disprezzo riempì gli occhi scuri di Paul. «Hai sempre preferito lui a me, vero?»

La paura prese vita dentro di me, rivoltandomi le budella e assalendo il mio spirito. Non la paura dello schiacciante impatto emotivo che aveva avuto su di me.

Ma puro, viscerale terrore.

Il tipo di terrore che risvegliava l'istinto di autoconservazione.

La lotta per la sopravvivenza.

«Te l'ho detto, sei in debito con me. Ovviamente, avevo un'idea del tutto diversa su come sarebbe andata questa serata... ma ehi... devi cogliere l'opportunità quando ti si presenta.»

Scossi la testa, facendo un altro passo indietro, e con bocca impastata dissi: «Non so cosa vuoi. Non ho nulla da dire.»

Paul scoppiò in una risata malvagia e maniacale che mi trafisse come taglienti frecce d'odio. «Non hai nulla da dire? Sono marcito in prigione negli ultimi quattro anni, e tu non hai niente da dire?»

«Non so di cosa tu stia parlando.» Scossi la testa, confusa. «Tu... tu... sei stato beccato con la droga» dissi, la voce impregnata di paura.

Austin mi aveva detto che era stato arrestato la notte dopo che me n'ero andata. Dopo che l'aveva *scoperto*. Era stato fermato per guida senza targa, possesso di droga e reiterazione di reato.

Paul fece un sorriso che mi trapassò come un coltello arrugginito.

Continuò ad avanzare, quasi con noncuranza.

Ma era impossibile non scorgere la minaccia nella sua camminata.

Invase il mio spazio.

Arretrai, con la stessa lentezza con cui lui avanzava.

Senza poter scappare da nessuna parte, andai a sbattere contro un grosso scatolone alle mie spalle.

«Austin.» Pronunciai il suo nome in un grido tremante, una supplica, consapevole che non era abbastanza forte.

Non sapeva neppure che fossi qui.

«Continua pure a gridare, *piccola*. Nessuno ti sentirà.» Fece scorrere l'unghia del dito contro la mia guancia. Ebbi un conato di vomito.

«Ma prima di passare alla parte divertente, io e te dobbiamo fare una chiacchierata su questo.» Infilò una mano in tasca e tirò fuori un pezzo di carta spiegazzato, lo aprì e me lo sbatté in faccia.

Sussultai, ma mi costrinsi a concentrarmi, a mettere a fuoco ciò che c'era scritto.

A comprendere che cosa significava.

Selvaggiamente, i miei occhi scorsero le parole impresse sul foglietto sbrindellato.

Sono trecento dollari. Molto più di quanto vali. Ma ehi, a volte la puttana la devi pagare.
E a volte la vendetta è una puttana.

Mi girò la testa e mi sforzai di elaborare quello che avevo appena letto. Quelle crudeli parole rimbombarono nella mia mente come se le sentissi per la prima volta.

I ricordi che avevo voluto soffocare.

Quando ero andata a chiedere il suo aiuto e avevo ricevuto soltanto un'altra bastonata.

La paura.

La tristezza.

L'agonia.

Lo spazio vuoto dentro di me pulsò dolorosamente, e chiusi gli occhi con forza mentre le parole che erano state aggiunte alla fine mi solleticavano la coscienza.

Dubbio e confusione.

La mia bocca si spalancò e la mia lingua si annodò, proprio come lo stomaco.

Paul accartocciò il bigliettino nel pugno.

«Buffo, sai, essere fermati nella propria dannata auto.» Il

suo tono era duro, intriso di sarcasmo mentre sputava quelle parole. «La targa, che fino a quella mattina era stata al suo posto, stranamente non c'era più. Sotto al sedile, cinque bustine di coca che sono fottutamente sicuro di non aver messo io lì.»

Oddio.

Oddio.

Serrai gli occhi più forte. Contrastando la consapevolezza.

No.

Non lo farebbe mai.

Paul mi schiacciò ulteriormente contro lo scatolone. Il suo alito rancido mi soffocò mentre mi vomitava in faccia la sua rabbia. Avvicinò la bocca al mio orecchio e premette l'avambraccio contro il mio petto in maniera oppressiva.

Proruppe in una risata amara. «Ho passato quattro anni in carcere chiedendomi chi fosse stato ad incastrarmi... pensando che fosse impossibile che una stupida e piccola troia come te avesse le palle di fare una cosa simile.»

Troia.

Quella parola mi tagliò, mi trafisse e mi uccise.

Scosse la testa violentemente, sforzandosi di mantenere il controllo. Ma poi ci rinunciò, e il suo avambraccio scivolò verso l'alto, fermandosi sotto al mio mento.

Volevo gridare.

Implorarlo di smetterla.

Dirgli che non ero io la responsabile.

Invece mormorai piagnucolando: «Ti prego... non farlo. Non sono stata....»

La pressione sulla mia gola aumentò, togliendomi l'ossigeno, costringendomi a sollevare il mento. Il pesante scatolone alle mie spalle scricchiolò.

Mi sfuggì un gemito e mi aggrappai inutilmente al suo braccio.

Debole.

Ti prego, Dio, fa' che non lo sia.

Volevo essere forte.

Trovare il coraggio che Austin vedeva in me.

Mentre pregavo, cercai di dare un senso a ciò che aveva fatto. Perché l'aveva fatto.

La mia mente non riusciva a capacitarsi del fatto che fosse lui il responsabile. Del fatto che non me l'avesse mai confessato, pur sapendo dei messaggi che Paul mi inviava.

Non capisco.

Eppure, Austin diceva che ero l'unica a capire.

Paul rise di nuovo, gli occhi indemoniati, fiammeggianti di sete di vendetta. «Che ragazza stupida che sei. Mi hanno fatto uscire prima per buona condotta. Ovviamente, mi hanno restituito le cose che mi avevano confiscato al momento dell'arresto: i vestiti e il cellulare. Ed eccola lì, nel mio portafoglio, la prova che eri stata tu. Ma è quello che volevi, vero? Che lo sapessi. Cosa credevi di ottenere?»

Rabbrividii di paura e sbattei le palpebre per scacciare via le lacrime che non smettevano di cadere.

Ancora una volta, mi ritrovavo nel ruolo di sciocca, soggetta alla crudeltà delle mani malvagie e depravate di Paul.

«Cosa credevi, Edie? Quando sarei uscito di galera... cosa pensavi che sarebbe successo, esattamente? Pensavi che avrei lasciato perdere questa storia? Perché pagherai come la lurida troia che sei.»

Un grido spezzato mi squarciò la gola.

«No. Ti prego, no.»

Lui si sporse in avanti, il suo respiro mi diede il voltastomaco e il suo sussurro fu come una lama nel mio orecchio. «Sì.»

35

AUSTIN ~ DICIASSETTE ANNI

La musica risuonava a tutto volume dagli altoparlanti. La casa sulle Hills era gremita di gente.

Traboccante di corpi che volevano solo essere visti.

I *Sunder* avevano suonato stasera.

Per la prima volta in assoluto, avevano fatto il tutto esaurito in uno stadio.

Sembrava che da un giorno all'altro frotte di persone sbavassero dietro alla band, morendo dalla voglia di avere un assaggio di quello che i ragazzi avevano da offrire.

Fottuti avvoltoi.

Questo mi rendeva irrequieto.

Mi faceva sentire a disagio.

Gironzolai ai margini di quel caos, come facevo sempre, restando per conto mio.

Le due cose che prima mi spingevano ad unirmi a queste interminabili feste non sembravano più essere una tentazione. Né le strisce di cocaina sul tavolo nel salotto, né le donne mezze nude avvinghiate a qualsiasi tizio in cui riuscivano ad affondare i loro artigli.

Non volevo più prendere parte a tutto quello.

Avevo fatto una promessa a Edie.

Le avevo promesso che avrei tenuto il naso e il corpo puliti, perché il pensiero che ricadessi in quella merda era più di quanto potesse sopportare.

Sei troppo buono per quello, mi aveva implorato di notte.

Inondandomi di quella sua dolcissima sicurezza e incrollabile fiducia quando le avevo confidato parte dello schifo in cui mi ero cacciato. Il caos e il tumulto. La mia rapida caduta nella tana del coniglio.

Ero fottutamente giovane quando avevo intrapreso quell'oscuro sentiero con il resto dei ragazzi.

Per molti anni, era sembrata l'unica direzione che ognuno di noi potesse seguire.

Si potrebbe pensare che una volta che tutti avevano smesso, questa porcheria non avrebbe avuto luogo apertamente nella villa dei *Sunder*. Invece, eccola lì quella tentazione, proprio sotto il nostro naso, lo squallido sfarzo che sembrava andare a braccetto con questo stile di vita sparpagliato davanti a noi come un buffet.

Ognuno di noi poteva allungare la mano e rimpinzarsi a volontà.

Improvvisamente, una piacevole sensazione strisciò sul pavimento.

Svegliando e alimentando qualcosa in me.

Aumentando sempre di più.

Attratto, sollevai lo sguardo. I miei occhi si posarono sull'unica persona che volevo vedere.

Il mio segreto preferito.

Dall'altra parte della stanza, Edie mi lanciò un timido sorriso malizioso. Con la stessa rapidità con cui mi aveva lanciato un'occhiata, abbassò la testa e si voltò di nuovo verso il suo folle fratello che stava blaterando qualcosa.

Quel ragazzo era fuori dall'ordinario.

Amava vivere al massimo.

Pienamente.

Teneva un braccio tatuato intorno a una ragazza e agitava l'altro mentre raccontava una storia che probabilmente non era altro che una frottola.

Dannazione, quanto avrei voluto essere più vicino per ascoltarla.

D'accordo, era una bugia bella e buona.

Volevo stare al *suo* fianco.

Al fianco della ragazza che facevo molta fatica a non toccare. Perché farlo ci avrebbe fatto scoprire. E dal momento che il nostro rapporto era già confuso e complicato, sapevo che non sarebbe stata la cosa migliore da fare.

La cosa migliore?

Era che Edie era uscita dalla sua stanza.

Che stava sorridendo.

Che si stava facendo vedere in pubblico quando finora aveva sempre cercato di nascondersi.

Che male poteva fare andare a salutarla?

Infilandomi le mani in tasca, mi incamminai nella sua direzione nel modo più disinvolto possibile mentre una specie di frenesia si scatenava dentro di me.

Lei abbassò timidamente lo sguardo sul pavimento e si mordicchiò il labbro man mano che avanzavo.

Persino allora, non potei fare a meno di notare il modo in cui il suo corpo fremette mentre mi avvicinavo.

Aveva bisogno di me tanto quanto io avevo bisogno di lei.

E quel bisogno?

Continuava soltanto a crescere e crescere.

Forte e travolgente.

Vita e luce.

Afferrandomi ovunque.

Ash sorrise come un idiota. «Bene, bene, bene. Sembra che ci sia un altro Stone che ha voglia di divertirsi stasera.»

Mi rivolse un sorrisetto e strinse il braccio che teneva intorno al collo della ragazza. «Tesoro, perché non vai a chiamare un'amica o due? Presentale al mio amico Austin qui presente.»

Inclinò il mento nella mia direzione, tutto sorrisi e spiritosaggine. «Sembra che un po' di compagnia gli possa fare comodo.»

Edie trasalì.

Ero certo che nessuno se ne accorse.

Ma io me ne accorsi eccome, cazzo.

Senza togliere le mani dalle tasche, scrollai i gomiti. «Sto bene così, amico. Non ho bisogno che tu mi combini un incontro. Me la cavo benissimo da solo.»

Gli occhi azzurri di Ash luccicarono di ilarità. «Ah, non ne dubito. E stasera ci sono un sacco di adorabili signorine in cerca di un po' di divertimento. Sono ben felice di provvederglielo, ma non credo di poterle gestire tutte da solo.»

Inarcai un sopracciglio. «Sono sicuro che ci proverai comunque.»

Lui scoppiò a ridere fragorosamente. «Suppongo di sì.»

Il suo sguardo si spostò su sua sorella. «Dal momento che sei qui, perché non tieni d'occhio Edie per me?» Il suo sorriso malizioso si trasformò in uno affettuoso mentre la guardava. «È la ragazza più bella della serata.»

Edie arrossì in maniera adorabile.

Angelo.

Ash riportò l'attenzione su di me, enfatizzando le sue parole con un cenno del capo. «Non voglio che uno di questi stronzi ci provi con la mia sorellina. Una cosa simile non deve accadere.»

Assolutamente no, cazzo.

«Certo» dissi come se non importasse. Se solo avesse saputo che la sua sorellina era l'unica ragione per cui ero qui.

Guardai Edie, perdendomi nell'azzurro oceano dei suoi occhi. «Vuoi andare da qualche parte più tranquilla?»

«Sì, per favore.»

Cominciai ad indietreggiare, piegando la testa all'indietro. «Usciamo in giardino. È una bella serata per stare là fuori.»

«Mi piacerebbe.»

Camminammo fianco a fianco fino in cucina, che era zeppa di gente. «Prendo un paio di bottiglie d'acqua. Ci vediamo fuori.»

«Ok» rispose lei con gratitudine, perché sapevo che non le piaceva stare in mezzo a un mucchio di persone che non conosceva. I suoi capelli biondissimi ondeggiarono intorno a lei mentre si faceva strada tra la calca fino all'altro lato, sgattaiolando rapidamente fuori dalla porta sul retro.

Salutai un paio di persone, frugai in frigo in cerca dell'acqua, che era l'ultima bevanda che la maggior parte dei presenti voleva, e mi diressi nella direzione in cui era sparita Edie.

Uscii fuori nella notte. Maestosi alberi crescevano alti e orgogliosi lungo il perimetro dell'enorme villa, allungando i loro rami per offrire protezione e ombra. Qui la festa era solo un'eco chiassosa che ero fin troppo felice di lasciarmi alle spalle.

Percorsi il sentiero che conduceva al piccolo giardino fatto di siepi e fiori nascosto dietro la casa e illuminato dal chiaro di luna.

Il fiato mi si mozzò in gola quando vidi Edie.

Un brivido mi corse lungo la spina dorsale.

Gelide lingue di fuoco mi lambirono la pelle.

La mia mano si serrò intorno alle bottiglie di plastica che scricchiolarono, e la mia gola fu trafitta da lame taglienti come rasoi quando tentai di deglutire.

Paul torreggiava sopra di lei, la faccia a pochi centimetri dal suo viso mentre le parlava, senza dubbio dicendole qualcosa di osceno.

Di depravato.

Edie teneva la testa abbassata e girata di lato, come se stesse cercando di scomparire nel nulla.

Prigioniera dell'immeritata vergogna.

La possessività si accese dentro di me e la furia mi infiammò le vene.

Vidi rosso e lasciai cadere le bottiglie, precipitandomi verso di lei coi pugni serrati.

Persi quasi il controllo quando fui abbastanza vicino da sentire quello che le stava dicendo.

«...mi sembra giusto che facciamo il bis. Sei in debito con me, *piccola*, non credi?»

La sua voce era smielata. Malvagia e vile.

Ribollii di rabbia.

Li raggiunsi e sollevai il mento mentre cercavo di contenere le mie emozioni.

Il mio segreto preferito.

Paul mi lanciò una breve occhiata, liquidandomi velocemente. «Sono piuttosto occupato, non vedi?»

Non mi mossi di una virgola.

L'odio che provavo per quello che le aveva fatto crebbe a dismisura.

L'odio per l'angoscia e la tristezza che le aveva causato.

Per la perdita che le aveva procurato e che ogni notte cercavo di alleviare.

Questo bastardo era l'unico ostacolo sul nostro cammino.

La barriera tra noi e la felicità appena fuori dalla nostra portata. Così vicina eppure così maledettamente lontana.

«Ti ho detto di toglierti dalle palle, stronzo.» Stavolta la sua voce suonò un po' più dura, e feci un passo in avanti. Nello stesso istante, lui strinse il polso di Edie in una morsa brutale.

«Lasciala andare» dissi con voce rauca e tonante.

Lui scoppiò in una risata beffarda. «Nemmeno per sogno. Io e lei abbiamo una questione in sospeso da risolvere. Questa stronza è in debito con me e deve pagare.»

La violenza che mi ribolliva dentro esplose.

Mi avventai su di lui e lo spinsi con entrambe le mani sul petto. «Non andrà da nessuna parte con te.»

Paul barcollò all'indietro e la sua faccia disgustosa si contorse in una smorfia di rabbia. «E sarai tu a fermarmi?»

«Sì, esatto.»

Lo dissi con assoluta calma.

Come se non fossi un ragazzino allampanato di fronte a un uomo adulto incazzato nero. Ma l'uomo che desideravo essere scalpitava appena sotto la superficie. Dimenandosi in cerca di una via d'uscita. Di un modo per liberarsi.

Mi sarei battuto per lei.

Più che volentieri.

Fino alla morte, se necessario.

«Austin.» Il mio nome venne fuori come una supplica dalle labbra di Edie. Era una richiesta che non riuscii a comprendere del tutto mentre la spingevo dietro di me, frapponendomi tra loro due.

Paul ridacchiò sommessamente. Era ovvio che a quel punto avesse capito le mie intenzioni.

«Ah... che carino. Sembra che qualcuno si sia preso

una cotta.» Piegò la testa di lato e continuò in tono offensivo. «Lo sciocco ragazzino è disposto a farsi prendere a calci in culo per un'inutile troia. Però è una bella scopata, vero?»

Troia.

Quella parola fendette l'aria come un fulmine.

Un fuoco istigatore.

Edie boccheggiò per l'impatto del colpo.

Il mio angelo.

Mi avventai su di lui.

Una raffica di pugni, odio e imprecazioni.

Paul mi colpì.

Un gancio dritto al mento che mi fece quasi cadere a terra.

La mia testa oscillò all'indietro.

Non importava che il dolore mi mise quasi al tappeto.

Contrattaccai.

Lottai con tutto me stesso. «Ti uccido, figlio di puttana. L'hai usata... l'hai messa incinta, pezzo di merda. Non te n'è fottuto nemmeno un cazzo. Ti uccido. Ti ammazzo.»

Lo colpii sullo zigomo.

La pelle si spaccò, lui barcollò all'indietro e si asciugò il sangue che sgorgava dal taglio che gli avevo inflitto. «Mi sono approfittato di lei? Le troiette come lei sono tutte uguali. Si inventano qualsiasi cosa per qualche dollaro in più. Probabilmente non era nemmeno incinta.»

La rabbia e l'odio mi accecarono.

Non me ne fregava un cazzo che fosse più grosso di me.

L'avrebbe pagata.

Fosse stata l'ultima cosa che facevo, gliel'avrei fatta pagare.

Lo presi a pugni e a calci mentre un guazzabuglio di

parole confuse e amare uscivano dalla mia bocca.

«Non era incinta? Stupido pezzo di merda. L'ha avuta. L'ha avuta. E ha dovuto darla via. Hai la minima idea di quanto sia stato difficile per lei? Ne hai la minima idea?» Le parole erano smozzicate come il mio respiro.

Le stelle e il cielo vorticavano in un caleidoscopio di follia.

L'agonizzante violenza che non poteva essere saziata.

L'amore straziante che provavo per questa ragazza.

Improvvisamente, Edie gemette.

Proruppe in un grido così acuto da penetrare la mia furia.

Era piegata in due quando mi voltai a guardarla.

Il suo sguardo era su di me.

Desolato.

Tradito.

«Tu... glielo hai detto? Non avrebbe mai dovuto saperlo. Come hai potuto... come hai potuto?» Indietreggiò, stringendosi la pancia, il punto in cui era stata sua figlia.

Paul si pietrificò, poi fece un passo in avanti. «Che cazzo ha detto? Vuoi dire che là fuori c'è una fottuta bambina che potrebbe essere mia?»

Si fiondò verso di lei, abbassò la testa e sputò le parole contro il suo viso inorridito. «È questo ciò che lui sta dicendo? Che un giorno una ragazzina piagnucolona busserà alla mia porta, sostenendo che sono il suo papà scomparso da tempo?»

Edie singhiozzò tra le lacrime e abbassò la testa tra le spalle nel tentativo di nascondersi.

Vergogna.

La paura mi imperlò la pelle di sudore.

Rendendola fredda e appiccicosa.

Che cosa ho fatto? Che cosa ho fatto?

Prendevo sempre le cose buone che mi venivano date

e le distruggevo prima che avessero la possibilità di crescere.

«Edie» sussurrai.

«Fottuta stupida puttana. Sei stata anche pagata? Quanto ti hanno dato per lei? Dimmelo.»

«Edie» implorai.

Non stava nemmeno guardando Paul mentre le vomitava addosso quelle orribili parole.

Stava fissando me, incredula.

Potevo sentire la speranza essere risucchiata via, dissipandosi nell'aria come la fiducia che avevo appena distrutto. Un vortice che turbinò e si mescolò con la furia. Scontrandosi e schiantandosi finché non rimase più nulla.

Restai lì immobile mentre Edie fuggiva in casa. Mi afferrai i capelli tra le mani, cercando di respirare.

Paul sputò a terra e mi puntò un dito contro. «Non finisce qui.»

«Va' all'inferno» dissi con voce sinistramente calma.

Lui sbuffò una risata, prima di voltarsi e andare via, dicendo con tono disinvolto da sopra la spalla: «Lo vedremo.»

Camminai avanti e indietro.

Domandandomi come avrei fatto a sistemare le cose. Consapevole che non avrei potuto dire niente di peggio.

Che l'avevo ferita in modo insopportabile.

Cinque minuti dopo, sentii sbattere la porta d'ingresso.

Non so perché, ma lo sapevo. Lo sapevo e basta, cazzo.

Corsi verso la parte anteriore della casa.

Edie teneva una grossa borsa sulla spalla, le braccia incrociate sul petto e la testa abbassata per l'umiliazione mentre percorreva il viale acciottolato.

«Edie» mormorai in tono supplichevole che divenne agitato quando non si voltò a guardarmi.

«Edie.»

Cominciò a correre.

«Edie, aspetta, ti prego, aspetta.»

Si girò di scatto, la mano chiusa a pugno sul cuore mentre il tormento sgorgava dalla sua bocca. «Non posso credere che tu mi abbia fatto questo. Mi fidavo ciecamente di te. Stanne fuori. Sta' fuori dalla mia vita e dai miei affari perché non posso fidarmi di te. Non rendere le cose più difficili di quanto tu non abbia già fatto.»

Un taxi si fermò all'angolo e Edie si allontanò velocemente da me.

Cercai di raggiungerla.

Di fermarla.

Balzò in auto, sbatté la portiera e abbassò la chiusura con mani tremanti proprio nel momento in cui giunsi lì. Continuò a tenere la testa abbassata, schermandosi con la sua chioma bionda, rifiutandosi di guardarmi.

«Edie!» gridai. Battei il pugno contro il finestrino. «Edie!»

L'auto accelerò, e le corsi dietro mentre si allontanava.

Facendo a pezzi l'ultimo brandello buono di me.

«Edie, ti prego!» urlai nella notte.

Ti prego.

«*Aspetta.*»

Il tormento mi consumava le viscere. Quel posto vuoto dentro di me era risorto col sapore aspro della morte.

Non avrei dovuto essere sorpreso.

Questo era ciò che facevo.

Prendevo quel che c'era di buono e lo distruggevo. Lo

315

schiacciavo tra le mani.

L'amarezza mi ribolliva nel sangue.

Un caos senza speranza.

«Partiamo alle cinque» mi avvisò Baz. Stava mettendo in valigia un po' di cose per le ultime tappe del loro *Divided Tour* che ci avrebbe portato in altre sei città.

Questo era il tour che li aveva affermati come band.

Quello che gli aveva portato il successo.

La fortuna.

Ma ne era valsa la pena?

Perché era anche il tour che ci aveva portato via Mark.

Il tour che ci aveva gettato nella disperazione.

Ovviamente, questo era successo prima che io vedessi la luce.

Che venissi accecato da essa, in verità.

Perché adesso avevo la sensazione di brancolare nel buio più totale. Sapendo che non si sarebbe mai dissipato. Che non sarei mai più tornato a stare bene. Che il mio passato, i miei errori, sarebbero sempre stati lì, in attesa di raggiungermi.

Julian. Julian. Julian.

La sua presenza aleggiava intorno a me come sbuffi di vapore. Beffeggiandomi per la mia ingenuità. Per aver stupidamente creduto che magari avrei trovato la felicità.

Che potevo essere buono per qualcuno. Dare qualcosa in cambio invece di prendere e prendere soltanto.

Trattenni un gemito amareggiato.

Perché avevo trovato la felicità.

Avevo trovato lei.

Edie.

Ma poi mi ero voltato e l'avevo distrutta.

«Capito» risposi. Non me ne fregava un cazzo di dove fossimo diretti, perché sapevo che avrei sempre e solo viaggiato in un'unica direzione.

Giù.

Ma avevo un'ultima cosa da fare prima di lasciarmi andare del tutto.

Nessuno se ne accorse quando afferrai le chiavi di mio fratello o quando presi il grosso rotolo di banconote dalla cassaforte. Né quando mi presentai allo squallido appartamento per concludere l'affare che avrebbe segnato il destino di quello stronzo, e di sicuro neppure quando mi intrufolai nel suo cesso di casa.

Il terreno butterato si conficcò nelle mie ginocchia quando mi inginocchiai dietro la sua macchina e rimossi velocemente la targa.

La lanciai dietro un cespuglio.

Non finisce qui.

Mi ritornarono in mente le sue parole. La minaccia contro la mia ragazza. Una che avrei eliminato.

Trattenni il fiato mentre scivolavo nella sua macchina e nascondevo le bustine di coca sotto il sedile.

Cercai un posto dove poter lasciare il bigliettino. Per essere un bastardo sfigato, sembrava che oggi la fortuna stesse dalla mia parte, perché trovai il portafoglio dell'idiota nascosto nella console centrale. Infilai il biglietto tra una banconota da cinque e una da dieci.

Sono trecento dollari. Molto più di quanto vali. Ma ehi, a volte la puttana la devi pagare.

E a volte la vendetta è una puttana.

L'unica consolazione che provavo da tutto questo era sapere che quando avrebbe letto la nota, avrebbe capito che ero stato io. Gli avevo ripetuto le parole che aveva malignamente detto a Edie con uno speciale *vaffanculo* da parte mia aggiunto alla fine. Il mio personale modo per dirgli addio e mandarlo al diavolo.

Con l'ultimo brandello di speranza che mi era rimasto, mi augurai che questo sarebbe bastato a spedire il bastardo dritto all'inferno.

Magari allora sarebbe bruciato lì insieme a me.

Avevo aspettato tutto il giorno per l'opportunità giusta. Finalmente si era presentata quando lo stronzo era corso di nuovo in casa, probabilmente per prendere qualcosa che si era dimenticato. Come se fosse immune a qualsiasi conseguenza, aveva lasciato la macchina accesa nel vialetto.

Un solo secondo.

Un solo istante.

Un solo errore.

Suppongo che bastasse quello a rovinare una vita.

Da dietro a un muro, l'osservai salire in auto e fare marcia indietro, immettersi in strada e scomparire all'incrocio.

Le avevo promesso che l'avrei protetta.

E lo stavo facendo nell'unico modo che conoscevo.

Cinque ore più tardi, salii incespicando sul pullman dei *Sunder*.

Mi sentivo fottutamente perso.

Disperato.

Incapace di respirare.

Quando giungemmo al luogo dell'evento, i ragazzi scesero uno dopo l'altro. Gasati per il concerto. Ignari della devastazione che avevo causato.

Attesi finché non scomparvero prima di aprire lo scomparto dove sapevo Mark conservava il numero del suo spacciatore.

Inviai un messaggio per qualche pillola di ossicodone.

Qualsiasi cosa per lenire il dolore.

Per cancellarlo.

Desideravo disperatamente perdermi nell'oscurità.

aspettami

Perché dopo che sei stato immerso nella luce?
Non sai più come vivere senza di essa.

36

AUSTIN

«Buonanotte!»

Tutti e quattro sollevammo le braccia e uscimmo dal palco.

Avevo la sensazione che i miei piedi non toccassero terra.

Che il mio corpo volasse.

Che il mio spirito si librasse.

Grida, applausi e cori che chiedevano il bis non facevano altro che accrescere la mia eccitazione. Il sangue pulsava e scorreva velocemente nelle mie vene. Potevo sentire l'adrenalina consumare ogni cellula del mio corpo, supplicando di essere liberata.

Ero preda di una smania irrefrenabile.

Solo in quel momento compresi appieno l'ossessione che una volta mio fratello aveva cercato di descrivermi. Quando aveva provato a farmi capire che cosa significava stare sul palco davanti a migliaia di fan. Cosa si provava ad alimentare la loro frenesia e come loro la riversavano su di te.

Appena oltrepassammo il sipario, Ash poggiò le mani sulle mie spalle e mi usò come trampolino per lanciarsi in aria. Atterrò battendo entrambi i palmi sulla mia schiena.

«Cavolo, amico! Hai spaccato. Il concerto è stato incredibilmente epico. La folla era in delirio. Ti hanno adorato, amico. Sei stato impeccabile. Ti sei integrato alla grande.»

Integrato.

Era così che mi ero sentito.

Come se avessi sempre fatto parte del gruppo.

Lyrik mi rivolse un cenno col mento in chiaro segno di approvazione mentre si allontanava e scompariva tra la folla. Passandomi accanto, Zee batté il pugno contro il mio e disse: «Ce l'hai fatta, amico. Ne ero sicuro.»

Ma fu la vista di mio fratello che aspettava dietro le quinte a rallentare i miei passi.

Era la sua approvazione che cercavo.

Mi afferrò saldamente per le spalle e mi diede una scrollata. «Sono così orgoglioso di te, Austin. Tremendamente orgoglioso.»

Mi strinse in un forte abbraccio, che io ricambiai. Tutto quello che aveva fatto per me era in cima ai miei pensieri e ai miei ricordi.

«Grazie per avermi dato questa possibilità.»

«Grazie per averla colta» rispose lui con voce roca.

Annuii lievemente e il mio cuore martellò un po' più forte mentre assaporavo quel momento per qualche altro secondo.

Poi lo lasciai andare.

Mi concentrai sul motivo che mi aveva ricondotto a Los Angeles.

La ragione principale per cui ero qui, anche se avevo la sensazione di aver trovato un pezzo mancante di me stesso lungo la via.

Paul aveva risposto al mio messaggio quando gli avevo fatto sapere che avrei lasciato un pass per il backstage per lui alla biglietteria, dicendomi che sarebbe venuto.

Ero pronto.

Maledettamente pronto a farmi avanti e assumermi le mie responsabilità, ad assicurarmi che il bastardo non rivolgesse mai più un solo pensiero alla mia ragazza.

Sapevo che sarebbe stato un duro scontro.

321

Uno che avevo tutta l'intenzione di vincere.

Immaginavo che lo stronzo si sarebbe solo innervosito di più quando si sarebbe trovato di fronte a me, pensando che stesse per vincere la lotteria nonostante non avesse neppure giocato. Immaginavo che sarebbe stato un colpo ancora più duro portarlo qui con la promessa di qualcosa di grande quando in realtà le cose stavano per mettersi terribilmente male per lui.

Il nervosismo si fece strada lentamente ma con decisione in me. Scrutai i volti delle persone in attesa dietro le quinte, aspettandomi di vederlo uscire dall'ombra come il raccapricciante figlio di puttana qual era.

Poi sarei tornato a Santa Cruz, avrei trovato la mia ragazza e le avrei confessato tutto.

Le avrei detto che avevo combinato un casino, come facevo sempre, peggiorando soltanto le cose. Anche se avevo solo cercato di metterle a posto.

Sapevo di non poter andare avanti senza levarglielo di torno dopo che aveva minacciato che non era finita. Ma ora mi rendevo conto che non sarebbe mai finita finché non mi sarei sbarazzato di Paul una volta per tutte.

Anthony avanzò verso di noi. Confuso, si guardò intorno come se stesse cercando qualcuno. Non mi sfuggì la preoccupazione che balenò sul suo viso o l'apprensione che fece vacillare i suoi passi.

«Ehi, Ash» lo chiamò.

Ash teneva un braccio intorno a una ragazza, facendola ridacchiare mentre le sussurrava sicuramente qualcosa di osceno all'orecchio. Non si smentiva mai, era sempre un cane in calore.

«Torno tra un attimo, tesoro» disse nel suo solito tono spavaldo. Andò verso Anthony. «Che succede, amico?»

Anthony esitò, guardandosi di nuovo intorno. Qualcosa dentro di me mi fece sintonizzare su qualunque cosa stesse per dire mentre il mio corpo veniva attraversato da un brivido di inquietudine.

«Hai visto tua sorella... Edie?»

L'espressione di Ash si fece vacua per un millesimo di secondo. Come se stesse elaborando le parole di Anthony.

Era chiaramente perplesso.

Mentre io sentii le mie viscere contorcersi.

«Cosa intendi con mia sorella?» domandò, lasciando cadere la maschera di indifferenza che indossava continuamente.

Qualcosa di intenso prese il sopravvento su di lui.

«Tua sorella è qui. Le ho detto di aspettare nella sezione VIP dietro le quinte. Ma adesso non la vedo da nessuna parte.»

Ash serrò la mascella, preoccupato. «Mia sorella? Sei sicuro, Anthony? Non scherzare con me, amico. Non su di lei.»

Anthony scosse la testa. «Pensi davvero che ti prenderei in giro su una cosa del genere?»

La loro conversazione divenne un sordo brusio in un angolo della mia mente.

Tutto andò in sovraccarico.

Il mio sguardo guizzò per la stanza, perlustrando ogni nicchia e rientranza.

Il panico si accese nel mio ventre.

Come la fiamma di un fornello.

Un anello di fuoco.

Ed io bruciavo nel mezzo.

No.

Non di nuovo.

Cazzo. Cazzo. Cazzo.

Estrassi il cellulare dalla tasca.

La paura dilagò dentro di me quando lessi il messaggio che avevo ricevuto.

Uno da parte di Paul.

Sono nel backstage, pronto a sentire qualsiasi cosa tu abbia da dirmi.

No. No. No.

Non mi resi nemmeno conto di dirlo ad alta voce. Il mio tono aumentò di volume ad ogni parola che fuoriusciva dalla mia bocca. «No... cazzo... no. Edie.»

Girando in cerchio, urlai il suo nome. «Edie!»

Ash percepì l'agitazione che mi ronzava nelle ossa.

Incrociò i miei occhi.

Come se sapesse.

Corsi verso il retro dell'edificio dove infuriava l'after party.

Ash mi seguì a ruota, parlando ininterrottamente. «Perché ho il brutto presentimento che hai un fottio di spiegazioni da darmi e che non mi piacerà quello che hai da dire?»

Non mi fermai per dargli una risposta.

Mi feci largo a spintoni tra la gente che sostava in fondo al corridoio che dava sulla grande sala, gridando il nome di Edie per tutto il tempo.

Un mucchio di coglioni bighellonavano per la stanza come se fossero i padroni del posto, circondati da ragazze pronte a sprecare ciò che avevano su questi sfigati solo per ottenere un piccolo assaggio dello sfarzo e del glamour.

Come se qualcuno di quei perdenti si sarebbe ricordato il loro nome il giorno dopo.

Osservai ogni volto.

Lei non c'era.

Il terrore si diffuse dentro di me come sottili rami striscianti.

Scavando e mettendo radici.

Andai quasi a sbattere contro Ash quando mi voltai di scatto. Sfrecciai in corridoio. Entrambi ci inoltrammo nei meandri del vecchio edificio, verso i camerini e gli uffici situati sul retro, spalancando porte e gridando senza sosta il suo nome.

Qualcosa di simile all'isteria crebbe dentro di me.

Il pensiero che quel bastardo la toccasse... che le facesse del male...

No.

Non l'avrei permesso.

Non di nuovo.

Fermandomi bruscamente, girai sui tacchi e mi fiondai di nuovo nella direzione da cui eravamo venuti, con Ash sempre al mio fianco.

Non me ne fregava un cazzo che stessi letteralmente spingendo da parte le persone mentre mi fiondavo in avanti.

La confusione regnava sovrana sul viso di tutti quando tornammo al lato del palco. Baz, Anthony e Zee ci fissavano come se si stessero chiedendo che cosa fare, con Lyrik adesso parte della mischia.

Scrutai freneticamente intorno a me.

Tutto si fermò quando vidi la porta alla sinistra del palco, nascosta e dimenticata in una nicchia.

Corsi verso di essa, afferrai la maniglia e la girai.

Era chiusa a chiave.

Il panico aumentò, soffocandomi.

Feci un passo indietro, sollevai la gamba e sbattei lo stivale contro la porta.

Tremò ma non si aprì.

La colpii di nuovo.

E ancora una volta.

La presi a calci finché non si scheggiò e cedette. Si spalancò e andò a sbattere contro il muro con un tonfo. Senza esitazione, mi fiondai dentro.

Edie.

Un impeto di violenza strisciò sotto la mia pelle.

Paul la teneva bloccata contro un grosso scatolone appoggiato alla parete di fondo. Scioccato, voltò la testa per guardarsi alle spalle quando mi sentì irrompere nella stanza.

Ma capii subito le intenzioni di quel pezzo di merda perché erano evidenti in quei terrorizzati occhi acquamarina.

«Austin.» Il mio nome uscì dalle labbra di Edie in un sussurro strozzato carico di sollievo. Si afflosciò contro lo scatolone quando Paul si girò di scatto e la lasciò andare.

Cazzo, non sapevo proprio come dare un senso al fatto che la mia ragazza fosse qui dopo il modo in cui l'avevo tradita l'altra sera.

La furia fece contrarre i miei muscoli e le mie mani si chiusero a pugno. Infervorato da rabbia repressa e odio inarrestabile, mi precipitai in avanti.

Mi avventai dritto sullo stronzo.

Edie strillò e balzò via.

Da qualche parte nella foschia della mia mente, potevo sentire la voce di Ash fendere l'aria soffocante. «Edie... oddio... dimmi che stai bene. Cosa diavolo ci fai qui? Edie.»

Ma non riuscivo ad elaborare nulla. La mia concentrazione era focalizzata unicamente sull'uomo all'origine di tutto.

Mi abbattei su di lui con tutta la mia forza. Lo colpii nello stomaco con la spalla. Durante l'impatto, serrai le braccia intorno alla sua vita e lo scaraventai all'indietro.

Perdemmo entrambi l'equilibrio.

Ciò alimentò soltanto l'oscurità, la rabbia che mi bruciava le vene.

Sbattemmo a terra in un groviglio di membra e bruschi grugniti, una vera e propria battaglia per stabilire chi avrebbe prevalso.

Vinsi io.

Perché non avevo alcuna intenzione di far vincere questo pezzo di merda.

Sapevo che Ash era dietro di noi, coi nervi e i muscoli tesi. Carico di adrenalina. Pronto ad intervenire. Non avendo la minima idea del motivo per cui stessimo combattendo se non per il fatto che il coglione aveva rinchiuso la sua sorellina in uno sgabuzzino.

Questo di per sé sarebbe bastato a far precipitare le cose.

Ma se avesse saputo l'intera storia?

Avrebbe perso il controllo. Proprio come me.

«Figlio di puttana» imprecò Paul in un basso grugnito, gli occhi sgranati per la confusione e lo shock.

Anche se forse non così scioccati come quando piegai il braccio all'indietro e battei il pugno sul suo viso con la forza di un martello.

Gli assestai due colpi devastanti.

La pelle si spaccò.

Il sangue sgorgò fuori.

Lo afferrai per la maglietta e lo strattonai su, prima di sbatterlo di nuovo contro il pavimento di cemento. «Fottuto bastardo. Pensavi davvero che ti avrei permesso di farle di nuovo del male?»

«Che cazzo significa tutto questo?» grugnì l'idiota, dibattendosi, comprendendo solo ora che non era qui per ottenere una fetta dei *Sunder.*

Ma di sicuro io mi sarei preso un pezzo di lui.

«Ti avevo avvertito che ti avrei ucciso» sibilai digrignando i denti, desiderando disperatamente di mettere in atto la mia minaccia.

La sua mano sbucò dal nulla e mi colpì sul mento. Colto di sorpresa, barcollai all'indietro. Lui si liberò dalla mia presa, scattò in piedi e mi rise in faccia in maniera maniacale.

«Vuoi finire dentro per una piccola troia? Quella fottuta puttana... mi ha fatto passare gli ultimi quattro anni in prigione. Me la pagherà. In un modo o nell'altro. Tanto vale che me la prenda con te.»

Il tizio doveva essere uscito completamente fuori di testa per rivolgermi quelle parole. Senza contare che il fratello di Edie era proprio lì nella stanza, cercando di dare un senso a tutte quelle informazioni.

Facendo due più due.

Sapevo che era solo questione di pochi secondi prima che capisse tutto.

Apparentemente, il coglione non si era reso conto che fossero passati alcuni anni, perché di sicuro non ero più un ragazzino scheletrico. Nell'istante in cui si avventò su di me, lo respinsi con un gancio dritto sul naso.

La cartilagine si ruppe e il sangue schizzò ovunque: sul suo viso e sul lurido pavimento. Non gli diedi neppure il tempo di gridare come il figlio di cagna qual era prima di saltargli addosso.

Gli scatoloni si rovesciarono, il vetro andò in frantumi e le attrezzature di metallo sferragliarono quando caddero sul pavimento mentre lo caricavo come un ariete. Lo inchiodai contro il muro. Lui si dibatté e io aumentai la presa mentre gli sputavo in faccia le parole, scoppiando in una risata amara. «Pensi che sia stata Edie a farti finire dentro? Quella dolce ragazza che hai quasi distrutto? Credi davvero che sia stata lei? Perché non ci rifletti un po' meglio, stronzo?»

La mia voce divenne letalmente calma. «*Pensaci.* Forse non hai avuto abbastanza tempo per capirlo mentre marcivi dietro le sbarre negli ultimi quattro anni. Nella tua mente distorta si è accesa la lampadina? Hai *capito* finalmente perché *io* ti ho spedito lì? Hai creduto davvero, anche solo per un secondo, che mi sarei fatto da parte e ti avrei permesso di farla franca dopo quello che hai fatto?»

Un singhiozzo scaturì dalle labbra di Edie. Dio, volevo strisciare da lei su mani e ginocchia. Supplicarla di perdonarmi per ciò che stavo facendo.

Invece, mi concentrai sulla paura di perderla per sempre e la diressi tutta su Paul. Sullo stronzo i cui occhi si spalancarono per l'impatto delle mie parole.

La realtà della mia ammissione lo colpì come una valanga.

«Dimmelo» gli ordinai in tono perentorio.

«Tu?» sbottò incredulo.

«Che cazzo succede? Qualcuno mi spieghi...» La profonda disperazione di Ash penetrò a malapena la nebbia rossa dell'odio che mi pervadeva ovunque. I miei muscoli si contrassero e quell'orrendo, vile posto dentro di me mi gridò di ucciderlo.

Di porre fine a tutto questo.

«Sì, *io*. E lo rifarei, cazzo... un milione di altre volte. Vorrei aver fatto di più, perché sappiamo entrambi che i quattro anni che hai scontato non cancelleranno quello che le hai fatto.»

Lui sogghignò. «Quello che le ho fatto? L'ha voluto lei.»

La violenza che mi ribolliva dentro prese il sopravvento. Lo sollevai da terra e lo inchiodai contro il muro, riversando fuori ogni cosa. «Non potranno cancellarti dalla sua pelle e dai suoi ricordi. Non elimineranno il suo dolore e la sua paura. Non cambieranno il fatto che sua figlia è da qualche parte là fuori... allevata da qualcun altro.»

Edie gemette, e improvvisamente Ash fu dietro di me, colmo di rabbia palpabile. «Qualcuno deve dirmi che cazzo sta succedendo e deve farlo ora perché sono a un secondo dal perdere completamente la testa.»

Singhiozzi.

La mia ragazza.

Il mio angelo.

Provai una fitta al petto e trasalii. Sbattei le palpebre per dissipare la confusione che mi annebbiava la mente e mi resi conto di ciò che avevo permesso di fuoriuscire dalle mie labbra. Il segreto che non avrei mai dovuto rivelare.

In qualche modo, questo scontro era diventato una sorta di intrattenimento, perché potevo sentire addosso gli occhi di tutti, l'autocontrollo a malapena contenuto di mio fratello, Lyrik, Zee e perfino Shea.

Cazzo.

«Edie» sussurrai, desideroso di confortarla. Di calmarla. Di farle sapere che sarebbe andato tutto bene.

Desideroso di *liberarla.*

Le mie parole risuonarono spezzate come vetro rotto. «Amore... va tutto bene... va tutto bene.»

Amore.

Ecco, l'avevo detto.

Davanti a tutti.

Per la prima volta pronunciato come una rivelazione.

Senza vergogna, disonore o scandalo.

Senza nascondere nulla.

Un gemito lamentoso proruppe dalla bocca di Edie.

Ash si afferrò i capelli tra le mani, l'espressione tormentata mentre si girava e spostava l'attenzione su sua sorella, puntando un dito in direzione di Paul. «Questo pezzo di merda ti ha ferita? Che cosa ti ha fatto? Dimmi cosa sta succedendo, Edie. Dimmi subito di che cazzo sta parlando Austin.»

Paul scoppiò a ridere. «Non le ho fatto nulla. È lei che mi ha implorato di scoparla.»

Ash ruggì e improvvisamente Lyrik e Baz gli furono addosso, trattenendolo mentre si dibatteva per liberarsi dalla loro presa. Tutti sapevano che se Ash avesse perso il controllo, le cose sarebbero andate di male in peggio e in fretta.

Edie eruppe in un grido straziante.

Come se quel singolo suono fosse rimasto rinchiuso dentro di lei per un miliardo di anni. Un infuocato cumulo di magma compresso che aveva atteso sotto la superficie. Spingendo sempre di più finché non c'era stato più modo di fermarlo ed era esploso.

Il volto di Edie si tinse d'incredulità. Di dolore. E di profonda determinazione.

Coraggio.

Il coglione si dimenò sotto le mie mani. Combattendo per respirare. Combattendo una battaglia persa in partenza.

«Mi hai *rubato* tutto» disse Edie in un sussurro spezzato. «Hai rubato la mia innocenza. Il mio futuro. Ti sei *approfittato* di me.» Si batté il pugno contro il petto. «Mi hai *violentata*.»

Tirò un respiro strozzato. «E quando ti ho supplicato di aiutarmi, mi hai riso in faccia. Mi hai umiliata. Quindi non *osare* startene lì e dire che non mi hai fatto del *male*.»

Paul affondò le unghie nel mio polso, liberandosi dalla mia stretta abbastanza a lungo da vomitare le sue orrendi parole. «Mi hai supplicato di scoparti.»

Lo sbattei di nuovo contro il muro. «Chiudi il becco, stronzo.» Guardai la mia ragazza, spronandola con lo sguardo a continuare. A buttare fuori ogni cosa. A sfogarsi.

Forse allora sarebbe finalmente riuscita a lasciarsi parte di tutto questo alle spalle.

Luccicanti rivoli di lacrime le corsero lungo le guance. «No» disse, la voce più audace. Come se fosse la prima volta che ci credeva davvero. «No. Ti sbagli.»

Il mio cuore quasi scoppiò.

Era così incredibilmente bella.

Spezzata come me.

In tanti pezzi rotti e scheggiati.

Potevo sentire ognuno di essi fluttuare ai margini delle nostre vite incasinate.

Mentre aspettavano tremanti ed esitanti.

Come magneti che si respingono finché, improvvisamente, si spostano e si attraggono.

Sbandando mentre sfrecciano.

Spinti a ricongiungersi da quell'inevitabile attrazione.

L'energia e la forza.

Schiantandosi l'uno contro l'altro per diventare un tutt'uno.

Il mio specchio.

Sbattei nuovamente Paul contro il muro, i pugni stretti nella sua maglietta e premuti sotto il suo mento. «Aveva solo *quattordici anni.*» Pronunciai l'aspra accusa contro il suo viso in un sussurro che nessun altro poteva sentire.

«Al mio paese... questo si chiama stupro. Quando ti ho dato appuntamento qui, mi aspettavo che fossimo solo io e te. Ho pensato che ce le saremmo date di santa ragione finché uno di noi non si sarebbe più alzato. Ma dal momento che abbiamo un pubblico, sembra che questo sia il tuo giorno fortunato. Quindi ascoltami attentamente, stronzo... Se respiri di nuovo nella sua direzione, anche solo una volta, ti *elimino* dalla faccia della terra. Sono stato chiaro?»

Ash ringhiò di rabbia, afferrando il nocciolo della questione. Comprendendo finalmente quello che era successo tanti anni prima.

Edie singhiozzò sommessamente nell'angolo.

Inghiottii il senso di colpa e la paura che mi serravano la gola. «Ti ho fatto una domanda, figlio di puttana. Sono stato chiaro? Perché ti assicuro che se dovessi venire di nuovo a cercarti, non sarò solo io a bussare alla tua porta.»

L'espressione del vigliacco era colma di paura. Di punto in bianco, lo lasciai andare e lui scivolò a terra. Gli assestai un rapido calcio nel fianco, nel caso il bastardo avesse bisogno di un ulteriore promemoria.

Con la bocca spalancata, si rannicchiò su un lato, gemendo mentre dondolava. Riuscì a mettersi a carponi, reggendosi a malapena in piedi non appena si alzò. Ansimava dolorosamente quando cominciò a zoppicare verso la porta.

Lyrik torreggiò su di lui con atteggiamento minaccioso quando Paul gli passò accanto, confermando che ciò che avevo appena detto era vero.

Non sarei stato l'unico a dargli la caccia se si fosse fatto rivedere.

Ash si dimenò per liberarsi, gridando in preda all'ira. «Guardati le spalle, stronzo... guardati quelle fottute spalle. Non ti azzardare a toccare mia sorella!»

Paul non sollevò lo sguardo, si limitò a sgattaiolare fuori come il cacasotto qual era.

I bastardi come lui se la prendevano sempre coi più deboli. Si approfittavano di coloro che non potevano difendersi. Ma tagliavano la corda non appena incontravano qualcuno *in grado* di tenergli testa.

Nell'attimo in cui scomparve alla vista, un silenzio teso ed inquieto cadde nella stanza.

L'angoscia che aleggiava intorno a noi era sufficiente a spegnere quei barlumi di speranza che avevo provato stando sul palco, sentendomi come un maledetto re.

Adesso ero lì come un mendicante.

Con cautela, spostai lo sguardo su Edie.

Il suo viso si contorse.

Per l'incredulità.

Per l'orrore.

Per questo dolore straziante che sentivo trafiggermi l'anima.

«Come hai potuto?»

Si premette una mano sullo stomaco, come se stesse cercando di non crollare a pezzi.

«Come hai potuto? Mio fratello... oh mio Dio.» Scosse la testa. «Due volte, Austin. Due volte mi sono fidata di te. E due volte hai tradito il mio segreto. E poi... p-poi mi hai *mentito.* Perché hai fatto finta di non sapere nulla dei messaggi quando eri tu il responsabile? Mi *fidavo* di te. Credevo in te. Sono tornata a casa per *te*.»

Tremando, sbatté le palpebre. Disorientata.

Fece un passo indietro, andando a urtare contro uno scatolone.

Scioccata.

«Non posso...»

Baz parlò, infrangendo quel tormento. «Shea... tesoro... perché non accompagni Edie fuori da qui? Penso che abbia bisogno di un po' di tempo e il resto di noi deve calmarsi.»

Sua moglie gli rivolse un rapido cenno del capo, comunicando silenziosamente con lui con lo sguardo mentre entrava nella stanza, avvicinandosi a Edie e parlandole con voce dolce.

«Ehi, Edie. Sono Shea.» Passò delicatamente le dita tra i capelli della mia ragazza. «Che ne dici se usciamo da qui? Solo noi ragazze... tu, io e Tamar. Andiamo a prendere una boccata d'aria.»

Spaesata, Edie sbatté le palpebre e annuì. «Ok» mormorò.

Shea cominciò a condurla fuori.

«Edie» supplicò Ash con voce spezzata dal dolore.

Shea gli lanciò un'occhiata per dirgli che non era il momento giusto.

Edie si rannicchiò contro la sua spalla, appoggiandosi a lei mentre l'accompagnava fuori.

E cazzo.

Volevo correrle dietro. Inseguirla e mettermi in ginocchio. Supplicare per un perdono che sapevo di non meritare.

Invece, rimasi lì immobile, col respiro ansante e il cuore che mi batteva così forte che ero certo sarebbe scoppiato fuori dal mio petto.

Perché se Edie fosse sparita dalla mia vita, anche il mio cuore sarebbe scomparso.

Stai attento con me.

Era l'unica cosa che mi aveva chiesto.

Invece avevo rovinato tutto.

Prendevo quel che c'era di buono e lo schiacciavo in modo sconsiderato tra le mani.

Fissai la soglia vuota per qualche secondo, prima di voltarmi con cautela verso Ash.

Aveva la schiena rivolta verso il petto di mio fratello, che continuava a tenerlo fermo per le braccia, anche se in maniera più allentata.

La tensione rimbalzava tra le mura del piccolo stanzino.

Il rancore corrugò la fronte di Ash quando lentamente cominciò ad assimilare ogni cosa. Il suo viso si contorse in una smorfia quando si costrinse a pronunciare le parole. «Andavi a letto con lei? Con la mia sorellina... quando l'ho portata a casa nostra l'estate in cui aveva diciassette anni? Quando avrei dovuto prendermi cura di lei? Quando era sotto la mia responsabilità?»

Varie emozioni mi travolsero. Rimorso. Speranza. Luminosi sfavillii e scintillii di sogni non realizzati.

Edie aveva risvegliato quegli angoli morti dentro di me. Aveva ridato vita a ciò che era rotto.

Firelight.

La sua luce brillava così luminosa.

Lentamente, scossi la testa e confessai i miei sentimenti. «No, Ash. Non andavo a letto con lei. Mi stavo innamorando di lei.»

Lui scosse bruscamente la testa e Baz lo lasciò andare. Si passò le dita tra i capelli biondi, fissando il pavimento per qualche istante, prima di riportare lo sguardo su di me. «Ha avuto una bambina?»

Annuii, incapace di incrociare i suoi occhi. Non importava che avessi già tradito il segreto di Edie.

Mi sembrava sbagliato offrirgli ulteriori dettagli.

«Cazzo» imprecò Ash verso il soffitto. «Come cazzo è successo?»

Lo guardai impotente. «Di questo devi parlarne con lei. Ho già detto troppo.»

Lui emise un sospiro stanco e si massaggiò nervosamente il mento. «Sei stato con lei per tutto questo tempo? Durante tutto il tempo in cui credevo che stesse lì fuori cercando se stessa? Perché sembra proprio che questo sia ciò che hai affermato di aver fatto, non credi?»

«No» risposi, sfregandomi una mano sul viso. «No, amico... se n'è andata perché quel pezzo di merda l'ha scoperto.»

Per colpa mia.

Di nuovo.

«E io... anch'io sono andato via per trovare me stesso. Perché senza di lei avevo la sensazione di aver perso tutto. E in qualche modo, in questo grande e vasto mondo, ci siamo ritrovati.»

Scossi la testa, frustrato. «Ma conosci il mio modus operandi, Ash. Ogni volta che mi viene data una nuova possibilità, mando puntualmente tutto a puttane.»

Esitai, soppesando cosa dire. Come esprimere ciò che provavo al fratello di Edie. Perché ero stufo di nascondermi. Stufo di trattare ciò che c'era tra me e Edie come qualcosa di sporco e deplorevole. Non quando era la cosa più bella che avessi mai avuto.

Un dono.

Guardai Ash dritto negli occhi. «La amo.»

Era la cosa più onesta che avessi mai detto.

«Ma ho combinato un casino» continuai. «Un gran casino. Avrei dovuto dirle la verità. Confessarle quello che ho fatto e perché. Ma non rimpiango ciò che ho fatto a Paul. Doveva pagare. Doveva uscire dalla sua vita il più a lungo possibile. E se devo pagarne il prezzo perdendola, lo accetterò. Mi distruggerà, cazzo, ma lo accetterò.»

Lo sguardo di Ash era pieno di sensi di colpa. «Perché non me l'ha detto?»

Il dolore e l'affetto mi serrarono la gola. «Credo che stasera sia stata la prima volta che ha accettato davvero che non è stata colpa sua.»

Ash fece una smorfia e scosse il capo. «Devo uscire da qui o esploderò.»

Spintonò Zee che si fece da parte per farlo passare. Feci per seguirlo, ma Lyrik mi poggiò una mano sul petto. «Lascialo andare. Hai appena scatenato un putiferio. Ha bisogno di un po' di tempo per elaborare che cosa significa tutto questo.»

L'emozione strisciò su e giù lungo la mia gola come un gatto in gabbia. Annuii con un secco cenno del capo, senza avere la minima idea di cosa fare ora.

Baz sospirò. «Forza... andiamocene da qui.»

Nessuno proferì parola mentre raccoglievamo le nostre cose con umore cupo. Uscimmo sul retro dov'era parcheggiato il pick-up di Baz. Sistemai la sua chitarra elettrica nel cassone e salii sul sedile anteriore del passeggero, continuando a controllare ansiosamente il cellulare.

Sentivo quel pezzo mancante dentro di me pulsare dolorosamente.

Baz girò la chiave nell'accensione, fece retromarcia e si immise in strada, lanciandomi varie occhiate curiose mentre guidava, come se stesse trattenendo sia un sorriso che una ramanzina.

Sapevo che era difficile per lui rinunciare a quei giorni in cui badava a me.

Lo fissai torvo, un po' incazzato. «Perché diavolo continui a guardarmi in quel modo?»

Lui sbuffò col naso e fece un sorrisetto. «Tu e Edie Evans, eh?» disse in tono quasi canzonatorio.

Sospirai e mi massaggiai la fronte, consapevole che questa conversazione stava per prendere una rapida discesa. Non ero sicuro di essere pronto ad addentrarmi in quelle profondità con lui.

Non quando non sapevo se Edie fosse ancora mia o se si fosse stancata delle mie cazzate.

Il mio intero essere rifiutava quell'idea.

Baz ridacchiò, accelerando allo scattare del verde. Tamburellò le dita sul volante, pensieroso. «Buffo... ci sono state varie volte in cui avrei giurato che c'era qualcosa tra voi due quando Edie è stata a casa nostra nelle Hills. La tensione era densa come la melassa ogni volta che eravate nella stessa stanza. Ma lei era così incredibilmente timida che mi sono ricreduto.»

Mi lanciò un'occhiata. «Suppongo che avrei dovuto restare della mia idea. Cioè... cosa potevo aspettarmi, abbandonandoti a te stesso? Avremmo dovuto essere tutti più accorti.»

Le sue parole erano cariche di insinuazioni.

Scossi la testa. «Non stavo mentendo quando ho detto ad Ash che non andavo a letto con lei a quel tempo.»

Lo avrei voluto.

Dio, l'avevo desiderato così tanto da non vedere più lucidamente.

«E melassa? Sul serio, fratello, ti stai trasformando in un campagnolo o cosa?»

Una risata scaturì dalla sua bocca e un sorriso curvò le sue labbra. «Potrebbero esserci una ragazza o due che mi stanno contagiando.»

«Shea ti rende felice, eh?»

«Follemente felice.»

La verità era che questo rendeva follemente felice anche me. «Sei fortunato, Baz. Spero che tu lo sappia. So che è stato difficile per te quando me ne sono andato. Ma ho bisogno che tu sappia che l'ho fatto tanto per te e Shea quanto per me stesso.»

«All'epoca non l'ho capito... ma dopo un po', sì.»

Il silenzio scese tra noi. «Perché l'hai fatto?» chiese infine.

Fatto *cosa?*

Intrufolarmi nella stanza di Edie?

Lasciarmi sfuggire il suo segreto davanti a Paul la prima volta?

Incastrarlo?

Cercare di nascondere ciò che gli avevo fatto quando aveva ricominciato a infastidirla?

Così tante scelte. Giuste o sbagliate, erano state fatte tutte per un'unica ragione.

Affondai ulteriormente nel sedile e con voce tesa risposi: «Perché la amo.»

Perché volevo proteggerla.

Prendermi cura di lei nel modo in cui avrei dovuto fare.

Una risata incerta scaturì da Baz. «Amare qualcuno sarà una delle cose più difficili che farai mai, fratellino. Ti tormenterà e ti sfinirà. Ti riempirà di più preoccupazioni di quanto pensi di poter sopportare, e subito dopo ti colmerà di una gioia immensa. È una fottuta battaglia, Austin. Perché trascorrerai il resto della tua vita a lottare per custodire quell'amore. Ma sappi che non c'è errore migliore di uno fatto in nome dell'amore.»

Risi, anche se il suono era del tutto privo di divertimento. «Ma a volte quegli errori creano una ferita dannatamente troppo profonda, Baz. Lacerano e spezzano. Sono piuttosto sicuro che questa ferita abbia creato una spaccatura troppo grande e non ho la minima idea di come risanarla.»

Mio fratello emise un lungo sospiro tra le labbra increspate. «I segreti tornano sempre a galla. Forse tu e io lo sappiamo meglio di chiunque altro. Non importa quanto lontano Edie fosse fuggita, il suo segreto l'avrebbe raggiunta prima o poi. Per colpa tua o di qualcun altro.»

Scossi la testa. «L'ho tradita, Baz. Una cosa mi aveva chiesto e neppure quella ho fatto.»

Il suo cellulare squillò e il viso di Shea illuminò lo schermo.

Le mie viscere si contorsero e il mio battito cardiaco aumentò mentre mi inclinavo verso il telefono come se potessi avvicinarmi a Edie.

Baz lo afferrò e se lo portò all'orecchio. «Ehi, piccola.»

Potevo sentire l'intonazione della voce di Shea, ma non potevo udire quello che diceva.

«Okay... sì... ci vediamo tra poco. Ti amo.»

Terminò la chiamata e nell'abitacolo cadde di nuovo il silenzio.

Baz aprì e chiuse le mani intorno al volante.

«Che cosa ha detto?»

Esitò. Perché era questo il suo modo di fare: cercava sempre di proteggermi da quel che pensava io non fossi in grado di gestire. «Non sono più un bambino. Basta con queste stronzate... smettila di tenermi nascoste le cose.»

Lui emise un sospiro. «Shea ha accompagnato Edie ad un hotel. Ha detto che ha bisogno di un po' di tempo.»

Il dolore mi schiacciò il petto come un macigno da un milione di tonnellate.

Baz sembrò essere indeciso su cosa dire. «Perché non vieni a stare da me e Shea? Abbiamo molto spazio.»

Scossi la testa. «No... accompagnami alla villa dei *Sunder*.»

Il luogo dove avevo trovato Edie e dove lei aveva trovato me. Dove mi sentivo più vicino a lei.

Mio fratello annuì con un breve cenno del capo e guidammo in silenzio per il resto del tragitto. Quando arrivammo, si fermò nel vialetto.

«Grazie, Baz» dissi mentre aprivo la portiera e mi apprestavo a scendere.

«Starai bene?» domandò.

Mi fermai, quasi del tutto fuori dall'auto, e mi voltai a guardarlo con un sorriso cupo. «Amarla potrebbe essere il miglior errore che abbia mai fatto.»

Lui strinse le labbra in una smorfia comprensiva, come se

capisse. Se c'era qualcuno che poteva, suppongo che quello fosse Baz.

Mi misi la borsa in spalla e afferrai la chitarra che adesso apparteneva a me. Arrancai lungo il vialetto che racchiudeva tanti ricordi ed entrai nella casa buia che riecheggiava di solitudine.

Lentamente, salii le scale con l'animo afflitto. Aprii la porta della mia vecchia camera da letto e accesi la luce. Era esattamente la stessa. Stessi mobili e stesse fotografie. Tutte le mie cose erano ancora al loro posto.

La stanza era esattamente come l'avevo lasciata.

Assurdo, perché nulla sembrava a posto.

Uscii fuori e rimasi fermo nel lungo, silenzioso corridoio con la testa abbassata.

In preda all'ansia.

Ma nemmeno quello poteva fermarmi.

Perché ero attratto.

Ripresi a muovermi con passo felpato. Proprio come tanti anni prima.

Silenziosamente.

Sfidando il *destino*.

Con un respiro profondo, girai la maniglia ed entrai nella sua vecchia stanza.

Rimasi fermo nell'oscurità. Le vaporose e traslucide tende brillavano nella fioca luce della luna che filtrava dentro. Il letto era fatto, la stanza pulita, pronta ad ospitare chiunque avesse bisogno di un posto dove dormire.

Non importava.

Si percepiva ancora la sua presenza.

Si sentiva ancora il suo odore.

Poggiai la chitarra sul pavimento e lasciai scivolare la borsa lungo il braccio fino a terra, mi sfilai le scarpe e caddi a faccia in giù sul materasso.

Mi abbandonai al dolore e lasciai che l'enormità degli errori che avevo commesso si abbattesse su di me come una tempesta ululante.

Non riuscivo nemmeno a determinare con precisione

quando fossero cominciati.

Forse era stato stasera, quando avevo rivelato il suo segreto a Ash.

O quando avevo perso il controllo il giorno del *nostro* compleanno. Quando avevo desiderato disperatamente che riempisse il vuoto come solo lei era in grado di fare.

Potrebbe essere stato non confessarle subito la verità quando aveva ricevuto il primo messaggio di Paul.

O forse quando mi ero lasciato sfuggire di bocca il suo segreto la prima volta, alimentato come sempre dalla mia furia mentre tradivo la sua fiducia confessando tutto all'unica persona che voleva non lo scoprisse mai.

Forse era stato quando mi ero intrufolato qui dentro per la prima volta.

Ma penso che una parte di me lo sapesse da sempre. Sapevo che potevo far risalire tutto a quel giorno sulla spiaggia.

Il giorno in cui avevo strappato via l'altra metà della mia anima.

Il mio giorno più buio.

Era il giorno in cui ero stato sbilanciato, il mio equilibrio sfalsato. Un lato appesantito dall'oscurità più brutta e cupa, il vuoto troppo grande per reggermi in piedi.

Mi aveva fatto precipitare in una spirale negativa.

Nelle profondità di un pozzo senza fine.

Strinsi un cuscino tra le braccia e vi seppellii la faccia dentro.

«Cosa devo fare, Julian? Che cazzo devo fare? Quando finirà?»

Rimasi disteso al buio mentre i venti di Santa Ana sferzavano sulla città e battevano contro le mura, facendo tremare i vetri delle finestre.

E pregai per cose che non avevo il diritto di pregare.

«Ti supplico.»

Entrai ed uscii dallo stato di coscienza, rimanendo a malapena ancorato al presente. Il cuore mi batteva forte nel petto, un erratico *bum bum bum* che non riuscivo a calmare.

L'energia mutò. Si sollevò e si gonfiò.

Inspirai bruscamente.

La porta si aprì con un cigolio e quell'elettricità divampò.

Uno spicchio di luce soffusa si riversò sul pavimento e sul letto, e la tensione crebbe.

Diventando densa e profonda.

Soffocante.

I suoi passi erano leggeri. Lenti e cauti.

Restai immobile mentre attraversava silenziosamente la stanza, e mi si mozzò il fiato quando le sue dita scivolarono lungo la mia spina dorsale, fino a sfiorarmi delicatamente la nuca e i capelli.

I brividi mi percorsero la schiena, irrigidendo ogni parte del mio corpo.

Mi voltai, quasi timoroso di guardarmi alle spalle.

Ma non c'era alcuna possibilità che potessi distogliere lo sguardo.

Perché in piedi di fronte a me c'era la mia ragazza.

I capelli simili a fiamme eteree.

Un alone bianco attorno alla sua testa.

I suoi occhi acquamarina luccicavano nella notte.

Come due diamanti.

Angelo. Luce. Vita.

Non disse nulla, si limitò a salire sul letto. Rotolai sulla schiena e lei si mise a cavalcioni su di me.

Ogni centimetro del mio corpo si indurì.

La fissai intensamente, era un incanto. «Edie» mormorai.

Continuando a stare in silenzio, sollevò l'acchiappasogni sopra la mia testa. Il cerchietto girò e vorticò, facendo ondeggiare lentamente le piume.

L'afferrai per i fianchi. La mia gola era stretta in un grosso nodo perché non avevo idea di che piega avrebbe preso questa situazione.

La sua voce era flebile, quasi distante, quando infine parlò. «La prima notte che sei venuto da me mi sentivo così persa. Ero terrorizzata di vivere, Austin. Terrorizzata di provare emozioni. Ma tu hai infranto tutte le barriere. Mi hai rammentato che cosa si prova a sperare. Che cosa si prova a credere.»

Mi misi seduto, portandomi a pochi centimetri dal suo viso. Il suo corpo bruciava contro il mio, il suo cuore batteva a un ritmo costante.

Riuscii a stento a pronunciare la mia confessione. «La prima volta che ti ho toccata è stata la prima volta che ho respirato.» Sin da quando ero un bambino.

Lei abbassò lo sguardo. «È sempre stato così tra di noi. Qualcosa di luminoso e bellissimo contrapposto a qualcosa di orrendo e oscuro. Le due cose sempre in guerra tra loro.»

Mi guardò da sotto le ciglia. Quelle pozze azzurre turbinavano di emozioni mentre mi fissavano negli occhi. Nell'anima. Era sempre stata l'unica capace di leggermi dentro. «Come potremo mai vincere se non smettiamo di combattere?»

Deglutii con difficoltà, cercando dentro di me un modo per aggirare gli ostacoli che continuavano a bloccare le nostre strade. Quelle che ci riconducevano sempre l'uno dall'altra.

Teneramente, avvolsi il suo dolce e fiducioso viso in una mano. «Perché non voglio mai smettere di combattere per te.»

Le lacrime fuoriuscirono dagli angoli dei suoi occhi e il suo mento tremolò. Si mordicchiò il labbro inferiore mentre cercava di tenere a bada l'emozione. «Sono così spaventata da tutto *questo*, Austin. Ho paura di noi. Ho paura di sentirmi libera insieme a te perché potrebbe significare lasciarla andare. Ho paura di come riempi il mio vuoto. Sono terrorizzata che un giorno... un giorno *lei* mi passerà accanto e io non la riconoscerò.»

Le carezzai la guancia col pollice. «E io sono terrorizzato che un giorno... un giorno non sentirò più mio fratello. Che se non sto male, non lo ricorderò più. Che se riempio il vuoto, lo dimenticherò.»

La fissai intensamente.

Il mio riflesso.

Il mio *specchio*.

Mi sfiorò la fronte e le sopracciglia con la punta delle dita in maniera tenera e rassicurante, *confortandomi* nonostante anche lei fosse in balia del dolore. «Quello che è successo l'altra sera... sulla spiaggia... So che non è successo perché non ti sei preoccupato di stare attento con me. So che ti preoccupi per me,

Austin. Che ci tieni. Lo *so*. Lo *sento*. Ma mi è sembrato di essere privata della possibilità di *scelta*. Di essere fuori controllo. E non so come gestire quel tipo di sensazioni.»

Scosse lentamente la testa. «E ti sei fermato... ti sei fermato quando ti ho chiesto di farlo. Ma la cosa che mi ha spaventata di più è che mi sono lasciata travolgere completamente da te.»

Sbatté le palpebre, le sue parole enfatiche mentre le pronunciava nella notte. «Voglio essere lei, Austin. Voglio essere la donna che puoi toccare senza riserve perché sai che sono tua poiché mi sono data a te completamente. Voglio essere colei che ci sarà sempre per te. Sempre. In qualunque modo avrai bisogno di me. Voglio che tu sappia che appartengo a te nello stesso modo in cui tu appartieni a me. Voglio essere *libera*.»

Le presi il viso tra le mani. «Farò dei casini, Edie. Farò degli errori. Farò cose che vorrei non aver fatto. Ma sarai sempre – *sempre* – libera con me. Sarò sempre lì a supportarti in ogni tua scelta. E cazzo, odio aver perso il controllo in quel modo. Ma ti assicuro... che non ti farei mai del male di proposito. Mi uccide il pensiero di averti fatto soffrire.»

Le lacrime continuavano a scorrerle sulle guance come scie di luce scintillante. «Non avrei mai pensato che mi sarei fidata di qualcuno abbastanza da trovarmi nella condizione di poter fare di nuovo *quella scelta*.»

Si mise una mano sulla pancia, l'espressione tormentata e piena di speranza. «Ma quando sono venuta qui, ho deciso che non voglio più avere paura.»

Emettendo un sospiro sollevato, l'abbracciai forte e seppellii il viso nel suo petto. Proprio sopra il suo cuore. Avevo bisogno di sentirlo battere. «Non so dirti quanto mi dispiace per Paul. Per essermi lasciato sfuggire quelle cose davanti a tuo fratello.»

La sentii scuotere la testa. «Ero sconvolta. Ferita. Ma poi ho capito, Austin. Seduta da sola in quella camera d'albergo, ho capito che ogni singola *scelta* che hai fatto è stata per me. Che sin dall'inizio, hai fatto tutto il possibile per proteggermi.»

Restammo così, dondolando lentamente, Edie sollevata sulle ginocchia e avvinghiata a me.

Il mio angelo.

Lentamente, mi districai dalle sue braccia e presi l'acchiappasogni che teneva stretto in mano. Lo sollevai in aria, spostando l'attenzione tra lei e il cerchietto. La mia confessione venne fuori in un bisbiglio roco. «Ti promisi che questo acchiappasogni avrebbe sempre custodito i tuoi sogni. Che avrebbe scacciato via quelli brutti e tenuto al sicuro quelli belli.» Deglutii nonostante il grosso nodo che mi serrava la gola. «Ma non ti ho mai detto qual è il mio sogno.»

I suoi occhi acquamarina scintillarono. «Dimmelo.»

Sommessamente, dissi: «Sogno una vita insieme a te, Edie. Una che vivo per te. Con te.»

Intrecciai le mie dita alle sue, mi portai la sua mano alla bocca e baciai la nocca del suo anulare. «Sogno di infilare un anello a questo dito. Di chiamarti mia moglie.»

Pronunciai le parole successive con cautela, perché sapevo che stavo abbattendo le ultime barriere che rimanevano tra di noi. Le scostai via dal viso i capelli appiccicati alle guance umide. «Sogno di una bambina con i tuoi occhi... magari col mio sorriso. *Un giorno*, Edie, *un giorno*... voglio tutte queste cose. Le voglio con te. Che sia domani o tra anni... voglio tutto questo con te.»

Se quello che era accaduto sulla spiaggia l'altro giorno l'avrebbe fatto avverare prima, sarei stato lì. Con lei. Per lei.

Insieme.

Proprio come le avevo promesso.

«Lo voglio, Austin. *Un giorno*, lo voglio. Con te. Voglio tutto.»

L'abbracciai forte, premendo la faccia tra i suoi seni.

Lei infilò le dita tra i miei capelli e in un sussurro confessò: «Ti ho visto sul palco.»

Quei vecchi sogni divamparono. Deglutii rumorosamente mentre la sua voce diventava dolce come una canzone. «Eri bellissimo, Austin. Potente. Ipnotico. Eri esattamente dove dovresti essere.»

«Sono... sono venuto qui pensando che fosse il modo migliore per avvicinarmi a Paul. Per ferirlo di più. Per attirarlo il più vicino possibile alla band. Ma quando ero lassù, Edie... ho avuto la sensazione che quello fosse il mio posto. Ma la cosa più importante è che il mio posto è accanto a te.»

Lei si ritrasse leggermente, il suo sorriso sincero e dolcissimo. «Questo... questo è il *nostro* posto. Non voglio fuggire, Austin. Non più.»

Esalando un sospiro carico di sollievo, mi portai il suo braccio alla bocca e le baciai il lato interno del polso, la parte superiore della spalla.

«Firelight.»

La mia confessione.

Il mio mondo.

La mia luce.

Edie mi afferrò il viso tra le mani, la sua presa salda e sicura. «Fa' l'amore con me, Austin. Fa' l'amore con me per sempre. Non abbandonare mai il mio cuore. Non lasciarmi mai andare. *Io scelgo te.*»

37

EDIE

La luce del mattino si riversava nella stanza. Una stanza così familiare. Come il ragazzo dietro di me che mi cingeva piacevolmente tra le braccia.

La sua pelle bruciava contro la mia, il suo cuore batteva a un ritmo costante.

Forte.

Lentamente, mi districai dalle sue braccia e dalle sue gambe.

Abbassai lo sguardo e sorrisi osservando il ragazzo che dormiva accanto a me.

Il ragazzo che mi aveva fatto credere.

Quello che mi aveva fatto capire che non dovevo vergognarmi.

Attenta a non svegliarlo, indossai i vestiti che Austin aveva lasciato in una pila disordinata sul pavimento la sera prima, e uscii in punta di piedi dalla stanza. Scesi le scale fino al piano di sotto. La casa era addormentata, immersa nel silenzio.

Attraversai il soggiorno che si affacciava sulla città rischiarata dal sole e aprii le porte a vento che davano in cucina.

Mi bloccai appena oltre la soglia quando vidi che non ero

da sola.

Un'ondata d'ansia percorse le mie terminazioni nervose. La ricacciai indietro.

Non devi vergognarti. Non devi vergognarti.

Mio fratello era a piedi scalzi accanto al bancone con la schiena nuda rivolta a me e con indosso soltanto un paio di jeans logori, i capelli biondi completamente disordinati.

«Ash» gracchiai, la voce patetica e inutile, ma non avevo idea di come affrontare tutto quello che era accaduto proprio sotto il suo naso. «Ti sei alzato presto.»

Lui ridacchiò, ma il suono era privo di sincero divertimento. Mancava di quella sua solita disinvoltura. Scrollò una spalla. «Non riuscivo a dormire. Ma suppongo che nessuno possa biasimarmi, giusto?»

Feci una smorfia, e rimasi in silenzio mentre si versava una tazza di caffè. Agitò la caraffa verso di me. «Ne vuoi un po'?»

Mi avvicinai all'isola centrale e mi appoggiai ad essa con il corpo teso. «No... ti ringrazio.»

Ash si voltò, si appoggiò al bancone opposto e mi guardò da sopra il bordo della tazza. «Non sapevo che saresti stata qui stamattina» disse con voce roca.

Spostai gli occhi verso l'alto, indicando silenziosamente il ragazzo che mi aveva attirata qui nel cuore della notte.

Perché nemmeno io ero riuscita a dormire. Mi ero girata e rigirata nel letto mentre cercavo di sgarbugliare le mie emozioni finché non ero giunta a quella più importante.

Quella che brillava e scintillava dentro di me.

Ero innamorata di Austin Stone.

E lui era innamorato di me.

Adesso toccava a noi capire come affrontare il resto.

Ash annuì piano. «Baz ha accompagnato Austin qui ieri sera. Perciò sei venuta anche tu.»

Feci di sì con la testa.

Lui emise un sospiro, scaricando la tensione, racimolando la forza per dire le cose che dovevano essere dette. «Sei rimasta incinta.»

«Sì.» L'ammissione mi graffiò la gola come frecce appuntite.

Dio. Faceva così male ammetterlo ad alta voce. Specialmente dopo averlo custodito per così tanto tempo: il segreto più prezioso e pericoloso.

«Paul» disse con disprezzo.

Le mie labbra tremarono, ma non c'era bisogno che rispondessi.

Guardandosi i piedi nudi, scosse la testa, cercando di comprendere. «Quando... come?»

«Mi hai portata ad una festa... poco prima che ci trasferissimo in Ohio.»

Si coprì la faccia con le mani come se fosse stato preso a pugni. Poi le lasciò ricadere quasi fossero mattoni. «Cosa?» Sbatté le palpebre mentre i ricordi lo assalivano. «Ti ho portata ad una festa.»

Lo disse come se si fosse appena reso conto di quel fatto.

«Ti ho supplicato di portarmi con te.»

Scosse la testa, disgustato. «Ho portato la mia sorellina di quattordici anni a una festa... e l'ho lasciata da sola.»

Cominciò a camminare avanti e indietro. «Ho portato una bambina a una festa del genere? L'ho lasciata sola con gli avvoltoi così che potessi spassarmela liberamente con una ragazza?» Inspirò bruscamente. «Merda. È tutta... colpa mia.»

Si afferrò i capelli ai lati della testa in preda ai sensi di colpa.

«Non è stata colpa tua» dissi con voce tremante.

Lui sbuffò. «Ho sempre trattato la vita come se non fosse altro che giochi e divertimento.» Una risata amara sfuggì dalla sua bocca. «Non ci ho nemmeno pensato più di tanto quando mi hai chiesto di venire con me. Non avevo assolutamente idea di cosa fosse successo quella notte. Te lo giuro, Edie, non lo sapevo.»

«Certo che non lo sapevi. Non ti ho mai biasimato, perché non è stata colpa tua.»

«Perché non me l'hai detto? Mi uccide il pensiero che per tutto questo tempo... per tutti questi anni sono rimasto all'oscuro di ogni cosa.»

Tutto ciò che avevo represso finora sgorgò liberamente dalle mie labbra. «Ero... ero terrorizzata Ash. Non avevo idea di cosa fare. Sono andata da Paul in cerca d'aiuto... lui... lui mi ha dato dei soldi... trecento dollari.»

Ash sussultò. «Figlio di puttana...»

Continuai, sentendo il bisogno di buttare tutto fuori prima di perdere il coraggio, le mie parole un guazzabuglio confuso di rimpianto. «Così sono fuggita. Mi sono nascosta e ho finto che non fosse accaduto nulla. Perché sembrava molto più facile che affrontare la realtà.»

L'emozione mi schiacciò il petto. «Mamma ha scoperto che ero incinta quando ero al quinto mese. Mi ha convinta a trovare una famiglia adottiva. Di tenere la cosa segreta. Di non dirlo a nessuno così che potessi andare avanti con la mia vita. Mi ha assicurato ripetutamente che era la scelta migliore... e da qualche parte dentro di me... sapevo che aveva ragione. *Lo sapevo.* Ma questo non ha cambiato quello che sentivo, Ash. Non ha cancellato la devastazione che provavo. La amavo così tanto.»

Il mio fratellone alzò lo sguardo sul soffitto, cercando di contenere le sue emozioni: tristezza e dolore per me. «Io non... mi fa star male, Edie. Mi fa stare fottutamente male. Non mi sono accorto di nulla. Come diavolo è successo? Proprio sotto il mio naso? Me ne stavo qui pensando che andasse tutto bene... mentre tu stavi soffrendo nel peggiore dei modi. Da sola.»

Le mie labbra tremolarono. «Ma *lui* mi ha trovata, Ash. Mi ha trovata nel bel mezzo di quel caos. E per la prima volta... per la prima volta ho pensato che sarebbe andato tutto bene. Io e Austin... probabilmente siamo del tutto sbagliati l'uno per l'altra perché siamo *assolutamente* perfetti insieme.»

Lui era la mia debolezza e la mia forza più grande.

Il mio tumulto e la mia pace più immensa.

Pace.

La volevo.

Desideravo così disperatamente sprofondare nel *suo* calore.

Per sempre.

«Ho trascorso così tanto tempo a incolpare me stessa. Assumendomi tutta la responsabilità. Ma sono pronta a voltare pagina, Ash. Ti prego di capirlo. So che è una novità per te, ma questo è qualcosa con cui faccio i conti da molto, moltissimo tempo. Ed è giunto il momento che io lo affronti una volta per tutte. Che lo accetti. E ciò significa che se resterò qui, ho bisogno che anche tu lo accetti.»

«E immagino che restare qui implichi stare con lui?»

Mi sfregai il labbro inferiore coi denti e annuii lievemente. Nervosa ma piena di speranza.

Ash tentennò, prima di rivolgermi uno dei suoi ampi sorrisi, carico di sincerità. «Quindi mi stai dicendo che non posso prendere Austin a calci in culo?»

Proruppi in una risata piagnucolosa. «No, non puoi prenderlo a calci in culo.» Ritornai seria. «Lo amo, Ash. Lo amo così tanto da star male. Ma è un dolore piacevole. Non voglio che scompaia mai.»

Ash posò la tazza sul bancone. «Vieni qui, sorellina.»

Mi attirò a sé, poggiò il mento sulla mia testa e avvolse le braccia intorno alla mia vita. «Non sparire più in quel modo. Non devi nascondermi nulla. Né ora né mai. Intesi?»

D'un tratto, ridacchiò. «E se dovessi mai avere bisogno di spaccare il culo a qualcuno, fammelo sapere subito. Lo sai che è a questo che servono i fratelli maggiori tosti e spettacolari come me, vero?»

Scoppiai a ridere. «Non ne dubito.»

Feci un passo indietro e lo guardai con espressione seria. «Mi sei mancato davvero tanto.»

Lui poggiò un dito sotto il mio mento. «Anche tu mi sei mancata.»

Voltammo entrambi la testa di lato quando la porta si aprì.

Austin era fermo sulla soglia, a torso nudo e coi capelli perfettamente in disordine dopo che glieli avevo scompigliati per tutta la notte.

Desiderio.

Devozione.

Amore.

Speranza.

Quelle emozioni erano tutte lì.

Riflesse nel suo sorriso.

«Ehi» disse, la voce rauca per via del sonno.

«Ciao.»

Ash sospirò drammaticamente. «Ahhh... credo che sia il momento che io tolga il disturbo. Un uomo sa quando non è più desiderato.» Lanciandomi un occhiolino, afferrò la tazza di caffè e si avviò verso Austin. Sollevò il pugno mentre gli passava accanto. «Prenditi cura di mia sorella, amico, anche se mi sembra che tu abbia fatto un ottimo lavoro finora.»

Austin batté il pugno contro il suo. «Sempre.»

Ash continuò a camminare, oltrepassando le doppie porte, prima di fermarsi e fare di nuovo capolino in cucina. «Oh... giusto per essere chiari... Sono il suo spacca-culi ufficiale. Se la mia sorellina ha un problema con te, tu hai un problema con me. Intesi?» lo canzonò con un sorrisetto arrogante.

«Non sarà necessario» disse Austin, lanciando uno sguardo a lui e rivolgendo un sorriso a me.

Ash sogghignò. «Ah, l'amore giovanile. Siete dei fessacchiotti, tutti quanti.» La porta si chiuse alle sue spalle e la sua voce echeggiò attraverso le pareti. «Qui si sono tutti bevuti il cervello. Prima la mia bellissima Shea e poi la mia Tam Tam.» Il tono della sua voce, falsamente affranto, aumentò, prima che le parole cominciassero a sbiadire man mano che si allontanava. «E adesso anche la mia sorellina. Ho il cuore a pezzi.»

Austin rimase fermo a fissarmi, prima di avanzare verso di me e cingermi tra le braccia. Il suo bacio era intriso di sollievo. Il suo abbraccio carico di promesse.

Basta vergognarsi.

Basta nascondersi.

Il futuro che si stagliava davanti a noi ci attendeva.

38

AUSTIN

Le onde del mare lambivano dolcemente la riva, allungandosi sulla sabbia mentre rivendicavano la spiaggia.

Come dita che si distendono.

Chiamandomi a sé.

Quella presenza non era mai lontana.

Una voce ossessionante.

Un ricordo distante.

Il mio petto si serrò in sincronia con la stretta della mano di Edie che bruciava contro la mia.

«Sei pronto?» mi chiese con voce tremante.

Ricambiai la sua stretta. «Sì.»

Pazzesco che fosse lei a trascinarmi in avanti, immergendo le dita dei piedi nelle acque gelide che costeggiavano il mio vecchio quartiere. Il luogo dove io e Julian eravamo soliti giocare. Potevo quasi vederlo ridere e sguazzare, i suoi capelli quasi bianchi sotto i raggi del sole, il suo sorriso così luminoso.

Così pieno di vita.

Il rimorso si attorcigliò intorno al mio cuore come un nodo e strattonò il mio spirito. Lo stesso spirito che in qualche modo mi spronava in avanti.

Un'onda bagnò le caviglie di Edie che mi teneva per mano. Si voltò a guardarmi e mi fissò con occhi colmi di incoraggiamento e comprensione.

Confortandomi come solo lei era in grado di fare.

Inspirai bruscamente e mi pietrificai quando immersi la punta del piede in acqua.

Cercai di deglutire, di tenere a bada le emozioni che turbinavano dentro di me in un vortice di familiare tristezza e dolore, mentre il senso di colpa che provavo da tantissimo tempo si agitava nelle mie viscere.

«Ci sono io con te» disse Edie, e cazzo se non mi venne voglia di piangere.

Questa ragazza era continuamente al mio fianco.

Proprio come io non avrei mai smesso di starle accanto.

Il vento invernale si alzò, soffiando forte, un ululato lamentoso che batteva contro la mia pelle gelata.

Feci un altro passo nell'oceano.

Attratto.

Fui scosso dai brividi e mi ritrovai di fianco a lei mentre l'acqua fredda ci bagnava fino in vita.

Restammo lì.

Insieme.

Con le mani intrecciate.

Le onde si agitavano intorno a noi, il sole luccicava all'orizzonte mentre diceva lentamente addio alla giornata.

Edie mi guardò con i suoi occhi acquamarina colmi di affetto. Poi mi lasciò andare la mano e si voltò a guardare la distesa infinita e profonda dell'oceano.

Sollevò l'acchiappasogni e se lo premette contro il petto mentre le parole fluivano dalle sue labbra in un sussurro.

In una confessione.

In una preghiera.

«Ti amerò per l'eternità e ti terrò per sempre nel mio cuore. Ci sarà sempre un posto per te nella mia anima. Ma ti lascio andare. Ti lascio vivere questa vita meravigliosa sapendo che sei amata. Che sei accudita. Che sei adorata. Se mai decidessi di tornare da me, di cercarmi, io *ti aspetterò.*»

Si portò l'acchiappasogni alle labbra, baciandolo intensamente e con solennità, prima di serrare gli occhi e lanciarlo con tutta la forza che aveva, consegnandolo nell'abbraccio delle onde.

Atterrò non molto lontano da dove eravamo.

Fluttuò dolcemente, oscillando e vorticando, prima di inclinarsi ed essere inghiottito dalle acque.

Risucchiato nelle profondità dell'oceano.

L'ansia mi travolse. Insieme al dolore, al senso di colpa e alla fiducia.

Fiducia forgiata dalla forza di questa ragazza.

Fiducia trovata in qualche modo nella *sua* presenza.

Mi strinsi al petto la scimmietta sudicia e sbrindellata. Quella che Julian si era portato con sé ovunque andasse. Quella con cui aveva dormito ogni giorno della sua vita.

Il suo conforto.

La sua copertina di Linus.

Me la portai alle labbra, dove le mie parole fuoriuscirono in un sussurro.

La mia confessione.

La mia preghiera.

«Ti voglio bene, Julian. Fratello mio. Gemello mio. L'altra metà della mia anima. Ti prego di perdonarmi per averti privato di tutti i tuoi domani. Per averti derubato della possibilità di vivere i giorni che avresti dovuto vivere. Non volevo farlo. Ti prego, credimi. Non volevo farlo.»

Mandai giù la tristezza che mi serrava la gola e mi costrinsi a proseguire. «Adesso devo lasciarti andare. Non puoi restare qui e io non posso continuare a cercare di tenerti con me. Non ti dimenticherò mai. Per favore, non dimenticarti di me.» Chiusi gli occhi con forza e le mie parole divennero un roco mormorio. «Ci vediamo dall'altra parte. So che sarai lì ad *aspettarmi.*»

Strinsi la scimmietta nella mano.

La tenni forte.

Prima di lasciarla andare.

Atterrò nello stesso punto dov'era finito l'acchiappasogni di

aspettami

Edie.

Galleggiò sull'oceano. Agitò il suo braccio verde e peloso sopra le onde, ballonzolando su e giù. Divenne più pesante con il peso dell'acqua.

Finché non fu inghiottita del tutto.

Risucchiata nelle profondità del mare.

Edie intrecciò le sue dita alle mie.

Intessendo una nuova tela.

Amore. Pace. Vita.

Con la speranza proprio nel mezzo.

Che risplendeva luminosa.

Firelight.

Epilogo
UN GIORNO, NEL FUTURO

Edie gemette e schiacciò la testa sul cuscino. Sollevò il viso verso il soffitto mentre lanciava un grido di dolore.

Suo marito le strinse la mano quasi con la stessa forza con cui lei ricambiava la sua stretta.

«Ce l'hai quasi fatta, Edie. Ci sei quasi. Un'altra spinta. Solo un'altra spinta e avrai finito.»

L'emozione l'attanagliò ovunque.

I suoi istinti si risvegliarono.

Con la fronte imperlata di sudore, strinse i denti e spinse forte.

Un silenzio assoluto cadde nella stanza.

Il suo cuore si fermò.

Poi si udì un gridolino acuto.

Spuntò un corpicino perfetto.

Il suo cuore riprese a palpitare furiosamente.

Amore.

Amore.

Amore.

Edie si mise seduta e allungò disperatamente le mani verso

la bambina. «Per favore» piagnucolò. Ed eccola lì, tra le sua braccia, avvolta in una copertina bianca e una cuffietta rosa e azzurra sulla testa.

Labbra rosse.

Palpebre gonfie.

Occhi di un grigio intenso.

Suo marito abbassò lo sguardo su di loro, il volto rigato di lacrime.

L'espressione colma di amore e meraviglia.

D'infinita adorazione.

Posò la sua grande mano sulla guancia di Edie e le premette un bacio sulla fronte, sussurrando contro la sua pelle la fiducia che nutriva in lei. «Ce l'hai fatta, tesoro. Ce l'hai fatta.»

E i loro cuori ruzzolarono e vorticarono.

Crebbero e si gonfiarono.

Colmandosi d'amore.

Due esistenze che un tempo erano state così vuote.

Due esistenze che adesso erano traboccanti di vita.

FINE

Altre opere di A.L. Jackson disponibili in italiano

Un sasso nell'oceano
(Bleeding Stars #1)

Lui non voleva niente...
Finché non ha scoperto che lei aveva tutto da offrire.

Sebastian Stone, frontman dei Sunder, si caccia sempre nei guai.
I problemi lo seguono ovunque vada.
Con i suoi precedenti, avrebbe dovuto sapere che Shea Bently sarebbe stata un problema. Ma la dolce e innocente ragazza del Sud era l'unica cosa che riusciva a vedere. L'unica cosa che voleva vedere.
Adesso annegano entrambi in un mare di desiderio, affondando irrimediabilmente in un mondo di lussuria, e la loro passione si rifiuta di lasciarli risalire a galla per respirare.
Per quanto lui voglia che le cose tra di loro funzionino, Shea ha un tormentato passato alle spalle, uno da cui è intenzionata a fuggire a tutti i costi.
Tuttavia, alcuni segreti non muoiono mai.
Se il passato di Shea venisse riportato alla luce, potrebbe distruggere il mondo di Sebastian. Quest'ultimo deve decidere se vale la pena sfidare la corrente per lei o se dovrebbero semplicemente affondare come un sasso nell'oceano.

"Un'appassionante lettura ricca di segreti, colpi di scena e sesso bollente." – Penelope Ward, autrice bestseller del The New York Times.
Annego in te
(Bleeding Stars #2)

Il pericolo di fingere è che la finzione diventi realtà...

Sebastian Stone, frontman e chitarrista dei Sunder con una fedina penale lunga un chilometro, è fuggito a Savannah,

A.L. JACKSON

Georgia, per allontanarsi dai guai che ha causato.
Non per trovarne altri.
Nell'istante in cui ha visto Shea Bentley, ha scorto in lei qualcosa di molto più profondo della sua dolcezza e innocenza.
Qualcosa di più oscuro.
La loro relazione è stata costruita sui segreti, il loro amore sulle bugie.
Ma Sebastian non immaginava neanche lontanamente quanto grandi fossero i suoi segreti.
Quando il passato e il presente si scontrano, Sebastian e Shea si ritrovano a lottare per un futuro che nessuno di loro credeva di meritare. La loro passione è intensa, e il bisogno che provano l'uno per l'altra è infinito.
Adesso che la verità è nelle sue mani, Sebastian deve decidere se è pronto a sacrificare tutto ciò a cui tiene per proteggere Shea e la propria famiglia.
Due passati che si intrecciano.
Due vite che si legano.
Shea e Sebastian annegheranno nei loro demoni o impareranno finalmente a vivere?

"Passionale e struggente, dolce e sexy... Non potete... non potete assolutamente perdervi la conclusione di questa storia incredibile!" – M. Leighton, autrice bestseller del New York Times.

"La storia di Shea e Sebastian è semplicemente magnifica, ed è impossibile non innamorarsene." – Mia Sheridan, autrice bestseller del New York Times.
Come un fulmine a ciel sereno
(Bleeding Stars #3)

Lei è un meraviglioso incubo e lui un perfido sogno...

Sai cosa si prova subito prima che un fulmine cada? Il modo in cui puoi sentire l'elettricità scorrerti nelle vene? I fremiti di avvertimento che crepitano nell'aria densa? Questa è un'emozione che Tamar King ha inseguito per tutta la vita finché non è diventata proprio la cosa da cui è dovuta fuggire.

Negli ultimi quattro anni, Tamar si è nascosta in un mondo isolato creato da lei stessa. Era al sicuro. Nessuno poteva toccarla. Finché Lyrik West non è piombato nella sua vita. Lui è il primo chitarrista dei Sunder e tutto ciò che lei non potrà mai avere. Tuttavia, l'oscuro e bellissimo rockettaro diventa l'unica cosa che Tamar desidera ardentemente.

Lyrik ha dedicato la sua vita alla band e il successo che ha raggiunto gli è costato caro. Amareggiato, duro e pieno di rimpianti, si rifiuta di lasciarsi andare di nuovo, ma dall'istante in cui vede Tamar King, non desidera altro che passare una notte di passione con lei.

La splendida barista si rivela essere molto più di quanto si aspettasse. La loro attrazione è irrefrenabile, il loro desiderio travolgente. Basta un solo tocco ed entrambi prendono fuoco.

Ma vale la pena essere bruciati?

"Crepitante di emozioni e sfrigolante di passione, la storia di Lyrik e Tamar è così elettrizzante che vi lascerà felicemente soddisfatte, eppure desiderose di averne di più." — M. Leighton, autrice bestseller del NYT

"Temo di non avere abbastanza stelline da dare a una storia magnifica come questa, perché anche il punteggio più alto non renderebbe giustizia a questo libro." — Natasha is a Book Junkie

"Questa storia vi trafiggerà la mente e il corpo come un fulmine che squarcia il cielo durante una pioggia torrenziale che si abbatte sul vostro cuore. Do a questo romanzo 5 stelline piene e lo consiglio vivamente a tutte." — Smokin' Hot Reads